Jackie Copleton

DIE FARBE VON WINTERKIRSCHEN

Jackie Copleton

DIE FARBE VON WINTER-KIRSCHEN

Roman

Deutsch von Andrea Brandl

LIMES

Die Originalausgabe erschien 2015 unter dem Titel
»A Dictionary of Mutual Understanding«
bei Hutchinson, Penguin Random House UK, London.

MIX
Papier aus verantwortungsvollen Quellen
FSC® C014496
www.fsc.org

Verlagsgruppe Ramdon House FSC® N001967

1. Auflage

Redaktion: Angela Kuepper
Umschlaggestaltung und -motiv: www.buerosued.de
NG · Herstellung: sto
Satz: Uhl + Massopust, Aalen
Druck und Bindung: GGP Media GmbH, Pößneck
Printed in Germany
ISBN 978-3-8090-2666-2

www.limes-verlag.de

Für Robert Brooks und William Copleton

Ich hatte sehr großen Durst, deshalb habe ich nach Wasser gesucht.
Auf der Pfütze, die ich fand, schwamm Öl.
Aber ich hatte solchen Durst.
Also habe ich das Wasser trotzdem getrunken.

Neunjähriges Mädchen,
verletzt beim Atombombenabwurf
auf Nagasaki am 9. August 1945

Die Stimme der Wellen
die sich vor mir erheben
ist nicht so laut
wie mein Weinen
weil ich vergessen wurde.

Tausend Jahre altes japanisches Gedicht

Erdulden

Yasegaman: Die Kombination aus yaseru (Gewicht verlieren) und gaman-suru (etwas ertragen) bedeutet im wahrsten Sinn des Wortes, bis zum völligen Abgezehrtsein durchzuhalten oder etwas um des Stolzes willen zu ertragen. Die Anthropologin Ruth Benedict sagte einmal, die japanische Kultur beruhe auf Scham, die amerikanische auf dem Begriff der Sünde oder des Schuldgefühls. Verliert jemand in einer von Scham geprägten Gesellschaft sein Gesicht, wird sein Ego zerstört. Die Samurai galten beispielsweise als überaus stolze Männer. Waren sie zu arm, um sich etwas zu essen kaufen zu können, steckten sie sich Zahnstocher in den Mund, um den Anschein zu erwecken, sie hätten gerade eine Mahlzeit zu sich genommen.

Selbst im gnädigen Halbdunkel war sein entstelltes Gesicht deutlich zu erkennen. Der Mann vor meiner Tür hatte die Schultern gegen die Kälte des Wintermorgens hochgezogen. Trotz seiner Narben sah ich auf Anhieb, dass er Japaner war und in den Vierzigern oder Fünfzigern sein musste. Ich kannte Narben wie die seinen, noch schwärzer, aus einem anderen Leben. Er trug einen Anzug, aber keinen Mantel, und hielt eine Aktentasche in den verschränkten Händen. Mit einem Räuspern verbeugte er sich und bat um Entschuldigung für die Störung – obwohl ich den Kyushu-Akzent seit vielen Jahren nicht mehr gehört hatte, erkannte ich ihn auf Anhieb wieder. Er erkundigte sich, ob ich Amaterasu Takahashi sei, worauf ich trotz meines mulmigen Gefühls nickte. Ein Muskel in seinem

Gesicht zuckte … ein Lächeln? »Wenn das so ist, bringe ich gute Neuigkeiten.«

Nur wenige verirrten sich vor meine Haustür, bestenfalls Versicherungsvertreter und Wanderprediger, für deren Dienste ich jedoch keine Verwendung hatte. Doch trotz der Aktentasche wirkte der Mann nicht wie ein Vertreter. Er blickte zu Boden und holte tief Luft, als müsse er all seinen Mut zusammennehmen. In diesem Moment brach die silbrige Sonne durch die Wolken, sodass ich das volle Ausmaß seiner Verwundung erkennen konnte. Die Narben machten es unmöglich, seine Miene zu lesen, doch sein Tonfall war unbeschwert, als er zu sprechen begann.

»Ich habe so lange von diesem Tag geträumt. Wenn man es sich genau überlegt, ist es ganz unglaublich.« Er schien auflachen zu wollen. »Es grenzt sogar an ein Wunder … und gleichzeitig ist es ein Schock.« Wieder verbeugte er sich, dann stand er da, die Arme fest gegen die Seiten gepresst. »Bitte, haben Sie keine Angst. Mein Name ist Hideo Watanabe.«

Ich weiß nicht, wie lange ich dort stand und schwieg. Erst als er mich fragte, ob ich mich setzen wolle, erwachte ich aus meiner Erstarrung und betrachtete ein weiteres Mal, was von seinem Gesicht übrig geblieben war. Hideo ist sieben Jahre alt. Sein Haar ist ordentlich gekämmt, und er trägt seine Schuluniform. Seine Hand liegt in meiner, als wir den Gartenweg entlanggehen. Auf dem Futtertisch des Vogelhäuschens sitzt eine Gottesanbeterin. Er fragt, ob er sie als Haustier halten darf. Nein, sage ich. Am Schultor winkt er mir noch einmal zu. Das ist Hideo Watanabe. So soll er in meiner Erinnerung weiterleben, hatte ich beschlossen. Der Mann, der vor mir stand, war ein Hirngespinst. Ich hatte zu lange um Hideo getrauert, um an eine Wiederauferstehung zu glauben.

»Sie können gar nicht Hideo sein. Er ist tot. Es tut mir leid.«

»Bestimmt ist es kaum vorstellbar für Sie. Vielleicht brauchen Sie einfach nur Zeit.«

»Bitte gehen Sie jetzt. Ich möchte, dass Sie gehen.«

Der Mann nickte und zog eine Visitenkarte aus seiner Anzugtasche. Er wohne im Penn's View Hotel, meinte er, und sein Rückflug gehe erst in ein paar Tagen. Ich wollte die Karte nicht. Wieder verschwand seine Hand in seiner Tasche, und diesmal zog er einen Brief hervor; er war ganz zerknittert, vom Alter oder von der langen Reise, die er zurückgelegt hatte. »Dieser Brief wird Ihnen erklären, weshalb ich heute hier bin und es so lange gedauert hat, Sie zu finden.« Wieder stand ich nur reglos da. Seine Hand mit dem Brief und der Visitenkarte zitterte. »Bitte, es wird Ihnen zwar schwerfallen, ihn zu lesen, aber er hilft auch zu verstehen.«

Sekunden vergingen, ehe ich beides entgegennahm und meinen Namen in der linken oberen Ecke las. Er nahm seine Aktentasche. »Wenn Sie wirklich Hideo Watanabe sind, wissen Sie auch, was wir an diesem letzten Morgen im Garten gesehen haben«, sagte ich, als er sich zum Gehen wandte.

»Ich bitte dich, diesen Brief zu lesen. Das ist ein Anfang. Es ist so schön, dich zu sehen, Großmutter. Wirklich.« Seine Worte hingen zwischen uns, hauchzart wie die Fäden eines Spinnennetzes in der Sommerbrise.

Er hob seine klauenartige Hand zum Gruß und ging davon. Ich gebe zu, seine Stimme beschwor tatsächlich das Echo der Vergangenheit herauf. Für einen kurzen Moment glaubte ich, das gemessene Stakkato meiner Tochter Yuko zu hören, trotzdem rief ich ihm nicht hinterher, er solle zurückkommen.

Menschliche Gefühle

Ninjo: Liebe, Zuneigung, Mitgefühl und Sympathie gelten bei den Japanern als die wichtigsten Regungen, die alle Menschen besitzen sollten. Der enge Zusammenhalt ist eine der zentralen Säulen der japanischen Gesellschaft, und der sorgsame Umgang mit dem Mitmenschen wird als Tugend betrachtet. Angenommen, jemand bekommt eine ganze Ladung Äpfel von Verwandten geschenkt. In diesem Fall ist es völlig normal, einen Teil davon an Nachbarn abzugeben, da die Idee des Gebens und Nehmens auf der Überzeugung basiert, dass man stets auf andere zählen können sollte.

Ich versuche mir vorzustellen, wie Yuko heute aussehen würde, wäre sie noch am Leben, doch stattdessen sehe ich nur eine dünne Gestalt vor mir, ausgemergelt von den Entbehrungen und den Sorgen des Krieges, den Kopf gesenkt unter der Last, die sie auf ihren Schultern trägt. Sie sitzt mit dem Rücken zu mir auf einer Kirchenbank. Von Westen einfallendes Licht erhellt ihr schulterlanges Haar. Ich verspüre den Drang, ihren Namen zu rufen und sie zu warnen, nach Hause zu gehen. Sie muss weg, weit weg von Urakami, doch die Worte kommen nicht über meine Lippen. Stattdessen sehe ich, wie sie langsam den Kopf wendet, bis ich die Augen schließen muss, damit sich unsere Blicke nicht begegnen. Meine geliebte Tochter, das Leben, das ich für dich ausgewählt habe, war doch nicht das schlechteste, oder? Kannst du verstehen, warum ich so gehandelt habe? Dass mir keine andere Wahl blieb? Mein einziges Kind, hast du mir in diesen letzten Momenten vergeben? Dir selbst?

Ich möchte so gern glauben, dass sie Frieden mit sich selbst geschlossen hatte, als sich die Wolken über Nagasaki teilten und die B-29 ihre Bombe auf die Stadt herabfallen ließ. Die Vorstellung, sie könnte sich auch in den letzten Sekunden ihres Lebens gequält haben, ist mir unerträglich. Ich brauche die Gewissheit, dass sie in jenem Moment, als sie zu ihrem Gott betete, zumindest Frieden mit ihren Entscheidungen gemacht hatte. Als Pikadon auf den Norden der Stadt fiel, löste sich ihr Körper innerhalb von Sekunden in nichts auf – ihre Knochen, ihre Organe, selbst ihre Asche waren im Nu in alle Winde verstreut. Das sagten mein Mann und ich uns immer wieder. Wir redeten uns beharrlich ein, dass sie nichts mitbekommen haben konnte, und das spendete uns ein klein wenig Trost. Dass wir keinen Leichnam hatten, den wir beerdigen oder verbrennen konnten, half, uns an diese Version zu klammern. Sie hatte nicht leiden müssen, als am 9. August 1945 um 11:02 Uhr die Atombombe auf Nagasaki gefallen war.

Nicht die Frage, wie sie gestorben ist, verfolgt mich bis heute, sondern die nach dem Warum. Was und wie viel kann ich mir selbst und anderen gegenüber eingestehen, wenn ich die Einzige bin, die diese Geschichte noch erzählen kann? Soll ich eingestehen, dass meine Tochter noch am Leben sein könnte, wenn ich nicht gewesen wäre? Auch wenn ich mir noch so oft sage, dass ich aus Liebe und mütterlicher Selbstlosigkeit gehandelt habe … welche Bedeutung haben die Beweggründe angesichts der Konsequenzen? Die Wahrheit ist viel schlimmer: Hätte ich nicht darauf bestanden, dass wir uns in dieser Kathedrale treffen, wäre sie niemals dort gewesen. Dieses Wissen trage ich all die Jahrzehnte über in meinem Herzen. Nicht einmal Kenzo wusste davon. So etwas konnte man einem Ehemann und Vater doch niemals eingestehen. Im Lauf der Jahre lernte ich, meine Schuld nicht zu schwer zu nehmen, damit niemand merkte, welch ein Ungeheuer mitten unter ihnen lebte; nur sehr selten, wenn ich einen Augenblick lang nicht auf der Hut war, gestand ich Kenzo, dass ich mir wünschte, ich wäre der Bombe zum Opfer gefallen. Dann nahm er mich in die Arme und sagte, auch er würde jederzeit mit Yuko und Hideo tauschen, wenn es ihm nur möglich wäre, dennoch könnten wir nicht ungeschehen machen, was passiert war, weil es sich unserem Einfluss entzog. Wir waren alle Opfer – dass er und ich die Katastrophe überlebt hätten, sei der einzige Unterschied. Er verstand nicht, was ich meinte: Das Ungerechteste am Tod ist, dass er immer die Falschen holt. Manchmal dürfen die Schwächsten weiterleben.

Ich redete mir ein, mein Leben sei nur erträglich, wenn ich meine Vergangenheit entsprechend nachbearbeitete, und dass ich nicht zu lange über meine Fehler nachdenken durfte, die dazu geführt hatten, dass Yuko sich an dem Ort aufhielt, wo die Bombe eingeschlagen hatte. Wie hätte ich sonst jeden Morgen aufstehen können? Wie hätte ich all die viel zu langsam verstreichenden Jahre ertragen sollen … mit mir als letzter Überlebender. Zumindest hatte ich das bis heute Morgen geglaubt. Ich hatte mir eingebildet, Kenzo und ich seien vor unserer Vergangenheit sicher, indem wir Japan verließen. Wann immer mich die Leute nach meinem Leben vor Amerika fragten, manipulierte ich die Einzelheiten, die mir nicht gefielen; ich spielte die Ereignisse herunter oder unterschlug sogar ganze Jahre, je nach meiner Gemütslage oder Zuhörerschaft. Manche stellten den Zusammenhang zwischen meinem Alter, Nagasaki und dem Krieg her. Sie waren zu neugierig, um sich die Frage zu verkneifen, besaßen aber immerhin den Anstand, den beschämten Tonfall der Siegermächte anzuschlagen, wenn sie sich erkundigten: »Und waren Sie an jenem Tag dort?« Ich konnte nicht lügen, meine Darstellung aber immerhin wegen meines schlechten Englischs auf eine Handvoll Substantive, schwache Adjektive und den falschen Tempus beschränken. *»Enkel und Tochter sterben, weg. So traurig. Großes Problem für mich.«* Im Gegenzug suchten sie nach passenden Worten, um mich mit meinen eingeschränkten Sprachkenntnissen nicht zusätzlich durcheinanderzubringen: wie schrecklich, absolut grauenvoll, unvorstellbar schlimm, Sie sind so tapfer. *Tapfer*. Ich hasste dieses Wort, weil es suggerierte, dass ich eine Wahl gehabt hätte. Andere versteckten sich hinter meinem mangelnden Sprachverständnis, um mir mitzuteilen, was sie in Wahrheit dachten. Ich konnte nur ahnen, was sie meinten: Diese Bomben haben den Krieg beendet. Denken Sie an die Tausende Menschen, die durch den Tod Ihrer Tochter gerettet werden konnten. Wenigstens haben Sie und Ihr Mann noch einander – beiläufig dahergeplapperte Worte, die die Schwere des Verlusts weiter herabwürdigten. Die Leute erwarteten, dass man dankbar war, die Katastrophe überlebt zu haben. Ich manipulierte meine Vergangenheit nicht, weil ich Mitleid ernten oder andere überzeugen wollte, sondern unterschlug gerade so viel, um einigermaßen weiterleben zu können, ohne an meinen Schuldgefühlen zu zerbrechen. Die Lügen und Unterlassungen verliehen mir die Kraft, den Anblick der Frau zu ertragen, die mir morgens im Spiegel entgegenblickte. Doch wie sollte ich nun, da jemand gekommen war und das Vergrößerungsglas über meine Vergangenheit hielt, Fantasie und Realität auseinanderhalten? Meine Erinnerung hatte die beiden längst zu einer untrennbaren Einheit verwoben, wie wilde Kapuzinerkresse, die an einem halb verrotteten Spalier wuchert, symbiotisch und nicht länger fähig, isoliert voneinander zu existieren.

Dieser Mann würde die Wahrheit erfahren wollen. Welch eine Forderung – der Blick zurück würde weder Vergebung noch Erlösung bringen.

Ich trug den Brief in die Küche und setzte mich an den Tisch am Fenster. Die rote Resopalplatte war längst ausgebleicht vom Putzen, auf der Arbeitsplatte standen die Plastikbehälter fein säuberlich aufgereiht. Es war still. Lediglich der Kühlschrank, den wir gekauft hatten, kurz bevor Kenzo krank geworden war, summte. Er hatte unbedingt eine amerikanische Marke gewollt, Frigidaire. Mit Eiswürfelbereiter. Er hatte immer so gern auf den Knopf gedrückt und zugesehen, wie die Würfel klirrend ins Glas fielen. »Amerika«, hatte er beim ersten Mal ausgerufen und staunend den Kopf geschüttelt, »was fällt diesem Land wohl als Nächstes ein?« Ich hatte ihm etwas Gesundes kochen wollen, Fleisch und Gemüse, aber in den letzten Wochen hatte er nur noch dieses Zeug aus der Dose gewollt, am liebsten Makkaroni mit Käse, Fertigspaghetti und Corned Beef. Vanilleeis mit Schokoladensirup war seine letzte Mahlzeit gewesen, bevor er ins Krankenhaus gekommen war. Er hatte am Küchentisch gesessen und zugesehen, wie ich Sprühschlagsahne darauf verteilt und ihm die Schüssel hingestellt hatte. Wir hatten einander gegenübergesessen und uns bei den Händen gehalten, während er ein paar zittrige Löffel gegessen hatte. Am Ende hatte ein kleiner Klecks Sahne an seinem unrasierten Kinn geklebt. »Gut?«, hatte ich gefragt. »Gut«, hatte er geantwortet. Unwillkürlich hatte ich die Hand ausgestreckt und mit dem Daumen den weißen Klecks abgewischt. »Komm, ich rasiere dich, du siehst ja wie ein Wilder aus«, hatte ich gesagt, aber er hatte den Kopf geschüttelt. »Meine Haut tut weh.«

»Ich bringe gute Neuigkeiten«, hatte der Mann gesagt. Ich blickte auf den weißen Umschlag, das dicke Papier, auf meinen Namen, Amaterasu Takahashi, in säuberlichen schwarzen Buchstaben. Es war lange her, dass ich meinen Namen in Kanji geschrieben gesehen hatte: Acht Jahre, nachdem wir Japan verlassen hatten, war ein Brief von meiner ehemaligen Hausangestellten, Misaki Goto, gekommen. Ihre Tochter würde bald heiraten, und sie würde sich so freuen, wenn wir zur Feier nach Nagasaki kämen. Ich war entzückt, sagte jedoch mit aufrichtigem Bedauern ab. Ich kann nur hoffen, dass sie verstand, warum ich nicht zurückkehren konnte. Als Geschenk schickte ich ein Bild von den Rocky Mountains, obwohl Kenzo und ich nie dort gewesen waren. Kurz danach zogen wir von Kalifornien nach Pennsylvania, und der Kontakt zwischen Misaki und mir schlief ein. Außer mit ihr war ich mit niemandem in Verbindung geblieben, was die Frage aufwarf, wer mir wohl schreiben könnte.

Mein Blick fiel auf das in schwarzem Holz gerahmte Foto an der Wand. Obwohl es längst vergilbt war, konnte man Hideo in seiner Schuluniform immer noch deutlich erkennen, wie er zwischen seinen Eltern, Yuko und Shige, stand. Jedes Jahr am 9. August hatte Kenzo seinen besten schottischen Whiskey herausgeholt, dann setzten wir uns hin, das torfige Aroma auf den Zungen, und mein Mann erfand immer neue Geschichten über unseren toten Enkelsohn. In manchen Jahren war er Matrose, in anderen Anwalt, manchmal auch ein Dichter, der irgendwo in den Bergen lebte. Er war gut aussehend, freundlich und klug, hatte einen ganzen Stall voller Kinder oder eine Mätresse aus Frankreich. Sein Leben war erfüllt, exotisch und voller Abenteuer. Der Mann vor meiner Haustür entsprach so gar nicht diesem Hollywood-Bild. Das war nicht das Ende, das ich mir vorgestellt hatte, für keinen von uns. Stattdessen hatte ich ein weiteres Ungeheuer vor mir, großgezogen in den Trümmern von Nagasaki. Ich glaubte ihm kein Wort. In diesem Umschlag konnten sich unmöglich gute Nachrichten verbergen, trotzdem holte ich ein kleines Messer aus der Schublade und setzte mich wieder hin. Viel zu leicht glitt die Klinge durch das Papier. Ich zog den Brief heraus, legte ihn vor mir auf den Tisch und las die Unterschrift. Zwei Worte sprangen mir ins Auge. Zwei Worte nur, aber welche Wirkung sie auf mich hatten. Natsu Sato. Die Frau des Arztes. Ich spürte, wie mir der Schweiß ausbrach. Ich stand auf, trat ans Fenster und blickte hinaus auf die leere Straße, dann schloss ich die Jalousien. Es wäre ein Leichtes gewesen, Natsus Brief in den Papierkorb zu werfen, den Fernseher anzumachen, ganz laut zu drehen und alles zu übertönen, was der Brief mir sagen mochte. Stattdessen setzte ich mich auf den Küchenstuhl und begann zu lesen.

An Amaterasu Takahashi

Erstens muss ich mich bei Ihnen entschuldigen, weil ich Ihnen mit dieser Neuigkeit solch einen Schock versetze. Bei dem Mann, den Sie inzwischen kennengelernt haben, handelt es sich um Ihren Enkelsohn, Hideo Watanabe. Das kann ich bestätigen. Auch wenn Sie nur wenig Grund haben, mir zu glauben, ist es doch die Wahrheit. Hideo ist an jenem Tag nicht gestorben, sondern hat die Katastrophe überlebt. Ist das nicht eine wunderbare Nachricht? Allerdings hat er so schwere Verletzungen davongetragen, dass die Behörden ihn nicht identifizieren konnten. Ein Jahr nach Kriegsende kam er in ein Waisenhaus für minderjährige Kriegsopfer, wo mein Ehemann und ich ihn gesehen und herausgefunden haben, wer er ist. Zu diesem Zeitpunkt waren Sie bereits nach Amerika ausgewandert. Es hat viele Jahre gedauert, Sie ausfindig zu machen. Durch einen glücklichen Zufall las Ihre ehemalige Hausangestellte, Mrs. Goto, einen Artikel über unsere Friedensorganisation, in dem Hideos Geburtsname erwähnt wurde. Daraufhin nahm sie Kontakt zu mir auf und gab mir die Adresse von Ihnen und Ihrem Ehemann. Allerdings stellte sich heraus, dass sie nicht mehr aktuell war. Während ich diesen Brief schreibe, suchen wir noch nach Ihrem derzeitigen Aufenthaltsort. Bitte entschuldigen Sie die Verzögerung. Ich kann nur ahnen, wie verwirrend diese Neuigkeit für Sie sein muss.

Mein Ehemann und ich beschlossen, Hideo zu adoptieren. Wir haben ihn nach Nagasaki zurückgebracht, wo er zu einem tüchtigen Mann herangewachsen ist. Aber er soll Ihnen seine Geschichte selbst erzählen. Wir sind ebenso stolz auf ihn, wie Sie es sein werden. Hideo hat ein Päckchen bei sich, das Ihnen helfen wird zu verstehen, was vor all den Jahren geschehen ist – falls Sie es zu erfahren wünschen. Ich habe es ihm nie gezeigt und überlasse es Ihnen, was Sie damit tun; allerdings bitte ich Sie, zuerst den Inhalt anzusehen. Danach werden Sie wissen, wie Sie am besten weiter vorgehen. Ich gebe Ihnen Ihren Enkelsohn heute nicht nur zurück, weil ich dazu in der Lage bin, sondern weil ich es gerne tun möchte. Es ist das Mindeste, was ich nach den vielen Jahren der zwangsweisen Trennung tun kann. Ich hoffe, er macht Ihnen ebenso große Freude wie unserer kleinen Familie.

Hochachtungsvoll
Natsu Sato

Der Brief trug kein Datum, sondern war nichts als eine im Vakuum der Zeit gefangene Nachricht. Ich faltete ihn zusammen, verließ die Küche und ging den fensterlosen Korridor hinunter ins Schlafzimmer. 1956 hatte Kenzo mich zum ersten Mal in unser neues Heim in Chestnut Hill gebracht. »Ich habe das perfekte Haus für uns gefunden. Zwar werde ich pendeln müssen, aber es ist wunderschön, sehr traditionell.« Das Haus im viktorianischen Stil stand ein Stück zurückversetzt in einer ruhigen, von Buchen gesäumten Wohnstraße, war grün gestrichen, mit einer weißen Holzveranda. Bei der ersten Besichtigung mit dem Makler flüsterte ich meinem Mann zu, ich fände es ein bisschen düster, aber er hatte meine Einwände bereits geahnt und meinte nur: »Wir streichen es in kräftigen Farben, verkleiden es mit hellem Holz, und schon wirkt es heller.« Ihm als Ingenieur gelang es mühelos, Licht in den Schatten zu erahnen.

Er engagierte einen Schreiner, der die Eichenschränke im Schlafzimmer durch Walnusseinbauten ersetzte. »Das erinnert mich an Kirschbaumholz«, meinte er und strich über die Vertäfelung. Die Wände ließen wir gelb streichen – in Japan war das die Farbe für die verlorene Liebe, hier stand sie für die Sonne. Ich kaufte eine Tagesdecke mit Rosenmuster und hängte Fotos von lilafarbenen Bergen und fliederfarbene Vorhänge auf, die so dünn waren, dass man fast hindurchsehen konnte. Am Ende standen wir in der Tür und betrachteten staunend unsere Interpretation eines amerikanischen Lebens. »Gefällt es dir?«, fragte Kenzo. »So ist es gleich viel heller, nicht?« Ich nickte. Er hat nie begriffen, dass er nach dem Krieg das einzige Sonnenlicht in meinem Leben war.

Sechzehn Jahre lebten wir gemeinsam in diesem Haus. Nach seinem Tod 1972 überlegte ich, ob ich umziehen sollte, aber wohin hätte ich schon gehen sollen? Hier hatte ich wenigstens eine gewisse Routine, einen Alltag, die Gegend war mir vertraut, ebenso wie die Langeweile. Ich füllte die Stille mit der Geräuschkulisse von Tierdokumentationen, Nachrichten und

Seifenopern; manchmal verbrachte ich den ganzen Vormittag auf dem Sofa sitzend. Abends trank ich hinter zugezogenen Gardinen Whiskey in wachsenden Mengen. Lebt man lange genug mit der Einsamkeit, wird sie irgendwann zu einer Art Gesellschaft. Und hier, in diesem Haus, befand sich alles, was mir noch von meiner Familie geblieben war. Ich sah Kenzo immer noch mit der Zeitung auf dem Sofa sitzen, Formulare ausfüllen oder die Antworten einer Quizsendung rufen, voller Stolz, dass er die fremde Sprache inzwischen fast ebenso beherrschte wie seine eigene. Meine Weigerung, Englisch zu lernen, hatte zu allerlei Streitereien geführt, aber was hätte er tun sollen – mich zwingen, Grammatikbücher zu studieren oder Kurse zu besuchen? »Widerborstig, stur und absichtlich unwissend«, hatte er mich in jenen ersten Jahren vor Chestnut Hill genannt, als wir noch im Norden von San Francisco, ganz in der Nähe von Mare Island und der Werft, gelebt hatten. Er sprach Japanisch und übersetzte dann die Worte in seine zweite Sprache. »Hässliche Worte, hässliche Sprache«, erwiderte ich auf Englisch und versuchte, den Akzent zu imitieren, damit er mir glaubte. Kenzo schüttelte nur den Kopf und widmete sich wieder seinem Kreuzworträtsel, das er, wie ich mit gemeiner Befriedigung registrierte, nicht lösen konnte.

Zu unserem ersten oder zweiten Weihnachtsfest in Amerika überreichte er mir ein in goldenes Papier verpacktes Buch – der Umschlag hatte die Farbe von Klatschmohn und fühlte sich an wie Frost auf einer Fensterscheibe. *An English Dictionary of Japanese Culture* lautete der Titel. Kenzo lächelte mich an. »Ich dachte, das könnte ein Kompromiss sein. Siehst du, auf dieser Seite steht das Japanische und hier das Englische.« Ich blätterte das mit teils geschmacklosen Schwarz-Weiß-Skizzen bebilderte Buch durch und las einen der Einträge. »Wabi: *schlichte, herbe Form der Schönheit. Das Wort leitet sich vom Verb* wabi *(Stärke verlieren) und dem Adjektiv* wabishi *(reizend) ab. Ursprünglich bedeutete es das Unglück, von der Gesellschaft isoliert zu leben; später bekam es eine positive, ästhetische Bedeutung: der Genuss eines stillen, sorglosen und entspannten Lebens.«* Ich schlug es wieder in das goldene Papier ein und fragte ihn, woher er es hätte. Er nahm ein zweites Päckchen. »In den USA bekommt man alles. Man muss nur wissen, wie man danach fragt.« Ich warf ihm einen skeptischen Blick zu. »Ehrlich, Ama, Sushi, Teppanyaki und sogar Shabu-Shabu, es gibt alles hier. Amerika ist die Welt.« Die Gründe, weshalb ich diese Sprache nicht lernen wollte, verstand er niemals. Dieses Land war mein Unterschlupf nach Pikadon, aber es war nicht meine Heimat, die Leute waren nicht mein Volk, und ich wollte ihre Nähe nicht.

Ich trat vor Kenzos Seite des Kleiderschranks, öffnete die Tür und ließ mich auf die Knie sinken. Als wir Japan 1946 verlassen hatten, waren wir 44 und 51 Jahre alt gewesen; zu alt, um ein neues Leben zu beginnen, aber innerlich zu niedergeschmettert, um unser vergangenes fortzuführen. Wir hatten zwei Koffer mit Fotos, Dokumenten und alten, größtenteils militärkakifarbenen Fetzen, die wir Kleider nannten. Außerdem hatte ich ein paar Erinnerungsstücke hineingeschmuggelt, von denen Kenzo nichts wusste. Nach seinem Tod hatte ich sie in seine Hälfte des Schranks gelegt, damit auch er endlich etwas davon hatte. Ich zog eine Schuhschachtel unter seinen Pullis und Krawatten hervor, legte Natsus Brief hinein und schob sie ganz nach hinten. Dann nahm ich eine zweite Schachtel und setzte mich damit auf die Bettkante. Das Gewicht wog schwer auf meinem Schoß, und ich hatte nur einen einzigen Gedanken: Konnte ich der Frau von Jomei Sato trauen, jenem Mann, dem ich ebenfalls die Schuld am Tod meiner Tochter gab?

Beziehung

En: Der Begriff basiert auf dem buddhistischen Glauben, dass nichts ohne Grund geschieht; en bezeichnet das Mittel zwischen Ursache und Wirkung. Jede Beziehung zwischen zwei Menschen, sei es zwischen Mann und Frau, zwischen zwei Nachbarn oder aber zwischen zwei Geschäftspartnern, beginnt und verändert sich mit en. Das bedeutet, dass en Gelegenheiten und Möglichkeiten für sich entwickelnde Beziehungen erschafft, und sehr häufig ermöglicht es Menschen, ihre Angelegenheiten mühelos und ohne großen Aufwand zu erledigen.

Für mich ist Nagasaki immer noch realer als dieses viktorianische Haus, in dem ich lebe. Nachts liege ich allein in meinem Bett und denke an unser altes Haus auf dem Hügel mit Blick über die Stadt, die von der schmalen Hafenzufahrt aus immer weiter landeinwärts wuchs. Unser Haus stand inmitten eines Gartens mit chinesischem Holunder, Rot-Ahorn und Hainbuchen. Es war aus schwarzem Holz, zweigeschossig mit einem dreieckigen Schieferdach; die Traufen waren mit Schnitzereien und alle Balken mit Drachen und Schiffen aus grünspanbedecktem Metall verziert. Über der Eingangstür saß der Gott des Krieges rittlings auf einem wilden Eber. Gleich links befand sich das Wohnzimmer, auf dessen Boden Tatamimatten mit grünen und goldenen Seidenborten lagen. Auf der einen Seite des Raums standen schwarze Lackkommoden, in der Mitte befanden sich ein quadratischer Tisch und vier Kissen, an den Wänden hingen Kalligrafie-Rollen. Das Fenster auf der linken Seite ging auf den Garten hinaus, rechts war der

Alkoven mit dem Familienschrein eingerichtet: ein kleiner Buddha, eine Kerze, ein Räucherstäbchen, ein Glöckchen und ein Holzklöppel. Typisch, ja, aber er gehörte uns.

Wann immer ich an unser altes Zuhause denke, sehe ich Yuko in diesem Raum sitzen, in weiches Licht von Kräuselmyrte, Oleander und Blumenrohr gebadet. Sie wirkt wie ein Trugbild, erschaffen von der fahlen Sonne auf der Holzvertäfelung. In ihrer ausgestreckten Hand hält sie das Schälchen und dreht es im Uhrzeigersinn, dann gießt sie heißes Wasser auf das grüne Teepulver und greift nach dem kleinen Bambusbesen, mit dem sie so lange umrührt, bis die Flüssigkeit wie eine Schaumzikade auf dem Rasen blubbert und schäumt, ehe sie mir die Schüssel reicht. Sie trägt einen Kimono in der Farbe von jungen Winterkirschen oder eines Teestrauchs, aber stets rot, als Zeichen des Glücks, des Lebens, des Mutterleibs.

Alles, was mir von ihr noch geblieben ist, befindet sich in den wenigen Schuhkartons. Ich saß auf dem Bett und registrierte den leichten Modergeruch, der von den Kartons aufstieg. Ich hielt ihr Notizbuch in der Hand, dessen grüner Ledereinband sich bereits aufzulösen begann. Winzige glitzernde Krümel der zerfallenden Seiten klebten an meinen Fingern. Auf der inneren Umschlagseite stand ihr Name in sorgfältiger Handschrift: *Yuko Takahashi*. Später sollte ihr Nachname durch *Watanabe* ersetzt werden. Die Tagebücher meiner Tochter. Ich sah sie, wie sie an ihrem Schreibtisch saß, den geneigten Stift, der gegen ihren Mittelfinger drückte, ihre zarten Kanji-Buchstaben. Wenige Tage nach dem Abwurf der Bombe waren wir zu ihr nach Hause gefahren. Beim Anblick ihres Einkaufszettels auf dem Küchentisch war Kenzo in Tränen ausgebrochen. *Mehl, Nadeln, Seife.* Drei Wörter. Stellen Sie sich vor, es wären Tausende. Ich klappte ihr Tagebuch zu, drückte es einen Moment lang gegen meine Brust und spürte seine Festigkeit, ehe ich es zurück in die Schachtel legte. Keiner von uns war bereit für diesen Übergriff.

Als Nächstes schlug ich ein zusammengefaltetes Blatt Papier auseinander. Die Kohlestiftlinien waren verblasst, aber immer noch deutlich zu erkennen. Obwohl die Perspektive korrekt war, stimmte die Bildkomposition irgendwie nicht ganz – so als hätte die Künstlerin versucht, zu viele Details hineinzugeben. In der unteren rechten Ecke hatte Yuko Ort und Datum notiert: *Iōjima, 22. August 1936.*

Der Sommer war brutal gewesen. Die Kleider hatten einem am Leib geklebt, als wäre man in einen Schauer geraten, und die Luft hatte regelrecht in der Lunge gebrannt. Ich konnte die Hitze wieder spüren, als ich die Konturen des Gesichts betrachtete, die hohen Wangenknochen, den säuberlich gestutzten Bart, das Muttermal. Ich sah die Kohlespuren auf Yukos Fingerspitzen, den Schweißfilm auf ihrem Gesicht, während sie zeichnete, spürte ihre Sehnsucht. Seine Miene war wie gewohnt ausdruckslos. Ich legte die Skizze umgedreht hin. Ich wollte nicht an Jomei Sato denken, wollte mich nicht an ihn erinnern, ebenso wenig wie an diesen brutalen Sommer oder den letzten Morgen all die Jahre später.

Neuerliche Ängste erfassten mich. Wie hatte Hideo überlebt? Kenzo und ich hatten nach ihm gesucht, aber wir waren sicher gewesen, dass Pikadon ihn getötet hatte. Wie sollte ich mit der Möglichkeit umgehen, dass er all die Jahre am Leben gewesen war? Und wenn es tatsächlich stimmte – wie war es dem Doktor und seiner Frau gelungen, ihn zu adoptieren? Das konnte unmöglich ein Zufall sein. Vielleicht war der Mann vor meiner Tür ein weiteres Opfer des Doktors. Oder ein Komplize. Wie erbärmlich von Sato, so lange zu warten, bis er sich rächte. Keine Strafe könnte jemals all die Jahre seit diesem Sommer aufwiegen, seit diesem Morgen, seit dieser Minute.

Die Kostbarkeit, Kinder zu haben

Kodakara: Es gibt keinen kostbareren Schatz als Kinder, sagte ein japanischer Dichter aus dem achten Jahrhundert. Nach dem japanischen Volksglauben sind Kinder ein Geschenk des Himmels, und alle unter sieben Jahren verdienen ganz besondere Aufmerksamkeit. Diese Überzeugung hat einen enormen Einfluss auf die Erziehung und manifestiert sich in einem sehr engen Verhältnis zwischen Mutter und Kind.

Dunst hing an diesem letzten Morgen tief über den beiden Tälern, und nur die Gipfel der Gebirgsausläufer ragten aus den Wolken. Kenzo hatte Hideo am vorherigen Nachmittag aus der Schule abgeholt und zu uns gebracht, damit Yuko die Frühschicht im Krankenhaus übernehmen konnte. Sie hatte eingewilligt, sich in ihrer Pause mit mir in der Urakami-Kathedrale zu treffen. Das bedeutete, dass sie eine Entscheidung getroffen hatte, und ich fragte mich, was ich tun sollte, um sicherzugehen, dass es auch die richtige war.

Ich trat in Yukos früheres Kinderzimmer. Hideo lag unter den gelben Schmetterlingen, die Yuko gemalt hatte, als sie nicht viel älter gewesen war als er jetzt. Sie flogen vom Boden auf in Richtung Fenster. Sein Mund stand offen, und er hatte die Arme ausgebreitet, als hätte ihn jemand gekreuzigt. Für ihn schien alles in bester Ordnung zu sein – die Abwesenheit seines Vaters, die Luftangriffe, der Hunger und die unmittelbare Nähe der Front … nichts davon war in diesem Moment kurz vor dem

Aufwachen wichtig. Neben ihm auf der Matratze stand eine Bambusschatulle, in die er sein Identifikationsschild mit seiner Adresse und seiner Blutgruppe, ein Messer, ein Vergrößerungsglas und Verbandszeug gelegt hatte. Ich kniete mich neben ihn und strich ihm übers Haar, so wie ich es früher bei Yuko immer getan hatte, bis er mit einem besorgten Lächeln aufwachte. Beim Anblick dieses kleinen Jungen, so verletzlich und kostbar, überkam mich eine Woge der Liebe, und ich küsste ihn auf die Stirn. Wenn er wach war, besaß er dieselbe verlegene Schüchternheit wie Shige. Ich sah zu, wie er seine ausgefranste, verblichene Schuluniform anzog. Yuko hatte darauf bestanden, ihre Kleiderzuteilung für Notfälle aufzuheben. Ich machte ihm Frühstück – Reis und Tee aus ausgekochten Blättern –, dann verließen wir das Haus. Zikaden zirpten im Gestrüpp. Neben einem Paternosterbaum wuchsen Feigen, die sich allmählich dunkelviolett verfärbten, und die Luft roch nach Sommer. Auf dem Weg zum Gartentor entdeckte er eine grüne Gottesanbeterin auf einem Vogelhäuschen, die eine weiße Motte zwischen ihren langen, dürren Vorderbeinen hielt und verspeiste. Hideo sah mich an.

»Tut das der Motte weh? Können wir sie retten?« Ich erklärte ihm, dies sei der Lauf der Natur. Es gebe Jäger und Beute, aber wir befänden uns am oberen Ende der Nahrungskette, daher brauche er sich keine Sorgen zu machen. Mir fiel etwas ein, das man mir einst erzählt hatte.

»Wusstest du, dass die weiblichen Gottesanbeterinnen ihre Männchen manchmal nach der Begattung fressen?«

Er sah mich verwirrt an. »Was heißt Begattung?«

Ich wurde rot. »Nicht so wichtig. Wir sollten gehen. Wir wollen doch nicht, dass du zu spät zur Schule kommst, oder?«

Hideo lächelte hoffnungsvoll. »Können wir sie behalten? Als Haustier?«

»Es ist besser für sie, wenn sie hier draußen bleibt, in Freiheit, denkst du nicht auch?«

Er dachte kurz darüber nach, dann griff er nach meiner Hand.

Der Weg war genauso wie alle anderen, die wir in jenen Tagen des »Kriegsnotstands« zurücklegten – vorbei am Soba-Laden, dessen Besitzer die überschaubaren Tagesverkäufe auf die Bambusregale stapelte. Der Tempura-Laden nebenan war inzwischen in eine Sammelstelle umfunktioniert worden, wo Bewohner das Eisen abgeben sollten, das sie entbehren konnten. Kenzo hatte längst all unser Gold an die Regierung verkauft und Gartengeräte, Zeremonienschwerter, Kupferkessel, Metallknöpfe von unseren Kleidern und sogar das Ofenblech hergegeben. Vor der Tür hatte der Frauenverein eine Schachtel für Stoffstreifen aufgestellt, die an die Soldaten in Übersee geschickt werden sollten. »Stärke« stand tausendfach darauf. Kopfschüttelnd hatte Kenzo zugesehen, wie ich eines Abends unseren Beitrag für die Soldaten vorbereitet hatte. »Damit ist auch keinem geholfen«, hatte er gemeint. Kenzo vertrat die Ansicht, dass der Krieg längst verloren sei, nur würde er es außerhalb unserer eigenen vier Wände natürlich niemals laut aussprechen. Trotzdem ging er weiter zur Arbeit, während ich meine Durchhalte-Stoffstreifen bedruckte und mich an dem Gedanken festhielt, dass meine Familie den Krieg schon irgendwie unbeschadet überstehen würde.

Hideo und ich warteten auf die Straßenbahn und quetschten uns in den überfüllten Waggon, zu all den jungen Frauen in ihren weiten Arbeitshosen und weißen Hemden, die auf dem Weg zu den Lokomotivdepots, Bahnhöfen, Werften und Munitionsfabriken waren. Kenzo hatte zwar ihre harte Arbeit bewundert, doch als im vergangenen Jahr Schüler des letzten Grundschuljahrs für ähnliche Arbeitsdienste herangezogen worden waren, hatte er verzweifelt die Hände in die Luft geworfen. »Wann wird das alles endlich aufhören?«

Hideos Hand fühlte sich klamm an, und sein Hemd klebte ihm am Körper. Es würde ein weiterer schwülheißer Tag werden. Ich zeigte auf das Fenster, vor dem Mitglieder der Verteidigungseinheit in viel zu weiten Uniformen neben den Gleisen hermarschierten; viele von ihnen hatten noch nicht einmal mehr Gewehre, sondern waren mit Bambusstöcken bewaffnet, weil ihre eigenen Feuerwaffen an die Front geschickt worden waren. Zwei Tage zuvor hatte mein Frauenverein zu einer Verteidigungsversammlung aufgerufen, bei der ähnliche Stöcke verteilt worden waren. Wir hatten uns Schärpen um die Brust und Bänder um die Stirn gebunden, unsere Waffen geschnappt und uns unter »Nieder mit Amerika! Nieder mit England!«-Rufen auf lebensgroße Roosevelt- und Churchill-Puppen gestürzt. Der Anblick mochte völlig grotesk und lächerlich gewirkt haben, aber das durfte ich natürlich nicht laut aussprechen. In diesen Tagen war Loyalität oberstes Gebot. Ein paar Tage zuvor hatte ich im Kino beobachtet, wie ein Mann von Polizisten verhaftet worden war, weil er seinen Hut nicht gezogen hatte, als der Herrscher auf dem Bildschirm erschienen war. Brav und gehorsam sein, das war die Parole.

Wir stiegen aus und gingen zu Fuß zur Yamazato-Schule. Eine Handvoll Jungs, die ein wenig älter waren als Hideo, hatten sich am Flussufer eingefunden, hoben die Steine an und spähten darunter, in der Hoffnung, einen Aal zu entdecken. Ein paar Meter weiter stand ein Junge bis zur Taille im Wasser und schleuderte einen an einer Schnur befestigten Stein von sich, während zwei seiner Freunde danach tauchten. Nach ein paar Sekunden schnellten sie japsend an die Oberfläche, einer von ihnen mit dem Stein in der Hand. Am Schultor reichte ich Hideo seine Box mit dem Mittagessen – Buchweizen und Okraschoten, die ich im Garten angepflanzt hatte. Er liebte das dünne Gemüse mit dem mit weißem Fruchtfleisch gefüllten Hohlraum in der Mitte. »Sieh mal, ein Stern«, rief er immer, wenn er hineinbiss. Er hob die Hand und presste seine heißen Finger an meine Wange.

»Sei fleißig, Hideo-chan«, ermahnte ich ihn, legte meine Hand auf die seine, dann lächelten wir einander zu, und er beugte sich vor, bis seine Stirn die meine berührte.

»Ich verspreche es, Großmutter«, sagte er. Das war unser allmorgendliches Abschiedsritual.

»Ich hole dich später ab. Zum Abendessen gibt es getrockneten Kabeljau.« Er verzog das Gesicht. »Oder Walschinken, falls ich welchen bekomme.« Er lächelte. Ich sah ihm nach, als er durch das Tor trat. Ich sagte nicht Auf Wiedersehen, sagte ihm nicht, dass ich ihn liebhatte, aber ich hoffe, er wusste auch so, dass er geliebt wurde, vom ersten Tag an. Das ist Hideo Watanabe. Mein Enkelsohn.

Ich näherte mich der Straßenbahnhaltestelle, als der Fliegeralarm einsetzte. Bislang waren uns die Luftangriffe wie in Tokio erspart geblieben, wo die Brandbomben in so rascher Folge niedergegangen waren, dass selbst die Flüsse gebrannt hatten, doch in der Vorwoche hatten fünfzig Bomber die Mitsubishi-Werft, verschiedene Stahlfabriken und das Universitätskrankenhaus angegriffen. Zum Glück hatte Yuko an diesem Tag freigehabt, und Kenzo hatte die drohende Gefahr an seinem Arbeitsplatz mit einem Lachen abgetan. Eine Frau, die ihr Baby vor die Brust gebunden hatte, blickte ebenso wie ich zum Himmel auf, doch ich konnte keine Flugzeuge ausmachen.

»Was denken Sie?«, fragte sie. Einen Moment lang überlegte

ich, zurückzugehen und Hideo zu holen, aber dann sagte ich mir, dass die Lehrer die Kinder schon in den Luftschutzbunker bringen würden, wenn die Sirenen nicht aufhören sollten.

»Bestimmt ist alles in Ordnung«, sagte ich zu der Frau, die nickte. Als ich mit der Straßenbahn den Hügel hinauffuhr, ertönte die Entwarnungssirene. Ich musste zum Arbeitsdienst: leere Kohlensäcke einsammeln, die zur Wiederverwertung zum Rathaus gebracht werden mussten. Wenn ich zwei Stunden arbeitete, blieb mir noch genug Zeit, um mit der Straßenbahn hinunter nach Urakami zu fahren und mich dort mit Yuko zu treffen.

Zwei Vorfälle führten dazu, dass ich mich verspätete. Heute frage ich mich, ob es so hatte sein sollen. Ich fürchtete mich davor, was sie sagen und wie ich darauf reagieren würde. Darüber dachte ich nach, während ich mit einer jungen Witwe namens Tukiko von Haus zu Haus ging, um nach Säcken zu fragen. Wir hatten unsere Route so gelegt, dass sie in der Nähe meines Hauses endete und Tukiko, die den Wagen zog, weiter zu unserer Nachbarschaftsvereinigung gehen und die Säcke dort abgeben konnte. Als wir fertig waren, stellte ich fest, dass meine Hände und meine Bluse ganz schwarz vom Ruß waren. Es war halb elf. Ich lief nach Hause, um mir die Hände zu waschen und saubere Sachen anzuziehen. Ich vermute, dass ich eine Viertelstunde später das Gartentürchen hinter mir zuzog. Als ich mich umdrehte, sah ich, dass die Straßenbahn etwa fünfzig Meter vor mir auf der Hauptstraße gerade zum Halten gekommen war. Ich lief los, doch als ich die Haltestelle erreichte, war sie bereits halb den Hügel hinuntergefahren. Ich sah auf meine Uhr. Es war 10:50 Uhr. Yuko war vielleicht schon in der Kathedrale. Nach der Hochzeit war sie zu Shiges katholischem Glauben konvertiert und besuchte während ihrer Pausen die

Kirche ziemlich oft. Die nächste Straßenbahn kam erst in einer Viertelstunde; das bedeutete, dass ich mich verspäten würde, aber Yuko würde auf mich warten. Ich weiß noch, dass ich mich umdrehte, eine Werbetafel für Dosenobst im Schaufenster des Lebensmittelgeschäfts hinter mir sah und beschloss, eine für Hideo zu kaufen. Ich überprüfte mein Lebensmittelmarkenheftchen und betrat den Laden. So kam es, dass ich gerade eine Dose Mandarinen kaufte, als unsere Welt in ein grelles Licht getaucht wurde, wie es keiner von uns je zuvor gesehen hatte. All jene, die sich trauen, mich zu fragen, wie ich Pikadon überlebt habe, bekommen dieselbe Antwort: wegen meiner Vorliebe für Süßes. Mit einer so humorvollen Antwort kommen die meisten Leute überhaupt nicht zurecht. Die Wahrheit ist deutlich komplexer: Nagasaki hat mich gerettet. Wegen seiner geografischen Lage beschränkte sich die Explosion komprimiert auf ein Drittel des Stadtgebiets, vorwiegend auf Urakami und Teile der Innenstadt, wohingegen der Hafen, die historischen Stadtteile und das Zentrum durch die höher gelegenen Areale rings um den Fluss geschützt waren. Die dicht bewachsenen Hügel und Randgebiete der Stadt haben den Einschlagradius der Bombe reduziert, seine Wucht aber gleichzeitig sogar noch verstärkt. Auch wenn ich zu hoch oben, zu weit weg und in dem dunklen Laden zu abgeschirmt war, wusste ich dennoch sofort, welches Geräusch das Ende der Welt und jeglicher Existenz verkündet.

Noch nie zuvor hatte ich etwas Ähnliches gehört. Es fühlte sich an, als wäre das Herz der Welt explodiert. Manche beschrieben es später als lauten Knall, aber für mich war es kaum mehr als eine zuschlagende Tür oder ein Öllaster, der in ein Auto krachte. Niemand kann beschreiben, was wir an diesem Tag hörten … und sollte es auch niemals tun, denn diesem Geräusch einen Namen zu geben, würde bedeuten, dass es eines

Tages womöglich wieder passieren könnte. Welches Wort vermag das Geräusch jedes Gewitters, das Sie je in Ihrem Leben gehört haben, jeder Lawine, jedes Vulkans und Tsunamis beschreiben, die über das Land hinweggefegt sind und sämtliche Städte mit Flammen, Wellen und Wind fortgerissen haben? Wir dürfen niemals einen Begriff für diese verheerenden Geräusche und die nachfolgende Stille finden.

Ich wurde in einen Stapel Holzkisten geschleudert, über mir zerbarst ein kleines Fenster, sodass die Scherben quer durch den Laden flogen, während sich tiefe Risse durch die Wände zogen, als hätte jemand mit dem Eispickel darauf eingeschlagen. Der Ladenbesitzer trat hinter dem Tresen hervor. Blut lief aus einer Wunde über seinem Auge. Sekundenlang starrten wir einander an, viel zu verängstigt, um uns aus dem Schutz des Ladens zu wagen. Schließlich streckte er die Hand nach mir aus. Ich ergriff sie. Gemeinsam bahnten wir uns einen Weg durch die umgekippten Regale und umherkullernden Dosen und Waren und traten blinzelnd in die dichte Wolke aus rotem Staub und sengender Hitze. Das war Pikadon: ein Blitz und ein lauter Knall. Ein neues Wort für die neue Welt, die uns empfing. Der Himmel schien förmlich in Flammen zu stehen. Ein Grüppchen Menschen hatte sich auf einer Lichtung neben der Wäscherei eingefunden. Wir traten zu ihnen und blickten auf das hinunter, was von der Stadt noch zu sehen war; allesamt zu durcheinander, um ein Wort herauszubekommen. Vermutlich wussten wir, dass eine oder mehrere Bomben abgeworfen worden waren, aber wie konnten Menschen einen solchen Schaden anrichten? Wie war so etwas möglich? Schwarzer Nebel hing über dem Boden, doch durch vereinzelte Lücken bot sich uns ein Anblick, der alles übertraf, was wir uns vorstellen konnten. Das östlich des Flusses gelegene Urakami sah aus, als hätte ein Gott darauf gestampft, wieder und wieder, sodass die Trümmer wild durch die Luft flogen, ehe er weiterzog.

Die Schilderungen der Überlebenden gehen weit auseinander. Einige beschreiben die Explosion als riesige pulsierende Chrysantheme, wie Tausende blubbernder lila-, rosa- und cremefarbener Wolken. Oder als riesigen brennenden Baum, der gen Himmel schoss. Oder auch, ja, als Pilz, der in sich zusammenfiel und verpuffte. Ich kann Ihnen nicht sagen, was ich gesehen habe. Ich blickte zu der Stelle, wo sich die Kathedrale befinden sollte, sah aber nur die dahinterliegenden Terrassenhügel der Bauern, sonst nichts. Wann ich zu der Einsicht gelangte, dass Yuko tot sein musste? In diesem Moment. Um 11:03 oder 11:04 Uhr. Als Nächstes sah ich zu Hideos Schule, die etwa eine Meile von der Kathedrale entfernt lag, und versuchte, ihre U-Form auszumachen, dann wandte ich mich zu dem Ladenbesitzer um.

»Meine Tochter und mein Enkelsohn sind da unten.«

Sein Schweigen fühlte sich wie die blutbesudelte Klinge eines Henkers an. »Sie sollten nach Hause gehen und dort auf sie warten«, sagte er schließlich. Aber wie hätte ich zu Hause darauf warten sollen, dass sie *nicht* zurückkehrten? Ich befand mich eine Meile vom Rand des Bombenkraters entfernt.

»Ich müsste es in weniger als einer Stunde zu Fuß zur Schule schaffen«, sagte ich. Der Ladenbesitzer musterte mich argwöhnisch.

»Sie können nichts tun. Gehen Sie nicht.« Doch ich schüttelte den Kopf und lief los, in Richtung Urakami. Anfangs wirkte alles noch ganz normal. Die Häuser, die Banken, die kleinen Läden, alles war wie immer. Aber dann stand ich plötzlich in einer Landschaft, so fremd und surreal, wie ich sie mir nicht einmal in meinen schlimmsten Albträumen hätte ausmalen können.

Soll ich von dem Grauen erzählen? Es erscheint mir immer

noch so unwirklich. Die Gräber des zentralen Friedhofs waren aufgeworfen worden, und die Toten schienen mitten unter uns zu sein. Überall lagen Glassplitter, und kleine Kinder rannten umher, die Füße zerschrammt und blutig von den Scherben. Bei manchen Leuten war die Haut von einem seltsam aussehenden Muster bedeckt, ein Mann stand da, den gebrochenen Kiefer zu einem stummen Schrei aufgerissen, eine junge Frau kauerte auf dem Boden und versuchte, ihr Baby zu stillen. Sie streckte mir den in blutige Fetzen gehüllten Säugling entgegen. »Bitte, helfen Sie meinem Sohn, er will nicht trinken.« Für das Kind kam jede Hoffnung zu spät.

Regen setzte ein, schwarz und körnig. Erst viel später sollte ich erfahren, dass er der Grund für mein Zahnfleischbluten und den Haarausfall in den darauffolgenden Tagen war. Ein alter Mann kam mit einem Besenstiel aus einem der Häuser gelaufen. »Nieder mit dem Feind!«, wetterte er unablässig. Je näher ich der Schule kam, umso weniger menschlich wirkten die wenigen Überlebenden. Das Fleisch hing ihnen in schwarzen oder blutig roten Fetzen herab, wie die Schale eines reifen Granatapfels, und sie waren barfuß, weil ihre Schuhe mit dem Asphalt verschmolzen waren. Eine Frau rannte an mir vorbei. Sie war bis zur Taille nackt, und ihre Haut flatterte wie ein Umhang hinter ihr her. Ich blickte in von Verbrennungen völlig entstellte Gesichter, und der Gestank nach verbranntem Fleisch schnürte mir die Luft ab. Andere Verletzte waren einfach umgekippt. Ein etwa fünfjähriges Mädchen hockte mitten im Schmutz. Ihr kompletter linker Fuß fehlte. »Wasser«, rief sie, aber zu meiner Schande muss ich gestehen, dass ich nicht stehen blieb.

Alles schien zu brennen oder verkohlt zu sein. Die Hanfbäume standen lichterloh in Flammen, und an einem der Strommasten hing eine vollständig verkohlte Leiche. Die Hitze war so gewaltig, dass ich Umwege machen musste. Die Straßenbahnschienen waren aus dem Boden gerissen worden und ragten in die Höhe, und im Inneren des Waggons waren ebenfalls verschmorte Gestalten zu erkennen. Der Kadaver eines Pferdes lag mitten auf der Straße, im Fluss trieben Leichen von jenen, die ins Wasser gelaufen sein mussten, um sich Linderung zu verschaffen. Ich kam mir vor, als wäre die Welt umgestülpt worden. So musste die Hölle aussehen.

Endlich erreichte ich die Schultore. Die Wucht der Explosion hatte tiefe Löcher in das Hauptgebäude gerissen, und die Überreste standen ebenfalls in Flammen. Der Spielplatz war übersät von Kindern, die die Druckwelle niedergerissen hatte. Ich blickte auf die verkohlten Körper und dachte, dass Hideo ebenfalls tot sein musste. Immer mehr Leute, vermutlich besorgte Eltern, tauchten auf und begannen zu suchen, doch keine der Gestalten schien noch am Leben zu sein. Aber vielleicht hatte ich mich auch geirrt. Ich konnte mich nicht erinnern, einen Jungen mit einem verbrannten Gesicht gesehen zu haben, ganz sicher nicht. Ich rief Hideos Namen. Vielleicht war er zu einem der Bunker gelaufen, die die Lehrer gebaut hatten. Auf dem Weg an den Reisfeldern entlang stieß ich auf eine weitere verkohlte Leiche, neben der ein durch die gewaltige Hitze verzerrtes Vergrößerungsglas und eine halb geschmolzene Kette lagen. Als Nächstes fand ich Identifikationsmarken. Ich hob sie hoch und wischte den Ruß und Schmutz ab. Sein Name. Hideo Watanabe. Mein Enkel. Es war wirklich passiert. Ich hatte es mir nicht bloß eingebildet. In einem Anfall irrationaler Hoffnung glaubte ich für einen kurzen Moment, er könnte überlebt haben. Ich lief los, schrie seinen Namen in die Luftschutzbunker, in die sich jene geschleppt hatten, die wussten, dass sie sterben würden, aber niemand antwortete mir. Ich rannte zurück zum Schulhof in der Gewissheit, dass ich ihn nicht wieder verlassen konnte. Zu gehen hätte bedeutet, dass er tot war. Ein Schüler in der Uniform der Patriotischen Studentenvereinigung fragte, ob er mir helfen könnte. Aber was soll eine Großmutter tun, die weiß, dass ihr Enkelkind tot ist? Sie tut, was sie tun muss – sie klammert sich an den Gedanken, dass er noch am Leben ist.

»Ich kann meinen Enkelsohn nicht finden.«

Er zog einen Notizblock heraus. »Wie heißt er? Ich setze ihn auf die Liste. Wir suchen nach Überlebenden.«

»Hideo Watanabe. Er ist sieben.« Ich sah zu, wie der Junge Hideos Namen auf das verschmutzte, blutverschmierte Blatt Papier schrieb. Wie sollte dieser Junge jemals meinen Hideo finden? Wann würde man nach ihm suchen? Wo könnte er hingegangen sein? In meiner Verzweiflung hoffte ich, dass Yuko beschlossen hatte, sich nicht mit mir zu treffen, sondern bei der Arbeit geblieben war. »Was ist mit dem Universitätskrankenhaus?«, fragte ich.

»Weg«, sagte er. »Versuchen Sie es am Bahnhof Michinoo. Dort bringen sie die Verletzten hin.« Ich wandte mich zum Gehen.

»Und Mitsubishi?« Er wusste es nicht. In einigen Fabriken gab es Tunnels, und wenn Kenzo es dorthin geschafft hatte, könnte er in Sicherheit sein. Wenn er am Leben war, hatte auch er sich auf die Suche gemacht.

Unterwegs sah ich noch viel mehr Verwundete, die sich an den Gleisen entlang in Richtung Bahnhofsverwaltung schleppten. Manche hatten ihre Wunden und Knochenbrüche mit behelfsmäßigen Verbänden versehen, Schwerverletzte wurden in Tüchern getragen oder auf Karren geschoben. Trotz der enormen Zahl herrschte nach dem Dröhnen der Bombe und den Schreien der Verwundeten völlige Stille. Weder Schritte noch das Knarren der Wagen waren zu hören, und auch die Babys schrien nicht. Der Himmel hatte eine unnatürliche Färbung angenommen – wie morgendliches Licht oder der Schatten der einsetzenden Dämmerung, ich vermochte es nicht zu sagen. Ich hielt nach den Vögeln Ausschau, konnte aber keine entdecken. Wo waren sie? Erst da wurde mir klar, dass der Himmel sie verschluckt haben musste. Später sah ich einen Milan auf dem Boden kauern und wild mit den Flügeln schlagen, doch seine Federn waren völlig verbrannt.

Am Bahnhof hatte die Stille ein Ende. Leute flehten Mitglieder des Schutzcorps oder Sanitäter um Hilfe an. »Bitte, nehmen Sie meinen Sohn … helfen Sie meiner Frau … retten Sie mich …« Sie versuchten, einen der viel zu wenigen Ärzte zu fassen zu bekommen, die sich um die Verwundeten kümmerten. Schwestern rissen Stofffetzen auseinander und schmierten Rizinusöl auf Brandwunden. Eine junge Frau in blutdurchtränkter Uniform stand auf, wandte sich ab und wurde ohnmächtig. Einigen wünschte ich, sie könnten sterben, damit ihr Leiden ein Ende hatte, bei manchen konnte man nicht einmal mehr erkennen, ob sie Mann oder Frau waren, konnte Augen nicht von Ohren und Mündern unterscheiden. So viele schrien nach Wasser, bis ihre Schreie zu leisem Wimmern verklangen und schließlich vollends erstarben. Irgendwann zerriss metallisches Kreischen die Luft, als ein Zug einfuhr und Waggontüren aufgerissen wurden. Die Ärzte deuteten auf jene, deren Überlebenschancen am größten schienen. Ich weiß nicht, wie lange ich weitersuchte, aber irgendwann ertrug ich den Anblick all der Körper nicht länger und ging zurück durch die Straßen, vorbei an jenen, die zu schwer verletzt waren, um sich vor den sich ausbreitenden Flammen in Sicherheit zu bringen. Zu Hause setzte ich mich an den Küchentisch und wartete, hoffte, dass irgendjemand zur Tür hereinkam, egal wer.

Es war bereits dunkel, als ich das Knirschen von Kies auf dem Gartenweg hörte. Mit klopfendem Herzen wartete ich, bis ein Gespenst die Küche betrat: Kenzo war von Kopf bis Fuß von einer weißen Staubschicht bedeckt. Putz klebte in seinem Haar und auf dem Anzug, seine Haut war zerschrammt, seine Fingerspitzen blutig, als hätte er mit bloßen Händen an den Wänden gekratzt. Ich lief zu ihm. »Bist du es?«, fragte ich. Er nickte und nahm mich in die Arme, ehe er mich prüfend musterte.

»Geht es dir gut? Bist du verletzt?« Ich antwortete, mir sei nichts passiert. Er ließ den Blick durch den Raum schweifen. »Schlafen sie?«, fragte er, aber ich brachte keinen Ton heraus. Ich konnte die Worte nicht aussprechen. Er kehrte mir den Rücken zu und sackte gegen das Spülbecken, beide Hände um den Rand gekrallt. Ich berührte seine Schulter, spürte seine Wärme. »Warst du bei der Schule?« Ich schwieg.

»Yuko war in der Kathedrale. Ich war unterwegs, um mich mit ihr zu treffen«, sagte ich nach einer Weile. Er umfasste das Spülbecken fester. »Und was machen wir jetzt?«

Resigniert schloss er die Augen. »Wir müssen uns ausruhen. Lass uns weitersehen, wenn es hell ist.«

»Es tut mir leid, Kenzo.«

Er sah mich an. »Warum?«

»Ich hätte zurückgehen und ihn holen müssen.« Ich schüttelte den Kopf. »Der Fliegeralarm … ich dachte, es sei falscher Alarm. Ich dachte, dass er bei seinen Lehrern sicher wäre.«

Er zog mich an sich. »Es ist nicht deine Schuld, Ama.«

Ich kämpfte gegen die Tränen an, doch es gelang mir nicht. Seine Freundlichkeit brach mir das Herz. »Sag mir, dass er in

Sicherheit ist, Kenzo. Sag mir, dass er irgendwo ist und schreckliche Angst hat, aber dass er noch lebt.«

Kenzo legte die Hände um mein Gesicht und zwang mich, ihn anzusehen. »Bis wir wissen, dass er tot ist, lebt er. Alle beide. Ja?« Wie hätte ich ihm widersprechen sollen? Er nahm mein Schweigen als Zustimmung. »Morgen früh machen wir weiter. Ich gehe noch mal ins Krankenhaus und suche die Bunker ab. Heute ist es zu spät. Es brennt überall. Aber ich verspreche dir, dass ich nicht ruhen werde, bis ich sie gefunden habe, Amaterasu. Das verspreche ich dir.« Er nahm meine Hand und führte mich ins Wohnzimmer, wo wir uns im Dunkeln auf den Boden setzten und Radio hörten. Ein Nachrichtensprecher berichtete vom Einmarsch der Russen in die Mandschurei, nur wenige Stunden vor dem Bombenangriff. Japan befand sich mit einem weiteren Feind im Krieg.

»Mach das aus«, sagte ich, worauf die Stimme erstarb. »Wieso Urakami? Die Schulen und die Häuser?«

»Wegen der Fabriken«, antwortete Kenzo und zog seine Jacke aus. »Die Artilleriefabrik ist zerstört, und das Stahlwerk und die Waffenfabrik wurden schwer beschädigt.«

»Aber du hast überlebt?« Er nickte knapp und schlug die Hände vors Gesicht. Zu groß war seine Scham für seine Tränen. Wir umarmten uns, doch mein Körper war zu klein, um seine Schluchzer aufzufangen. Der Schiffsbauer und seine Frau waren am Leben, die Kinder der Stadt und ihre Mütter tot.

Noch vor dem Morgengrauen waren wir wach, aßen unseren Hirsebrei und suchten Fotos von Yuko und Hideo, die wir ins Dai-Ichi-Krankenhaus in Urakami mitnehmen wollten, weil wir glaubten, dass die Verwundeten dorthin gebracht werden würden. Ich band mir Bettlaken auf den Rücken, dann stapften wir durch die von Ziegelsteinen, Eisenträgern und Putzbrocken übersäten Straßen. Halb zerstörte Häuser und vereinzelte Reste von Kaminen ragten wie Skelette empor, Menschen wühlten mit bloßen Händen in den Trümmern, einige auf Händen und Knien. Als eine ältere Frau einen verkohlten Schädel hochhob, dämmerte mir, dass sie nach Knochen suchten; all jene, die nicht den Flammen zum Opfer gefallen waren, wurden bereits kremiert. Freiwillige luden Leichen und Holz auf Karren, während eine Frau mit den Händen Asche vom Boden aufsammelte und in eine leere Dose Milchpulver rieseln ließ.

Vom Krankenhaus stand nur mehr die rote Ziegelmauer, doch die Ärzte hatten im Garten ein Lazarett eingerichtet. Patienten lagen unter aufgespannten Segeltüchern, um vor der Sonne geschützt zu sein, andere kauerten auf schmutzigen Decken oder auf dem blanken Erdboden, während sich die morgendliche Hitze allmählich ausbreitete. Wir reichten die Laken einer vom Schlafmangel bleichen Schwester und fragten, ob wir unter den Patienten nach unseren vermissten Angehörigen suchen dürften. Sie nahm meine Hand. »Einige sind sehr schwer verletzt, ist Ihnen das klar?«, sagte sie mit sanfter Stimme. Ich nickte, worauf sie sich an Kenzo wandte. »Ich fürchte, wir müssen die Leichen so schnell wie möglich verbrennen.« Sie tätschelte die Laken. »Das ist sehr nett von Ihnen.«

Wir machten uns auf die Suche und trugen Yukos und Hideos Namen in eine Liste neben dem Krankenhauseingang ein, wo andere bereits Nachrichten hinterlassen hatten. »*Haben Sie meine Eltern, Aito und Nana Narita, gesehen? Zuletzt waren sie in Urakami*«, »*Goro Saito: Wenn du das liest, geh zu deinem Onkel in Shimabara*«, »*Vermisst: zwei Kinder, acht und sechs, Yoshi und Akatsuki Yamada. Bitte nehmen Sie Kontakt zu Shinzo Yamada im Omura Naval Hospital auf.*«

Wir verließen das Krankenhaus und machten uns auf den

Weg zu dem, was von der Kathedrale übrig geblieben war. Kenzo drückte meine Hand. »Sollen wir nachsehen?«

Der steinerne Eingang und einige der Rundfenster an der Fassade hatten der Druckwelle standgehalten, der Rest der Kirche war völlig zerstört. Ich wandte mich ab. »Das bringt doch nichts.« Stattdessen machten wir uns auf den Rückweg, vorbei an mehreren anderen Erste-Hilfe-Stationen und Brandherden, bis Kenzo am späten Nachmittag neben der Leiche eines Kindes – ein Mädchen? – stehen blieb, sich die Hände vors Gesicht schlug und in Tränen ausbrach. Ich stellte mich auf die Zehenspitzen und legte meine Wange an seine. »Lass uns nach Hause gehen. Wir sind müde. Wir sollten etwas essen.« Doch er schüttelte den Kopf. »Ruh du dich aus, ich muss in die Fabrik. Ich halte die Augen offen.«

Und das tat er. Wir beide. Wir klapperten die behelfsmäßigen Krankenhäuser ab, stellten uns in endlosen Schlangen an, um unsere Angehörigen als vermisst zu melden, sahen auf Leichen, die wie Sandsäcke für die Kremierung aufgehäuft waren. Ich weiß nicht mehr, wie lange wir nach ihnen suchten – Stunden, Tage, Wochen? Die Zeit schien stehen geblieben zu sein, so gleichförmig wie die Landschaft. Bei jeder Leiche, die wir sahen, bei jedem verbrannten oder blutenden Patienten hofften wir, dass es sich um Yuko oder Hideo handelte, aber wir sahen ihre Gesichter niemals wieder.

Kampfgeist

Konjo: Konjo gehört zu den Schlüsselbegriffen, wenn man den Gleichmut verstehen will, der bereits seit dem Feudalismus unter japanischen Männern praktiziert wird. Ein Mann mit konjo genießt ein hohes Ansehen, weil er sich durch nichts und niemanden von seinen Pflichten abhalten lässt und sich dabei bewusst unsäglichen Belastungen aussetzt. Aus diesem Grund ist konjo ein Symbol für männliche Entschlossenheit.

Einige Tage vor Pikadon schneite ich unangemeldet bei Yuko herein. Sie saß an ihrem Schreibtisch und war so in ihre Schreibarbeit vertieft, dass sie mich unmöglich gehört haben konnte. Als ich ihren Namen rief, fuhr sie zusammen und schlug eilig das Buch zu, ehe sie mich begrüßte. Auf ihren Zügen lag eine Mischung aus Schuldbewusstsein und Verärgerung über die Störung. »Ich schreibe gerade an Shige.« Mag sein, dass ich ihr geglaubt habe, aber in diesen ersten Tagen nach dem 9. August sah ich sie in meiner Erinnerung dort sitzen. Was hatte sie geschrieben und warum? Hatte sie Shige Geheimnisse gestanden, die nicht länger enthüllt zu werden brauchten? Vielleicht hatte sie den Brief ja nicht abgeschickt, und ich könnte ihn an mich nehmen und zerreißen, falls er etwas Schlimmes beinhaltete? Diesen Gnadendienst könnte ich meiner Tochter und meinem Schwiegersohn erweisen.

Zwei Tage nach dem Bombenabwurf stand ich abends in ihrem Garten, während Kenzo weiter die Stadt absuchte. Der

Azaleenstrauch blühte viel zu orange, die Esche war viel zu groß und das Blutgras zu grün für die zerstörte Stadt. Ich öffnete die Haustür und trat ein. Einst war das Haus von Gelächter, Wutanfällen und Tränen erfüllt gewesen, und nun war alles still und leer. Wie schnell ein Haus zum Mausoleum werden kann. Auf dem Tisch im Wohnzimmer lag ein abgebranntes Räucherstäbchen, rote Nelken verwelkten in einer Vase in der Küche. Hideos Hemd hing an einem Haken neben dem Herd. Ich ging hinauf in Yukos Schlafzimmer, zog das Moskitonetz zurück und legte mich auf den ungemachten Futon. Mit geschlossenen Augen sog ich ihre Süße ein, die noch in den Laken hing, vermischt mit einem Hauch Lavendel und dem würzigen Moschusaroma der sommerlichen Feuchte. Nach einer Weile setzte ich mich auf und ließ den Blick durch den Raum schweifen, über die Schränke aus Walnussholz und die dazu passende Kommode, die Truhe unter dem Fenster und das Schränkchen neben der Tür. Wo würde Yuko etwas Geheimes verwahren? Ich zog die Schubladen auf, hob die gefalteten Baumwolltops, dünnen Pullover und grauen Seidensachen hoch, spähte in den Schrank und fuhr mit der Hand über die weißen Schwesterntrachten. Ich hob den Deckel der Truhe an und tastete unter den Winterdecken, bis meine Finger auf etwas Hartes stießen. Ein Buch. Ein Tagebuch. *Yuko Watanabe*. Darunter lagen noch einige andere, die bis zu der Zeit zurückreichten, als ihr Name noch Yuko Takahashi gelautet hatte. Ich hatte einen Brief erwartet und stattdessen ein Leben entdeckt. Und so nahm ich sie mit nach Hause und suchte ein neues Versteck für sie.

Ich hatte so eine Ahnung, weshalb Yuko Tagebuch geführt hatte – sie war wie eine Fotografin, die unbedingt den Sonnenuntergang einfangen wollte, bevor die letzten Strahlen verglühten. Wir alle brauchen den Beweis, dass gewisse Dinge sich so ereignet haben, wie sie in unserem Gedächtnis verankert sind, aber diese Tagebücher verführten zu einer nicht ungefährlichen Nachsicht. Hinterlasse niemals Beweise für deine Verfehlungen, sondern behalte sie immer nur im Gedächtnis – diese Lektion hatte ich schon früh im Leben gelernt. Manche Geschichten nimmt man am besten mit ins Grab. Yuko hatte ihre Gedanken nicht für die Öffentlichkeit, sondern für sich selbst festgehalten. Niemand würde die Geständnisse meiner Tochter lesen – weder ich noch Kenzo noch Shige bei seiner Rückkehr. Zu diesem Zeitpunkt hatten wir keinen Kontakt zu ihm. Wir gingen davon aus, dass er irgendwo im Pazifik stationiert war, vielleicht auf Saipan oder in Burma oder vielleicht auch in Neu-Guinea. Aber selbst wenn wir eine Adresse gehabt hätten, waren wir uns einig, dass wir ihm nicht über Hideos und Yukos Schicksal geschrieben hätten. Manche Dinge sollte man persönlich erzählt bekommen und nicht lesen.

Kenzo war sicher, dass Japan nicht länger durchhalten würde; nicht wenn die Russen unsere Truppen in der Mandschurei niedermähten und die Amerikaner Okinawa eingenommen hatten und Jungen, die noch zu jung waren, um ein Mädchen zu haben, Flugzeuge in feindliche Schiffe lenken mussten. Nach Pikadon war ich voller Hass und Wut, konnte aber die finsteren Gedanken, die mich quälten, nicht laut aussprechen. Kenzo hatte geholfen, genau jene Schiffe zu bauen, die unsere Männer und Jungen an die Front brachten, und wegen der Fabriken am Hafen war die Bombe auf unsere Stadt gefallen. Ja, er hatte nur seine Pflicht erfüllt, so wie wir alle – aber zu welchem Preis? Die Nation hatte genau zwei Möglichkeiten: Kapitulation oder Selbstmord, sagte Kenzo. Der Krieg war verloren, doch sein Ende hatte keinerlei Bedeutung für mich.

Sechs Tage nach Pikadon trank Misaki im Wohnzimmer

Tee mit mir, nachdem ich den ganzen Vormittag in Urakami gewesen war. Wieder und wieder verspürte ich den Drang, in dem völlig zerstörten Stadtteil herumzulaufen, als würde ich darauf hoffen, eines Tages Yuko neben einer der Ruinen sitzen zu sehen. »Da bist du ja, ich habe schon die ganze Zeit auf dich gewartet.« Misakis Familie war von der Katastrophe verschont worden: Ihre Tochter war zur Arbeit in eine nahe gelegene Dosenfabrik geschickt worden, ihr Ehemann, der Nachtschicht arbeitete, hatte zu Hause im Bett gelegen und geschlafen, während ihr Sohn außerhalb der Stadt in einer Kohlemine beschäftigt war. Ich merkte ihr an, wie unangenehm es ihr war, dass sie Glück gehabt hatte, wohingegen meine Familie so schwer getroffen worden war. Ich hingegen freute mich für sie. Warum auch nicht? Inzwischen war sie eher eine Freundin als eine Haushälterin, vielleicht sogar die einzige, die ich hatte. Kenzo hatte sie vor unserer Hochzeit eingestellt, und sie war seit über fünfundzwanzig Jahren bei uns. Misaki war etwas älter als ich, und in ihrem nachlässig frisierten Knoten zeigten sich erste graue Strähnen. Ich blickte auf ihre Hände im Schoß mit den abgekauten Nägeln und der roten, rissigen Haut. Ihre Finger zitterten leicht. Ich wollte ihr so gern sagen, dass sie sich nicht zu schämen brauchte und mir ihre Kameradschaft eine enorme Hilfe war, doch stattdessen griff ich nach ihrer Hand, die sich klamm in meiner anfühlte. Kenzo hatte angerufen und mit ungläubiger Stimme gemeint, ich solle um zwölf Uhr das Radio einschalten, weil der Herrscher höchstpersönlich eine Ansprache halten würde. Also saßen wir da und lauschten der Stimme des Sprechers, der die aufgezeichnete Rede ankündigte.

Misaki sah mich staunend an. »Ich habe noch nie seine Stimme gehört.«

Es knackte und surrte im Hintergrund, während er in klassischem Japanisch zu uns sprach, und wir lauschten, als wäre er ein Gott.

»An unsere guten und getreuen Untertanen: Nachdem wir die allgemeine Weltlage und die besonderen Verhältnisse, die heute in unserem Imperium herrschen, gründlich erwogen haben, beschlossen wir, eine Regelung der gegenwärtigen Situation herbeizuführen …«

Misaki sah mich an. »Ich verstehe nicht, was er sagt«, meinte sie, doch ich brachte sie mit einer Geste zum Schweigen.

»Darüber hinaus hat der Feind begonnen, eine neue und äußerst grausame Bombe einzusetzen, deren Zerstörungskraft wahrhaft unabsehbar ist und den Tribut vieler unschuldiger Leben fordert. Würden wir den Kampf fortsetzen, so würde er nicht nur zum endgültigen Zusammenbruch und zur Vernichtung der japanischen Nation führen, sondern er hätte auch das völlige Erlöschen der menschlichen Zivilisation zur Folge …«

»Redet er von uns?«

Ich nickte, obwohl ich mir nicht sicher war.

»Wie können wir unter diesen Umständen unsere Millionen Untertanen retten oder in Übereinstimmung mit den geheiligten Geistern unserer kaiserlichen Vorfahren handeln? Das ist der Grund, aus dem wir befohlen haben, die Bedingungen der gemeinsamen Deklaration der Mächte anzunehmen …«

Er sprach weiter von schweren Zeiten und Leiden, davon, den Weg zu einem umfassenden Frieden zu ebnen, indem wir, das Volk, das Unerträgliche ertrugen. Misaki seufzte. »Wieso kann er nicht einfach sagen, was los ist? Ist der Krieg nun vorbei oder nicht?«

»Hütet euch strikt vor jedem Gefühlsausbruch, der nutzlose Komplikationen hervorrufen müsste, und vor jedem Streit und Hader untereinander, der Verwirrung erzeugen würde, der euch vom rechten Weg abirren und das Vertrauen der Welt verlieren ließe … Kultiviert die Wege der Rechtlichkeit, pflegt den Adel des Geistes und arbeitet entschlossen, damit ihr den überlieferten Ruhm des Kaiserreiches erhöht und mit der Fortentwicklung der Welt Schritt haltet.«

Wir warteten darauf, dass der Sprecher uns erklärte, was wir nicht verstanden: Japan hatte kapituliert. Wir fielen einander nicht freudig oder erleichtert in die Arme oder weinten. Stattdessen saßen wir da, unsicher, wie wir die Neuigkeit aufnehmen sollten. »Was wird jetzt aus uns?«, fragte Misaki, während mein erster Gedanke Shige galt. Bestimmt kam er jetzt nach Hause, oder nicht? Welche Freude, und wie bedauerlich zugleich. Als Kenzo später von der Arbeit kam, standen wir unter unserem Ginkgo-Baum im Garten und blickten zu den Sternen empor, während ich einen Schluck Sake trank, den wir uns für das Kriegsende aufbewahrt hatten. »Wieso jetzt? Wieso ausgerechnet heute? Wegen unserer Stadt?«

Er hob sein Glas ins Mondlicht. »Stell doch nicht so eine Frage, Frau.«

»Mussten Yuko und Hideo aus einem bestimmten Grund sterben? Damit der Krieg aufhören kann?«

»Sie sind gestorben, weil unsere Feinde die größeren Bomben hatten. Weil Amerika der Welt eine Lektion erteilen wollte und weil sie nicht wichtig sind.«

»Aber uns waren sie wichtig.«

Er verzog das Gesicht und trank sein Glas aus. »Wir sind auch nicht wichtig, Amaterasu, begreifst du das denn nicht?«

Wir warteten einen Monat bis zur Trauerfeier. Eigentlich hätten wir den Tag noch länger hinausgezögert, hatten aber nichts von Shige gehört. Seit Japans Kapitulation herrsche in Übersee das reinste Chaos, hieß es, trotzdem klammerte ich mich an den Gedanken, dass er am Leben war. Er *musste* noch leben. Wir konnten unmöglich alle drei verloren haben.

Seine Eltern kamen in die Stadt, und wir versammelten uns in der Oura-Kirche, zu betäubt, um das wahre Ausmaß unserer Trauer zu begreifen. Wir waren nur eine von Tausenden von

Familien, die den Verlust ihrer Angehörigen betrauerten, doch Yuko und Hideo waren unsere Toten. Danach luden wir die Gäste zu uns nach Hause ein, wo wir alles Essbare vorbereitet hatten, was wir auftreiben konnten, von einer in Tränen aufgelösten Misaki serviert. Einige unserer Gäste hatten ebenfalls Familienmitglieder verloren; eine Frau erzählte mir, sie würden über die Gründung einer Hinterbliebenengruppe nachdenken, um sich gegenseitig zu unterstützen und Trost zu spenden. Die Vorstellung, in einem kalten Saal oder dem Haus wildfremder Leute zu sitzen und über meine Trauer zu sprechen, jagte mir einen Schauder über den Rücken, und womöglich verriet meine Miene ausnahmsweise meine Gefühle. Jedenfalls nahm mich ihr Ehemann beiseite und hielt mich beim Ellbogen.

»Das Leben geht oft seltsame Wege. Wir werden nie wissen, warum all das geschehen musste, aber wir dürfen uns auch nicht davon entmutigen lassen. Stattdessen sind wir es jenen, die nicht länger unter uns sind, schuldig, stark zu sein.«

Ich legte den Kopf schief, als verstünde ich genau, was er meinte, doch keine noch so freundlichen Worte vermochten die Wunden in meinem Innern jemals zu heilen.

Am Tag nach der Feier begleiteten Kenzo und ich Shiges Eltern zum Haus unserer Kinder, um mit dem Ausräumen zu beginnen. Wir hatten beschlossen, ihre Kleider obdachlosen Bedürftigen zu schenken, und ein Großteil der Möbel und Küchenutensilien würde an Heime verteilt werden. Kenzo werkelte im Garten, Shiges Vater saß im Wohnzimmer und trank den restlichen Sake, während seine Frau und ich die Habseligkeiten der Kinder zusammenpackten – die Beweise ihrer Existenz, so jäh getilgt. Ihr Leben würde sich auf einen Stapel Fotoalben, ein paar Erinnerungsstücke und die Bilder in unseren Köpfen reduzieren. Mit Hideos Zimmer fingen wir an. Wir zogen den Verdunklungsvorhang zurück, sodass uns die Sonne ins Gesicht schien. Ich kniete neben seinem Futon und faltete die wenigen Kleider zusammen, die er besessen hatte. Sonoko hatte eine Holztruhe unter der Fensterbank geöffnet und räumte Malbücher, mit Kügelchen gefüllte Bälle und einen Strohhut mit zerknickter Krempe neben sich. Dann griff sie nach einem durch eine Schnur mit einem Ball verbundenen Holzbecher. Das Spielzeug war mit roten und schwarzen Streifen angemalt und wirkte viel zu grell und bunt. Sie hielt inne, und ihr Mund verzog sich auf höchst seltsame Weise. Erst nach einer Weile dämmerte mir, dass sie versuchte, die Tränen zurückzuhalten. Sie wollte nicht weinen, nicht hier, nicht jetzt. »Das habe ich ihm geschenkt, vorletzten Sommer, als er uns in Iōjima besucht hat. Toshi, mein Nachbar, hatte es selbst gebastelt. Hideo hat sich fürchterlich darüber aufgeregt, weil er es nicht geschafft hat, den Ball in den Becher zu befördern.« Sie legte die Schnur um den Griff. »Stört es dich, wenn ich es behalte?«

»Natürlich nicht. Nimm, was du brauchst.«

Sie dankte mir und zog als Nächstes ein Blatt Papier aus der Truhe. »Hier«, sagte sie lächelnd. »Ich glaube, das ist für dich.« Sie reichte mir eine Zeichnung, die im Grunde bloß aus Kreisen für die Körper und Köpfe und Strichen für Arme und Beine bestand. »Großmutter und Großvater«, hatte er daruntergeschrieben.

Das Ganze war mir höchst peinlich. »Es könnte jeder von uns sein.«

Sie sah in die Truhe. »Ihr hattet das Glück, mehr Zeit mit ihm zu verbringen.«

Ich wurde rot. »Wir werden immer nach ihnen Ausschau halten.«

»Sie sind fort, Amaterasu. Ich denke, das müssen wir akzeptieren. Und ich glaube, das haben wir bereits.«

Ich zwang mich, ihr in die Augen zu sehen. »Was werdet ihr tun?«

Sie griff nach einem der zusammengefalteten Pullis und vergrub das Gesicht darin. »Weitermachen, es ertragen, leben. Was bleibt uns anderes übrig?« Sie strich mit der Hand über die braune Wolle. »Und ihr?«

»Weitermachen, es ertragen, leben.« Wenn man die Worte wiederholte, klangen sie noch hohler und leerer.

Und genau das tat ich die nächsten vierzig Jahre. Ich lebte weiter, akzeptierte, dass Hideo tot war. Und nun war er plötzlich wieder hier, nicht der Junge, sondern der Mann, und wann immer ich an ihn dachte, sah ich Pikadon, dieses leere Haus und die Zeichnung. *Großmutter und Großvater*. Ich ging ins Schlafzimmer zurück und zog die Skizze hervor, deren Schrift fast nicht mehr zu erkennen war, obwohl sie niemals dem Sonnenlicht ausgesetzt gewesen war. Ich trug sie in die Küche und legte sie neben Yukos Tagebuch.

Ich hatte mein Versprechen gehalten und ihre Tagebücher nie gelesen. Auch wenn ich mir einredete, wie rühmlich mein Verhalten war, wusste ich, dass mich in Wahrheit nur meine eigene Feigheit daran gehindert hatte. Ich hatte mich von dem abgewandt, was ich nicht ertragen konnte, doch Yuko vermochte die Wahrheit von den Lügen zu trennen. Sie konnte Hideo zum Leben erwecken. Nur meine Tochter konnte mich davon überzeugen, dass der verstümmelte Mann ihr Sohn war.

Ein Omen

Engi: In der buddhistischen Philosophie ist engi das Gesetz, welches die Veränderung der Erscheinungswelt regiert, in der alles Irdische sterben muss und nichts von Dauer ist. Im säkulären Gebrauch steht engi für das Omen oder Glück. Von einer Schlange zu träumen ist ein gutes Omen, von einem Fisch hingegen ein schlechtes. Ladenbesitzer hängen gern Glücksbringer in ihren Schaufenstern auf. Es gibt eine Menge davon, beispielsweise Dämonenbannpfeile (hamaya), den geschmückten Bambusrechen (kumade) oder die winkende Katze (maneki-neko).

Ich schlug das erste von Yukos Tagebüchern auf und strich mit der Hand über das vergilbte Papier. Die Tinte sah noch ganz frisch aus, so als wäre sie gerade einmal drei Wochen alt. Natürlich waren die Worte kein Ersatz für meine Tochter, aber mehr war mir von ihr nicht geblieben. Ich begann an der Stelle zu lesen, als es zwischen den beiden angefangen hatte, am 29. Juli 1936. Sie hatten sich in seiner Praxis kennengelernt, bei einer Routineuntersuchung. Ihr Vater hatte sie zu ihm geschickt, dem Arzt und alten Freund. In ihrer Beschreibung war alles an diesem Tag ungewöhnlich intensiv gewesen: das Zirpen der Grillen, die Sonne auf den Steinen der Megane-Brücke, der Geruch nach Fisch, als sie mit dem Taxi an Shinchi vorbeifuhr, der graue Krankenhauskomplex und die Stille in Satos Untersuchungsraum. Sie schilderte ihre Eindrücke bis ins Detail: das Foto seines toten Bruders in Uniform, die Risse im ledernen Bezug der

Untersuchungsliege, den buddhistischen Spruch an der Wand: *»Essen, ausscheiden, schlafen, wieder aufstehen. Das ist unser Leben. Und danach gibt es nur noch eines – sterben.«*

Wenn ich die Augen schloss, konnte ich es vor mir sehen, in ihren Gedanken verankert. Alles schien bedeutungsschwer zu sein, ein düsteres Vorzeichen dessen, was geschehen würde. *»Er stellte sich vor und erkundigte sich nach Vater. Sie würden sich schon eine Ewigkeit kennen, meinte er, lange vor meiner Geburt. Ich fand es seltsam, dass ich seinen Namen nie zuvor gehört hatte. Er wirkt jünger als Vater, aber vielleicht liegt es auch daran, dass er größer und schlanker ist und dichteres Haar hat. Sein gutes Aussehen machte mich verlegen, und als er mich ansah, hatte ich das Gefühl, als könnte er einen Teil von mir erkennen, den ich lieber im Verborgenen weiß. Selbst jetzt noch, Stunden nach unserer Begegnung, werde ich ganz rot, wenn ich daran denke.«*

Er wollte wissen, was ihr fehle, worauf sie erzählte, sie schlafe nachts höchstens ein paar Stunden am Stück. Außerdem habe sie Magenschmerzen und leide unter Appetitlosigkeit. »Meine Eltern machen sich unnötig Sorgen wegen mir«, erklärte sie ihm. »Wahrscheinlich liegt es an der Hitze, schließlich haben wir Sommer.« Er bat sie, ihren Kimono bis auf das Unterkleid auszuziehen. Sie gehorchte und setzte sich auf den Untersuchungstisch. *»Ich spürte, wie mein Gesicht glühte, als er das Stethoskop zwischen die Baumwollschichten schob, und zuckte zusammen, als das kalte Metall meine nackte Brust berührte. Es war so still im Raum, dass ich sogar das Zwitschern der Vögel hören konnte.«* Als Nächstes forderte er sie auf, sich flach auf den Rücken zu legen. *»Er drückte mit den Fingern auf meinen Bauch, vorsichtig, aber trotzdem fest. Ich spürte meine Venen, meine Haut, meine Muskeln und meine Knochen, fühlte mich im wahrsten Sinne des Wortes lebendig.«* Er fragte nach ihrem Alter. Sechzehn, antwortete sie. Während sie sich wieder anzog, wusch er sich die Hände und trocknete sie ab, dann bat er sie, ihm gegenüber Platz zu nehmen. »Welche beruflichen Pläne haben Sie?«, erkundigte er sich. »*Mutter meint, ein Mädchen meines Standes müsse lediglich eine anmutige und aufmerksame Ehefrau abgeben, aber das erzählte ich ihm nicht, sondern antwortete, ich wisse es noch nicht.*« Er fragte sie, was sie denn gern tun würde, und sie erzählte ihm, dass sie viel zeichnete. In Japan gebe es schon genug Künstler, meinte er. Und Hausfrauen. Das neue Japan brauche vielmehr Wissenschaftlerinnen, Lehrerinnen und Krankenschwestern und keine Dichter und Schriftenkünstler. Vielmehr sollten die persönlichen Ambitionen die hochfliegenden Pläne des Landes widerspiegeln. »*Ich habe gesagt, er würde sich genauso wie Vater anhören, worauf er lächelte. ›Und was würden Sie ihm antworten, wenn er jetzt hier wäre?‹, fragte er. Ich dachte einen Moment nach. ›Aber Wissenschaftler wollen sich doch auch mit schönen Dingen umgeben, oder nicht?‹, würde ich sagen.*«

Er lachte und trat zur Tür. »Kommen Sie, ich will Ihnen etwas zeigen.« Sie gingen ins Erdgeschoss und einen langen Flur entlang bis zur Kinderstation. Die Türen waren geöffnet, hauchzarte weiße Vorhänge bauschten sich an den Fenstern. Es roch nach Desinfektionsmittel. Links von ihnen schlief ein Junge in seinem Bett, daneben lag ein anderer, etwas älterer Junge und las. Eine Schwester gab einem kleinen Mädchen zu trinken. Er wandte sich ihr zu. »Ich bin sicher, Sie können hübsch zeichnen, Yuko, aber Ihre Finger können noch viel mehr. Sie können in unserer Nation eine wichtige Rolle übernehmen und nicht nur, indem Sie Söhne zur Welt bringen.« Wieder lief sie rot an. Gemeinsam gingen sie zurück zur Empfangshalle und traten durch die Eingangstür, wo Sato sich eine Zigarette anzündete und auf seine Uhr sah. Außer leichter Erschöpfung habe er nichts an ihr feststellen können, meinte er. Vielleicht sei es eine schwierige Phase für ein Mädchen ihres Alters … ob sie etwas bekümmere? Bislang habe die Schule eine wichtige Rolle in ihrem Leben gespielt, und ihre Zukunft sei schließlich ungewiss, daher würden ihr die bevorstehenden Jahre vielleicht Kopfzerbrechen bereiten? *»Es hat mir Freude bereitet, ihm zu lauschen … seiner tiefen, gemessenen Stimme. Außerdem hat er so ein hinreißendes Muttermal am Kinn, das bei jedem Wort wippt. Und es gefiel mir, wie er die Augen mit der Hand gegen die Sonne abschirmte.«* Er verordnete ihr Bewegung, jeden Tag schwimmen oder Rad fahren, worauf sie meinte, Erstes beherrsche sie nicht, und Letzteres *»erlaubt Mutter nicht«*.

»Sie können nicht schwimmen?«, hakte er nach. »Aber wir sind hier auf einer Insel, überall ringsum ist das Meer.« Yuko erwiderte, sie hätte nie die Notwendigkeit gesehen, es zu erlernen, was ihn zu belustigen schien. »Und warum erlaubt Ihre Mutter Ihnen das Radfahren nicht?«, fragte er weiter. Sie zögerte, dann beugte sie sich hinab und hob die Schichten ihres Kimonos an, unter denen eine lange weiße Narbe auf ihrem Schienbein zum Vorschein kam. »Ich war acht und hatte mein erstes und zugleich letztes Fahrrad.« Sie lächelten einander an.

»Tja, dann also Schwimmen.« Er hielt inne. »Vielleicht habe ich ja die Lösung.« Rein zufällig kenne er jemanden, der sich ganz ausgezeichnet im Wasser bewegen könne und ein geduldiger Lehrer sei. Was sie davon halte. Yuko fragte, wer diese Person sei, worauf er neuerlich lächelte. »Ich.« Und so fing alles an: mit Schwimmunterricht.

Sie vereinbarten, sich in der darauffolgenden Woche zu treffen. Auf dem Weg vom Krankenhaus begegnete sie einer Frau in einem olivgrünen Kimono mit einem Sonnenschirm in der einen und einer kleinen Bambusschachtel in der anderen Hand. Ein solches Gesicht habe sie noch nie zuvor gesehen, schrieb Yuko. Es war, als hätte das Sonnenlicht die Züge der Frau fortgebrannt, sodass nichts als die klaren Linien von Stirn, Wangen und Kinn übrig waren. Sie war die perfekte Schönheit. Yuko ging bis zur Hauptstraße, ehe sie sich umdrehte und sah, dass die Frau die Hand auf Satos Brust gelegt hatte und mit den Fingern über sein Revers strich, dann klappte sie ihren Schirm zu, den er ihr aus der Hand nahm. Als die Sonne hinter einer Wolke verschwand, betraten die beiden das kühle, dunkle Krankenhaus. »*Auf dem Heimweg wurde mir bewusst, dass sich in diesem Moment meine Welt unwiederbringlich veränderte. Ich spürte etwas, das ich noch nie wahrgenommen hatte … eine Freude tief in meinem Herzen. Dieser Mann, das kalte Metall auf meiner Brust, seine Hände auf meinem Körper. Was soll ich sagen? Es ist, als hätte ich plötzlich ein Geheimnis. Die Welt ist geschrumpft und gewachsen zugleich. Ich verstehe nicht, warum, aber es fühlt sich herrlich an. In meinen Gedanken gibt es nur ihn und mich. Ich zähle bereits die Stunden bis zu unserem Wiedersehen.*«

Ein Talisman

Omamori: Viele Japaner tragen auch heute noch religiöse Amulette, die es in Tempeln und Schreinen zu kaufen gibt. Sie bestehen aus einem Streifen Papier, Plastik oder einem Holzstück mit einem Segnungsspruch oder einem Gebet. Man gibt einen solchen Talisman in ein hübsches Stoffsäckchen und trägt ihn um den Hals, in der Handtasche oder der Geldbörse bei sich oder aber hängt ihn im Wagen auf. Die Leute glauben daran oder gehen sogar davon aus, dass ein omamori sie vor Unglück bewahrt oder ihnen göttliche Unterstützung bei der Erfüllung ihrer Wünsche gewährt.

Yuko und Sato hatten vereinbart, sich an der Anlegestelle am Pier zu treffen. Unter den Fischern und alten Frauen sei er ja leicht auszumachen, hatte sie gemeint. Er stand mit dem Rücken zu ihr, in einer cremefarbenen Leinenhose, weißem Hemd mit aufgerollten Ärmeln und einem Panamahut. Noch bevor sie zu ihm trat, drehte er sich um. Die Heftigkeit ihrer Reaktion verschlug ihr den Atem. Im Kino hatte sie zwar importierte Hollywood-Romanzen gesehen, aber zwischen den Schauspielerinnen auf der Leinwand und ihrem eigenen Leben keinerlei Zusammenhang hergestellt. Sie war weder eine ägyptische Herrscherin noch eine Zarengattin oder ein Broadwaystar, sondern ein gewöhnliches Mädchen. Dies war das erste Mal, dass sie so etwas wie körperliche Begierde empfand, ein Gefühl, das sie regelrecht trunken machte. Sato reichte ihr eine Fahrkarte und meinte, sie würden nach Iōjima fahren, eine winzige Insel, etwa dreißig Minuten von Nagasaki entfernt. Es war ein gewöhnlicher Wochentag, daher waren die meisten Plätze auf dem unteren Deck frei. Sie gingen die Stufen hinauf aufs Oberdeck. Kurz darauf verließ die Fähre den Anleger und steuerte mit brummenden Maschinen auf das offene Meer zu. Sato ging die Treppe wieder hinunter, während Yuko die kleiner werdende Silhouette Nagasakis und die vor den dunklen Hügeln und dem strahlend blauen Himmel verblassenden Fabriken im Hafen betrachtete. Aus dieser Perspektive hatte sie ihre Heimatstadt noch nie gesehen … wie sie ganz allmählich zur Bedeutungslosigkeit schwand.

Der Doktor kehrte mit zwei Gläsern gekühltem Gerstentee zurück und reichte ihr eines, an dem sie vorsichtig nippte. *»Er saß so dicht neben mir, dass ich förmlich die Luft spüren konnte, die uns trennte. Er hat etwas an sich, das alles rings um ihn herum viel intensiver erscheinen lässt, Farben, Geräusche, Sinneswahrnehmungen … so als würde man durch ein Vergrößerungsglas blicken.«* Sie sah zu, wie er sein Glas auf der Bank abstellte und sich eine Zigarette anzündete. Dann schob er seinen Hut in den Nacken, lehnte sich zurück und hielt das Gesicht in die Sonne. *»Eigentlich mag ich den Geruch nach Tabak nicht, aber heute, vermischt mit der salzigen Luft, hatte er etwas wunderbar Verwegenes. Er schloss die Augen, was mir Gelegenheit gab, sein Profil zu studieren. Ich war noch nie mit einem Mann auf eine so intime Weise allein. Mein Blick fiel auf seine leicht geöffneten Lippen, wanderte weiter über seinen Hals bis zu dem dreieckigen Stück nackter Haut an seinem offenen Hemdkragen, über den weißen Stoff seines Hemds zu seinem Hosenbund und noch weiter. Ich betrachtete ihn, von oben bis unten. Als ich aufsah, merkte ich, dass er mich beobachtete, mit einem Blick, den ich nicht deuten konnte.«* Verlegen stand Yuko auf und schlenderte zum Heck, doch Sato folgte ihr, trat neben sie und stützte die Ellbogen auf die Reling. Unter ihnen wirbelte die Schiffsschraube weiße Gischt auf.

Eine ganze Weile standen sie schweigend da. Die Stille fühlte sich keineswegs unangenehm an. Schließlich richtete er sich auf und wandte sich ihr zu. »Ich frage aus reiner Neugier, aber haben Sie Ihren Eltern gesagt, dass Sie sich mit mir treffen?« Sie überlegte kurz, ob sie lügen sollte, doch dann sah sie ihn an. Die Brise wehte ihr einzelne Strähnen ins Gesicht. Er streckte die Hand aus und strich sie ihr behutsam hinters Ohr. *»Ich spürte ein Kribbeln. Und ein Ziehen irgendwo in meinem Unterleib. Ich sagte, dass ich niemandem davon erzählt hätte. Daraufhin trat er näher und beugte sich vor, sodass seine Lippen beinahe mein Ohr streiften. ›Das ist unser kleines Geheimnis‹, flüsterte er. Als er sich wieder aufrichtete, streifte sein Mund ganz leicht meine Wange. Ich wünschte, ich fände Worte für die Empfindungen, die seine Berührung in mir auslöste. Vielleicht gibt es ja keinen Begriff dafür, aber bleibt mir ohne ein passendes Wort eine andere Möglichkeit, meine Erinnerung an meine Reaktion zu bewahren, als diese Begierde wieder und wieder in mir heraufzubeschwören, bis mein Körper zu seinem eigenen Wörterbuch wird?«*

In diesem Moment kam Iōjima – kaum mehr als ein paar von Bäumen bewachsene Hügel – in Sichtweite. Die Fähre legte an, und wenige Minuten später gingen sie die Gangway hinab. Yuko sah einem Fischer und seinem Kormoran bei der Arbeit zu. Der Vogel flog vom Mast des Ruderboots los und stürzte sich in die Fluten. Besorgt, dass er nicht mehr auftauchen könnte, blieb Yuko stehen. In diesem Moment brach der Vogel durch die Wasseroberfläche, flog mit einer Brasse im Schnabel zu seinem Aussichtspunkt auf dem Mast zurück und ließ den Fisch seinem Herrn direkt vor die Füße fallen. *»Ich komme mir vor, als wäre ich dieser Vogel und Sato der Fischer.«*

Sie folgten dem Pfad entlang der Südseite der Insel. Riesige Betonwälle waren errichtet worden, damit die Wellen die Insel nicht überfluten konnten. Meerasseln krabbelten zwischen den Spalten umher, und die Sonne brannte auf sie herab, so heiß, dass es beim Atmen in den Nasenflügeln brannte. Sie kamen an einem Feld mit Hunderten Libellen vorbei, deren Flügelschläge summend von der verbrannten Erde und dem vergilbten Gras widerhallten. Die Luft schien zu flirren, zu vibrieren, als befände man sich in einem fiebrigen Traum. Ein Mädchen und ein Junge hockten neben einem Haufen toter Libellen. Der Junge stand auf, warf zwei durch eine Baumwollschnur verbundene Muschelschalen in die Luft und fing damit eine Libelle ein, die ins Gras fiel und zuckte, bis sie reglos verharrte. Das Mädchen rannte los, schnappte den schlaffen Kadaver und legte ihn auf den Haufen. Dann zählten sie ihre Beute und blickten fragend zu dem Doktor und Yuko auf.

Vom Hauptweg ging ein zweiter Weg ab, dem sie folgten, vorbei an einem kleinen, von der Sonne ausgebleichten Boot auf einem Kiesstrand, auf dem überall Fischernetze herumlagen. An einer Leine zwischen zwei Masten hingen gesalzene und getrocknete Fische. Sie gelangten zu einem Holzhäuschen, das kaum mehr als ein winziger Verschlag war. Im Türrahmen stand ein Mann, der einen Eimer aufhob und an ihnen vorbeiging. Yuko spähte hinein: Mehrere Seeigel mit schwarzen, ineinander verhakten Stacheln lagen darin. Der Mann würde sie später nach Nagasaki bringen und an Sushi-Restaurants verkaufen. Sato und Yuko bogen um die letzte Ecke und standen vor einem Strandabschnitt mit weißem Sand und grauen, von rosa und gelben Quarzsplittern durchsetzten Felsen. Etwa hundert Meter vom Ufer entfernt trieb eine hölzerne Schwimminsel. Sato zog Schuhe und Socken aus. Yuko tat es ihm nach. Durch den heißen Sand stapften sie bis zu einer Ansammlung von Palmfarnen, wo Sato seine Hose und sein Hemd abstreifte, unter denen er eine Badehose trug. Er lief los, stürzte sich in die Fluten und hatte mit wenigen kräftigen Schlägen die Schwimmplattform erreicht.

Yoko streifte ihren Badekimono ab und stand verlegen in dem roten Badeanzug mit dem tiefen Rückenausschnitt da, den sie eigens für diesen Tag gekauft hatte und dessen Stoff sich schrecklich eng um ihre Schenkel schmiegte. In einem Magazin hatte sie Fotos von modernen japanischen Mädchen gesehen, die in gestreiften Strandanzügen und breitkrempigen Hüten am Strand entlangschlenderten. Sie beneidete sie um ihr Selbstbewusstsein und um ihren Wagemut. Wie konnten sie so freizügig sein, einfach sämtlichen Konventionen trotzen? Sato stand am Rand der Plattform, winkte ihr zu und stürzte sich erneut in die Fluten. Sekunden vergingen. Ihre Sorge wuchs, ebenso wie vorhin bei dem Kormoran, doch dann brach er unvermittelt mit einer Fontäne durch die Wasseroberfläche und schwamm zum Ufer zurück. Sie ging ihm ein Stück entgegen. Das Wasser umspülte ihre Zehen. Beigefarbene Babyflundern, die sich halb im Sand eingegraben hatten, schossen mit zuckenden Flossen davon. Kleine Wellen schwappten um ihre Knöchel und Schienbeine, als sie sich weiter vorwagte. Inzwischen war Sato zurückgeschwommen, und sie sah die kleinen Wasserbäche über seine haarlose Brust rinnen, während er sich das Gesicht abwischte.

»Sind Sie noch nie im Leben geschwommen?«, fragte er. Als sie verneinte, meinte er, sie würden ganz langsam anfangen. Sie solle sich einfach nach hinten lehnen und treiben lassen. »Vertrauen Sie mir. Ich halte Sie, keine Angst.« Also ließ sie sich nach hinten sinken und löste die Füße vom Sand, während Sato sie im Rücken und an den Beinen festhielt. »Sie sind begabt. Aus Ihnen wird noch eine echte Wasserratte.« Sie blickte hoch. Die Sonne stand in seinem Rücken, sodass sein Gesicht nur ein dunkler Fleck war. Sie lauschte dem leisen Knacken der unsichtbaren Korallenbänke unter ihr und dem Rauschen des Bluts in ihren Ohren. *»Jomei schob seine Hände seitlich neben meine Brust und* *meine Schenkel und zog mich näher heran, bis mein Oberkörper an seinem Bauch lag. Auch wenn ich wusste, dass auf der Insel noch etwas anderes existierte – ein Fischer mit seinem Eimer voller Seeigel, ein Junge und ein Mädchen und ihr Haufen toter Libellen –, gab es in diesem Moment nur mich und Jomei, das Meer und eine Schwimmplattform. Und seine Haut an meiner.«*

Später saßen sie auf den Felsen und blickten aufs Wasser hinaus. »Das haben Sie gut gemacht. Sie werden eines Tages eine ausgezeichnete Schwimmerin abgeben.« Sie dankte ihm und überlegte, was sie noch sagen sollte.

»Es ist sehr nett von Ihnen, sich so viel Zeit für mich zu nehmen«, meinte sie, worauf er erwiderte, er habe sich über die Ausrede gefreut, der Insel einen Besuch abstatten zu dürfen. Als Student sei er sehr oft hier gewesen. Yuko stand auf und hob ein paar Steine an, um zu sehen, was sich darunter verbarg. Als sie aufblickte, bemerkte sie, dass Sato sie betrachtete. *»Er schien, als würde er mich in Augenschein nehmen. Ich frage mich, was er gesehen hat. Ein Kind? Ich muss ihm vorgekommen sein, als wäre ich noch nicht erwachsen, sondern erst halb fertig.«*

Er gesellte sich zu ihr, ging in die Hocke und stützte die Arme auf die Knie. »Was haben wir denn hier?« Sie entdeckten eine seitwärts laufende Krabbe, gelb-schwarze Strandschnecken, rote Anemonen, glatt und schillernd wie Augäpfel, Shrimps und sogar einen winzigen blauen Seestern. »Es ist, als würde man in die Augen seiner Kindheit blicken«, erklärte Sato.

»Ich dachte, Japan braucht keine Dichter mehr«, neckte Yuko ihn, worauf er lächelte und die Narbe an ihrem Schienbein ansah. »Sie ist wirklich hässlich, nicht?« meinte sie, doch er schüttelte den Kopf.

»Betrachten Sie sie einfach als eine Landkarte Ihres Lebens. Ich finde, Sie sollten wieder Rad fahren. Ein kleiner Unfall sollte

Sie nicht davon abhalten. Ihre Mutter war schon immer so vorsichtig.« Sie horchte erstaunt auf. »Sie kennen Mutter?«

»Nicht sehr gut«, antwortete er, doch Yukos Neugier siegte.

»Ich habe ihn gefragt, weshalb meine Eltern ihn vor dem Termin im Krankenhaus nie erwähnt hätten. Er meinte, Mutter hätte ihn nie sonderlich leiden können, also wollte ich wissen, weshalb. Als sie noch jünger gewesen seien, hätte sie gemeint, er habe einen schlechten Einfluss auf Vater. Ich fragte, ob es der Fall gewesen sei. Er nickte, lachte jedoch nicht, wie ich es erwartet hätte. Dann wollte er wissen, weshalb ich meinen Eltern nicht von unserem Ausflug zum Schwimmen erzählt hätte. Ich strich mit der Hand über meine Narbe und beschloss, die Wahrheit zu sagen: Ich hätte nicht gewollt, dass sie Nein sagten.«

In der darauffolgenden Woche trafen sie sich erneut an der Fähre, und diesmal hatte er zwei Fahrräder dabei. Sie presste sich die Hand vor den Mund, um nicht laut loszulachen. »Ich kann nicht Rad fahren.« Er schüttelte den Kopf.

»Das glaube ich Ihnen nicht. Hier, nehmen Sie dieses hier, und wenn wir auf der Insel sind, probieren wir es aus.« Anfangs quiekte sie vor Angst und Entzücken, doch nach kurzer Zeit konnte sie sogar stehend fahren, hielt ihr Gesicht in den heißen Wind und genoss die Sonne. Sie ließen die Räder auf der Insel zurück, unter den Bäumen oder an der Pier angekettet. Manchmal nahm sie ihr Skizzenbuch mit, doch ihn zeichnete sie nur ein einziges Mal, am 22. August, und auch nur, weil er zu erschöpft war, um sich zu wehren. Er hatte die halbe Nacht operiert, einen Fall schwerer Meningitis. Das Kind hatte überlebt, aber man hatte ihm Gliedmaßen amputieren müssen. Er döste, als sie den Block und Bleistift aus ihrer Tasche nahm und zuerst seine Gestalt skizzierte und anschließend die Details hinzufügte. *»Die Luft flirrte vor Hitze, und seine Haut schimmerte honigfarben im Sonnenschein. Er war wie Nektar.«*

Als er aufwachte, bedachte er ihren Block mit einem reuigen

Blick. Sie zeigte ihm ihr Werk, dessen Kohlelinien ihre scheue Sehnsucht nur allzu deutlich zeigten. Mit einem Nicken gab er ihr den Block zurück. »Es gefällt dir also nicht?«, fragte sie, worauf er meinte, er sehe alt darauf aus. Seine Erwiderung belustigte sie und animierte sie, ihn zu necken. »Wie alt bist du denn?«, fragte sie. Er hob die Brauen und setzte sich auf.

»Wie alt ist dein Vater?«, gab er zurück. Sie dachte einen Moment nach.

»Steinalt. Älter als die betagteste Schildkröte der Welt.«

Resigniert ließ er den Kopf hängen. »In diesem Fall bin ich sogar noch zwei Monate älter.«

Yuko gelang es nicht, ihre Neugier zu zügeln. »Und bist du genauso lange verheiratet wie er? Ich glaube, ich habe deine Frau gesehen. An dem Tag, als wir uns das erste Mal begegnet sind. Sie ist sehr schön.« Er nickte.

»Wieder fiel mir auf, dass er mich in Augenschein nahm, so wie an dem Tag, als wir unter den Steinen nach Tieren gesucht hatten. ›Sie ist schön, das stimmt. Alle Frauen beneiden sie, und alle Männer beneiden mich.‹ Es gefiel mir nicht, wenn er so etwas sagte. Ich war eifersüchtig und kam mir gleichzeitig albern vor. Wie ein dummes kleines Mädchen mit alberner Vernarrtheit, gleichzeitig wollte ich unbedingt mehr erfahren. ›Wie habt ihr euch kennengelernt?‹, fragte ich weiter. Also erzählte er es mir. Sie heißt Natsu, ist fünf Jahre jünger als er und die Tochter eines Kollegen. Sie sei unwiderstehlich gewesen … aus mehreren Gründen, meinte er. ›Wir waren jung, sie schien perfekt zu sein, wie man es in der Jugend eben glaubt. Aber dann wurden wir erwachsen.‹ Er hielt inne, als suche er nach den richtigen Worten. ›Meine Frau ist eher so etwas wie eine Schwester, verstehst du?‹ Ich verstand nicht, und das sah er mir an. ›Vielleicht ist es ja besser, wenn du es nicht verstehst.‹«

Er blickte aufs Meer hinaus. »Ich glaube, du bist so weit«, sagte er. Sie hatte keine Ahnung, was er meinte. »Heute wirst du ganz bis zur Plattform schwimmen.« Die Schwimminsel trieb sanft auf den Wellen.

»Aber das ist viel zu weit. Das schaffe ich nie.« Er sah sie tadelnd an. »Natürlich schaffst du es. Ich bleibe direkt hinter dir. Du hast doch wohl keine Angst, oder?« Sie wurde ärgerlich. Statt einer Erwiderung wandte sie sich um und lief ins Wasser. Die Strömung war hinter ihr, und sie war fest entschlossen, sich zu beweisen, auch wenn ihre Schwimmzüge noch so ungelenk sein mochten und sie noch so viel Wasser schluckte. Wenige Meter vor der Plattform zog er mit angeberischen Kraulzügen an ihr vorbei, doch das kümmerte sie nicht. Sie hatte es geschafft. Sie umfasste die verrosteten Metallgriffe und zog sich atemlos hoch, während die Panik allmählich verebbte. Er saß mit dem Rücken zu ihr auf der Plattform. Sie setzte sich neben ihn, während die Wellen gegen das Holz schwappten und die Fische unter der Wasseroberfläche umherschossen. *»Wir saßen nebeneinander und blickten aufs Wasser, schweigend, aber einträchtig in der Stille von Iōjima.«*

Nach einer Weile ergriff er das Wort, erzählte von seiner Kindheit in Kumamoto, wie er und sein Bruder Tenri auf dem Feld neben dem Haus Krieg gespielt hatten, von dem Tag im Jahr 1917, als Tenri eingezogen worden war; dem Abend drei Jahre später, als das Telegramm eingetroffen war, er sei in Shanghai gefallen. Wenig später hatten sie seine Habseligkeiten erhalten, eine kleine Kiste aus Glyzinienholz mit Satos Briefen darin, sorgsam mit einem Schnürsenkel zusammengebunden. *»Die ganze Zeit über blickte er aufs Wasser hinaus, und ich hätte ihm so gern Trost gespendet. ›Aber er ist als Held gestorben, beim Kampf um sein Vaterland‹, sagte ich. Er ließ sich Zeit mit seiner Antwort.*

›Er ist im Kampf gestorben, das ist richtig, aber nicht auf dem Schlachtfeld, sondern in einer Opiumhöhle in einer Straße namens Blood Alley, wo im Preis für ein Bier auch ein kleines Mädchen mit eingeschlossen war.‹ Sein Geständnis

machte mir Angst. Erst jetzt wurde mir bewusst, dass ich rein gar nichts über das Leben wusste. Meine Eltern hatten mich stets sorgsam behütet, dabei giere ich danach, mehr zu erfahren, nicht über Opiumhöhlen, sondern über andere interessante Dinge. Jomei legte sich auf die salzverkrusteten Holzplanken. Ich fragte mich, wie man mit dem Verlust eines so nahen Angehörigen wohl weiterlebte.

›Auf deinem Schreibtisch steht ein Foto von ihm, also musst du sehr stolz auf ihn sein‹, sagte ich, worauf er mich ansah.

›Es spielt keine Rolle, wie er gestorben ist. Er war trotz allem mein Bruder. Wir werden für immer die beiden Jungs sein, die im Dreck spielten, nicht die Männer, die wir als Erwachsene waren.‹

Ich hätte so gern die Hand nach der seinen ausgestreckt, seinen Kopf an meine Brust gezogen, die richtigen Worte gefunden. Stattdessen spürte ich plötzlich Angst in mir aufwallen, Angst davor, wie kostbar unsere gemeinsame Zeit war. Wie endlich. Diese Tage mit Jomei sind wahre Juwelen. Inzwischen kann ich gut genug schwimmen und brauche keinen Unterricht mehr. Also fragte ich ihn, wie oft wir noch auf die Insel kommen könnten. Er stützte sich auf die Ellbogen. ›Unsere Besuche enden, wenn die Grillen zu zirpen beginnen.‹ Ich lächelte. Und er ebenfalls. ›Scheint, als würde tatsächlich ein Poet in mir stecken, Yuko.‹ Wir lachten. Nein, ich kann mir mein Leben nicht mehr ohne Iōjima vorstellen, ohne ihn. Ob ich es wagte, es ihm zu sagen? Vielleicht lieber nicht. Aber ich tat es trotzdem.

›Ich werde die Insel vermissen. Ich bin so glücklich hier.‹ Vielleicht war es ihm peinlich. Er stand auf, hielt mir die Hand hin und zog mich hoch. ›Los, wer als Erster am Strand ist.‹ Er sprang ins Wasser.

›Das ist unfair, Betrug, warte auf mich‹, rief ich. Als ich das Ufer erreichte, stand er bei unseren Sachen und klatschte. Ich weiß noch, dass ich lachen musste, bis meine Lungen brannten, schmecke noch das Salz auf meinen Lippen, spüre noch meine unbändige Freude, die mich leichtsinnig machte. Ich war zu dicht bei den Felsen, zu sehr mit den Gedanken bei Jomei, der nach einem Handtuch griff. Ich trat vor, und ein stechender Schmerz schoss durch meinen Fuß, so heftig, dass ich aufschrie und auf die Knie fiel.«

Das Zirpen der Grillen

Mushi-no-ne: Im Herbst beginnen die suzumushi (Singgrille), die matsumushi (eine Art Zikade) und die korogi (gewöhnliche Grille) mit ihrem typischen Gesang, der bei den Japanern eine Saite zum Schwingen bringt. Für ihr Empfinden liegt in den Gesängen eine Traurigkeit und Einsamkeit, die sinnbildlich für den Ausklang des Sommers und den beginnenden strengen Winter stehen, für die Kurzlebigkeit der Insekten und damit auch für den steten Wandel des Lebens.

Er lief zu ihr, als sie am Ufer kauerte. »Ich glaube, das war eine Qualle«, sagte sie, während er sich hinkniete, ihren Fuß nahm und die Sohle inspizierte.

»Nein, ein Seeigel. Wir müssen die Stacheln herausziehen. Aber keine Angst, das kriegen wir schon hin. Kannst du gehen?« Sie konnte nicht. Also wies er sie an, die Arme um seinen Hals zu schlingen, und hob sie hoch.

»Aber ich bin doch viel zu schwer«, protestierte sie, doch er lächelte.

»Nein, bist du nicht. Schön festhalten.« Ihr Fuß pochte vor Schmerz, als das Gift zu wirken begann.

»Es tut weh, Jomei.« Er versprach, sich gleich darum zu kümmern, dass der Schmerz nachließ, während er sie zum nächsten Haus trug. Auf sein Rufen erschien eine Frau in Hosen und einem Kittel an der Tür.

»Könnten wir etwas Essig, heißes Wasser und eine Rasierklinge bekommen?« Sie bedeutete ihm einzutreten. Sato setzte Yuko auf den Fußboden, hob ihren Fuß an und begann, die Stacheln aus ihrem Fleisch zu ziehen, dann sterilisierte er die Klinge, fuhr damit über die entzündete Haut und rieb die Wunde anschließend mit Essig ein. Als er fertig war, bot die Frau ihnen Tee an. Sato bedankte sich, meinte jedoch, es sei höchste Zeit, aufs Festland zurückzukehren. Er half Yuko beim Anziehen, während die Frau das eine Rad zu einem Unterstand neben dem Haus schob. »*Ich bin zum Eingang gehumpelt, habe mich auf das andere Rad gesetzt und mich an Jomei festgehalten. Nach ein paar Metern habe ich mich noch einmal umgedreht, um der Frau zum Dank zu winken, aber sie war schon weg. Seine Beine müssen von der Anstrengung ziemlich geschmerzt haben, aber er blieb erst an der Anlegestelle stehen. Auf der Rückfahrt bettete er meinen Fuß auf unseren Sachen, überprüfte immer wieder die Schwellung und beruhigte mich, dass bald wieder alles gut wäre. Ich dachte an den Moment, als er mich hochgehoben hatte, an seine besorgte Miene, seine freundliche Stimme. Ich mochte nur sehr wenig über das Leben wissen, doch sein Verhalten beschwor ein Fünkchen Hoffnung in mir herauf: Ich lag ihm am Herzen. Nachdem die Fähre angelegt hatte, standen wir noch eine Weile am Ufer. Keiner schien wahrhaben zu wollen, dass der Nachmittag zu Ende war. Die vergangenen Stunden hatten uns verändert, hatten eine neue Intimität zwischen uns geschaffen, ganz anders als die Atmosphäre am Strand und auf der Schwimmplattform. Wir sahen einander in einem neuen Licht, gingen anders miteinander um. Er fragte, ob ich nach Hause wollte. Ich verneinte – ich wollte noch länger mit ihm zusammen sein. Er überlegte. »Erwarten deine Eltern dich nicht?«, fragte er. Erst in ein paar Stunden. Wir sahen einander in die Augen, ohne ein Wort zu sprechen, doch das war auch nicht notwendig. Er kannte einen Ort, an den wir gehen konnten. Wollte ich mit ihm gehen? Es war, als stünde mein ganzer Körper unter Strom. Ich dachte nicht an seine Frau, an mein Alter, an meine Familie, sondern sah nur ihn. ›Ich will bei dir sein.‹«*

Ich hörte auf zu lesen und stand auf. Ich wollte nicht weiterlesen, weil ich genau wusste, was als Nächstes kommen würde. Es war unvermeidlich. Ich ging in der Küche umher, reihte Reisbehälter, Teebeutel und Kaffeedosen ordentlich nebeneinander auf, hängte eine trockene Tasse auf den Ständer. Mein Blick fiel wieder auf das Tagebuch. Ich sah Yuko vor mir, über die Seiten gebeugt, angetrieben von ihrem Drang, alles festzuhalten. Ich zwang mich weiterzulesen.

Das Taxi schlängelte sich durch das Straßengewirr nach Chinatown. Sie fuhren durch ein rotes, mit Papierlampions geschmücktes Tor bis zu einem Apartmentgebäude, dessen schwarz gestrichene Fassade bereits zu bröckeln begann. Auf den Balkonen über ihren Köpfen hing Wäsche, Händler verkauften Gemüse, das sie auf Decken auf der Straße ausgebreitet hatten, und Kinder, in kaum mehr als Lumpen gehüllt, rannten umher.

Während Sato den Fahrer bezahlte, kam eine alte Frau aus dem Haus, verzog das Gesicht zu einem zahnlosen Grinsen und rief: »Schön, Sie zu sehen. Wir haben Sie schon vermisst.« Die Frau trug einen viel zu engen senffarbenen Kimono. »Und Sie bringen eine nette neue Freundin mit.« Sie nickte Yuko zu und entblößte erneut ihr rosafarbenes Zahnfleisch. »Na, das ist ja mal ein hübsches Ding.«

Yuko sah zu, wie Sato der Alten mit einem gemurmelten Dank ein paar Geldscheine in die ledrige Handfläche drückte. *»Vielleicht begriff ich erst in dem Moment, als ich die alte Frau sah, deren weißlicher Speichel sich in ihren Mundwinkeln sammelte, was gleich passieren würde.«* Sato hielt den Vorhang zur Seite, hinter dem ein dunkler Korridor zum Vorschein kam. Yuko spähte hinein, dann sah sie ihn an. Er hob die Brauen.

»Möchtest du gern hineingehen?«

»Obwohl meine Nerven flatterten, war ich schon zu weit gegangen, um noch kehrtzumachen.« Sie tauchte unter seinem Arm hindurch und betrat den nach Schimmel stinkenden Flur.

»Heiß heute, was?«, meinte die Alte, als sie die Treppe hinauf ins oberste Stockwerk gingen. Sato trat zur letzten Tür auf der linken Seite, zog einen Schlüssel hervor, schloss auf und bedeutete Yuko einzutreten. Sie blickte auf eine Küche mit einem Tisch und ein durch einen Holzparavent abgetrenntes Badezimmer. Die Papierschiebetür zum anderen Raum stand offen, und ein leichter Geruch nach Maiglöckchen hing in der Luft.

»Jomei zog einen Stuhl heran, und ich setzte mich hin, während er sich vor mich kniete, um meinen verletzten Fuß ein weiteres Mal zu untersuchen, aber ich wollte nicht, dass er jetzt der Arzt war. ›Meinem Fuß geht es gut, Jomei.‹ Er sah mich stirnrunzelnd an, aber nicht aus Verärgerung, sondern eher etwas beklommen. Aus einem Impuls heraus streckte ich die Hand aus und strich ihm über die Wange. Er hielt sich weiter zurück, doch ich konnte nicht länger an mich halten, sondern presste meinen Mund auf seine Lippen. Die Süße der Berührung verschlug mir den Atem, doch er löste sich von mir und sah mich an. ›Bist du sicher?‹, fragte er. Ich ließ den Blick durch den Raum schweifen, über die Schimmelflecken an den Wänden und ein halb zerrissenes Spinnennetz, das in der kaum spürbaren Brise bebte, dann sah ich wieder ihn an. ›Ist es das, was du willst?‹ – ›Ja, Jomei. Ich will dich.‹

Er hob mich hoch und trug mich ins angrenzende Zimmer. Sonnenstrahlen drangen durch die Ritzen in den Jalousien. Unter dem geschlossenen Fenster lag ein Futon, in der Ecke stand eine Kommode mit einem Krug und einer Wasserschüssel, daneben ein hoher, vom Alter angelaufener Spiegel. Er nannte mich Cio-Cio-san, seinen kleinen Schmetterling. Ich lächelte. ›Mein Poet‹, sagte ich, worauf er leise lachte. Dann legte er mich auf den Futon und begann, meinen Yukata zu lösen.«

Ich brauchte nicht weiterzulesen, um zu wissen, was er mit ihr in diesem Zimmer getan hatte. Mir war bewusst, welche berauschenden Gefühle diese körperliche Begegnung in einem Mädchen ihres Alters ausgelöst haben musste. Ihr Eintrag an diesem Tag, dem 22. August, endete mit einer Frage und einer Antwort. »*Ist das Liebe? Ja, das muss es sein.*«

Liebe – ein Wort, so nachlässig verwendet, vor allem, wenn man gerade einmal sechzehn ist. Ich kannte die Schärfe dieses Gefühls nur zu gut aus den Tagen meiner eigenen Jugend, und als ich nun, all die Jahre später, ihr Tagebuch las, wurde mir bewusst, dass ich Yuko insgeheim beneidete. Wie abscheulich von mir, eifersüchtig auf meine tote Tochter zu sein. Ich hasste mich selbst dafür, doch noch viel mehr verabscheute ich Sato – für seine Selbstsucht ebenso wie für seinen Glauben, dass er das Recht hatte, sie zu besitzen. Er hatte nicht an die Zukunft gedacht, sondern nur ans Hier und Jetzt, zumindest damals; er hatte nur sein unmittelbares Vergnügen im Sinn gehabt und keinerlei Gedanken an die Konsequenzen dieses ersten Nachmittags in Chinatown verschwendet. Und dass er Hideo entdeckt und adoptiert hatte, war lediglich der Beweis dafür, dass er ein weiteres Mal leichtsinnig seinem Drang nachgegeben hatte, einen anderen Menschen zu besitzen.

Scham

Haji: In ihrem Buch Chrysantheme und Schwert erklärt Ruth Benedict, dass die Japaner in einer typischen von Scham geprägten Kultur leben, die nach externen Sühnemaßnahmen verlangt, um zu gewährleisten, dass sich der Einzelne anständig benimmt. Allerdings gibt es Stimmen, die behaupten, Japaner besäßen selbst auferlegte Verhaltensstandards und ein tief verankertes Bewusstsein dafür, wie man sich in der Öffentlichkeit zu benehmen hat.

Ich dachte an die Einladung des Mannes, ihn in seinem Hotel zu besuchen. Aber was sollte das bringen? Wer wollte schon an Pikadon zurückdenken? Daran, wie die Stadt zuvor gewesen war und was der Bombenangriff aus ihr gemacht hatte – an die zerfallenen Häuser mit den stummen Heimatlosen, den amerikanischen Soldaten, die den Kindern Kaugummi geschenkt hatten, dem wilden Ingwer, der eines Tages ohne Vorwarnung auf einem völlig verkohlten Feld gewachsen war? Ehrlich gesagt war ich mir noch nicht einmal sicher, ob ich mir einen von den Toten auferstandenen Enkelsohn wünschte. Mir blieb nur noch wenig Zeit auf der Welt. All die Jahre, in denen wir eine Bindung zueinander hätten aufbauen können, waren längst vergangen. Heute ermüdete mich allein der Gedanke an die ganzen Fragen, die Erwartungen. Die Enttäuschung war doch so gut wie vorprogrammiert. Wenn dieser Mann tatsächlich Hideo war, wäre er eine lebende Erinnerung an alles, was ich durch unsere Auswanderung nach Amerika, getröstet von der betäubenden Wirkung des Alkohols, zu vergessen versucht hatte. Diese Schwäche von mir war Kenzo stets peinlich gewesen, auch wenn es uns gelungen war, meine Gewohnheiten vor der Öffentlichkeit weitgehend zu verbergen. Während meiner »schlimmen Phasen«, wie er sie nannte, wusste ich morgens beim Aufwachen im Bett häufig nicht mehr, wie ich am Vorabend dort hineingekommen war, sondern lag reglos da und wartete auf seine sanften Vorhaltungen, wenn er mir meinen Tee brachte. »Wieso tust du dir selbst bloß so weh?«, fragte er mich wieder und wieder. Seit seinem Tod waren diese Episoden schlimmer geworden, obwohl er mir im Krankenhaus das Versprechen abgenommen hatte, »gut aufzupassen«. Ich ging in die Küche und schenkte mir einen Whiskey mit einem Schlückchen Wasser ein.

Dann trat ich ins Schlafzimmer, zog die Kommodenschublade auf und nahm zwei Fotoalben heraus. Ich trug sie in die Küche und schlug das obere auf, dessen cremefarbenen Seideneinband braune Stockflecken verunzierten. Unser Leben in Bildern begann mit unserer Hochzeit. Kenzo sah sehr beeindruckend aus in seinem schwarzen Festtagsgewand, einem Haori mit dem Familienwappen, einem mit weißen Bändern verknoteten Untergewand, dem schwarzweiß gestreiften, wie eine Hose fallenden Hakama mit den sieben Falten und den hölzernen Zori an seinen in weißen Zehensocken steckenden Füßen. Mein Hochzeitskimono bestand aus weißem Seidendamast mit Pfauenmuster – das Weiß repräsentierte meinen Tod als Tochter und meine gleichzeitige Wiedergeburt als Ehefrau. Auf diese Weise sollte angedeutet werden, dass ich jede Farbe annehmen konnte, die meine neue Familie auswählte, und die langen Ärmel des Kimonos symbolisierten das Letzte, was ich als unverheiratete Frau tragen würde. Mein Haar war in dunklen Wellen um mein Gesicht drapiert, und ich trug eine weiße

Haube, um die »Hörner der Eifersucht« zu verbergen, die ich hegen könnte, bevor ich mit Offenheit und in Gehorsam mein neues Leben anfing. Mein Gesicht war mit einer dicken Puderschicht bedeckt, meine Lippen mit Färberdistel bestrichen. Im Moment der Aufnahme schien Kenzo von irgendetwas abgelenkt worden zu sein, wohingegen ich direkt in die Kamera blickte. Es war nur eine bescheidene Zeremonie gewesen, mit seiner Mutter, seiner ledigen Schwester, einer Handvoll Kollegen nebst Ehefrauen und drei Studienfreunden. Unsere Gäste brachten uns Glückwünsche entgegen, geradezu überschwänglich meinem Ehemann gegenüber, mir dagegen höflich-distanziert. Niemandem war so richtig klar, woher ich plötzlich gekommen war, und ich sah ihre verstohlenen Blicke und hörte ihr Getuschel, während sie blechweise roten und weißen Reiskuchen verspeisten. Kenzo hatte über die Gründe, weshalb von meiner Seite niemand zur Feier gekommen war, nicht lügen wollen und am Ende eingewilligt, den Gästen von einer alten Tante zu erzählen, die mich großgezogen hätte, nun jedoch zu krank für eine beschwerliche Reise sei. Und noch jemand fehlte: Die Freunde des Bräutigams konnten nicht verstehen, weshalb Jomei Sato nicht eingeladen worden war.

Ich blätterte weiter, Jahr um Jahr, während ich an meinem Whiskey nippte. Es gab Fotos von unserem Zuhause, das wir dank Kenzos Stellung bei Mitsubishi hatten kaufen können; von Yuko als Baby, dann als kleinem Mädchen und schließlich ebenfalls im Hochzeitskleid. Unglaublich, wie ähnlich wir uns sahen. Seine Kirschblüten, so hatte Kenzo uns genannt, wobei Yukos Schönheit sanfter gewesen war als meine. Als ich aufstand, merkte ich, dass ich leicht unsicher auf den Beinen war. Ich ging in den Flur und knipste die Lampe neben dem Telefon an. Mein Blick fiel auf die alte Frau im Spiegel mit der schlaffen

Haut am Hals, dem kurzen grauen Bob und den tiefen Falten, wo einst hübsche Grübchen gewesen waren.

In jüngeren Jahren hatte ich mein langes glattes Haar stets zu einem Knoten frisiert getragen. Nach der Übersiedlung nach Amerika waren mir das dicke Make-up, die mit Kajal nachgezeichneten Brauen und die aufwendigen Frisuren bloß wie die Vortäuschung eines Lebens vorgekommen, das nicht länger existierte. Die Leute auf der Straße starrten mich an, während ich mir nichts mehr wünschte, als unsichtbar zu sein. Also entledigte ich mich systematisch allen Schmucks – zuerst verzichtete ich auf die Juwelen, dann auf die dicke Puderschicht auf meinen Wangen. Als Nächstes kleidete ich mich nur noch mit schlichtesten westlichen Sachen, und eines Morgens, als Kenzo bei der Arbeit war, schnappte ich die Schere und schnitt mir mein langes Haar mit einer Begeisterung ab, die ich mir in Wahrheit selbst nicht recht erklären konnte. Mein armer Ehemann bemühte sich nach Kräften, sein Entsetzen zu verbergen, als er nach Hause kam.

»Was hast du getan?«, rief er, worauf ich antwortete, ich sei zu alt für diese Eitelkeiten und brauchte etwas Praktischeres.

»Findest du mich jetzt hässlich?«, fragte ich dann und strich mit der Hand über meine Frisur. Er trat zu mir und nahm mich in die Arme.

»Aber nein. Es kommt nur so unvorbereitet … aber es ist sehr modern und bestimmt der letzte Schrei. Du siehst wie eine richtige Amerikanerin aus.« Na ja, das stimmte wohl nicht ganz. Ich wurde vielleicht weniger häufig angestarrt, trotzdem gelang es mir nie, gänzlich in der Masse unterzugehen.

Das zweite Album enthielt Fotos von Hideo; einige hatten wir selbst aufgenommen, die Mehrzahl jedoch stammte aus dem Haus seiner Eltern. Sie zeigten meinen Enkelsohn im Park, in

Badehose am Strand, in einem Drachenkostüm und auf Yukos Schoß, beide einträchtig lächelnd. Bei einer Aufnahme, auf der er vor der Yamazato-Schule stand, hielt ich inne und betrachtete ihn: sein trotz der Essensknappheit pausbäckiges Gesicht, den dichten Haarschopf, die Bento-Box in der einen Hand, einen Drachen in der anderen. Ich nahm das Foto aus den kleinen Foliendreiecken, drehte es um und las, was Yuko auf die Rückseite geschrieben hatte: *Hideo will unbedingt seinen Drachen mit in die Schule nehmen. 11. April 1945.* Das restliche Album war leer. Es gab noch ein paar Fotos aus Amerika, allerdings waren sie in ein anderes Album eingeklebt worden und setzten aus anderen Gründen Staub an. Zwar lächelten Kenzo und ich auf den Schnappschüssen aus New York, von den Niagarafällen oder in irgendwelchen Hütten am See, aber dennoch wirkte unsere Fröhlichkeit aufgesetzt und gezwungen. Zu groß war der Bildausschnitt, zu klein die Zahl der Mitwirkenden.

Blaue Schatten krochen durch den Raum und erinnerten mich daran, dass es bereits später Nachmittag war. Ich hatte den ganzen Tag noch nichts gegessen – noch ein Versprechen, das ich Kenzo gegeben hatte, aber nicht halten konnte. Er hatte in seinem Krankenhausbett gelegen, sein Arm dunkelrot und dick angeschwollen von der Infektion, die er sich bei der Dialyse eingefangen hatte, und gesagt: »Vergiss nicht, regelmäßig etwas zu essen. Wenn ich nicht mehr bin …«

Zornig hatte ich ihn unterbrochen. »Du gehst nirgendwo hin, sondern wirst schon bald wieder nach Hause kommen.«

Sanft hatte er mich angesehen. »Es ist an der Zeit, den Alternativen ins Auge zu blicken«, hatte er erwidert. Ich hatte ihn angefleht, nicht solche Dinge zu sagen, und er hatte mit seiner gesunden Hand die meine ergriffen. »Versprich mir nur, dass du dich nicht verbarrikadieren wirst, Amaterasu. Jede

Nacht liege ich hier und mache mir Sorgen um dich.« Ich hatte die Stirn gerunzelt und ihn daran erinnert, dass *er* derjenige sei, um den man sich Sorgen machen müsse. »Versprich mir, dass du dein Möglichstes versuchst.« Seine Augen hatten sich mit Tränen gefüllt. »Ich will nicht, dass du in diesem Haus sitzt und bloß die Wände anstarrst.«

Ich hatte zugesehen, wie er sich die Stirn abwischte. »Ich verspreche es dir, Kenzo. Ich werde versuchen, eine gute Nachbarin zu sein.« Ich hatte ihn auf die Wange geküsst, die weich und trotz seines Alters noch ganz glatt gewesen war, und die Finger in seinem immer noch dichten weißen Haar vergraben. »Ich liebe dich, mein Mann.«

Erschöpft hatte er die Augen geschlossen. »Ich weiß.«

Als er gestorben war, hatten sich die Frauen mit ihren Tupperdosen voller Essen und freundlichen Worten die Klinke in die Hand gegeben. Kenzo war sehr beliebt gewesen, freundlich und aufmerksam. Die Frauen hatten mich zu Einkaufsbummeln und Seniorengymnastik eingeladen. Ich hatte ehrlich versucht, mein Versprechen zu halten, war zu Wohltätigkeitskuchenverkäufen gegangen und hatte doch immer nur den Geschmack des portugiesischen Biskuitkuchens auf der Zunge gehabt, den Hideo in Nagasaki so gern gegessen hatte. Ich hatte in der Sauna des Freizeitzentrums gesessen und versucht, mich an ihrem Geplapper zu beteiligen, doch der Ort hatte mich bloß an die Badehäuser erinnert, die ich in Japan so gern besucht hatte. Ich hatte längst gelernt, Zufriedenheit zu mimen, und lächelte immer freundlich, wenn die Leute grüßten und sich nach meinem Befinden erkundigten. Ich klammerte mich an das Wort »gute Nachbarin«, als wäre es ein Rettungsanker, und tat so, als wäre ich schrecklich beschäftigt. Eine Zeit lang war ich so eine Art Projekt für die anderen Frauen, eine Kuriosität, aber wann immer ich eine Einladung ausschlug, bemerkte ich die Erleichterung auf ihren Gesichtern. Ich fiel ihnen zur Last, und nach ein paar Monaten schienen wir zu der wortlosen Übereinkunft gelangt zu sein, dass wir nicht länger so zu tun brauchten, als wären wir die dicksten Freunde. Zwar fühlte ich mich Kenzo gegenüber illoyal, ging aber nicht so weit, mir vorzustellen, wie er im Himmel saß und traurig den Kopf schüttelte. In meiner Welt existierte kein Leben nach dem Tod.

Die lange Zeit des Alleinseins hatte meine Sinne geschärft und dafür gesorgt, dass ich selbst winzigste Veränderungen in meiner direkten Umgebung wahrnahm. Daher wusste ich, dass keine streunende Katze oder ein Nachbar mit seinem Hund den Bewegungsmelder aktiviert hatten, als er ansprang. Ich wartete. Dann läutete es – zwei schrille Klingeltöne in der Diele.

Kulturelle Abweichungen

Kiza: Als kiza (beunruhigend) werden bestimmte Abweichungen von den vorgefassten Verhaltensnormen bezeichnet, die bestimmte Menschen irritieren können. Das passiert vor allem, wenn Menschen Verhaltensmuster einer anderen Kultur zu imitieren versuchen, die als weiter entwickelt betrachtet wird. All jene, die sich besonders servil an westlichen Verhaltensweisen zu orientieren scheinen, werden mit Argwohn betrachtet.

»Ich muss mich nochmals entschuldigen. Zwei Besuche an einem Tag sind …« Er schüttelte den Kopf. »Ich habe mich vorhin nicht richtig verhalten. Ich weiß nicht recht, wie man solche Neuigkeiten am besten überbringt.« Er schauderte in der Kälte. »Mir war nicht klar, wie kalt es sein würde. Wie dumm von mir, so unvorbereitet loszugehen.« Er blies sich in die Hände. »Ich verspreche, dass ich Ihnen nichts tun werde, aber dürfte ich vielleicht reinkommen? Nur einen Moment?« Ich hatte einen sauren Geschmack im Mund und fragte mich, ob er den Alkohol wohl riechen konnte. Vielleicht fand er es auch ganz normal, dass ich mir auf den Schreck hin erst einmal ein Schlückchen gegönnt hatte. Ich musste vorsichtig sein. Auch wenn ich neuen Mut geschöpft hatte, war mein Urteilsvermögen getrübt. Er deutete auf die Aktentasche zu seinen Füßen. »Ich habe hier ein Päckchen, von dem ich versprochen habe, es Ihnen zu überbringen. Danach gehe ich wieder.« Seine Stimme klang freundlich, und trotz der Steifheit seiner Worte schwang ein Anflug von Freundlichkeit darin mit.

»Von Natsu Sato?«, fragte ich. Er nickte. »Sie hat Sie adoptiert, stand in dem Brief.«

»Ja. Und sie war mir eine gute Mutter.«

Ich blickte über seine Schulter hinweg auf die asphaltierte Straße mit den gelben Lichtkegeln der Straßenlampen. Weit und breit war kein Taxi oder ein Mietwagen zu sehen. Neugier und Einsamkeit sind schlechte Komplizen.

»Bitte kommen Sie herein. Allerdings habe ich später etwas vor, deshalb können wir nicht allzu lange reden«, log ich, sorgsam darauf bedacht, nicht zu nuscheln. Er trat in die Diele und folgte der Lichtquelle in die Küche. Panisch wurde mir bewusst, dass ich die Flasche auf dem Tisch hatte stehen lassen. »Nein, hier entlang, ins Wohnzimmer.« Ich schloss die Tür und deutete auf den dunklen Raum. »Der Lichtschalter ist links. Ich bin gleich da.« Ich ging ins Schlafzimmer, wohl wissend, dass mir meine steifen Gelenke den Gang eines Revolverhelden verliehen, zog die Nachttischschublade auf, in der ich Pfefferminzbonbons und einen Kamm aufbewahrte. Als ich zurückkehrte, stand er mit dem Rücken zu mir im Schein der Deckenlampe mit dem gefrosteten Glas und den Messinghalterungen und betrachtete die zwölf identischen, in drei Reihen aufgeteilten Bilderrahmen an der gegenüberliegenden Wand. Kenzo hatte Stunden damit zugebracht, akribisch die Abstände mit dem Lineal, einem Bleistift und viel Herzblut auszumessen. Es gab noch mehr Aufnahmen von Nagasaki, von der Familie, die wir einst waren. Die Fotos waren die einzige Reminiszenz an unser altes Leben in Japan. Der Mann wirkte viel zu groß für den Raum mit den moosgrünen Wänden, den cremefarbenen Vorhängen, der beigen Couch und dem kleinen Tisch aus Pinienholz.

»Die Fotos sind wunderbar.«

Ich trat neben ihn und zeigte auf eine der Aufnahmen. »Das ist der botanische Garten in Nomozaki.« Er nickte und betrachtete Kenzo und mich mit Hideo und Yuko, allesamt in Sommer-Yukatas, an einem Teich beim Koi-Füttern und mit einer Picknickdecke im Hintergrund. »Und das ist Shige, kurz bevor er nach Übersee geschickt wurde.«

»Er sieht gut aus in seiner Uniform.«

Ich schwieg. Shige war nicht gerade begeistert über seine Einberufung gewesen, hatte seinen Dienst am Vaterland aber pflichtschuldig erfüllt.

»Bitte, setzen Sie sich.« Ich bedeutete ihm, auf der Couch Platz zu nehmen, direkt unter den Fotos, knipste das Lämpchen neben ihm an und schaltete die Deckenbeleuchtung aus, die die wulstigen Narben und Furchen in seinem Gesicht zu deutlich hervortreten ließ. »Darf ich Ihnen etwas anbieten? Tee oder sonst etwas?«

»Vielleicht später. Ich wusste nicht, ob es Ihnen recht ist, wenn ich einfach so hereinschneie. Ich hätte vorher anrufen sollen. Aber ich bin so froh, hier zu sein. Sie haben doch bestimmt viele Fragen.«

Ich zögerte für den Bruchteil einer Sekunde. »Sie auch?«, fragte ich dann. Er schien in sich zusammenzusinken, und ich spürte … was? Den Anflug eines Gefühls, an das ich mich dunkel erinnerte, das ich aber nicht näher ergründen wollte. Ich gebe zu, dass mich seine Reaktion an meinen kleinen Hideo erinnerte, jenen verlegenen Jungen von damals, aber so leicht würde ich mich nicht um den Finger wickeln lassen. Es fiel mir schwer, die Worte auszusprechen. »Sie sollten wissen, dass ich an diesem Morgen zur Schule gegangen bin. Ich habe die Leichen gesehen«, sagte ich leise.

Er senkte den Kopf, schüchtern, und auch das war typisch Hideo, ein Hinweis auf den Mann, der er geworden war. »Ich kenne die Zahlen.«

»Wir haben so lange gesucht. Hätten wir auch nur eine Sekunde geglaubt, dass Hideo überlebt haben könnte, hätten wir niemals damit aufgehört.«

»Das verstehe ich. Sie haben bestimmt alles in Ihrer Macht Stehende getan, und es ist völlig normal, dass Sie Zweifel haben. Darf ich Ihnen etwas zeigen?« Er griff in die Innentasche seines Jacketts, zog seinen Pass heraus und schlug ihn auf. Da stand es: Hideo Sato, Lehrer, geboren am 22. Februar 1938. Das Geburtsdatum stimmte, aber das änderte nichts. Ich strich mit dem Finger über das Foto. Dieser Mann wollte wissen, wer er war, und vielleicht glaubte er, das sei so einfach zu erklären.

Ich gab ihm den Pass zurück. »Hideo ist tot. Es tut mir leid.«

Eine Zeit lang schwieg er, und ich war nicht sicher, ob er vielleicht wütend war. Dann nahm er seine Aktentasche und zog einen verschlossenen wattierten A4-Umschlag heraus, den er auf den Couchtisch legte.

»Sie hat mich gebeten, Ihnen den Umschlag zu geben, niemand anderem. Ich weiß nicht, was darin ist. Natürlich bin ich neugierig, aber sie wollte, dass Sie als Erste lesen, was drinsteht. Vermutlich Adoptionspapiere, die Vater aufbewahrt hat, aber wissen tue ich es nicht.«

»Vater?«

»Jomei. Kenzo und Vater waren früher gute Freunde?«

Hatte der Doktor ihm das erzählt? Es war durchaus zutreffend. »Ja, als sie noch jünger waren.«

Was hatte Sato all die Jahre getrieben, welche falschen Erinnerungen erschaffen? Wie hatte er Hideo im Waisenhaus aufgestöbert? Aber eine Frage drängte sich mir noch mehr auf: Lebte dieser elende Mistkerl etwa noch?

»Möchten Sie etwas trinken? Tee? Oder lieber etwas Stärkeres?«, fragte ich stattdessen.

»Na ja, wenn Sie es mir schon anbieten, würde ich tatsächlich gern etwas Stärkeres nehmen.«

»Sind Sie den ganzen Weg nach Amerika gekommen, um mich zu besuchen?« Er bejahte. »Und wie haben Sie mich gefunden?«

»Ich habe einen Privatdetektiv engagiert. Sie würden staunen, wie viele Menschen vermisst werden. Es gibt eigens Agenturen, die einem bei der Suche helfen.«

»Verstehe. Und wann haben Sie mich gefunden?«

»Letztes Jahr.« Er sah mich abwartend an.

»Wieso haben Sie so lange gewartet, bis Sie hergekommen sind?«

Er ließ sich zurücksinken. »Ehrlich gesagt hatte ich Angst vor dem, was ich vorfinden würde. Vor Ihrer Reaktion und meiner Reaktion darauf. Man hat ein Bild im Kopf, wie dieser Tag ablaufen wird, und weiß gleichzeitig, dass die Realität diese Erwartung niemals erfüllen kann, egal ob gut oder schlecht.«

»Und bin ich so, wie Sie es erwartet hatten?«

Er lachte leise. »Ich glaube, keiner von uns ist so, wie der andere es erwartet hat.«

Ich musste lächeln. »Und was hat Sie letztlich bewogen, in dieses Flugzeug zu steigen?«

»Ein Zufall. Ich gehöre einer Friedensorganisation an. Wir halten weltweit Vorträge bei Konferenzen, an Schulen und auf Anti-Atomkraft-Gipfeln. Wir sammeln Gelder, schaffen Bewusstsein in der Bevölkerung und eine Lobby für die Opfer. Gerade findet hier eine Konferenz statt, und mein Ortsverein wurde eingeladen, einen Vertreter zu schicken, also habe ich mich gemeldet.« Er legte den Kopf schief. »Manchmal schickt einem das Universum ein Zeichen, das man nicht ignorieren kann, hab ich recht?«

»Wären Sie sonst auch hergekommen?«

Er stieß den Atem aus. »Irgendwann bestimmt.«

Dass auch er sich nicht kopfüber in die Möglichkeit eines Treffens gestürzt hatte, erleichterte mich. Schließlich stand ich auf. »Ich hole uns einen Whiskey. Kenzos Lieblingsmarke. Und Sie können sich solange einen Toast überlegen.«

»Nichts leichter als das.« Er blickte auf die Fotos hinter ihm. »Auf meine Familie.«

Aus irgendeinem Grund wussten wir beide, dass ein Gespräch über Nagasaki nicht möglich war, noch nicht. Stattdessen fragte er mich nach Amerika. Ich schilderte ihm, dass Kenzo und ich nicht länger in der Stadt hatten bleiben und mit dem Verlust leben können. Wir mussten irgendwo hingehen, wo alles so fremd und andersartig war, dass wir all unsere Energie dafür aufwenden mussten, uns in unserem neuen, ungewohnten Leben zurechtzufinden. Eine andere Ecke Japans hätte nicht genügt, stattdessen hatten wir ein neues Land gebraucht, eine ungewohnte Kultur, eine Sprache, in der Worte wie Pikadon nicht existierten. Mit der Besetzung des Landes kamen auch amerikanische Schiffsbauingenieure in die Werft, in der Kenzo arbeitete, und wegen seiner englischen Grundkenntnisse und langen Betriebszugehörigkeit wurde er damit beauftragt, sie herumzuführen – während des Studiums hatte er einige Zeit am Glasgow Nautical College zugebracht. Der schottische Akzent hatte ihm zwar schwer zu schaffen gemacht, aber er wusste noch genug, um sich einigermaßen verständigen zu können. Als wir beschlossen, Japan zu verlassen, redete er mit einem der Amerikaner, der ihm aus Dankbarkeit für Kenzos Hilfe ein Vorstellungsgespräch in Kalifornien verschaffte. Wir studierten die Landkarte. Vallejo, der Sitz von Mare Island Naval Shipyard, war zwanzig oder dreißig Meilen von San Francisco entfernt; außerdem gebe es noch einige andere Werften in der Gegend, falls es Kenzo dort nicht gefiele, meinte der Amerikaner. Die Formalitäten würden zwar ein kleines Problem darstellen, aber Kenzos Fähigkeiten seien durchaus begehrt. Wir gaben keine Abschiedsparty und unternahmen auch keine Pilgerreise; nur Misaki stand am 19. Juli 1946 am Bahnhof und winkte uns hinterher.

Kaum lief das Schiff in San Francisco ein, war ich völlig überwältigt davon, wie groß hier alles war: die Straßen, die Autos, die Imbisse mit den Flachdächern, die Leute. Gleichzeitig war ich dankbar, dass meine Sinne so von Reizen überflutet wurden. Hupen ertönten, Zeitungsjungen verkündeten lautstark die neuesten Schlagzeilen, Radios plärrten. Die Geschäftsführer der Werft hatten eine Bleibe für uns gefunden und uns das Foto eines weiß gestrichenen Holzhauses mit zwei Schlafzimmern und einem winzigen Vorgärtchen geschickt. Wir mieteten einen schwarzen Chevrolet und fuhren nach Vallejo. An der Fähranlegestelle, einem Gebäudekomplex mit zwei spitzen blauen Dächern, die wie Zirkuszelte aussahen, hielten wir an, um uns einen Eindruck von der Stadt zu verschaffen. In diesem Moment wusste ich, dass es ein Riesenfehler gewesen war hierherzukommen. Die gelben und blauen Häuser an den Hängen mit Blick auf die Bucht erinnerten mich an Nagasaki. Natürlich konnte ich Kenzo meine Gedanken nicht offenbaren, aber während der folgenden Tage, Wochen und schließlich Monate konnte ich nicht verhehlen, wie unglücklich ich war. Er dachte, es hätte damit zu tun, dass ich mich mit der Kultur schwertat. Und ja, selbst ein Gang zum Lebensmittelgeschäft war eine echte Herausforderung für mich. Ich stand vor den Regalen, starrte die Flaschen und Dosen an und fragte mich, was darin sein könnte, wenn kein Foto den Inhalt verriet. Ich kramte die Münzen aus meiner Geldbörse und versuchte die Summe zu verstehen, die der Kassierer mir genannt hatte. Im Grunde störten mich der Aufwand und die Peinlichkeiten nicht, weil sie mich ablenkten und die Tage dadurch schneller vergingen. Nein, das Problem war Vallejo selbst. Als ich Kenzo schließlich meinen Kummer gestand, schüttelte er nur verärgert den Kopf. »Die Hügel und der Pazifik? Das stört dich? Hast du eine Ahnung, wie riesig das Meer ist?« Ich wusste, dass ich ihm eine echte Last war, aber ich ertrug all das einfach nicht. Diese Stadt und Nagasaki waren durch den Ozean miteinander verbunden, und der Pazifik hätte ebenso gut eine Pfütze sein können.

Also machte Kenzo sich auf die Suche nach einem neuen Job, bis er von einer freien Stelle bei der Philadelphia Naval Shipyard hörte. Letzten Endes wogen sein guter Ruf und sein Talent schwerer als die Zweifel im Hinblick auf seine Nationalität. Er kaufte eine neue Karte, suchte Philadelphia und fuhr mit dem Finger zu der Stelle, wo der Schuylkill River in den Delaware River mündet. »Siehst du, hier ist der Atlantik.«

Ich lächelte. »Danke. Dort sieht es schön aus, das gefällt mir.«

Er lachte. »Wie? Kannst du das etwa nur anhand der Karte sagen?«

Ich nickte. »Das ist das Richtige für uns.«

Aber Pikadon folgte uns überallhin. Jahre später erfuhr ich, dass die Wissenschaftler in den werfteigenen Laboren an der Entwicklung der Atombombe mitgeholfen hatten. Zum Glück war Kenzo zu diesem Zeitpunkt bereits tot und musste die Ironie nicht miterleben – es sei denn, er hatte es längst gewusst und mir nur nichts davon erzählt. Jedenfalls fanden wir ein kleines Haus und schlugen im Dezember 1947 ein neues Kapitel unseres Lebens in Amerika auf. Wenn man davon absah, dass wir in einem anderen Land geboren worden waren, konnte man behaupten, dass wir ein typisches amerikanisches Leben führten: Wir fuhren einen Buick, hatten jede Menge moderner Haushaltsgeräte, tranken Cocktails. Aber für einige unserer Nachbarn würden wir für immer der Feind bleiben, vor allem für jene, deren Söhne, Onkel oder Kollegen nicht aus dem asiatischen Dschungel, den französischen Dörfern oder dem Meer zurückgekehrt waren, das die beiden Länder verband. Kenzo ignorierte ihr Getuschel, ihren unverbrämten Rassismus. Amerika hatte ihm eine zweite Chance verschafft, und dafür war er dankbar. »Das hier ist eine Leistungsgesellschaft«, erklärte er. »Wer hart arbeitet, wird belohnt, und wir können das Leben führen, das wir verdienen.«

Ich lächelte bei der Erinnerung an jene Zeit.

»Und hat der Kulturschock mit der Zeit nachgelassen?«

Ich schenkte mir nach. Der Alkohol ließ meine Zurückhaltung allmählich verschwinden. »Ehrlich gesagt, haben wir durch Kinofilme gelernt, wie man sich hier benehmen muss. Wir sind jede Woche hingegangen, meistens in die Sonntagvormittagsvorstellung. Kenzo hat die Filme geliebt und sich alles angesehen, was gespielt wurde. Musicals, Western, romantische Komödien, Doris Day, Hitchcock, Bob Hope. Er hat immer gehofft, mein Wortschatz würde sich dadurch vergrößern.« Ich hielt inne, als mir bewusst wurde, wie gut es sich anfühlte, wieder Japanisch zu sprechen, trotz der Umstände, die dazu geführt hatten. »Eines Tages gingen wir in *Die Körperfresser kommen*. Kennen Sie ihn?« Er schüttelte den Kopf. »Ein toller Film. Es geht um eine Kleinstadt, in der aus Samenkapseln exakte Repliken der Einwohner entstehen. Diese Aliens sehen zwar aus wie die Dorfbewohner, besitzen aber keinerlei Emotionen, verstehen Sie?« Er lachte und meinte, das klinge gut. »Kenzo war restlos begeistert von dem Film und meinte, dass wir es genauso machen sollten. Wir müssten uns nur an unsere neue Welt gewöhnen, das wäre alles.«

Ich lachte ergeben. »Sagen wir einfach, wir haben gelernt, uns wie Amerikaner zu verhalten, nur unsere Gefühle waren ein wenig anders als ihre.«

»Ich habe Ihnen noch gar nicht mein Beileid zu Ihrem Verlust ausgesprochen. Ich hoffe, er musste nicht leiden.«

Ich blickte zu dem Foto von Kenzo im Park hinauf. Wie soll man einen Tod nach dem Bombenangriff erklären ... die Monate des Leidens in wenigen Sätzen schildern? Er war immer so ein aktiver Mann gewesen, ständig in Bewegung, auf dem Sprung. Ich vermute, er hatte sein Unwohlsein lange Zeit verschwiegen, bis die Symptome zu schlimm wurden: Rückenschmerzen, Übelkeit, Fieber. Seine Nieren versagten. Er lag drei Monate im Krankenhaus, und irgendwann konnten die Ärzte, die anfangs noch so zuversichtlich gewesen waren, seinen Tod nicht länger ausschließen. In den letzten Tagen rebellierte sein Körper gegen den Flüssigkeitsmangel, er fantasierte, litt unter Panikattacken und erkannte mich im Delirium nicht mehr, sondern hielt mich für seine Mutter. Irgendwann verstummte er und lag da, mit geschlossenen Augen, als würde er ein Nickerchen machen. Ich dachte, er schliefe nun vollends ein, doch dann schaffte er es, noch ein letztes Mal ins Leben zurückzukehren. Ich spürte seinen Blick, als ich an seiner Bettkante saß. Wir sahen einander an, allerdings bin ich nicht sicher, ob er mich überhaupt noch sehen konnte. Er sagte nichts, und die Schwärze seiner Pupillen ließ ahnen, dass irgendetwas anderes seine Aufmerksamkeit auf sich gezogen hatte. Er schien zu wissen, dass der Tod bereits da war, in diesem Zimmer, und er machtlos dagegen war. Ich rief seinen Namen, um ihm zu zeigen, dass er nicht allein war. Er holte ein letztes Mal Luft, und dann war er fort.

Ich sah meinen Gast an. »Hat Ihnen Ihr Privatdetektiv auch seinen Todestag genannt?«

Er nickte. Drei Tage vor dem 9. August – des Lebens grausamer Kalender. Schweigend saßen wir da, die Flasche zwischen uns war bis auf einen kleinen Rest leer. Schließlich erhob sich mein Besucher. »Sie sagten, Sie hätten noch etwas vor? Dann sollte ich jetzt wohl gehen.« Er deutete auf den Umschlag. »Ich hoffe, der Inhalt wirft Sie nicht zu sehr aus der Bahn.« Er stellte sein Glas ab, und ich tat es ihm nach und stand ebenfalls auf.

»Bitte entschuldigen Sie meine Zweifel. Sie scheinen sich Ihrer Sache so sicher zu sein.«

»Ich habe keinen definitiven Beweis, nein, aber so hat man es mir gesagt, und ich glaube daran: Mein Name ist Hideo Sato, ehemals Watanabe. Ich wurde in Nagasaki geboren. Ich bin sechsundvierzig Jahre alt und Ihr Enkelsohn. Ich kann nur hoffen, dass der Inhalt dieses Umschlags das bestätigt.«

»Und wenn nicht?«

»Dann müssen Sie mich nie wiedersehen und keinen Gedanken mehr an mich verschwenden.«

Problemlösung

Haragei: Der Begriff setzt sich zusammen aus hara (Bauch) und gei (Kunst) und bedeutet wörtlich übersetzt »Bauchkunst«. Die meisten Wörterbücher definieren es als die verbale oder nonverbale Kommunikation, mit deren Hilfe jemand versucht, sein Gegenüber dazu zu bringen, mit vereinten Kräften ein gegenseitiges Problem zu lösen. Haragei befähigt die Menschen, Verständnis füreinander zu entwickeln, ohne dass es zu einer Auseinandersetzung kommt.

Schon früh hatte meine Tochter eine künstlerische Begabung gezeigt. Möglicherweise hatte sie das technische Verständnis von Kenzo und den Sinn für Farben und Formen von mir geerbt. Wer kann schon sagen, woher solch ein Talent kommt? Womöglich war sie auch nur so gut, weil sie fleißig geübt hatte. Mit fünf oder sechs saß sie mit einem Blatt Papier am Tisch und bat mich, etwas zu zeichnen, um es nachzeichnen zu können. Also bemühte ich mich, teils ziemlich dilettantisch, ein Pferd, einen Kranich oder einen Karpfen aufs Papier zu bekommen. Anschließend wählte sie einen Stift aus und zog die Umrisse nach. Schon bald war sie nicht länger auf meine ungelenken Vorgaben angewiesen, sondern malte auf frischen Maulbeerblättern, während ich aus Rohseide Blumen für mein Haar bastelte. Im Lauf der Jahre ging sie zu zähflüssigen Ölfarben und feinen Tuschen über, die sie im Kunstbedarfsladen um die Ecke erstand. Am liebsten malte sie mit bunten Farben: grün, rot und gelb, aus denen sie Motive aus Nagasaki, unser Haus oder mich in meinen farbenfrohsten Kimonos zu

Papier brachte. Kurz nach ihrem fünfzehnten Geburtstag kamen wir am Schaufenster einer Galerie mit alten Stichen von ausländischen Matrosen beim Entladen der Fracht und Geishas vorbei, die mit ihren Sonnenschirmen an der Pier entlangschlenderten. Yuko meinte, sie wünschte, sie hätte so großes Talent, worauf ich ihr versicherte, dass sie dem Künstler in nichts nachstehe. Plötzlich verlegen, meinte sie, Humara, ihr Kunstlehrer, hätte gemeint, ernsthafter Kunstunterricht oder sogar eine richtige Ausbildung könnten womöglich etwas für sie sein. »Ginge das, was meinst du?«, fragte sie und sah mich hoffnungsvoll an. Kenzo und ich gelangten zum Schluss, noch ein Jahr zu warten, um zu sehen, ob ihr Interesse auch weiterhin bestehen bliebe. In letzter Zeit hatte sie nicht mehr allzu viel gezeichnet, daher dachte ich, die Idee mit der Ausbildung könnte nur eine vorübergehende Laune gewesen sein. Mir war nicht bewusst, dass sie sehr wohl weiterhin skizzierte, mir ihre Arbeiten bloß nicht zeigen konnte. Den Grund dafür fand ich am 16. Oktober 1936 heraus.

Die Kirchenglocke hatte bereits sieben Mal geläutet, als Yuko hereingestürmt kam. Sie meinte, sie hätte bereits bei ihrer Freundin Miho Tee getrunken und einfach die Zeit vergessen. Ich sah zu, wie sie die Treppe hinauflief und meinte, sie würde sich zum Essen umziehen. Mein Blick fiel auf den Skizzenblock in ihrer Tasche. Spontan zog ich ihn heraus und schlug ihn auf. Sie hatte mir ihre Arbeiten stets gern gezeigt, daher gab es keinen Anlass zu glauben, ich würde in ihre Privatsphäre dringen. Sand rieselte aus dem Falz. Ich sah das Meer und eine Schwimminsel, ein Wäldchen und Felsen, einen Mann mit einem Eimer in der Hand auf dem Weg zum Strand, zwei spielende Kinder auf einem Feld, Libellen, detailgenau gezeichnet, und schließlich die Skizze von einem schlafenden Mann in Badehose auf einem Handtuch. *Iōjima, 22. August 1936.*

Nie werde ich das Gefühl vergessen, das mich angesichts meiner Entdeckung beschlich, die Übelkeit, die in mir aufstieg, die Wut und die Verwirrung. Woher kannten sie einander? Wie hatten sie sich kennengelernt? Und als ich auf sein schlafendes Gesicht blickte, schlug meine Wut in blanke Furcht um, während sich eine abscheuliche Frage in meinem Kopf formte: Was hat er mit meiner Tochter getan? Wie erstarrt stand ich da, während ich mich mit jeder Faser meines Körpers danach sehnte, die Treppe hinaufzustürmen und Yuko zur Rede zu stellen. Am liebsten hätte ich die Wahrheit aus ihr herausgeprügelt und Sato für immer aus unserem Leben verbannt. Hatte er das mit Absicht getan? Hatte er sie bewusst aufgesucht? Wieso? Was bedeutete sie ihm? Mir wollte beim besten Willen keine plausible Erklärung einfallen. Gedanken wirbelten in meinem Kopf wie ein Taifun umher, wild und unkontrollierbar. Das konnte unmöglich ihre Schuld sein, sagte ich mir. Was auch immer vorgefallen sein mochte, Sato war dafür verantwortlich.

Ich konnte sie oben hören. Sie sang irgendein Volkslied. Wieso hatte ich nie genauer nachgefragt, wo sie gesteckt hatte? Wieso war mir ihre gelangweilte Lethargie morgens, gefolgt von der hektischen Betriebsamkeit an den Nachmittagen, nie aufgefallen? Rückblickend betrachtet verstand ich: *Das* war der Grund, weshalb sie mit erhitzten Wangen vor dem Spiegel gestanden und sich das Haar frisiert hatte … der Grund für ihre neu gewonnene, irritierende Eitelkeit und ihre Erklärungen, weshalb sie ganz schnell fortmusste.

Was konnte ich tun, um meine Tochter zu beschützen? Sie hatte den Pfad der Tugend verlassen, war aber stets eine loyale Tochter gewesen, die lediglich unter schlechtem Einfluss von außen stand. Sato musste Einhalt geboten werden, er durfte nicht länger die Kontrolle über Yuko haben. Ich würde ihn aus unserem Leben verbannen. Das war meine Pflicht als ihre Mutter. Bis heute versuchte ich mir einzureden, dass ihr Schutz mein einziger Beweggrund war, aber wer konnte das schon sagen? Vielleicht war es auch allzu leicht, unter dem Deckmäntelchen nobler Absichten jemanden wüster Schandtaten zu bezichtigen. Ich nahm die Zeichnung aus dem Skizzenblock, setzte mich hin und wartete im Dunkeln auf Kenzos Heimkehr, fest entschlossen, ihm alles zu erzählen. Er musste wissen, was hier vorging. Ebenso wie ich würde auch er sofort handeln wollen, und ich würde ihn überreden müssen, Geduld zu haben.

Ich brauchte nicht lange zu warten: Nicht einmal zwanzig Minuten später tauchte er auf. Er hatte wieder einmal Überstunden gemacht und war müde. Seit der Jahrhundertwende war die Marine zu beachtlicher Größe angewachsen, und Schiffe, die einst im Ausland gebaut und importiert worden waren, entstanden inzwischen in den heimischen Werften. Japan war ein kühnes Land geworden, das jegliche Beschränkungen ignorierte, Verhandlungen mit dem Westen rigoros ablehnte und sich immer weiter ausdehnte. Das Interesse am asiatischen Festland hatte die Beziehungen mit anderen Weltmächten stark belastet und das heimische Militär entzweit. Vielleicht wusste Kenzo damals schon, was bald auf das Land zukommen würde. Er sah mich mit der Skizze vor mir am Tisch knien. »Wieso sitzt du denn im Dunkeln?«, fragte er und machte das Licht an. »Was ist los, Amaterasu?« Er setzte sich neben mich und nahm die Skizze. »Was ist das? Hat Yuko das gezeichnet?« Ich spürte die Wut erneut in mir aufsteigen. »Woher hast du das? Das ist Sato.«

»Ich habe die Skizze in Yukos Tasche gefunden und verstehe das nicht. Kennen sich die beiden?« Sein Schweigen sprach Bände. »*Du*? Du hast sie einander vorgestellt? Aber warum, Kenzo? Warum?«

Ungläubig schüttelte er den Kopf. »Wir sind uns zufällig auf der Straße begegnet und etwas trinken gegangen. Wir haben geplaudert. Und ein Gläschen zusammen getrunken. Und noch eins. Es war so schön, ihn zu sehen. Ich hatte ganz vergessen, wie angenehm seine Gesellschaft sein kann. Wir hatten uns so lange nicht gesehen, deshalb habe ich mir nichts dabei gedacht.«

»Worüber habt ihr geredet?«

»Über die Arbeit, über alte Studienfreunde … keine Ahnung … über Golf.«

»Und Yuko?«

»Sie konnte doch nicht schlafen, weißt du noch? Und wollte nichts essen. Ich habe erwähnt, dass wir uns Sorgen um sie machen. Worauf er meinte, ich solle sie doch vorbeischicken, damit er sie sich einmal ansehen könne.«

»Aber warum?«, platzte ich heraus. »Du wusstest doch, wie er ist … von seinen Neigungen.«

»Die Zeichnung sagt noch gar nichts. Bestimmt gibt es eine plausible Erklärung dafür.«

»Kenzo, willst du mich zwingen, es auszusprechen? Siehst du nicht, was hier los ist?«

Er schüttelte den Kopf. »Ich kann es einfach nicht glauben.«

»Aber es liegt doch auf der Hand …«

Kenzo schob die Zeichnung weg und vergrub das Gesicht in den Händen. Schließlich hob er den Kopf, als wäre ihm gerade eingefallen, dass er eigentlich wütend sein sollte. »Wo ist sie?«

»In ihrem Zimmer.«

»Das muss sofort aufhören«, knurrte er und wollte aufstehen.

Ich griff nach seiner Hand. »Warte.«

»Was? Wir müssen ihr auf der Stelle sagen, dass wir Bescheid wissen. Wir müssen sie wegschicken. Zu meiner Schwester nach Fukuoka.«

»Und Sato?« Er schwieg. »Soll er ungestraft davonkommen?«

»Natürlich nicht. Ich werde mit ihm reden.«

»Reden?«

»Was soll ich denn deiner Meinung nach sonst tun?«, schäumte er.

»Wir müssen ihr klarmachen, was er ihr angetan hat. Sie muss begreifen, dass sie einem Hirngespinst nachjagt und was sie uns, Satos Frau, unseren Freunden, deinen Kollegen damit antut. Dass die ganze Stadt über sie reden wird. Sonst verlieren wir sie. Wenn wir einen Keil zwischen die beiden treiben, wird sie uns die Schuld dafür geben und irgendwie zu ihm zurückfinden. Am Ende wird er als Sieger dastehen und wir als ihre Feinde.« Ich dachte an all die Lügen, die ich den Leuten im Lauf der Jahre aufgetischt hatte; jene, die notwendig gewesen waren, und jene, die mir ganz leicht über die Lippen gekommen waren … frei erfundene Geschichten, die Kenzo nur zu gern unterstützt hatte, solange es nur bedeutete, dass ich ihm gehörte. »Sato muss ihre Trennung herbeiführen, nicht wir.«

»Aber wir können nicht zulassen, dass er …«

»Das wird bald ein Ende haben. Vertrau mir. Das Kind ist in den Brunnen gefallen. Wir werden uns eine Kupplerin suchen und einen geeigneten Ehemann für sie finden, so wie wir es vorgesehen hatten, für den Fall, dass sie sich gegen die Ausbildung als Zeichnerin entscheidet.«

Er rieb sich die Stirn. »Ich kann nicht hier herumsitzen und den Ahnungslosen spielen. Allein die Vorstellung, dass er sie anfasst, ist unerträglich!«

Ich nahm seine Hand. »Wir schaffen das. Wir müssen nur Geduld haben.«

»Aber wir können doch nicht einfach zusehen, ohne einzugreifen.«

»Aber genau das ist das Problem. Was, wenn sie sich einbildet, sie würde ihn lieben?« Darauf wusste er keine Antwort. Ich nahm die Skizze und faltete sie zusammen. »Geh und iss heute anderswo zu Abend. Trink etwas, aber nicht zu viel. Wir kriegen das schon hin. Vertrau mir. Geh jetzt.«

Als Yuko herunterkam, sagte ich ihr, dass ihr Vater bei der Arbeit aufgehalten worden sei. Beim Essen betrachtete ich sie eingehend. Während dieses Sommers ohne unsere Aufsicht war mein stilles Kind unbemerkt erblüht, doch erst jetzt kannte ich die Gründe dafür. Aus der vereisten Knospe war eine Blüte erwachsen, zart und doch allen Widrigkeiten trotzend. Wie hatte ich das nur übersehen können? Ich hätte aufmerksamer sein müssen. Sie saß vor mir am Tisch, erzählte lächelnd von ihrer Freundin, irgendeine Lügengeschichte, und runzelte die Stirn, als ich nicht reagierte. »Geht es dir gut, Mutter?« Ich zwang mich zu einem Lächeln. »Ach, bei all den vielen Benefizveranstaltungen habe ich dich in letzter Zeit wohl vernachlässigt.«

»Aber gar nicht. Du brauchst kein schlechtes Gewissen zu haben. Ich habe den Sommer in vollen Zügen genossen. Ich fühle mich so …«

»Ja?« Sie wurde rot. »Lebendig.«

Vielleicht hätte Yuko irgendwann begriffen, dass Sato sie nur benutzt hatte – wegen ihrer Jugend, ihrer Schönheit und weil sie zufällig verfügbar gewesen war. Vielleicht hätte sie gemerkt, dass sie nicht die Erste war, mit der er seine Frau betrog, und womöglich noch nicht einmal die Jüngste. Er hätte sie ebenso weggeworfen wie all die anderen vor ihr. Dennoch quälte mich all die Jahre über ein Gedanke: Hätten wir sie nicht so abrupt und brutal voneinander getrennt, wäre sie ihm im Lauf der Zeit bestimmt von selbst auf die Schliche gekommen, hätte seine Schwäche bemerkt und sich von ihm getrennt. Und würde vielleicht heute noch leben.

Moralische Verpflichtung

On: Nimmt man eine Gefälligkeit von einer übergeordneten Person an, geht man ihr gegenüber eine gesellschaftliche und psychologische Verpflichtung ein. Der Grundgedanke des on hat sich aus der chinesischen Philosophie und der japanischen Feudalgesellschaft entwickelt. So erfüllte der Samurai seine Pflichten gegenüber seinem Dienstherrn in der Schlacht und riskierte im Notfall sogar sein Leben. Söhne und Töchter praktizieren ko (Respekt vor den Eltern) und kümmern sich um ihre Eltern, wenn sie alt sind. Sämtliche zwischenmenschlichen Beziehungen beruhen auf einem komplexen Netzwerk aus gegenseitigen Verpflichtungen und Verantwortlichkeiten.

Kenzo und ich mussten nicht lange warten. Gerade einmal zwei Tage später verriet sich Yuko, indem sie ihre Sandalen anzog und sich mit einer Ausrede aus dem Staub machte, die ihr ganz leicht über die Lippen zu kommen schien. Kaum war ihre Gestalt in dem grauen Kimono außer Sichtweite des Gartens, folgte ich ihr den Hügel hinunter. Im Schutz der Markise einer Fleischerei beobachtete ich, wie sie in die Straßenbahn stieg. Ich winkte ein Taxi heran und versprach dem Fahrer einen hübschen Bonus für seinen ungewöhnlichen Auftrag. Wir fuhren durch die Stadt, die in einer Mischung aus bunten Farben, Licht und Schatten an mir vorüberzog, quer durch das Zentrum und Chinatown in eine Straße mit armselig aussehenden Häusern und lärmenden Händlern. Hier trieb sich meine Tochter also herum. Sie ging an Ständen vorbei, an denen frittierter

Tintenfisch, gebutterte Erdnüsse und geröstete Wasabi-Erbsen feilgeboten wurden, und verschwand in einem Haus zwischen einer Nudelbar und einem Fahrradreparaturgeschäft. Dass er sie in diese Ecke Nagasakis schleppen würde, wo die Kinder nackt herumliefen und zahnlose, längst von ihren Puffmüttern ausrangierte Huren irgendwelchen Nippes oder ihre Dienste verkauften ... dass er sie damit selbst wie eine billige Hure behandelte ... dafür würde er büßen, das schwor ich mir.

Der Fahrer hielt an, und ich bat ihn zu warten. Auf mein Rufen hin erschien eine alte Frau, die mein Auftauchen zu belustigen schien. »Was ist los? Verlaufen?«

Ich versuchte an ihr vorbei in den dunklen Korridor zu spähen. »Ich suche nach einem Mädchen.«

Sie lachte. »Etwas Bestimmtes?« Sie wandte sich um und rief etwas, worauf ein Mann mit einem tätowierten Phönix auf der entblößten Brust und den Armen erschien. »Wer ist verfügbar, Makito?«, fragte sie, während ich meine seidene Tasche öffnete.

»Ich will niemanden kaufen, sondern nur wissen, wohin das Mädchen in dem grauen Kimono immer geht.« Sie blickte auf das Geld in meiner Hand. »Die Zimmernummer, mehr nicht.« Sie bedeutete dem Mann zu verschwinden.

»Sie machen uns doch keinen Ärger, oder?« Ich beteuerte, dass ich lediglich die Informationen haben wollte. Sie musterte mich von oben bis unten. »Normalerweise wollen es die Ehefrauen nicht wissen. Apartment 15.«

Ich ging zum Taxi zurück und wies den Fahrer an, mich zu Mitsubishi zu bringen. Wir ließen den Gestank und das Geschrei der Händler hinter uns, die durch die Straßen zogen und Exkremente als Dünger für die Bauern in den Bergen einsammelten, und wurden vom metallisch riechenden Rauch aus den Ziegelschornsteinen der Fabriken begrüßt. Die Empfangsdame bedachte mich mit neugierigen Blicken, als ich meine Nachricht an meinen Ehemann niederschrieb; mir war sehr wohl bewusst, dass wir für viele ein seltsames Bild abgaben. Die Leute sahen nicht, was ich an ihm liebte, und konnten sich nur schwer vorstellen, was er an mir finden mochte. Ich notierte ihm den Weg zu dem Haus, in dem Yuko verschwunden war, und fügte nur einen Satz hinzu: »Bring meine Tochter nach Hause.« Dann übergab ich die Nachricht der Empfangsdame und machte mich auf den Heimweg.

Als Kenzo etwa eine Stunde später mit Yuko nach Hause kam, stürzte sie weinend an mir vorbei in ihr Zimmer, während er sich einen Drink einschenkte und mit dem Glas in der Hand ans Fenster trat. Mit tonloser Stimme erklärte er, dass er getan habe, was ich ihm gesagt hatte – statt zu klopfen und höflich zu warten, sei er einfach in das Apartment geplatzt und hätte die beiden wie befürchtet in einer eindeutigen Situation erwischt. Er hielt inne und trank einen Schluck. »Während ich gewartet habe, dass Sato sich ankleidet, sah ich eine Flasche Reiswein auf dem Fensterbrett stehen. Eigentlich hätte ich ihr den Hals abschlagen und ihm damit die Kehle aufschlitzen müssen. So etwas sollte ein Vater in einer Situation wie dieser doch wohl tun. Aber ich habe es nicht über mich gebracht. Was für einen Mann macht das aus mir, hm?« Sato sei der Feigling, nicht wir, antwortete ich. Weshalb hätte Kenzo sich auch noch strafbar machen sollen, wo doch der Arzt der Verbrecher war? Doch er schüttelte den Kopf. »Wir haben etwas sehr Schlimmes getan, Frau. Wie sollen Yuko und ich jemals wieder so unbeschwert miteinander umgehen wie früher? Wie soll diese Familie jemals wieder dieselbe werden?«

Ich trat zu ihm und legte ihm die Hand auf die Schulter. »Irgendwann vergeht der Schmerz wieder. Wir werden das schaffen und wieder eine richtige Familie sein. Wir haben getan, was wir tun mussten. Es tut mir leid, dass sie deswegen leidet, aber das Ergebnis dieses Besuches ist richtig. Ist er auf unsere Forderungen eingegangen?«

Kenzo nickte, trank aus und meinte, er müsse jetzt zurück zur Arbeit. Ich sah ihm nach, dann ging ich hinauf in Yukos Zimmer. Sie hockte reglos und mit dem Rücken zu mir auf der Bank im Fenster. »Ich will nicht reden, Mutter.«

Ich ging neben ihr auf die Knie. »Eines muss ich dir sagen, dann werde ich gehen.« Ich erklärte ihr, dass die Übereinkunft zwischen Sato und ihrem Vater im gegenseitigen Einverständnis getroffen worden sei, dass der Doktor seine Ehe und seinen guten Ruf bewahren wolle, während Kenzo und ich sie mit dieser Einigung vor einem Skandal bewahrt hätten. Es dürfe keinerlei Kontakt mehr zwischen ihnen geben; Sato hätte versprochen, die Stadt zu verlassen. Wut und Hass lagen in ihrem Blick, als sie mich ansah, doch all das konnte ich ertragen, solange sie nur in Sicherheit war. Ich fuhr fort. Dieses Arrangement sei zum Wohle aller, und auf kurz oder lang würde auch sie das einsehen. Wir hätten dadurch die Familie vor Schande bewahrt, deshalb hätte es keine andere Möglichkeit gegeben.

»Wie hast du es herausgefunden?« Ich griff nach ihrer Hand, doch sie riss sie weg.

»Die Zeichnung, Yuko.« Sie brach in Tränen aus und bat mich, sie allein zu lassen. Und das tat ich.

Obwohl wir alle versuchten, diesen Nachmittag aus unserem Gedächtnis zu streichen, stand der Vorfall noch lange Zeit zwischen Yuko und Kenzo, vielleicht sogar für immer. Ich hingegen war der Ansicht, dass die Demütigung unerlässlich gewesen war. Kenzo musste begreifen, was für ein Mann sein einstiger Freund war, musste die Verderbtheit des Doktors mit eigenen Augen sehen, und wie hätte er sie besser erkennen sollen als auf diese Weise? Yuko musste Sato entrissen werden. Wie sollten wir ihn sonst aus unserem Leben verbannen, wenn sie romantische Gefühle für ihn hegte? All die Jahre später wagte ich kaum nachzulesen, was Yuko über jenen Tag geschrieben hatte, aber meine Feigheit ließ mir schließlich keine andere Wahl.

»Die Erinnerung von Vater, wie er in diesem Türrahmen steht, ist unerträglich. Er konnte mich nicht einmal ansehen, sondern nur Jomei, den er mit einer Mischung aus Entsetzen und Wut anstarrte. Ich sage mir die ganze Zeit, dass er uns nur sehr flüchtig gesehen haben kann, lediglich unsere Umrisse unter den Laken, mehr nicht. Keine Farben, keine Arme und Beine, angespannten Muskeln, Haare und Haut. Wie sonst könnte ich ihm jemals wieder in die Augen sehen? Vater sagte kein Wort, sondern trat hinter die Schiebetür und wartete im Zimmer nebenan. Jomei zog sich an und meinte, ich solle keine Angst haben, wir hätten nichts Verkehrtes getan, und was auch immer geschehe, er würde die Verantwortung dafür übernehmen. ›Cio-Cio-san, ich werde dich nicht verlassen‹, das waren seine letzten Worte.

Er begab sich in die Küche, um mit Vater zu sprechen, während ich meine Sachen nahm. Als ich endlich den Mut aufbrachte, zu ihnen zu gehen, saß Vater allein am Tisch. Ich setzte mich ihm gegenüber und schob meine Hand über die Tischplatte, bis sich unsere Fingerspitzen beinahe berührten. Er zog seine Hand weg und legte sie in den Schoß. Am liebsten hätte ich ihn um Verzeihung gebeten, stattdessen saß ich reglos da, wie gelähmt vor Scham. Schließlich stand er auf und ging zur Tür, doch ich konnte mich immer noch nicht bewegen. ›Vater, ich liebe ihn.‹ Er wandte sich ab. Erst jetzt merkte ich, dass er weinte. ›Nun, wenn das so ist, bist du eine Närrin. Und ein Kind.‹ Ich begann ebenfalls zu weinen. ›Ich bin kein Kind. Und er liebt mich auch.‹ Er wischte sich die Tränen ab. ›Oh, Yuko. Würde er dich lieben, wäre er noch hier.‹ Er öffnete die Tür. ›Lass uns nach Hause gehen. Wir werden über den Vorfall nicht mehr sprechen.‹ Am liebsten wäre ich Jomei nachgelaufen, hätte ihn zurückgeholt und gezwungen, Vater die Wahrheit zu sagen. Auf der

Straße hielt ich nach ihm Ausschau. Bestimmt irrte Vater sich. Jomei musste hier irgendwo sein. Aber er war es nicht. Ich werde diesen Verlust niemals verwinden. Sein Tod könnte nicht schlimmer sein.«

Das Ende der ersten großen Liebe geht mit opernhafter Dramatik einher, der Schmerz scheint unerträglich. Ich ertrug ihre Tränen, ihr Schweigen, ihre Verschlossenheit. Ich ertrug es, dass meine Tochter zu traurig war, um zu essen, zu schlafen oder zu sprechen. Ich hatte keine andere Wahl gehabt, hatte sie vor Sato retten müssen, auch wenn sie nie erfahren würde, warum. Und auch damit konnte ich leben. Ich war sicher, dass der Schmerz mit der Zeit nachlassen würde und eines Tages vollends verklungen wäre. Hätte ich mich an die Qualen meiner eigenen Jugend erinnert und wäre ich behutsamer mit ihr umgesprungen, hätte sie den Verlust womöglich viel schneller verwunden.

»Ich bin gefangen in einer nicht enden wollenden Gegenwart, während man mir die Vergangenheit gewaltsam entrissen hat. Ich spüre nicht länger, wie die Stunden vergehen, sehe nicht, wie sich die Farben verändern, wenn sich die Tage der Dunkelheit ergeben. Die Zeit ist mein Gefängnis. Ich gleite durchs Haus wie eine Schlange, doch die Wintersonne spendet mir kein Fünkchen Wärme. Vater kann nicht mit mir sprechen, Mutter sieht mich an, als wäre ich ein faules Stück Obst, dessen Gestank das Haus verpestet. Ich ahne, dass sie etwas planen, höre die gedämpften Stimmen hinter verschlossenen Türen, sehe die vorwurfsvollen Blicke, werde Zeuge wortloser Mahlzeiten. Danach ziehe ich mich in mein Zimmer zurück und quäle mich selbst mit meinen Grübeleien darüber, wie es sein könnte. Wo ist Jomei? Irgendwo dort draußen auf der Straße, in Bars? Ist er zu Hause bei seiner Frau oder macht Überstunden im Krankenhaus? Die Gedanken lassen mich erschaudern. ›Ich werde dich nicht verlassen‹, hat er zu mir gesagt. Aber genau das hat er getan.«

Keiner ihrer Freunde durfte zu Besuch kommen, sämtliche Unternehmungen wurden gestrichen. Nur Misaki nahm Yuko zur Kenntnis, indem sie ihr ein Stück Kuchen vor die Tür stellte oder frische Blumen brachte. »*Mrs. Goto kam heute in der Diele auf mich zu und ergriff meine Hände. ›Wie geht es dir?‹, fragte sie, aber ich wusste nicht, was ich darauf erwidern sollte. ›Ich erinnere mich noch genau, wie neugierig du als Kind immer warst. Du konntest stundenlang dasitzen und ein Blatt, ein Insekt oder eine Ritze im Boden anstarren. Ich wusste nie, was du genau gesehen hast, aber du warst immer völlig fasziniert.‹ Sie legte meine Hand auf ihre Brust. ›Spüre, wie mein Herz schlägt. Spürst du es? Blut lässt das Herz weiter schlagen, nicht die Liebe, verstehst du? Wir leben weiter, Kind. Mehr können wir nicht tun. Einfach nur weiterleben.‹ Aber wie soll ich das anstellen? Ich kann nicht, werde es nicht tun. Ich muss Jomei wiedersehen. Welchen Sinn hätte es sonst weiterzuleben?*«

Eine arrangierte Ehe

Miai-kekkon: Bis zum Ende des Zweiten Weltkriegs waren arrangierte Ehen gang und gäbe. Die nakodo (eine Kupplerin) hilft beim Austausch der Informationen zwischen beiden betroffenen Familien. Üblicherweise schickt der Mann der Angebeteten Geschenke (meist einen Verlobungsring und Geld), wenn sie seinen Antrag angenommen hat. Diese Verlobungszeremonie wird als yuino bezeichnet.

Auch wenn ich noch so diskret vorging, würde sich schon bald herumsprechen, dass wir nach einem geeigneten Ehemann für Yuko suchten, das war mir bewusst. Mrs. Kogi war die renommierteste Heiratsvermittlerin von Nagasaki, verfügte über ausgezeichnete Kontakte und schaffte es, innerhalb kürzester Zeit höchst erfolgreiche Verbindungen einzufädeln. Sie trug einen schwarzen Kimono, eine runde Schildpattbrille und hatte ihr Haar zu einem straff auf dem Kopf sitzenden Knoten frisiert. Überdies ging ein schwacher Geruch nach Mottenkugeln von ihr aus – die typische Witwe, deren einziges modisches Zugeständnis darin bestand, dass sie sich die Brauen abrasiert und in einem viel zu hohen Bogen nachgezeichnet hatte. Yuko saß gegenüber von mir neben der Kupplerin, zwischen uns befand sich das niedrige Tischchen mit einer Teekanne und drei roten Keramiktassen. Am liebsten hätte ich ein Räucherstäbchen angezündet, um den Geruch dieser Frau zu unterdrücken, auf deren Dienste wir nur wegen Satos Verderbtheit zurückgreifen mussten. Sie lauschte mit schief gelegtem Kopf und besorgter Miene.

»Die Angelegenheit ist ziemlich dringlich, Mrs. Kogi. Mein Ehemann besteht darauf, dass wir unsere Ansprüche keinesfalls herunterschrauben, jedoch gerne eine Auswahl geeigneter Kandidaten vorgeschlagen bekämen.«

»Natürlich, natürlich, ich verstehe«, sagte sie und dankte mir leise, als ich ihr noch Tee anbot. »Ich habe tatsächlich einen jungen Mann, der sich als passend erweisen könnte.«

»Und seine Familie stammt aus Nagasaki?«

»Von einer der Inseln, aus Iōjima.«

Ich sah, dass Yuko blass wurde. »Ich weiß nicht, ob …«

Mrs. Kogi presste ihre Hand auf das Amulett über ihrer flachen Brust.

»Yuko, Liebes, habe ich dir je von meinem Mann erzählt?« Yuko schwieg, und Mrs. Kogi kicherte.

»Mein Manabu war so gut aussehend in seiner Jugend. Und klug und stark. Hier, sehen Sie nur.« Sie öffnete das Amulett und zeigte mir das Foto ihres vor fünf Jahren verstorbenen Gatten, ein finster dreinblickender Mann mit einer breiten Stirn und einem länglichen Kinn. »Manabu war auch von der Insel. Unser stellvertretender Bürgermeister kommt von der Insel. Der zweite Polizeichef stammt ebenfalls von dort.«

Ich mutmaßte, dass Mrs. Kogi die Fakten grundsätzlich so verdrehte, wie sie sie gerade brauchte. »Ich wollte nicht respektlos sein.«

»Ich entschuldige mich, Mrs. Takahashi, das wollte ich damit keinesfalls andeuten. Vielmehr wollte ich lediglich hervorheben, dass es sich um einen bemerkenswerten jungen Mann handelt. Die Männer von der Insel sind nicht so flatterhaft wie so mancher Großstädter. Er hat gerade seinen Abschluss als Ingenieur gemacht und eine sichere Stellung bei Mitsubishi Mining ergattert. Er verfügt über einen guten, starken Charakter, ist ruhig und kein Angeber. Solide, wie mein Manabu.«

»Und wie ist sein Name?«

»Shige Watanabe.«

»Fotos?«

»Ich kenne Mr. Watanabe erst seit Kurzem und habe noch kein Foto von ihm, fürchte ich, aber er hat ein gutes, solides, ehrliches Gesicht.«

Schon wieder dieses Wort. *Solide.* Im Geiste sah ich einen riesigen Kohlkopf mit Brille vor mir.

»Und sein Vater?«

Mrs. Kogi klappte ihr Amulett zu. »Seine Mutter ist eine Kawano … Sie wissen schon, die Grafikerfamilie unten in Dejima.«

Ich kannte das Geschäft. Wir besaßen Drucke von ihnen, die Yuko als Kind nachgezeichnet hatte. »Sehr gut. Und der Vater?«

»Ein Fischer.« Mrs. Kogi musste meine besorgte Miene gesehen haben, denn sie fuhr eilig fort. »Eine Liebesheirat, Mrs. Takahashi. Die beiden haben sich erst spät gefunden. Die Mutter hatte sich bereits einen Namen als Künstlerin gemacht und war offenbar trotz ihrer Schönheit mehr mit ihrer Arbeit verheiratet. Aber dann begegnete sie ihm. Wie ich höre, lässt sich mit dem Rogen von Seesternen eine Menge Geld machen.«

»Die beiden sind durchgebrannt?«

»Sie haben einen weniger konventionellen Weg zur Eheschließung gewählt, sagen wir einmal so.«

»Und die Kawanos hatten keine Einwände?«

»Nun ja, sie wurden nicht gefragt.«

»Das ist ziemlich schockierend, Mrs. Kogi. Ich bin nicht sicher, ob es gut ist, wenn unser Name in so einen Skandal verwickelt wird.« Ihr verstohlenes Lächeln verriet mir, dass sie uns bereits am Haken hatte, weil sie genau wusste, dass uns die Zeit davonlief.

»Das alles liegt viele Jahre zurück, außerdem gab es in unserem hübschen Städtchen schon viel mehr Futter für Klatsch aller Art. Ich kann Ihnen versichern, dass Shige Watanabe nichts von der Impulsivität seiner Eltern geerbt hat. Vielmehr nimmt er meine Dienste in Anspruch, um jeden Verdacht in diese Richtung von sich zu weisen. Er ist ein Mann, gegen den niemand etwas vorbringen könnte.«

»Gibt es noch Alternativen?«

»Immer, aber ich bin sicher, Mr. Watanabe entspricht genau Ihren Vorstellungen. Und da Sie eine Frühlingshochzeit ins Auge fassen ...« Sie hielt inne und lächelte. »Möchten Sie, dass ich mich noch anderweitig umsehe?«

»Er entspricht vielleicht nicht ganz dem, was wir uns vorgestellt haben, scheint aber zumindest infrage zu kommen.«

Nach dem Gespräch bat ich Yuko, Mrs. Kogi zur Rikscha zu begleiten. Als sie zurückkam, nahm sie mir gegenüber Platz.

»Diese Arrangements sind nicht notwendig, Mutter.«

»Dein Vater sieht das anders.«

»Ich akzeptiere das nicht.«

»Du bist selbst schuld.«

»Ich werde diesen Watanabe nicht heiraten.«

»Mach dich nicht lächerlich. Bildest du dir etwa ein, ein anderer würde dich noch nehmen?«

»An der medizinischen Fakultät werden Schwestern zur Ausbildung gesucht.«

»Hat er dir etwa diesen Floh ins Ohr gesetzt, dein verheirateter Herr Doktor? Wieso den Aufwand einer Schwesternausbildung betreiben, wenn du deine Familie unbedingt zerstören willst? Wie ich höre, suchen sie in den Bordellen in Maruyama auch nach Nachwuchs.« Sie senkte den Kopf. »Dieser Mann, dein Herr Doktor, brauchte eine Hure, sonst nichts, und er war bloß zu faul und zu hochnäsig, um sich auf dem üblichen Weg eine zu suchen. Wir sollten alle dankbar sein, wenn dieser Fischersohn bereit ist, dich zu nehmen.«

»Ich werde ihn aber nicht heiraten.«

Ich beugte mich vor und packte ihr Kinn. »Du hast es deinem Vater versprochen.« Ich sah ihr in die Augen und streichelte ihre weiche Wange. »Wieso hast du zugelassen, dass er dich anfasst, Tochter? Wenn dir etwas an mir, deinem Vater, dieser Familie liegt, musst du Sato vergessen. Wir können dankbar sein, wenn dieser Mann dich heiratet.«

»Ich liebe aber Jomei, Mutter.«

»Du glaubst, das sei Liebe? Das war keine Liebe. Frauen sind nicht auf der Welt, um zu lieben. Romantik ist albern, ein Hirngespinst. Dieser Arzt hätte dein Leben zerstört. Wir haben dich vor ihm gerettet, Yuko! Ich bitte dich um eines: Zieh den Ingenieur wenigstens in Betracht. Nicht zu unserem Besten, Yuko, sondern zu deinem.«

Meine Worte mussten ihr schrecklich gefühllos vorgekommen sein, und ich frage mich heute, welche Alternativen ich damals hatte … als Yuko überlegte, eine Ausbildung zur Grafikerin zu machen. Was, wenn wir sie sofort damit hätten anfangen lassen, statt noch ein Jahr zu warten? Wäre ihr Leben anders verlaufen? Wäre sie dann nicht gezwungen gewesen, sich mit einem Fischerssohn von irgendeiner kleinen Insel zu verheiraten?

Ich war nicht der Ansicht, dass Yuko eine Ausbildung brauchte, weil die Rolle als Ehe- und Hausfrau sie voll und ganz ausfüllen würde. Wenn es nach mir ginge, sollte sie nicht arbeiten müssen, um ihren Lebensunterhalt zu verdienen. Die Freiheit und Befriedigung, die eine Arbeit mit sich bringen konnten, missfielen mir. Dafür brauchte ich mir nur mein eigenes Leben anzusehen: Mir selbst hatte die Ehe mit einem Ingenieur zu emotionaler und finanzieller Sicherheit verholfen. Wieso sollte Shige Watanabe für meine Tochter nicht dasselbe tun können? Doch während ich ihr Tagebuch las, wurde mir bewusst, dass ich zu sehr mit meinen eigenen Strategien beschäftigt gewesen war, um zu merken, dass sie ihre ganz eigenen Ziele verfolgte.

»Es war ein Fehler, Mutter von den freien Stellen als Krankenschwester zu erzählen. Jetzt ist sie noch wilder entschlossen, mich unter die Haube zu bringen, und hat noch größere Angst, ich könnte versuchen, Jomei wiederzusehen. Sie will unbedingt, dass ich gleich ins nächste Gefängnis gehe – die Ehe. Wieder und wieder beteuert sie, Jomei hätte Nagasaki verlassen, aber ich glaube ihr nicht. Mich konnte er vielleicht noch im Stich lassen, aber seine Arbeit, sein Leben, die Stadt? Damit will sie nur jeglichen Hoffnungsschimmer auf eine Versöhnung im Keim ersticken. Aber selbst wenn Mutter richtigliegt und Jomei mich niemals geliebt hat, muss ich es aus seinem Mund hören, nicht aus ihrem. Und solange er fort ist, glaube ich das, was er mir gesagt hat – dass er zu mir zurückkommen wird.

Ich werde ihm schreiben, allerdings lassen sie mich keine Sekunde aus den Augen, deshalb weiß ich nicht, wie ich ihm meine Nachricht zukommen lassen soll. Ich brauche einen Vorwand, um das Haus zu verlassen. Vielleicht sollte ich mich für den Moment einfach Mutters Plänen beugen? Heute habe ich mich bereit erklärt, mich mit diesem Shige Watanabe zu treffen. Sie hatte vor, ihn zum Abendessen einzuladen, aber allein der Gedanke ist unerträglich. Daher habe ich sie gebeten, das Treffen an einem Ort außerhalb unserer vier Wände stattfinden zu lassen. Sie besteht darauf, dass mich eine Anstandsdame begleitet. Auf diese Weise kann ich mich zumindest vorübergehend frei in der Stadt bewegen … und darauf hoffen, dass ich Jomei vielleicht zufällig sehe. Es muss einen Grund geben, weshalb ich noch nichts von ihm gehört habe.«

Stille Schönheit

Yugen: Schlichte Eleganz ist einer der ästhetischen Grundpfeiler der japanischen Poesie und wird häufig als Begriff für die ideale Schönheit betrachtet, die vor allem von Dichtern und Schriftstellern des Mittelalters angestrebt wurde. Später entwickelte sich der Begriff zum wesentlichen Diskussionsargument über die japanischen Klassiker. Inzwischen hat er mehrere Bedeutungen: subtil und tiefschürfend, schlicht und elegant, geschmackvoll und anmutig.

Ich setzte mich auf einen Holzschemel zwischen einer von Osteoporose buckligen Frau zu meiner Linken und Yuko zu meiner Rechten. Sie hatte ihr Haar zu einem lockeren Knoten auf dem Kopf frisiert, aus dem sich in der feuchten Hitze einige Strähnen gelöst hatten und ihr auf die Schultern fielen. Andere Frauen saßen, nackt und feucht glänzend, im öffentlichen Badehaus, von dessen raumhohen Fliesen das Kondenswasser rann. Die gefrosteten Glasscheiben über unseren Köpfen zierten grüne Drachen und weiße Kraniche, die Ginkgobäume mit herbstlich orange gefärbten Blättern überflogen. Spiegel reflektierten das von außen einfallende Licht. Ich füllte einen Eimer mit heißem Wasser. »Komm, ich wasche dir den Rücken.«

Yuko beugte sich vor, während ich ihre Schultern und ihren Rücken einseifte und sie mit einem groben Baumwolltuch abrubbelte. »Gib deinen Arm her«, forderte ich sie auf. Gehorsam hob Yuko den Arm, und wir verschränkten unsere Finger ineinander. Sie schloss die Augen und ergab sich der Berührung. Mein Herz hämmerte von der Hitze, und mir war leicht schwindelig. »Das erinnert mich an früher, als du noch ein Baby warst. Du hast so selten geschrien, dass ich mir regelrecht Sorgen um dich gemacht habe. Babys sollen doch schreien, oder etwa nicht?« Ich nahm ihren anderen Arm und spürte, wie mir die Worte im Halse stecken blieben. »Du warst eine Frühgeburt, und wir hatten wochenlang Angst, dass wir dich verlieren könnten. Vielleicht habe ich diese Sorge nie überwunden und bin deshalb so darauf aus, dich zu beschützen.« Sie sah mich an. Bisher war mir nie bewusst gewesen, wie ähnlich wir uns sahen, doch unsere nackten Körper unterschieden sich lediglich durch einige Lebensjahre. »Du warst immer so reserviert als Kind. Früher dachte ich, du wärst nur schüchtern, aber das ist es nicht, hab ich recht?«

»Soll ich dir den Rücken waschen?«, fragte sie ausweichend.

Ich dachte daran, wie diese Hände Sato berührt hatten. »Nein, danke.« Die alte Frau neben uns wusch sich die Füße, den einzigen Teil ihres Körpers, den sie noch mühelos erreichen konnte. »Entschuldigen Sie, soll meine Tochter Ihnen helfen?«

Die Frau wandte sich mir zu. »Danke, das ist sehr freundlich von Ihnen.« Yuko nahm ihren Waschlappen entgegen und fuhr damit über die gebeugten Schultern der alten Frau. »Sie dürfen ruhig kräftig rubbeln, Kind. Nur keine Scheu.« Ich weiß noch, wie die alte Frau dasaß, die Hände auf den Knien abgestützt, die Zehen über der Rinne gekrümmt, durch die das schmutzige Wasser abfloss. Bestimmt war sie damals jünger als ich heute, doch sie kam mir wie eine unter der Last des Lebens gebeugte Greisin vor. Denken die Leute dasselbe, wenn sie mich heute sehen? Das Alter, die Leberflecke, die Krampfadern, die wässrigen Augen?

Ich wusch mir die Beine, von den Knöcheln aufwärts über die

Knie bis zu den Schenkeln, und erschauderte leicht, als plötzlich kalte Luft über meine Waden, Hüften und Brüste strich.

Yuko musterte mich, als ich noch etwas Seife auf meiner Haut verteilte. »Du sprichst nie über deine Kindheit.«

Männerstimmen drangen über die Trennwand zwischen den einzelnen Badebereichen. »Nein?«

»Nein.« Sie kippte das Wasser aus ihrem Eimer aus und goss kaltes Waser nach.

»Das liegt daran, dass es nichts zu erzählen gibt.«

»Du sprichst nie darüber, wo du aufgewachsen bist, über deine Familie oder darüber, wie du und Vater euch kennengelernt habt.« Vielleicht verlieh ihr der Umstand Mut, dass wir uns in aller Öffentlichkeit befanden.

Ich wusch mich zwischen den Beinen und spülte den Lappen neben der Metallrinne aus, in der sich etliche Haare verfangen hatten. »Ich werde fett.«

Die alte Frau schnalzte mit der Zunge. »Nein, das stimmt nicht.«

»Sie hätten mich mal sehen sollen, als ich noch jung war.« Ich stieß einen Pfiff aus.

Die Alte lachte. »Sie hätten *mich* mal sehen sollen. Was für ein Körper!«

»Sie haben immer noch eine gute Figur«, neckte ich sie.

Kichernd winkte sie ab. »Damals haben sich die Männer im Haus meines Vaters regelrecht die Klinke in die Hand gegeben … mit ihren Geschenken und Anträgen und Gedichten. So viele Gedichte … Immer nur Haikus, allesamt fürchterlich. Mein Vater musste sie alle mit dem Besen verscheuchen. Wirklich.« Wir lachten. Selbst Yuko. Sie hob das graue Haar der alten Frau an und wusch ihr den Hals.

Ich fragte mich, wie oft ich wohl noch mit meiner Tochter

das Badehaus aufsuchen würde, wenn wir erst einen Ehemann für sie gefunden hätten. Ich hatte die Zeit dort immer sehr genossen, vor allem früher, als ich in ihrem Alter gewesen war. Damals war ich mit meiner Freundin Karin zwei- oder dreimal pro Woche hergekommen. Wir hatten dem Geplapper der Frauen über ihre schrecklichen Ehemänner oder enttäuschenden Liebhaber gelauscht, ehe wir, blank geschrubbt und mit leuchtender Haut, wieder in die Kühle getreten waren. Die Besuche im Badehaus hatten nicht nur der Reinigung meines Körpers gedient. Ich wandte mich der alten Frau zu. »Meine Tochter verlangt, dass ich alle Geheimnisse meiner Jugend enthülle. Soll ich, Großmütterchen?«

Die Alte gackerte und versuchte sich zu strecken. »Geheimnisse bleiben am besten Geheimnisse. Vergangen ist vergangen. Die alten Geschichten wieder auszugraben nützt keinem etwas.«

Ich hielt einen frischen Waschlappen unter den Wasserhahn und drückte ihn über meinen Brüsten aus.

»Hör auf die weise Frau, Yuko. Du solltest ihrem Rat folgen.«

Yuko gab der alten Frau Waschlappen und Seife zurück. »Bitte schön.«

»Danke, sehr freundlich.« Die Alte lächelte. »Du wirst es vergessen.«

»Was denn?«

»Die Tröstlichkeit der Berührung.«

Ich legte ihr eine Hand auf die Schulter. »Feiern Sie mit uns, Großmütterchen. Meine Tochter hat heute noch eine Verabredung mit einem Mann.«

Die alte Frau klatschte in die Hände. »Wird er ihr Ehemann?«

»Wenn meine Tochter es wünscht.«

»Soll ich dir einen Rat geben, mein Kind?«

Yuko beugte sich vor. »Gern. Natürlich«, sagte sie, wie immer höflich.

»Wenn er mit einem Haiku ankommt, nimm die Beine in die Hand. Keine Gedichte.« Diesmal lächelte Yuko nicht.

»Komm, Tochter, wir müssen uns fertig machen.«

Die Frau schwenkte ihren Waschlappen – eine weiße Fahne an einem dürren Mast aus Sehnen und Knochen. »Viel Glück, viel Glück.«

Wir betraten den Umkleidebereich, wo sich der Dampf aus dem Heißbecken unter der Decke sammelte. Es wunderte mich, dass Yuko so bereitwillig einem Treffen mit Watanabe zugestimmt hatte. Sie hatte sich unserem Wunsch unterworfen, zuerst in diesem wesentlichen und später in vielen kleineren Punkten. Doch ihr Tagebuch enthüllte ihre List.

»Ich spürte den Schlag meines Herzens, während sich meine Haut anfühlte, als würde sie verbrennen. Mir war schwindlig, so als wäre ich mit Drogen zum Gehorsam gezwungen worden. Mutter tupfte sich mit einem feuchten Tuch die Haut und das Haar ab. Ich blickte auf den auberginefarbenen Kimono, den sie für mich ausgewählt hatte – er war unifarben, ohne jeden Schmuck oder sonst etwas, gewissermaßen eine schwarze Leinwand, die Watanabe nach seinen Vorstellungen gestalten konnte. Ich habe mich Mutters Forderungen gebeugt, allerdings weiß sie nicht, weshalb. Durch die arrangierten Treffen mit ihm gewinne ich hoffentlich genug Zeit, um mich an der Schwesternschule zu bewerben. Allerdings ist das Geld ein großes Problem. Ich habe weder genug für die Miete noch für Lebensmittel, aber sobald ich eine Möglichkeit gefunden habe, werde ich ausziehen und, sofern ich den Mut dafür aufbringe, mich auf die Suche nach Jomei machen. Ich muss ihn finden. Bis dahin werde ich mich Mutters Wünschen beugen. Es ist einfacher, mit ihr zurechtzukommen, wenn sie glaubt, alles laufe so, wie sie es sich vorstellt.«

Yuko hatte völlig recht: Sie hatte mich tatsächlich getäuscht. Als wir uns im Badehaus anzogen, hatte ich keine Ahnung, was sie gerade ausheckte, weil ich viel zu beschäftigt damit war, die nächsten Schritte zu planen. »Sei höflich zu dem Mann.« Ich zog meine Unterhose an, die an meinen feuchten Schenkeln klebte. »Bring uns nicht in Verlegenheit.« Dann streifte ich meinen weißen Unterkimono über die Schultern. »Wenn es nicht Watanabe wird, dann finden wir jemand anderen für dich.« Ich verschnürte das Band um meine Hüften. »*Mit jeder Anweisung übertünchte sie mein altes Ich, ließ es unter* ihren *klaren, neuen Pinselstrichen verschwinden.*« Ich bleckte die Zähne. »Und vergiss nicht zu lächeln. Wenn wir Frauen ein Talent haben, dann ist es die Fähigkeit, unsere Kümmernisse und Sorgen zu verbergen.« Ich neigte den Kopf, hob die Brauen und verzog den Mund zu einem aufreizenden Konkubinenlächeln. »Siehst du?«

Japanische Frauen

Yamato-nadeshiko: Heutzutage verwenden nur noch wenige junge Japanerinnen den Begriff; früher hingegen galt er als Synonym für die japanische Frau, vor allem, um die traditionellen Tugenden wie Bescheidenheit, Gehorsam, Geduld und vor allem Tapferkeit und Entschlusskraft im Angesicht von Schwierigkeiten hervorzuheben. Yamato ist ein anderes Wort für Japan, nadeshiko ist auch der Name einer Pflanze, die für ihre hübsche Blüte und den schlanken, aber kräftigen Stängel bekannt ist.

Ich begleitete Yuko nicht zu ihrem ersten Treffen mit dem Ingenieur, sondern schickte stattdessen die Kupplerin als Anstandsdame mit, da die Beteiligten ohnehin verlegen genug wären. Außerdem würde Yukos Verärgerung über mich womöglich ihr Urteilsvermögen beeinflussen. Also verließ ich sie vor dem Badehaus und sah zu, wie sie in ihren Holzschuhen vorsichtig über das Kopfsteinpflaster trippelte. Sie schrieb, Mrs. Kogi hätte sie am Fuß des Dutch Slope erwartet. Eisiger Nebel hätte bis zu ihren Knien um ihre Beine gewabert, und ihr Haar sei von einer dünnen Reifschicht bedeckt gewesen. Nach ein paar Minuten hätte Mrs. Kogi den Hügel emporgeblickt und dem Mann zugewinkt, der auf sie zukam.

»Da war er also, der Ingenieur aus Iōjima, in einem schwarzen Anzug und Mantel. Er ist einen Kopf größer als ich, mit breiten Schultern und einem flächigen Gesicht. Er verbeugte sich vor uns, und als er sich wieder aufrichtete, sah ich, dass sein Gesicht leicht gerötet war. Er stellte sich vor, und ich

erwiderte: ›Wer sollten Sie auch sonst sein?‹ Mrs. Kogi kicherte und schob meine Unhöflichkeit auf meine Nervosität. Watanabe meinte, das sei doch unter diesen Umständen nur verständlich. Unsinn, meinte die Kupplerin, das sei eine völlig normale Situation. ›Aber vielleicht nicht für Yuko. Meine erste Begegnung dieser Art ist es jedenfalls. Ich bin nicht daran gewöhnt, so beäugt zu werden. Was soll ich anziehen? Was soll ich sagen? Was lieber nicht? Es ist das reinste Minenfeld.‹ Mrs. Kogis Brauen hüpften auf und ab, während ich versuchte, mir das Lachen zu verbeißen, was ihm nicht zu entgehen schien, denn er lächelte ebenfalls.«

Sie gingen den steilen Weg hinauf, wobei Shige sich nach Kräften bemühte, Small Talk zu betreiben. Er war besorgt, Yuko könnte vielleicht frieren, doch sie beruhigte ihn. »Ihr Kimono ist höchst kleidsam«, platzte er nach kurzem Zögern heraus, ehe er sich, womöglich erschrocken über seinen Mut, umwandte. »Ich fürchte, wir haben Mrs. Kogi verloren.« Yuko drehte sich um. Die Kupplerin war ein gutes Stück hinter ihnen und stand, die Hände auf die Knie gestützt, mitten auf dem Weg.

»Ich hoffe nur, wir haben sie völlig außer Gefecht gesetzt«, bemerkte sie mit einem verschmitzten Lächeln.

»Watanabe lächelte erneut und sagte: ›Stimmt. Sonst könnte niemand mehr in Nagasaki heiraten.‹ Offenbar fiel ihm mein Unbehagen auf, denn er sah verärgert aus, aber keineswegs über mich, sondern eher über sich selbst. Er senkte den Kopf. ›Soll ich Ihnen erzählen, was ich mir gesagt habe? Ich habe mir eingeredet, dass ich mich mit einer alten Freundin, die ich lange nicht gesehen habe, zu einem Spaziergang treffe. Vielleicht eine Schulfreundin, zu der der Kontakt eingeschlafen ist.‹ – ›Aber wären wir dann nicht trotzdem noch Fremde?‹, fragte ich. Er dachte darüber nach. ›Das ist wahr. Wie wäre es mit alten Bekannten, die ihre Freundschaft wiederaufleben lassen wollen?‹ Ich war erleichtert, dass auch er die Situation reichlich befremdlich fand. ›Tja, Mr. Watanabe …‹ Er hob die Hand und meinte, ich müsste ihn Shige nennen, schließlich wären wir alte Freunde. ›Nun, Shige …‹, sagte ich und

spürte, wie mir die Intimität seines Namens die Schamesröte ins Gesicht steigen ließ.«

Yuko erkundigte sich nach seiner Gesundheit, worauf er nach ihrem Befinden fragte. »Einigermaßen«, antwortete sie, was ihn wiederum belustigte. Vor einem der olivgrün gestrichenen Schindelhäuser im westlichen Stil blieben sie stehen, und Shige wandte sich ihr zu. »Was für ein Glück wir doch haben, in Nagasaki leben zu dürfen, nicht? Wir haben es weit gebracht. Mehr als zweihundert Jahre lang befand sich Japan in der Isolation, und 1859 wurde ausgerechnet unser Hafen auserkoren, sich der Welt zu öffnen. Können Sie sich das vorstellen? All die jungen Männer aus Großbritannien, Frankreich und Amerika, die herkamen und mit unserem Tee, unseren Seidenstoffen und den Algen Handel trieben? Gut und schön, sie haben viel Geld damit verdient, gleichzeitig haben sie Japan aber auch geholfen, zu dem Land zu werden, das es heute ist. Das Ende des Shogunats, die Marine, die Eisenbahnen, die Leuchttürme, die Schwerindustrie … und unsere Stadt hat dabei geholfen, all das ins Leben zu rufen. Was für ein Glück, hier leben zu dürfen.«

Sie musste über seine Begeisterung lächeln, worauf er fragte, ob sie ihn etwa auslache. »Nein«, antwortete sie. »Aber aus Ihrem Mund klingt es fast, als hätten wir all das niemals aus eigener Kraft schaffen können.«

Er schüttelte den Kopf. »So habe ich es nicht gemeint. Aber können Sie sich vorstellen, dasselbe zu tun, was diese Leute getan haben, Yuko? Wenn Sie die Schiffe im Hafen sehen, können Sie sich dann vorstellen, eines Tages einfach alles zurückzulassen, das Sie kennen, in ein wildfremdes Land zu segeln und dort etwas aus dem Nichts aufzubauen?«

Nach den Tagen des Kummers und Schmerzes war seine Begeisterung ansteckend. Yuko blickte auf das Meer hinaus. Ein

Leben außerhalb Nagasakis war schlicht unvorstellbar für sie. Vielmehr hatte sich ihre gesamte Existenz stets auf die Insel Kyūshū beschränkt, auf Besuche bei ihrer Tante in Fukuoka nördlich von Nagasaki und auf Ausflüge nach Kagoshima im Süden der Insel, wo es Räucheraal und karamellisiertes Schweinefleisch gab, auf Tagestouren in die Fischerdörfer im Westen und Osten und nach Iōjima. Der Rest der Welt war nichts als eine zweidimensionale Landkarte an der Wand in Vaters Arbeitszimmer; ab und an hob Kenzo hervor, welche Länder und Gebiete unter japanischer Besatzung standen: Korea, Taiwan, Port Arthur, das chinesische Tsingtao, die Marschallinsel, die Karolinen, die Marianen und die Mandschurei, doch das war etwas völlig anderes. Die Welt bestand aus mehr als Marinestützpunkten und dem Gleichschritt der Soldaten. Sie fragte Shige, wohin sie seiner Meinung nach gehen sollte, wenn sie ihrer Heimat schon den Rücken kehren müsste? Asien, Europa, Amerika, antwortete er. »Denken Sie nur an die vielen Japaner, die auf Hawaii oder an der Westküste Amerikas leben. Der Wilde Westen, Yuko ... würden Sie mitkommen?«

Ehe sie antworten konnte, hatte Mrs. Kogi sie eingeholt und gesellte sich zu ihnen. »Ihr jungen Leute ... so viel Energie«, japste sie.

Shige lächelte die beiden Damen an. »Ich habe einen Vorschlag. Wieso gehen wir nicht zu Thomas Glovers Haus?« Der Bungalow des schottischen Geschäftsmannes mit der hölzernen Veranda, dem wie ein vierblättriges Kleeblatt geformten Dach und den Dämonenköpfen auf den roten Fliesen bot einen herrlichen Ausblick auf den Hafen und die Mitsubishi-Werft.

Yuko dachte an das flüchtige Gefühl der Freiheit, das der Anblick der endlosen See in ihr heraufbeschwören würde. »Das wäre schön.«

Erfreut nickte Shige. »Ich habe gehört, diesen Sommer ist eine Aufführung von Madame Butterfly dort geplant.« Er wurde rot – womöglich weil ihm bewusst wurde, dass es sich wie eine Einladung angehört hatte. Eine Romanze zwischen Thomas Glover und einer Japanerin hätte einen Komponisten zu der Oper um die junge schwangere Cio-Cio inspiriert, die von ihrem amerikanischen Ehemann verlassen und später in den Selbstmord getrieben worden war, hieß es. Die Kupplerin presste sich eine Hand auf das goldene Medaillon auf ihrer Brust. »Arme Cio-Cio, was für eine Tragödie.«

»Der Name ließ mich aufhorchen. Mit einem Mal war ich wieder in diesem schimmligen Zimmer in Chinatown, und Jomei flüsterte mir den Namen ins Ohr. Das musste ein Zufall sein. Oder hatte Mutter etwa doch recht? War ich für Jomei nicht mehr als ein Spielzeug gewesen, mit dem er sich für eine kurze Weile amüsiert hatte? Was wäre passiert, wenn Vater nicht aufgetaucht wäre? Hätte ich ernstlich erwartet, dass Jomei seine Frau verlassen und mich heiraten würde? Was wäre gewesen, wenn ich schwanger geworden wäre, so wie Cio-Cio? Was wäre dann aus mir geworden, aus dem Kind? Mit einem Mal war der kurze Moment der Ablenkung, den Shige mir geschenkt hatte, vorüber. Mrs. Kogi füllte die Stille mit ihrem lauten Geplapper, aber Shige musste mitbekommen haben, dass mein Schweigen nicht nur ein kurzer Anflug von Schüchternheit war.«

Er erkundigte sich, ob Yuko sich nicht wohlfühlte. Ihr war bewusst, wie lächerlich sich ihre faule Ausrede anhörte, aber in diesem Moment fiel ihr nichts Besseres ein: Sie hätte nur schlecht geschlafen, aber es sei ein schöner Tag gewesen, beteuerte sie eilig.

»Bitte entschuldigen Sie, Mrs. Kogi, aber ich kann Sie leider nicht zu Kaffee und Kuchen begleiten.«

Die Kupplerin zwang sich zu einem verkniffenen Lächeln. »Es tut mir leid, wenn Sie sich unwohl fühlen, Yuko.« Es gab eine verlegene Pause, während Shige offensichtlich versuchte, die Situation einzuschätzen.

»Er sah mich an und fragte: ›Könnten wir das vielleicht irgendwann wiederholen?‹ Ich sah ihn an, diesen Ingenieur, dessen Gesellschaft bei Weitem nicht so unangenehm war, wie ich befürchtet hatte, und der auf eine bestimmte Weise sogar gut aussieht. Trotzdem ist allein die Vorstellung, ihn zu heiraten, völlig absurd. Das Jomei-Fieber wird niemals vergehen, stattdessen werde ich den Doktor für immer im Herzen tragen. Dieser Shige wird niemals eine ernsthafte Konkurrenz für ihn sein, sondern allenfalls ein im äußeren Orbit kreisender Satellit um Jomeis Sonne. Aber der Doktor ist fort, und ich habe nichts mehr von ihm gehört. Kein Wort. Es ist so grausam. Und was bleibt mir jetzt noch? Mutter sagt, in der Ehe gehe es nicht um die Liebe, sondern um Pragmatismus, und die tiefe Zuneigung füreinander wüchse erst im Lauf der Jahre. Vielleicht hat sie ja recht, und selbst wenn sie sich irren sollte, brauche ich mehr Zeit. Vielleicht gibt es ja ein Leben jenseits von Jomei und auch jenseits dieses Ingenieurs. Ein Leben, das nur mir allein gehört und das nicht von anderen bestimmt wird. Also antwortete ich Shige Watanabe, dass ich zu einem weiteren Treffen bereit sei, worauf er lächelte und erwiderte, dass dies auch seinen Wünschen sehr entgegenkäme.«

Gemeinsam unter einem Schirm gehen

Ai-ai-gasa: Im Zeitalter des Feudalismus war Männern und Frauen jeglicher Körperkontakt in der Öffentlichkeit verboten. Sie durften einander keinesfalls zu nahe kommen, ganz zu schweigen davon, Händchen zu halten oder sich auch nur unterzuhaken. Eine seltene Gelegenheit bot sich hingegen an regnerischen Tagen, wenn sie sich einen Schirm teilten und dadurch eine gewisse Intimität zustande kam. Folglich galt es als indirekter Ausdruck seiner Liebe, wenn ein Mann einer Dame anbot, seinen Regenschirm mit ihm zu teilen. Aus dieser Tradition hat sich das geflügelte Wort »gemeinsam unter einem Schirm gehen« für eine Liebesbeziehung entwickelt.

So begann es zwischen Yuko und Shige. Auf dem Dutch Slope. Wenn Sato für Iōjima und Chinatown stand, war Shige das Synonym für Nagasaki. Yuko und er trafen sich bei irgendeiner Sehenswürdigkeit und lenkten Mrs. Kogi mit Kaffee und Kuchen ab, während sie sich an einen ruhigen Ort zurückzogen, wo Shige ihr von der Geschichte Nagasakis erzählte. Yuko konnte nur staunen, wie wenig sie über ihre Heimatstadt wusste. *»Da spaziere ich über die Pflastersteine, schlendere an Häusern vorbei, sehe den einlaufenden Schiffen zu und weiß doch überhaupt nichts.«* Shige erweckte die Stadt für sie zum Leben. Sie schlenderten an Geschäften voller Lampions, Brillen oder Sonnenschirmen vorbei, und er erzählte von abenteuerlustigen Fremden, die hergekommen waren, um Handel zu treiben. Christen aus dem Westen und Chinesen aus dem Osten hatten ihre sichtbaren

Spuren überall in der Architektur hinterlassen und lagen hier begraben. Yuko lauschte Shiges Schilderungen und entwickelte so etwas wie Anerkennung für all jene, die den Grundstein für diese Pracht aus Holz, Eisen und Stein gelegt hatten. Shige berichtete von den portugiesischen Händlern im sechzehnten Jahrhundert, der Blütezeit und dem anschließenden Verbot des Christentums, den Holländern und Chinesen, denen schließlich der Zugang zu Nagasaki gewährt worden war. Sie hatten in abgetrennten Stadtteilen gelebt, damit Schmuggel, die Verbreitung der Bibel und der Verfall von Sitten und Moral verhindert werden konnten. Abgesehen von einem Haufen Steine, einem Graben und einer Handvoll Spaliere erinnerte nur wenig an die 1689 für die Chinesen errichteten Häuser in Juzenji-Go. Yuko versuchte zu begreifen, wie sich die Bewohner in ihrer Isolation gefühlt haben mussten. Shige zitierte aus einem Geschichtsbuch: »›Tenkohodo wurde ursprünglich zu Ehren der Meeresgöttin Maso erbaut.‹« Er beschrieb eine ausholende Geste. »›Alle Gebäude waren von drei Elementen umgeben: einem zwei Meter hohen Zaun, einem leeren Graben und schließlich einem hohen Bambuszaun.‹«

Yuko musste an die Menschen denken, die ihren Mietzins errichtet hatten, um hier zu leben, abgeschnitten vom Rest der Welt und zugleich ein Verbindungsglied zwischen zwei Ländern, die miteinander Handel trieben. Für die Holländer hatte man bereits 1636 eine fächerförmige Insel vor der Stadt namens Dejima aufgeschüttet, die sich über rund siebzig Meter von Ost nach West und zweihundert Meter von Norden und Süden zog. Der Zugang war nur mit einer Eintrittskarte möglich gewesen. Als Nächstes zählte Shige die Waren auf, die durch diesen Hafen nach Holland exportiert worden waren, und Yuko malte sich aus, wie die Schiffe durch den steinernen, ins Meer gebauten

Rundbogen geglitten waren. Vor ihrem geistigen Auge sah sie Kupfer, Silber und Gold schimmern, spürte die glatten Oberflächen von Keramik und Lackwaren, die raue Seide, Haifischhaut und Holz, roch die Gewürze und hatte die fremdartigen Geschmäcker auf der Zunge – süße Biskuits, Schokolade, Bier, Kaffee, Schinken und Essig.

Die Wochen vergingen, aber trotzdem gelang es ihr nicht, Sato zu vergessen. Den gesamten Sommer und Herbst über lief ihre Romanze in der Endlosschleife in ihrem Kopf ab, ein Hollywoodtraum aus Sonne, Sand und Chinatown und ihrem letzten gemeinsamen Nachmittag. Auch wenn sie sich noch so sehr für ihre Schwäche verfluchte, bekam sie ihn einfach nicht aus dem Kopf. »*Dumm, dumm, dumm, vergiss ihn, vergiss ihn, vergiss ihn*«, sagte sie sich wieder und wieder, schrieb die Worte auf einen Zettel und verbrannte ihn, zündete Räucherstäbchen an und besuchte in Begleitung von Mrs. Goto verschiedene Tempel, nur um jedes Mal denselben Wunsch auszusprechen: diesen Mann endlich aus dem Sinn und aus dem Blut zu bekommen. Aber er blieb. »*Meine Fantasie ist mein schlimmster Feind. Gedanken darüber, wo er sein mag und mit wem, quälen mich unablässig. Ich sehe andere Frauen, die sich ihm hingeben, so wie ich es getan habe. Ich zwinge mich, mir Mutters Worte ins Gedächtnis zu rufen: Er hat mich nicht geliebt. Er hat gesehen, wie schwach ich bin, und mich verlassen, ohne einen weiteren Gedanken an mich zu verschwenden. Jomei trauert mir nicht hinterher, sagt Mutter. Stattdessen sei ich nur ein Zeitvertreib für ihn gewesen, ein Spielzeug. Ich muss ihn vergessen.*«

Während ihrer gemeinsamen Nachmittage mit Shige hielt sie immer wieder nach Sato Ausschau, suchte die Gesichter der Männer in den Straßen ab, registrierte die Gestalten, die aus Bars und Restaurants traten, und sah ihn überall und nirgendwo.

Shige las ihr vor, während sie alles daransetzte, Sato endlich aus ihren Gedanken zu verbannen. »Dort drüben war die Vereinigung der Kinder Jesu untergebracht ... das Gebäude hieß Maria-en.« Er hielt inne. »Träumen Sie schon wieder?«

»Ich denke nur nach.«

»Worüber?«

»Darüber, was Sie gesagt haben. Über all die Menschen hier in der Stadt, über ihre Geschichten, ihr Leid und ihre Kümmernisse.«

Merkte er, dass sie sich insgeheim nach einem anderen Mann sehnte? Sie hatte Angst, Shige in ihre Lüge zu verstricken. In seiner Gegenwart dachte sie nicht an die Liebe oder an ihre ruchlose Verwandte, die Leidenschaft, sondern erkannte bloß seine Freundlichkeit, seine Aufmerksamkeit, registrierte die Art, wie er ihren Namen aussprach, so als wäre es das pure Vergnügen, ihn über seine Zunge gleiten zu lassen. Seine Gegenwart war tröstlich, und ihre Liebe zu Nagasaki war ihre gemeinsame Währung. Sie lernte ihn näher kennen, registrierte seine Eigenheiten – die Art, wie er sich mit dem Finger über die rechte Braue strich, wenn ihn etwas beschäftigte, die leicht verfärbte Haut an seinen Fingerknöcheln – vom Boxen, das er betrieb, um in Form zu bleiben –, seine kräftigen Hände, die so ganz anders aussahen als Satos grazile Chirurgenfinger.

Eines Tages, als Regen aufzog, besuchten sie den für die Chinesen erbauten Sufukuji-Tempel, dessen roter Eingang seit über dreihundert Jahren von zwei steinernen Löwen bewacht wurde. Sie standen neben dem goldenen Buddha in der großen Gebetshalle, als Shige sich an sie wandte. »Sie sind heute gar nicht Sie selbst«, sagte er.

Yuko verspürte einen Anflug von Verärgerung. »Woher wollen Sie das wissen? Wir kennen uns doch kaum.«

Wortlos trat Shige vor das blaue Spruchband mit der goldenen Inschrift über ihren Köpfen. »'Erwirb dir jeden Tag neue Verdienste, weil Verdienste dein Herz erfreuen.'« Er lächelte. »Der Gedanke gefällt mir. Man muss sich das Glück durch gute Taten verdienen.« Shige klemmte sich seinen Regenschirm unter den Arm und zog ein Päckchen aus seiner Anzugtasche. »Ich habe Ihnen ein Geschenk mitgebracht.«

Er sah zu, wie sie es auspackte: eine Metalldose mit Stiften und einen in cremefarbenes Leder gebundenen Skizzenblock. »Ihre Mutter erwähnte, dass Sie gern zeichnen. Ich habe mir überlegt, ob Sie unsere gemeinsamen Ausflüge nicht auf Papier festhalten wollen.«

Seit Iōjima hatte Yuko keinen Stift mehr in der Hand gehabt, trotzdem dankte sie ihm, gerührt und traurig zugleich. Sie trat vor einen Baum, dessen Äste sich unter dem Gewicht der zahllosen weißen Zettel mit Gebeten und Wünschen nach Liebe, Kindern oder Reichtum bogen. Der frühmorgendliche Regenguss hatte die Tinte auf den obersten Zetteln zerlaufen lassen, wohingegen die weiter unten hängenden unversehrt geblieben waren. Yuko strich über einen von ihnen. »Hatten Sie je das Gefühl, als hätten Sie die Kontrolle über Ihr Leben verloren?«

»Natürlich«, antwortete er sanft.

»Wirklich?«

»Natürlich. Jetzt zum Beispiel. Und ich würde nicht wollen, dass Sie hier sind, wenn es nicht Ihrem Wunsch entspricht.«

»Und wenn es so wäre?«

»Ist es denn so?«

»Natürlich nicht.« Sie gingen an den roten und gelben Lampions vorbei und blieben neben dem riesigen Kessel stehen, aus dem vor vielen hundert Jahren die Bedürftigen während einer Hungersnot ihr Essen bekommen hatten.

»Die Ehe ist …«

»Vielleicht sollten wir darüber jetzt noch nicht sprechen.«

Er nickte. »Sollen wir irgendwo anders hingehen? In die Kathedrale, wenn Sie Zeit haben? Vielleicht möchten Sie ja etwas zeichnen.«

Ihre Schritte waren auf den Bodenplatten kaum zu hören, als sie den Tempel verließen. Shige blickte nach oben und spannte seinen Schirm auf, obwohl der Regen noch gar nicht eingesetzt hatte. Yuko trat neben ihn. So nahe waren sie einander bisher noch nie gewesen. *»Er gab mir genug Raum, und nur unsere Ellbogen haben sich berührt. Trotzdem spüre ich, dass er sich mir nähert, und es ist nur eine Frage der Zeit, bis ich mich zwischen dem freundlichen, lebenden Ingenieur und dem Geist des Doktors entscheiden muss. Als die ersten Tropfen fielen, hatte ich nur einen Gedanken: Steht Shige für die drei Verteidigungsringe, den Zaun, den Graben und die Bambusstäbe, oder könnte er die Welt sein, sie sich dahinter eröffnet?«*

Eine reine Männergesellschaft

Danson-jobi: Die oberste Gottheit in der japanischen Mythologie, Amaterasu-omikami, ist zwar eine Göttin, trotzdem ist Japan seit jeher von andozentrischen Grundsätzen geprägt. Die durch die fremden Kulturen ins Land eingeführten Religionen haben die Überlegenheit der Männer noch untermauert. Frauen galten als minderwertig, und es war völlig normal, dass Männer sie sich unterwarfen. Ein altes Sprichwort sagt, Frauen könnten in Wahrheit gar keinen eigenen Willen besitzen, da sie sich während der Kindheit zunächst den Eltern, dann, in der Ehe, ihren Männern und in späteren Jahren ihren Söhnen unterordnen mussten.

Sato hatte sich mit unserem Ultimatum einverstanden erklärt und Kenzo versprochen, sich daran zu halten, aber die Stadt verließ er trotzdem nicht. Die Bedingungen waren sehr einfach und verständlich gewesen: Er würde Yuko weder wiedersehen noch jemals wieder mit ihr sprechen, sondern die Affäre mit keiner Silbe je erwähnen und Nagasaki verlassen. Natürlich war uns bewusst gewesen, dass er sich mit Händen und Füßen gegen den letzten Punkt sträuben würde, aber was blieb uns anderes übrig? Sollte er sich nicht daran halten, so erklärten wir ihm, würden wir seiner Frau, seinem Arbeitgeber und all unseren gemeinsamen Bekannten verraten, was er getan hatte. Der Doktor konnte nicht länger in der Stadt bleiben, darüber waren wir uns einig. Und wenn ich *wir* sage, meine ich damit Kenzo – ich selbst wagte es nicht, Sato persönlich zu begegnen, da ich mir und meinen wilden Gewaltfantasien nicht über den Weg traute und nicht sicher war, wozu ich im Notfall fähig wäre. Ich wollte, dass er körperliche Schmerzen litt, als Strafe für den Kummer, den er Yuko bereitet hatte, und wenn das nicht möglich war, sollte er verschwinden, und zwar für immer.

Als die Wochen vergingen und der Frühling Einzug hielt, dämmerte mir allmählich, dass ich die Angelegenheit nicht Kenzo hätte überlassen dürfen. Entweder war er eingeknickt, hatte sich breitschlagen lassen oder sonst irgendetwas getan, das den Doktor glauben ließ, dass er sich unseren Anweisungen nicht zwingend zu fügen brauchte. Im Grunde war Nagasaki ein großes Dorf und die Kreise der Reichen eng und klaustrophobisch. Schlimm genug, dass er immer noch da war. Für ihn hatte sich nichts verändert, lediglich der Zugriff auf Yuko war ihm entzogen. Bislang war sein Verhalten noch ungestraft geblieben. Ich sah Yuko zu, wie sie mir half, Amarylliszwiebeln im Garten einzusetzen. Später würde sie sich mit Watanabe treffen. Eigentlich hatten wir erwartet, dass sie sich vehementer gegen den Ingenieur sträuben würde, und obwohl er ihr noch keinen offiziellen Antrag gemacht hatte, gestatteten wir uns vorsichtigen Optimismus, und ihr Tagebuch bewies, dass ich richtiglag.

»Heute habe ich mich mit Shige in einem Nudelrestaurant getroffen, wo wir nebeneinander auf einer Bank saßen. Er hatte Karten für ein Konzert nächste Woche besorgt und fragte, ob ich ihn begleiten wolle. Zu meiner Überraschung – und Freude – stellte ich fest, dass ich tatsächlich gern hingehen würde, und zwar nicht nur wegen der Musik. Die Kellnerin servierte uns zwei Schalen heiße Suppe, und ich erkundigte mich, wie sein Tag gewesen sei. Er meinte, die Arbeit im Büro langweile ihn und er wäre viel lieber vor Ort. Vielleicht würde er bald auf eine der nahegelegenen Inseln versetzt werden, erklärte er. ›Aber es wäre nur für ein paar Monate‹, fügte er eilig hinzu und lief rot an, als hätte er sich selbst verraten, indem er zugab, dass er sich Gedanken da-

rüber gemacht hatte, inwiefern seine Zukunft Auswirkungen auf meine eigene hatte. Er sog eine Nudel zwischen die Lippen und sah mich an. ›Was ist mit dir, Yuko? Welche Pläne hast du für dein Leben? Willst du arbeiten?‹ Eine Woge der Dankbarkeit stieg in mir auf. Ich erzählte ihm, dass ich eigentlich Künstlerin werden wollte, nun aber über eine Laufbahn als Krankenschwester nachdenken würde. Shige nickte und trank einen Schuck Wasser. ›Das hört sich nach einer guten Idee an.‹ Wir lächelten einander zu, und zum ersten Mal seit Wochen stellte ich fest, dass ich nicht mit Blicken den Raum nach Jomeis Gesicht abgesucht hatte. Es war eine Wohltat, frei zu sein, auch wenn sie nur einen Moment währte. Ob sie wohl von Dauer sein wird?«

Sie verließen das Restaurant und blieben vor einem Geschäft stehen, wo verschiedene Räucherstäbchen verkauft wurden. Duftende Holzklötzchen lagen auf einem Tisch, und in der Luft hing der Geruch nach Sandelholz. Ein Flugblatt flatterte vor ihnen auf den Boden. Shige hob es auf. Es war das Pamphlet einer Arbeitervereinigung, die den Kapitalismus, korrupte Politiker, die Unterdrückung der Gewerkschaften und die Besetzung der Mandschurei anprangerte. Bereits seit Jahren brodelte es im Land – Premierminister und Menschen des öffentlichen Lebens wurden ermordet, Marxisten rotteten sich zusammen, die Militärpolizei befand sich in Alarmbereitschaft, sowohl in der Heimat als auch den annektierten Gebieten. Obwohl Tokio weit weg war, reichte der Arm der Politik dank des wachsenden Netzwerks aus Straßen, Eisenbahn- und Fährlinien auch bis nach Nagasaki.

Shige zerknüllte das Pamphlet. »Unsere Expansionsbestrebungen … Die machen sich nicht die Mühe, andere Kulturen zu respektieren, sondern drücken den fremden Ländern einfach mithilfe des Schwerts unseren Stempel auf. Ständig höre ich, dass wir Opfer bringen müssen, um diese großartige Weltmacht aufzubauen, aber was ist mit dir, mit mir, den einfachen Leuten?

Was ist mit der Verantwortung, die jeder Einzelne für sich selbst und seine Familie hat? Ist das nicht wichtiger als unsere Blutschuld Japan gegenüber?«

Auf eine politische Debatte war Yuko nicht vorbereitet gewesen. Ihr Vater habe gesagt, dass wir unseren Brüdern und Schwestern in Asien neue Kraft geben würden und alles für Japan tun müssten, was in unserer Macht stehe, und ein starkes Militär erschaffe eine moderne Nation, meinte sie.

Shige seufzte. »Kann sein. Aber manchmal habe ich Angst, dass der Grat zwischen der Befreiung und der Invasion eines Landes sehr schmal ist. Wo wird das alles enden? Könntest du dir vorstellen, deinen eigenen Sohn in den Krieg zu schicken, Yuko?« Bevor sie antworten konnte, trat Mrs. Kogi aus dem Café, wo sie sie zuvor zurückgelassen hatten, und sie gingen weiter. »*Ich habe mir den Gedanken gestattet, wie es wohl wäre, mit diesem Mann ein Kind zu haben, und musste zu meinem Erstaunen feststellen, dass mich die Vorstellung keineswegs abschreckte, die Aussicht auf die Zukunft dieses Kindes hingegen sehr wohl. Ich blieb stehen und wandte mich ihm zu. ›Aus deinem Mund hört es sich ja beinahe so an, als wäre ein Krieg unvermeidlich‹, sagte ich, worauf er meinte, er hoffe, dass es nicht dazu käme. ›Ich will nicht, dass ein Kind in so eine Welt hineingeboren wird, Shige.‹ Er nickte. ›Ich auch nicht, Yuko.‹*«

Von all dem hatte sie mir nie erzählt. Seit jenem Tag in Chinatown tolerierte sie zwar meine Anwesenheit, doch unsere einstige Nähe und Innigkeit waren verloren gegangen. Da ich zu dieser Zeit nichts von ihren Gefühlen für Shige ahnte, ging ich immer noch davon aus, dass Sato um jeden Preis eliminiert werden musste. Nach wie vor lauerte er in der Peripherie unseres Bewusstseins, eine ständige Bedrohung unseres häuslichen Friedens. Was, wenn sich ihre Wege eines Tages zufällig kreuzten? Schließlich war die Stadt nicht groß genug, um endgültig unterzutauchen. Im Lauf der Jahre hatte Sato mir genug Munition geliefert, um ihn endgültig zu vertreiben. Ich brauchte ihm lediglich eine Nachricht zukommen zu lassen, das war alles. *»Morgen um 12 Uhr am Friedhof Kyogamine. Amaterasu.«*

Ich wählte meine Kleidung mit großer Sorgfalt – einen marineblauen, üppig mit Fischreihern bestickten Kimono – und steckte mein Haar mit einer perlenbesetzten Spange hoch; dazu trug ich die Halskette mit der goldenen Austernschale, die Kenzo mir kurz nach der Hochzeit geschenkt hatte, gewissermaßen als äußeres Zeichen für mein gemeinsames Leben mit ihm. Ehe ich aufbrach, untersuchte ich mein Gesicht auf Furchen und Schatten und deckte sie mit Puder ab, so gut es ging, dann stieg ich in ein Taxi zum Friedhof.

Einer der Vorteile des Friedhofs war die Nähe zum Krankenhaus; hinzu kam die relative Abgeschiedenheit, sodass Sato sich mit mir treffen konnte, ohne dass jemand etwas davon mitbekam. Der Friedhof wirkte verwaist, als hätte sich seit Jahren niemand mehr hierher verirrt. Ich trat durch das verrostete schmiedeeiserne Tor und folgte dem vertrockneten Pfad bis zu einer Scheinakazie. Die Friedhofsmauer war halb zusammengefallen, und überall standen Granatapfelbäume, die ihre Schatten auf die Sandsteinkreuze und marmornen Grabsteine warfen. Eigentlich wurden hier Christen begraben, die letzte Bestattung schien allerdings Jahre zurückzuliegen. Noch immer waren die Namen der portugiesischen und holländischen Händler auf den bröckelnden Grabsteinen zu erkennen. Der Pfad führte zwischen den Bäumen hindurch bis zum Fuß des Hügels im hinteren Teil und zu den höher gelegenen Gräbern.

Dahinter schloss sich der Hiagashi-Friedhof an, wo japanische Händler und Adlige begraben lagen. Ich erklomm den Hügel, setzte mich auf einen der umgekippten Grabsteine, der sich ganz warm von der Sonne anfühlte, und blickte auf Nagasaki hinab, das sich wie ein riesiges metallenes Insekt unter mir ausbreitete. Eine aufflatternde Taube verriet mir, dass der Doktor eingetroffen war. Mit hämmerndem Herzen wandte ich mich um und sah ihn näher kommen. Wir hatten uns seit fast siebzehn Jahren nicht mehr gesehen. Die Zeit war gnädig mit ihm umgegangen, und das Alter stand ihm gut. Er war immer noch schlank und bewegte sich mit diesem typisch gemächlichen, leicht wiegenden Gang. Ich spürte, dass mein Verlangen nach ihm immer noch bestand. Wie beschämend für mich. Ich ballte die Fäuste und presste sie auf den Stein, fest entschlossen, ihn nicht merken zu lassen, was in mir vorging. Er setzte sich neben mich. Eine Weile verharrten wir schweigend nebeneinander, dann legte er seine Hand auf meine Finger und sah mich an, sagte jedoch nichts. Ich zog meine Hand weg. So leicht würde ich mich nicht von ihm einwickeln lassen. Ich wappnete mich innerlich, während er sich eine Zigarette anzündete. Ich wusste nur zu gut, wie ich Sato aus unserem Leben vertreiben konnte. Manchmal tun wir schreckliche Dinge, weil wir die Möglichkeit dazu haben, manchmal jedoch, weil uns schlicht keine andere Wahl bleibt.

»Wann verlässt du Nagasaki, Jomei?«

Er lachte. »Das werde ich nicht tun. Ich habe es mir anders überlegt.«

Ich sah zu, wie er an seiner Zigarette zog. »Aber Kenzo hat keinen Zweifel daran gelassen, was wir von dir verlangen.«

Er streckte sich. »Eure Forderungen sind ein bisschen extrem, findest du nicht auch?«

»Wieso tust du uns das an? Ich spreche nicht von mir, sondern von Kenzo.«

Er seufzte. »Das war so nicht geplant.«

»Sie ist noch ein Kind.«

Er drückte seine Zigarette in einem der Gräber aus. »Sie ist eine Frau und wusste genau, was sie tat. Aber es war irrelevant, wer sie war. Diese Verbindung war ein unglücklicher Zufall, mehr nicht.«

»Ein unglücklicher Zufall? Hast du irgendeine Ahnung, was du angerichtet hast? Ich werde Natsu alles sagen.«

Völlig gelassen lehnte er sich zurück. »Das ist deine Entscheidung.«

»Du glaubst nicht, dass wir das tun würden?«

»Doch, aber ich werde Nagasaki nicht verlassen.«

»Muss ich es wiederholen? Wir werden es Natsu sagen. Und deinem Vorgesetzten. Wie würden sie es wohl finden, wenn sie wüssten, dass du eine minderjährige Patientin verführt hast? Du hast einen Eid abgelegt, beruflich und als Bräutigam bei deiner Hochzeit, erinnerst du dich?«

Er lachte. »Wärst du doch nur so schlau, wie du glaubst. Ich bewundere dich, Amaterasu, ehrlich. Du hast alles dafür getan, deine Vergangenheit hinter dir zu lassen, und sieh dich an, wo du heute stehst. Du bist die Frau eines Ingenieurs, bist wohlhabend, hast ein schönes Zuhause und genießt ein hohes Ansehen unter den Reichen der Stadt. Ich freue mich aufrichtig für dich. Du hast alles bekommen, was du haben wolltest, das ist wirklich bewundernswert, aber ich frage mich, was all diese reichen Ehefrauen wohl sagen würden, wenn sie wüssten, woher du stammst und welchen Weg du zurückgelegt hast. Wären sie wohl genauso beeindruckt wie ich, was glaubst du? Ich könnte sie ja vielleicht einmal fragen.«

»Ich hätte nicht gedacht, dass du so tief sinken und versuchen würdest, mich zu erpressen, Jomei«, gab ich mit derselben gespielten Unbekümmertheit zurück.

»Tja, dasselbe könnte ich von dir sagen. Aber nennen wir es nicht Erpressung, sondern vielleicht lieber Überzeugungsarbeit.«

Die Sonne stand tief, und sein Profil verschmolz mit dem Licht. »Verstehe. Also, wieso bist du heute hergekommen? Was war der Grund?«

»Aus Neugier … und ich wollte mich entschuldigen. Wenn auch nicht wegen Yuko.« Er räusperte sich und wandte sich mir zu. »Ich wollte dir sagen, dass es mir leidtut, was passiert ist. Ich hatte damals keine Gelegenheit, das loszuwerden.«

Ich berührte die Kette um meinen Hals. »Das ist lange her, Jomei. Ich hege keinen Groll gegen dich, wirklich nicht.«

»Bist du je auf den Gedanken gekommen, dass Yuko und ich uns wirklich lieben, Amaterasu?«

Wieder ballte ich die Fäuste. »Mach dich nicht lächerlich. Wie kannst du so etwas sagen?«

Er stand auf und schob die Hände in die Hosentaschen. »Ich bin mit Natsu verheiratet, das ist richtig, und ich kenne meine Pflichten, aber ich werde trotzdem immer für Yuko da sein, wenn sie mich braucht. Ich will, dass du das weißt. Sag es Natsu, wenn du es unbedingt musst, aber dafür werde ich den Hexen, die du als deine Freundinnen bezeichnest, alles von dir erzählen, ganz einfach.«

Wie konnte er sich einbilden, dass er bestimmte, wie wir vorgehen würden? »Jomei, Jomei.« Ich zwang mich zu einem Lächeln und legte in gespieltem Mitleid den Kopf schief. »Verstehst du denn nicht, was hier los ist?«, sagte ich leise, aber bestimmt. »Ich werde nicht nur Natsu, sondern auch Yuko erzählen, was damals passiert ist, als ich kaum älter war als sie heute. Ich werde ihr alles sagen … alles.« Ich trat zu ihm. »Wie sie wohl darauf reagieren wird?«

Sein Gesicht verzog sich zu einer zornigen Fratze. Abrupt riss er die Hände aus den Taschen und packte mich bei den Schultern. »Das würdest du deinem eigenen Kind antun?«

»Mit dem größten Vergnügen.« Er ließ von mir ab, als hätte ich eine ansteckende Krankheit. »Also, wann wolltest du Nagasaki verlassen?«

Ich sehe ihn noch heute neben dem zerfallenen Grab stehen, an seiner eigenen Feigheit gescheitert. Wir alle waren seinem Charme erlegen und von ihm im Stich gelassen worden – Kenzo, Yuko, Natsu und, ja, auch ich. Viele Jahre waren er und Kenzo beste Freunde gewesen. Was für ein Mensch musste man sein, um skrupellos und ohne jedes Schamgefühl die Tochter seines Freundes zu verführen? Sato sprach von Liebe, dabei war er nur ein Narr, der meine Tochter erbarmungslos ausgenutzt hatte. Er war doppelt so alt wie sie und hatte kein Recht, ihr junges Leben mit seiner Erfahrung, seiner Reue und seinem Zynismus zu verderben. Und auch ich fühlte mich schmählich verraten. Ich schickte den Doktor nicht nur wegen Yuko fort, sondern auch wegen mir selbst. Dies war die Made, die all die Jahre mein verfaultes Herz zerfressen hatte.

Mutmaßung

Sasshi: Grob übersetzt bedeutet der Begriff »Verständnis«, »Sensibilität« oder »Abwägung« und zählt zu den wichtigsten Pfeilern der zwischenmenschlichen Beziehungen. Bescheidenheit und Aufrichtigkeit gelten in Japan als große Tugenden, unverblümte Selbstdarstellung hingegen ist verpönt. Man erwartet von anderen Menschen, dass sie ahnen, was das Gegenüber sagen will. Sind die Leute nicht aufmerksam genug und wagen es, Unausgesprochenes einzufordern, werden sie als ungehobelt und unhöflich abgestempelt.

Es war noch dunkel, als ich aufstand und eine von Kenzos braunen Wollstrickjacken über meine zerknitterten Sachen streifte. Der Kaffee in meiner Tasse dampfte in der kalten Luft. Ich ging ins Wohnzimmer; die Lampe hatte die ganze Nacht gebrannt, ein Trost in der tiefen Finsternis. Draußen schien alles von einer dicken Frostschicht überzogen zu sein. Diese vier Wände, die zwölf schwarzen Bilderrahmen an der Wand und der braune Umschlag waren alles, was zählte. Nachdem der Mann gegangen war, hatte ich dagesessen und den Umschlag angestarrt, während ich die Flasche vollends geleert hatte, aber mir war bewusst gewesen, dass ich einen klaren Kopf brauchen würde, um mich mit seinem Inhalt zu beschäftigen. Mit zitternden Händen brach ich das Siegel und zog mehrere mit einem Gummiband umwickelte Briefbündel heraus. Jeder einzelne von ihnen trug einen roten Namensstempel: Jomei Sato. Verwirrt setzte ich mich zurück, spürte Übelkeit in mir aufsteigen. Der Doktor würde mir doch nicht schreiben. Bei unserer letzten Begegnung hatten wir jede Möglichkeit ausgeschlossen, weiter in Kontakt zu bleiben.

Der Klebstoff des Briefes war so alt, dass sich das Siegel auf Anhieb löste. Ein Datum. *9. August 1946*. Ein Name. *Yuko*. Ich schrie in die Stille hinein. Was war das? Weshalb sollte Sato meiner Tochter ein Jahr nach ihrem Tod einen Brief schrieben? Er wusste doch, dass sie tot war. Ich hatte es ihm selbst gesagt. Mit zitternden Händen riss ich die anderen Briefe auf. Jedes Jahr am 9. August hatte er ihr geschrieben. Weshalb sollte ich mich mit dieser Fantasiekorrespondenz selbst quälen? Wieso ausgerechnet jetzt, wo ich keine Kraft mehr hatte, gegen ihn anzukämpfen? Und was hatte Natsu mit alldem zu tun? Ich ertrug es nicht, dass er selbst jetzt die Kontrolle über die Geschehnisse hatte, aber was blieb mir anderes übrig, als den ersten Brief zu lesen? Seine Stimme drang durch Raum und Zeit, tief und selbstsicher.

Soll ich Dir sagen, was ich in den ersten Tagen nach der Bombe getan habe? Die Antwort liegt wohl auf der Hand. Ich habe Dich gesucht, überall, aber es gab so viele schwer verletzte Menschen, die die wenige Hilfe, die ich ihnen geben konnte, so dringend brauchten. Ich wurde nach Fukuya geschickt – der Lebensmittelladen dort war in ein behelfsmäßiges Lazarett umfunktioniert worden, dessen Boden nass und glitschig von Blut war. Überall in den Zimmern lagen Gestalten, kaum mehr menschlich, ihre Haut kohlrabenschwarz und mit Metall-, Glas- und Holzsplittern übersät, die sich tief ins Gewebe gebohrt hatten und in die Lunge gedrungen waren, sodass jeder Atemzug rasselte. Ich kam mir eher wie ein Leichenbestatter denn wie ein Arzt vor, verabreichte den Sterbenden lediglich

Morphin, wenn wir genug vorrätig hatten. Die Vorstellung, Du könntest unter den Verwundeten sein, war unerträglich. Ich habe sämtliche Einrichtungen abgeklappert – das Urakami First Hospital, die Shinkozen-Schule, das Polizeirevier Ibinokuchi, in der Hoffnung, auch Du würdest Verletzte versorgen. Aber ich habe Dich nicht gefunden. Also bin ich zum provisorischen Rathaus zurückgekehrt, um herauszufinden, ob etwas über Deinen Verbleib bekannt wäre, doch auch dort gab es keine Nachrichten. Die Leute hatten die Wände und Zäune mit Fotos und Adressen vollgehängt; ich habe sie alle angesehen, aber Du warst einfach verschwunden. Ich bin sogar zu Dir nach Hause gegangen und habe in meiner Verzweiflung mit deiner Mutter gesprochen, aber sie meinte, Du und Hideo wärt beide tot. Ich habe ihr gesagt, ich würde ihr nicht glauben, aber sie meinte nur, weshalb ausgerechnet Du am Leben sein solltest, wo doch so viele umgekommen seien. Die Welt schulde einem keine Gnade. Ich hätte Dich getötet, sagte sie, nur wegen mir wärst du Pikadon zum Opfer gefallen. Ich weigerte mich, an Deinen Tod zu glauben, obwohl die Beweise überall in der Stadt erdrückend waren. So vieles war zerstört worden: das Rathaus, das Gerichtsgebäude, das Gefängnis, das Wasserreservoir, die medizinische Fakultät … trotzdem konnte ich den Gedanken nicht zulassen, dass auch Du umgekommen sein könntest. Wenn ich überlebt hatte, warum dann nicht auch Du? Das ergab doch keinerlei Sinn.

Als immer mehr Leute krank wurden, dachten wir zuerst, es sei die Ruhr, und versuchten, die Epidemie mit allerlei unerprobten Experimenten in Schach zu halten. Jeden Tag überprüfte ich die neu aufgenommenen Patienten, um zu sehen, ob Du unter ihnen warst. Ich bemühte mich nach Kräften um sie, weil ich dachte, dass Du eines Tages vielleicht auf einer der Tragen liegen könntest. Wenn ich ihnen Spritzen mit Glukose oder Kalziumchlorid gab oder ihnen Vitamine oder frisches Blut verabreichte, tat ich es immer auch für Dich. Ich beobachtete sie, lernte die Anzeichen des nahenden Todes zu erkennen: das ausfallende Haar, die schwarzen Flecken, das blutende Zahnfleisch, die Krämpfe, und ich hatte Angst, dass es Dir irgendwo in der Stadt genauso ergehen könnte.

Ich habe Dich nicht gefunden, aber die Hoffnung auch niemals aufgegeben. Das sollst Du wissen. Selbst jetzt ertappe ich mich dabei, dass ich irgendwelchen Frauen folge, die Dir ähneln, und warte, bis sie sich umdrehen, in der Hoffnung, Dein Gesicht zu sehen. Keine Gebeine begraben zu können, keinen Grabstein zu haben, den ich besuchen kann, ist schrecklich; der einzige Beweis, dass Du tot bist, ist Deine beharrliche Abwesenheit. Und meine fortwährende Liebe zu Dir.

Ich glaubte Jasmin zu riechen und hob den Brief an meine Nase, aber es war nur der flüchtige Geruch der Erinnerung. An dem Tag, als Sato zu uns gekommen war, hatte eine Vase mit Blumen in meinem Zimmer gestanden. Kenzo war unterwegs, um nach Hideo und Yuko zu suchen, aber ich fühlte mich nicht gut genug, um ihn zu begleiten. Sein Wunder, so nannte er mich. So viele waren tot, nicht nur in den Flammen verbrannt, sondern von der anschließenden Epidemie dahingerafft. Offensichtlich hatte ich zwar etwas von dem Gift eingeatmet, aber nicht genug. Misaki hatte mir mein verschmutztes Nachthemd ausgezogen, um mich zu waschen. Mir war viel zu elend, um mich ob meiner Nacktheit zu schämen. Sie strich mit einem feuchten, kühlen Tuch über meine Arme, als sie plötzlich innehielt und lauschte. »Mr. Takahashi?«, rief sie und stand auf, doch niemand antwortete. Eilig bedeckte sie meine Blöße mit einem Laken.

»Wer ist da?« Schritte ertönten auf der Treppe und den Korridor entlang, und als sie an die Tür trat, schob sich Sato bereits an ihr vorbei. Sie packte seinen Arm und versuchte, ihn aufzuhalten. »Wie können Sie es wagen! Hinaus mit Ihnen!«, rief sie. Er trug noch seinen Arztkittel und blickte mich flehend an.

»Bitte, sag mir, dass sie noch lebt.« Seine Stimme brach.

Misaki wandte sich an mich. »Ich gehe und hole Hilfe.« Ich sah ihn an, sein bleiches, unrasiertes Gesicht, die dunklen Ringe unter den Augen, und sagte Misaki, es sei in Ordnung.

»Ich werde dir erzählen, was ich weiß, Sato, aber gib mir bitte einen Moment.« Er schien wie gelähmt zu sein, doch dann wandte er sich ab und verließ den Raum. Misaki half mir, ein frisches Nachthemd anzuziehen, ehe sie nach unten ging. Wirr vom Fieber und wie betäubt von seiner Gegenwart, sah ich zu, wie er eintrat. Es war mir ein Gräuel, dass er mich so schwach sah. Wie konnte er es wagen, uneingeladen in unser Haus zu kommen und uns mit seiner Trauer zu belasten? Was bildete er sich ein, hier den Trauernden zu spielen? Wenn man bedachte, was wir uns bei unserer letzten Begegnung gegenseitig an den Kopf geworfen hatten, musste seine Verzweiflung ziemlich groß sein, wenn er mich freiwillig aufsuchte.

Er ließ sich auf die Bank unter dem Fenster sinken und stützte den Kopf in die Hände. »Sag mir, dass sie noch lebt, dann gehe ich sofort wieder.« Vielleicht empfand ich in diesem Moment so etwas wie Mitleid mit ihm. Seinen Schmerz zu lindern würde möglicherweise auch meinen eigenen verebben lassen, aber was er von mir verlangte, war leider unmöglich; es war eine Bestätigung, die ich ihm nicht geben konnte. Ich erzählte ihm, was ich wusste, Fakten, die ich herunterratterte, wie man Nägel in den Sarg hämmerte, den wir niemals brauchen würden, weil wir keine Leiche hatten, die wir zu Grabe tragen konnten: Yuko war in die Kathedrale gegangen, wo wir verabredet gewesen waren. Ich hatte mich verspätet. Sie kehrte nie wieder zurück. Ebenso wenig wie Hideo. Was sollte ich ihm sonst noch sagen? Der Doktor hatte die Stadt mit eigenen Augen gesehen, hatte den Geruch nach Tod und Krankheit wahrgenommen, trotzdem weigerte er sich, eine Wahrheit zu akzeptieren, die er nicht ertrug. Yuko könnte nicht einfach verschwunden sein, sagte er. Bestimmt half sie irgendwo den Verwundeten oder lag selbst in einem Krankenhaus, oder aber man hatte sie aus der Stadt fortgebracht. Er zählte all die Möglichkeiten auf, die auch ich bereits bedacht hatte. Wie sollte ich ihm erklären, was für mich längst Gewissheit war: dass sie tot war, weil ich es fühlte, dieses Vakuum im Herzen einer Mutter, wo sonst die Seele des Kindes wohnt. Manchmal konnte ich sie noch spüren, wie eine Gliedmaße, die noch schmerzt, obwohl sie längst amputiert wurde, aber ich wusste, dass es bloß eine Sinnestäuschung war. Sie war tot. Und ihr Sohn ebenfalls.

9. August 1947. In seinem nächsten Brief schrieb Sato, dass er im Dezember des Vorjahrs eine Stellung im Erholungsheim der Heiligen Mutter der Unbefleckten Empfängnis für minderjährige Opfer der Atombombe auf Fukue angenommen hatte, einer Insel, etwa 100 Kilometer von Nagasaki entfernt. Das Heim war sechs Monate nach Pikadon eröffnet worden und beherbergte achtzig Waisen und Kinder, die mit ihren Familien nicht wiedervereint werden konnten. Die Einrichtung wurde größtenteils mit Kirchengeldern finanziert, darunter auch durch eine großzügige Spende der weiblichen Mitglieder der Church of First Friendship Institutional Baptists in Sioux Falls, South Dakota, und stand unter der Ägide der Ordensbrüder der Heiligen Mutter Gottes. Sato hatte die Stelle für mindestens ein Jahr angenommen und zugesichert, im Zuge seiner Forschungsarbeiten in Nagasaki immer wieder längere Aufenthalte im Waisenhaus einzulegen.

Das Waisenhaus »*inmitten der kahlen, von dickem Raureif überzogenen Bäume, deren Spitzen orangefarben in der fahlen Wintersonne schimmerten*«, hätte Yukos künstlerische Ader gewiss angesprochen, schrieb er. Ein Kiesweg führte an einem Brunnen mit einem in weißem Marmor erstarrten Karpfen vorbei und teilte den Garten in zwei Hälften, jede von Rosensträuchern begrenzt, die der Kälte zum Opfer gefallen und deren Blüten an den Stängeln erfroren waren. Das im europäischen Stil erbaute Gebäude war dreistöckig mit einem Schieferdach, grau gestrichenen Holzbalken, an denen bereits die Farbe abblätterte, und einer Veranda, die sich über die gesamte Vorderfront erstreckte. Efeu bedeckte nahezu die ganze rechte Gebäudeseite.

Das Erdgeschoss mit seinen schwach erleuchteten Korridoren bestand aus acht Schlafsälen, mehreren Aufenthaltsräumen und einer Küche. Die Nonnen lebten mit den älteren Kindern im oberen Stockwerk, wohingegen die beiden Lehrerinnen im Sommerhaus neben einem Teich untergebracht waren, der unter einem dichten Algenteppich zu ersticken schien. Viele der Kinder hatten schwere Verletzungen davongetragen und brauchten ständige medizinische Betreuung, weshalb das Untergeschoss als Krankenstation fungierte. Sato traf um die Mittagszeit ein, und die Mutter Oberin führte ihn in den Speisesaal, wo die Kinder an langen Tafeln saßen und schweigend aus angeschlagenen Tellern Suppe mit verkochten Nudeln aßen. Ein Junge erregte seine Aufmerksamkeit, besser gesagt, seine schweren Verbrennungen.

> Ich habe schon vorher einiges an Verletzungen gesehen, aber seine sind nichts für Menschen mit schwachen Nerven. Die Nonnen nennen ihn Ko – ein optimistischer Name für den Jun-

gen, denn wie soll ausgerechnet er für Glück, Licht und Frieden stehen? Seit seiner Ankunft hat er kein Wort gesprochen, allerdings bin ich ziemlich sicher, dass seine Stummheit nicht auf eine körperliche Erkrankung zurückzuführen ist. Pikadon hat seine Spuren hinterlassen, nicht nur in Gestalt von gebrochenen Knochen und Brandwunden, sondern auch im dichten Geflecht aus Knochen, Muskeln, Sehnen und jungen Seelen. Ich gehe davon aus, dass ein ganzes Arbeitsleben voll medizinischer Studien und Beobachtungen vor mir liegt. Und Du, Yuko, bist diejenige, die mich jeden Tag aufs Neue anspornt. Ich kann immer noch nicht glauben, dass Du fort bist. Aber hätte es mir geholfen, wenn ich Dich ein letztes Mal in den Armen gehalten, Deine Leiche gesehen oder gewusst hätte, wo Du begraben liegst? Die Liebe bleibt, sie wird niemals sterben. Stattdessen wächst sie immer weiter, sodass ich mich in manchen Nächten frage, ob ich dem Schmerz je standhalten kann. So viele Fragen werden für immer unbeantwortet bleiben, aber diese eine quält mich am allermeisten: Weshalb hat unser Gott ausgerechnet Dich genommen und mich am Leben gelassen?

Ich faltete den Brief zusammen und schob ihn in den Umschlag zurück. Sato tat, was so viele von uns taten – er beklagte den Verlust eines Menschen, der nicht wieder zurückkommen würde, und das war die gefährlichste Art der Trauer, denn in seinen Briefen versuchte er, Yuko gewissermaßen lebendig zu halten. Aber Wunschdenken kann Tote nicht zum Leben erwecken. Ebenso wenig wie die Medizin. Das Fleisch verrottet oder ist in Sekundenbruchteilen verbrannt, und wir sind tot, so oder so. Weshalb sollte es bei Yuko anders gewesen sein?

Die nächsten Jahre widmete der Doktor sich seinen Studien, Experimenten, Analysen und Hypothesen. Der Sato von früher hatte sich nie mit dieser Leidenschaft in seinen Beruf gestürzt, sondern stets den Anschein erweckt, als würde er ihm so viel bedeuten. Doch Pikadon hatte seine Entschlossenheit gestärkt und ihn bewogen, seine Fähigkeiten, die ihm früher in den Schoß gefallen waren, zu perfektionieren. Vierundzwanzig der Kinder bedurften ständiger medizinischer Betreuung, vorwiegend wegen ihrer Verbrennungen und Wunden, deren Heilungsprozesse nicht zufriedenstellend verlaufen waren. 1948 schrieb er:

> Meine Arbeit ist sehr einsam. Ich male mir aus, wie wir zusammenarbeiten, wie Du neben mir sitzt, Notizen machst oder zwischen Kontaktverbrennungen und Verbrennungen durch Flammen differenzierst. Ich sehe uns, wie wir die Fissuren der verbrannten Hautstellen festhalten, um die Topografie der Bombe zu erfassen. An der Wand über meinem Bett habe ich eine Karte von Nagasaki aufgehängt. Zwar sind meine Informationen lückenhaft und inoffiziell, kaum mehr als wilde Spekulationen, trotzdem habe ich alles schriftlich festgehalten.

Es gab grobe Schätzungen über die Opferzahlen, zu denen Sato jedoch keinen Zugang hatte. Lediglich ein einziges Mal kam er mit einer Delegation amerikanischer Ärzte, Ingenieure und Wissenschaftler in Kontakt, die dem Heim im September seines ersten Jahres dort einen Besuch abstatteten. Sie schüttelten ihm die Hand, gingen zwischen den Betten der Sterbenden umher, machten sich Notizen, schossen Fotos und baten um Krankenakten, die ihnen die mitgereisten Dolmetscher übersetzten. Als Sato die Experten aus dem Westen fragte, ob sie ein Heilmittel für das Leid hätten, das sie verursacht hatten, schwiegen sie. Die kostbaren Informationen, die sie mitnahmen, wurden von den amerikanischen Behörden zensiert und verschwanden in irgendwelchen Aktenschränken der Regierung. Auch an die für die Untersuchung der Opferzahlen gegründete Atomic Bomb Casualty Commission wandte er sich mit der Bitte um offizielle Angaben, bekam jedoch nie eine Antwort. Er rief sich die Geschichten der Sterbenden ins Gedächtnis, versuchte, seine Schlüsse daraus zu ziehen, beobachtete, wie die Strahlen das Immunsystem lähmten und Zellen zerstörten, was in einer größeren Anfälligkeit für Infektionen, einer schlechten Heilung und einer erhöhten Sterblichkeit gipfelte.

Wann immer er die Wunden der Kinder versorgte oder ihre Narben überprüfte, hielt er Ausschau nach Langzeitschädigungen oder Erkrankungen, die zwar noch nicht ausgebrochen waren, jedoch bereits in Knochen oder Gewebe schlummerten. Ohne das Wissen der Nonnen untersuchte er ihre Lungen, Schilddrüse und Blut auf Krebszellen und versuchte, dem Verlauf der Krankheit auf die Spur zu kommen. Zwei von ihrer Familie zurückgelassene Kleinkinder waren besonders auffällig: Izumi und Kasumi, zweiunddreißig und sechsunddreißig Monate alt. Er vermaß ihre Köpfe und Gliedmaßen, den Neigungswinkel ihrer Stirn, den Abstand zwischen ihren Augen, untersuchte ihren Muskeltonus und ihr Mienenspiel und machte Fotos von ihren Armen, Beinen und Gesichtern. Seine Beobachtungen ließen auf ein verstärktes Wachstum ihrer Gehirne schließen. Die beiden Babys waren nicht die Einzigen, die an jenem verhängnisvollen Tag im Bauch ihrer Mütter verstrahlt worden waren. Sato zeigte nicht auf, was Pikadon uns angetan hatte, sondern mit welchen Folgen wir uns in der Zukunft würden auseinandersetzen müssen. Er suchte nach Fakten, die häufig nicht auf den ersten Blick erkennbar waren. Yuko erzählte er in einem Brief, er schreibe an einem Buch über die medizinischen Auswirkungen der Atombombe auf die im Mutterleib kontaminierten Föten.

Mit Beginn des Jahres 1949 verlief sein Leben »*beruhigend ereignislos*«. Meistens stand er in den frühen Morgenstunden auf und machte einen Spaziergang im Garten, vorbei an einer Reihe von Bäumen, an denen Puppen befestigt waren – in Wahrheit eher Kugeln aus zusammengenähten Baumwollquadraten mit kaum erkennbaren Gesichtern, die an den knarzenden Ästen baumelten, »*während die Bäume ein morgendliches Schlaflied krächzen. Siehst du, was für ein Dichter immer noch in mir steckt?*« Dann ging er weiter an den Strand, um aufs Meer hinauszublicken, während die Sonne aufging und die Insel wieder in Farben tauchte, ehe er zurückkehrte, um mit der ersten Operation des Tages zu beginnen. Nachmittags widmete er sich seinen Studien, und nach dem Abendessen arbeitete er weiter an seinen Notizen, während die Schwestern kniend ihre Gebete verrichteten.

> Im Großen und Ganzen geht das Leben im Waisenhaus seinen geregelten Gang, nur einmal, vor ein paar Monaten, ereignete sich etwas Bemerkenswertes. Bei einem meiner Morgenspaziergänge bemerkte ich den kleinen Ko, der nackt am Teich stand. Er war nass, als wäre er in dem Wasser geschwommen, das noch immer von der Krankheit verseucht war, die sämtliche Fische getötet hatte, und von einer dicken roten Schleimschicht bedeckt. Ich rief ihn, worauf er sich umdrehte und auf den Teich zeigte. »Ich verstehe nicht, was du mir sagen willst. Was ist los, Ko?«, fragte ich ihn. Er blickte wieder auf das Wasser. »Ich verstehe nicht, was du meinst, Ko«, wiederholte ich, und dann öffnete er den Mund und tat etwas sehr Ungewöhnliches: Er sprach. Seine Stimme war ganz hoch, wie die eines viel kleineren Jungen. »Miki ist im Wasser. Bitte, hilf ihr.« Ich fragte ihn, wer Miki sei. »Meine Freundin.« Ich hatte noch nie von einer Miki gehört. Plötzlich war er sehr aufgebracht.

»Hilf ihr, hilf ihr!«, rief er. Ich sagte, er solle auf mich warten, während ich den Gärtner holte. In eine Decke gehüllt und mit Schwester Abe an seiner Seite, stand Ko am Ufer und sah zu, wie der Gärtner und sein Sohn mit dem Boot den Grund absuchten und ein ums andere Mal ihr leeres Netz aus dem Wasser zogen. Es tue mir schrecklich leid, aber in dem Teich sei niemand, sagte ich schließlich zu ihm, worauf er beharrlich den Kopf schüttelte, eher wütend als traurig. »Miki ist im Wasser.« Schwester Abe legte den Arm um ihn. »Ko, hier gibt es keine Miki. Bei uns lebt niemand, der so heißt.« Schwester Abe umfing sein Kinn und zwang ihn, sie anzusehen. »Du sprichst wieder, Ko«, sagte sie, worauf er sie trotzig ansah. »Mein Name ist nicht Ko«, erwiderte er. Behutsam strich sie ihm übers Gesicht. »Wie heißt du dann?«, fragte sie, worauf er erneut auf den toten Teich blickte. »Miki.« Danach hörte er wieder auf zu sprechen.

Was kann ich über Ko sagen? Er gehört zu meinen regelmäßigsten Patienten und ist, mit Ausnahme der beiden kleinen Mädchen, mein ungewöhnlichster Fall. Normalerweise herrscht einträchtiges Schweigen zwischen uns, wenn ich seine Brandwunden untersuche und meine Notizen mache. Ein amerikanischer Chirurg hat eine plastische Operation an ihm durchgeführt und will ganz genau über die Heilungsfortschritte informiert werden. Es heißt, dass noch weitere Operationen folgen könnten, vielleicht auch in den USA, was logistisch allerdings nicht ganz einfach werden wird. Kos Akte ist sehr dick – die ersten Aufzeichnungen stammen vom 18. August, als er im Städtischen Krankenhaus von Nagasaki eingeliefert wurde. Seine Verbrennungen stammen nicht von der Strahlung der Explosion, sondern von einem örtlich begrenzten Brand, trotzdem ist es höchst ungewöhnlich, dass er überlebt hat. Neunzig Prozent der Betroffenen, die ich untersucht habe, starben innerhalb der ersten vierzig Tage. Aber wenn man bedenkt, wie wenig für ihn getan werden konnte … da es keine Zinksalbe gab, verwendeten wir alles, was bei Brandwunden auch nur minimale Linderung verschafft: Rapsöl, Speiseöl, Rizinusöl und sogar Motoröl. Dasselbe galt für die Desinfektion der Wunden. Wir nahmen, was immer wir in die Finger kriegen konnten: Jodtinktur, Merbromin, Rivanol, Borsäure. Der Eingriff des amerikanischen Chirurgen hat seine Lebensqualität maßgeblich verbessert, so viel steht fest, trotzdem neigen wir Menschen nun einmal dazu, unsere eigenen Frankensteinmonster zu erschaffen.

Ich kann nur Spekulationen anstellen, wer Miki sein mag, ein Geschwisterkind, ein imaginärer Freund, vielleicht sogar der Junge, der er selbst gern wäre. Tage später saß ich auf einer Bank im Garten des Waisenhauses. Die Kinder spielten Fangen, und Schwester Abe saß mit Ko im Schatten auf der Veranda. Einen Moment lang beobachtete Ko die anderen Kinder, dann schweifte sein Blick den Weg entlang. Ich wandte mich um, konnte aber nichts Ungewöhnliches entdecken, nur die Blumen und Sträucher am Tor. Dann wandte er sich der Nonne zu, und ich sah, wie sich sein Mund bewegte, worauf Schwester Abe lächelte und seine Hand ergriff.

Sein Name ist Hideo. Er erinnert sich an fast gar nichts mehr, weder an den Namen seiner Eltern noch an seinen Wohnort oder den Namen seiner Schule. Die Mutter Oberin hat die wenigen Informationen an die Stadtverwaltung von Nagasaki weitergeleitet, wo man das Vermisstenregister auf mögliche Personen überprüfen würde, aber es sah nicht gut für ihn aus. Wir wissen ja noch nicht einmal, wie viele Menschen sich zu dieser Zeit in der Stadt aufgehalten haben, vielleicht

240.000, vielleicht mehr, vielleicht weniger. Wie viele Hideos und Kos in diesem Alter mögen nach dem Abwurf als vermisst gemeldet worden sein und wie viele Eltern haben wohl überlebt, um sie zu finden? Acht Wochen später bekamen wir die Antwort: dreiundzwanzig.

Ich ging die Liste der Kirchenverwaltung durch, blätterte die erste Seite um und noch eine, bis nur ein Name übrig war. Und dann warst Du plötzlich da. Ich gestehe, dass ich weinte, als ich das Geburtsdatum, den Namen der Schule, der Eltern und nächsten Angehörigen las: Hideo Watanabe, geboren am 22. Februar 1938; Yamazato-Grundschule; Eltern: Shige und Yuko Watanabe (geborene Takahashi), Kenzo Takahashi (Großvater), Mitsubishi Corporation (Abteilung Schiffsbau). Ich glaube, in diesem Moment keimte er auf, jener winzige Hoffnungsschimmer. Im Lauf der Tage wuchs der Keim immer weiter, bis er aufbrach und sich ans Licht kämpfte, nicht länger der zarte Keimling einer vagen Hoffnung, sondern etwas Greifbares, Sichtbares, etwas Lebendiges in einer ansonsten toten Ödnis. Könnte dieser Hideo Dein Hideo sein? Deine Mutter hatte mir gesagt, er sei tot, aber war es möglich, dass sie sich geirrt hatte? Und wenn sie sich im Hinblick auf ihn geirrt hatte, was war mit Dir?

Ich wartete, bis Schwester Abe Ko zu mir brachte. Sie hielt seine Hand, während ich ihm erklärte, dass wir versucht hatten, mehr über seine Familie in Erfahrung zu bringen. Ich hätte eine Liste von Jungen, die alle Hideo hießen und am Tag des Bombenangriffs als vermisst gemeldet worden seien, als man ihn verletzt aufgefunden hätte. Es könnte sein, dass er einer dieser Jungen sei … ob ich ihm die Liste vorlesen dürfte, um zu sehen, ob ihm etwas bekannt vorkäme? Er schwieg, also begann ich zu lesen. Beim fünften Namen brach er in Tränen aus, worauf Schwester Abe meinte, vielleicht sollten wir lieber aufhören, doch ich bat darum, noch einen einzigen vorlesen zu dürfen. Als ich »Yamazato-Grundschule« sagte, horchte er auf. Ich schwöre, es war keine Einbildung. »Erkennst du den Namen der Schule wieder, Hideo?« Er wischte sich die Augen trocken und schmiegte sich an die Schwester. »Erinnerst du dich an den Namen deiner Mutter?« Er dachte einen Moment nach. »Mami«, antwortete er, worauf Schwester Abe ihm einen Kuss auf den Scheitel drückte. »Weißt du noch, wie andere sie genannt haben?« Er sah die Nonne an. »Kann ich jetzt gehen, bitte?« Die Schwester sah mich an. »Wir haben jede Menge Zeit. Ich weiß, dass es sehr schwer für dich ist, Hideo. Hab keine Angst, das könnte uns vielleicht helfen, deine Eltern zu finden.« Er rutschte von seinem Stuhl und berührte Schwester Abes Handgelenk. »Miki sagt, dass unsere Eltern vermisst werden, aber zurückkommen werden.« Die Nonne lächelte und nahm ihn bei der Hand. »Miki scheint nett zu sein.«

Während der nächsten Tage und Wochen wuchs meine Hoffnung. Ich beobachte ihn, sein Verhalten, erkenne den Jungen, der er vor dem schrecklichen Ereignis war. Und es gibt Momente, in denen ich Dich in ihm sehen kann. Warum nicht, Yuko? Warum nicht? Aber dann ermahne ich mich, dass es ein viel zu großes Wunder wäre. Bestimmt ist er nur ein Waisenjunge wie jeder andere auch. Das würde alles doch so viel einfacher machen, oder?

Ich hörte auf zu lesen. Sato war schon immer ein Narr gewesen, zu dumm, um den Schaden zu begreifen, den er mit seinen Gedanken und seiner Begierde anrichtete. Doch hier hatte er sich selbst übertroffen – er hatte Gott gespielt. Wie konnte man einem Kind eine Vergangenheit überstülpen, die ihm gar nicht gehörte? Mein Enkel war nicht der Einzige, dessen Eltern vermisst wurden. Dieser Junge hätte in jeder Grundschule in der Stadt gefunden worden sein können, die an jenem Tag der Katastrophe zerstört worden war. Wenn Sato diesem Ko schon eine Identität geben musste, hätte er doch ebenso gut irgendeinen Namen aus dem Vermisstenregister wählen können. Weshalb musste es ausgerechnet die von Hideo Watanabe sein? Um seinen eigenen Schmerz zu lindern und nicht, um einer der zahllosen Waisen zu helfen. Seine Selbstsucht war geradezu obszön.

Der Mann hatte gesagt, er würde heute wiederkommen. Was sollte ich ihm über die Briefe sagen? Ich fühlte mich regelrecht beschmutzt durch sie. Am liebsten hätte ich die Worte aus meinem Gedächtnis verbannt, mich von Sato reingewaschen, doch wie immer weigerte er sich zu verschwinden. Der Kaffee in der Tasse war längst kalt geworden. Ich las weiter.

1950 hatte es die Kirche geschafft, Kontakt zu elf der Familien auf der Liste aufzunehmen und sie zu bitten, besondere Merkmale wie Muttermale oder Ähnliches anzugeben, die eine Identifikation des Jungen ermöglichen würden. Eltern kamen auf die Insel, um jenes Kind zu sehen, bei dem es sich um ihren vermissten Sohn handeln könnte. Sato erläuterte ihnen Hideos Verletzungen, und die Mutter Oberin führte sie zu einer Stelle, von wo aus sie ihn aus diskreter Entfernung beobachten konnten. Wenn sie etwas an ihm wiederzuerkennen glaubten oder ihn kennenlernen wollten, wurde Hideo zu ihnen geführt, und sie starrten ihn an und stellten ihm Fragen, die er allem Anschein nach weder beantworten konnte noch wollte. »Erkennst du uns wieder? Hast du Geschwister?« Die Prozedur war grausam und vollkommen sinnlos. Anschließend kneteten die Paare verlegen die Hände, hüstelten, sahen die Mutter Oberin an und senkten die Köpfe, worauf sie sich entschuldigte und ihnen dafür dankte, dass sie die weite Reise auf sich genommen hatten. Anschließend fuhren die Leute mit der Fähre zurück, und ein weiterer Name musste von der Liste gestrichen werden.

Irgendwann erwähnte Sato einen Namen, der verständlicherweise in den Briefen bislang nicht vorgekommen war: Natsu. Er gestand, dass sie ihn regelmäßig auf der Insel besucht hatte. Die Kinder, vor allem aber Ko oder Hideo, wie die Leute ihn jetzt nannten, waren ihr ans Herz gewachsen. Sie bewunderte seinen Gleichmut und die Art und Weise, wie die anderen Kinder seine Verbrennungen zu akzeptieren schienen.

Verzeih mir, wenn ich von meiner Frau schreibe, aber Du wirst meine Gründe gleich verstehen. Sie kam her, um den Jahrestag von Pikadon mit uns zu begehen. Ich sah zu, wie sie auf den Stadtplan starrte und meine Bücher und Notizen durchblätterte. Ich sei regelrecht besessen von meiner Arbeit, meinte sie und wollte wissen, ob ich jemals endgültig wieder nach Hause zurückkehren würde. »Du gehörst in die Stadt«, sagte sie. Wir sprachen über die Kinder und darüber, was mit ihnen geschehen würde. Unvermittelt, als wäre ihr der Gedanke gerade erst gekommen, fragte sie mich, wie schwierig es sei, eines der Kinder zu adoptieren. Die Frage war viel zu beiläufig. Ich bin sicher, sie hatte bereits in Nagasaki eingehend darüber nachgedacht. Ein Kind hätte unserer Ehe womöglich gutgetan; ganz sicher hätte es dafür gesorgt, dass ich mehr Zeit zu Hause verbracht hätte. Natsu ist eine brave Frau und würde eine gute Mutter abgeben. Meine Abwesenheit war sehr schwer für sie, aber ich konnte nicht um eine andere Frau trauern, solange sie in der Nähe war. Unsere Trennung war notwendig, im Grunde sogar ein Segen, aber mir war klar, dass ich Hideo unmöglich hierlassen konnte, wenn ich nach Nagasaki zurückkehren würde;

nicht, wenn auch nur der Hauch einer Chance bestünde, dass er Dein Sohn ist. Also antwortete ich, dass ich jemand Bestimmtes im Auge hätte. Sie schien unsicher zu sein, ob Hideo nicht vielleicht doch im Waisenhaus besser aufgehoben wäre, fernab von all den neugierigen Blicken. Natsu fuhr mit der Hand über den Stadtplan. »Werden die Leute fähig sein, über seine Narben hinwegzusehen? Wenn man jemanden nicht als Menschen betrachtet, ist es leichter, ihm wehzutun.« Wenn es eine Stadt gäbe, in der er akzeptiert werden würde, dann wäre es die unsere, erwiderte ich. Ich will damit nur eines sagen: Ich kann über seine Narben hinwegsehen, und wenn ich es tue, sehe ich immer nur Dich.

Ich besprach die Adoption mit der Mutter Oberin, die ziemlich erstaunt war. Hideos Chancen, dass wir seine Familie fanden, würden mit jedem Tag weiter schwinden, erklärte ich. Es sei unsere Pflicht, ihn vor weiteren Enttäuschungen zu bewahren. Sie blickte wieder auf die Liste von Hideos möglichen Eltern. »Aber sind wir ihm eine eingehende Suche nicht schuldig?« Ich bot ihr eine Zigarette an, doch sie lehnte ab. »Mutter Oberin, ich hätte es Ihnen schon früher sagen sollen, aber ich kenne ein Elternpaar auf dieser Liste. Die Watanabes. Ihr Name steht auf der letzten Seite. Sie haben nicht überlebt, und es ist ziemlich wahrscheinlich, dass uns bei anderen Paaren dieselbe ablehnende Antwort droht. Ich möchte Hideo gern eine Zukunft geben. Stabilität.« Sie wollte wissen, ob die Watanabes noch andere lebende Verwandte hätten, worauf ich ihr antwortete, meine Frau hätte Erkundigungen eingezogen. Ihre Großeltern mütterlicherseits seien aus Japan weggezogen, aber niemand wisse, wohin. Von anderen Verwandten sei keine aktuelle Adresse bekannt. »Sie glauben also, dass unser Hideo mit Nachnamen Watanabe heißt?« Ich wartete einen Moment, ehe ich antwortete. »Ich fürchte, das werden wir nie mit Gewissheit sagen können.«

Wie geht man mit Wut um, wenn es niemanden gibt, gegen den man sie richten kann? Kenzo und ich hatten unsere Kontaktdaten zwar bei den Behörden hinterlassen, aber lediglich unsere Anschrift in Nagasaki. Irgendwie hätte man uns in Amerika doch aufstöbern können, oder etwa nicht? Was wäre gewesen, wenn das Waisenhaus versucht hätte, uns zu finden? Hätten wir geglaubt, dass es wahr sein könnte? Damals schien die Hoffnung so schnell und endgültig gestorben zu sein. Nachdem ich Satos Brief gelesen hatte, konnte ich nur Vermutungen anstellen, wie unsere Wiedervereinigung abgelaufen wäre … die Freude und zugleich der Schmerz, der damit verbunden gewesen wäre. Wie wäre Hideo wohl in diesem Land zurechtgekommen … mit den Narben und dem Trauma, dem er sie zu verdanken hatte? Wie hätte er sich gefühlt, wenn seine Großeltern auf einmal seine Eltern gewesen wären? Bestimmt gut. Ich sah ihn vor mir, im Baseballshirt in einem Klassenzimmer, beim Spielen auf der Straße mit seinen Freunden, im Sommerlager, an der Uni. Wir hätten ihm alles über seine Eltern erzählt, wie sie sich kennengelernt und ineinander verliebt hatten, die Opfer, die sie während des Krieges erbracht hatten. Er hätte ein besseres Verständnis dafür gehabt, wer er war, woher er kam und vielleicht auch, wohin er gehen würde. Dieser Hideo Watanabe wäre ein Mann gewesen, bei dem sich die japanische Vergangenheit mit der amerikanischen Zukunft vermengt hätte. Seine Gegenwart hätte uns unermesslichen Trost gespendet. Unser Leben in diesem neuen Land hätte mit einem Mal einen Sinn gehabt; wir drei hätten gewusst, was wir nach Pikadon sein sollten: eine Familie.

Aber der Doktor und seine Frau hatten uns die Chance verwehrt zu erfahren, ob dieser Mann unser Hideo war. Bei Natsus nächstem Besuch auf der Insel machten sie mit dem Jungen einen Spaziergang und suchten sich ein schattiges Plätzchen für ein Picknick.

> Wir erklärten ihm, dass wir alles in unserer Macht Stehende getan hätten, um leibliche Verwandte von ihm zu finden, es sei uns jedoch nicht gelungen. Er fragte, weshalb, und ich antwortete, dass es vermutlich so sei, wie Miki gesagt habe – seine Eltern würden vermisst werden und könnten daher nicht nach ihm suchen. Ich zeigte ihm die Liste. »Bestimmt waren das hier deine Eltern, Hideo«, sagte ich und zeigte auf deinen und Shiges Namen. »Aber werden sie mich eines Tages vielleicht doch noch finden?«, fragte er. Natsu nahm seine Hand. »Wenn sie nach dir suchen können, werden sie dich bestimmt auch finden. Aber wir haben uns überlegt, ob du vielleicht solange gern bei uns leben würdest. In Nagasaki.« Er berührte seine Wange. »Aber was werden die Leute sagen, wenn sie mein Gesicht sehen?« Natsu legte den Arm um ihn und zog ihn an sich. »Wir erzählen ihnen einfach, dass du schwer verletzt wurdest, es dir aber jetzt wieder besser geht. Wir sagen ihnen, wie tapfer du warst und wie klug. Und wie stolz wir auf dich sind.«

Als der Tag der Abreise näher kam, fiel Sato auf, wie angespannt Hideo war. Im Waisenhaus war er so behütet gewesen, fernab von Fremden. Die Kinder schienen seine Narben gar nicht zu bemerken, und er war auf der Insel regelrecht aufgeblüht, seine schulischen Leistungen hatten sich ebenso verbessert wie sein Selbstwertgefühl. Natsu und der Doktor machten sich Sorgen, wie der Junge sich in der geschäftigen Großstadt machen würde, wo er den neugierigen Blicken der Fremden und auch seiner Klassenkameraden ausgesetzt wäre, aber immerhin hatte er in Nagasaki eine Zukunft.

> Die Insel war für uns beide ein guter Ort, um unsere Wunden heilen zu lassen, aber wir können uns nicht ewig hier verstecken. Für einen Arzt habe ich so wenig Gutes getan, aber an ihm kann ich all das nachholen. Ich werde ihn lieben, als wäre er mein eigen Fleisch und Blut. Er wird es bei uns gut haben und das Kind sein, das ich niemals hatte. Ich werde den Gedanken nicht los, dass zwischen Dir und Hideo eine Verbindung besteht. Ich male mir aus, dass er Dein Sohn ist, nicht nur, um Dich im Herzen zu bewahren, sondern um all die anderen Erinnerungen zu verdrängen. Und obwohl ich Dich in seinem Gesicht nicht wirklich erkennen kann, werde ich Dir niemals näher sein als durch ihn.

Ich sah auf die Uhr und blätterte weiter, um zu erfahren, wie es Hideo in der Stadt ergangen war. Hatte er zu kämpfen gehabt, sich gegen die Beleidigungen und Übergriffe gemeiner Schulkameraden wehren müssen? Hatte er sich in die Sicherheit und Abgeschiedenheit des Waisenhauses zurückgesehnt? Am 9. August 1951 nahmen Sato und Natsu ihn mit zum Gedenktag des Bombenabwurfs. Viele Menschen hatten sich an dem Ort versammelt, der vom Herzen der Innenstadt noch übrig war; Überlebende teilten sich Schirme, um sich gegen die sengende Sonne zu schützen. Die Leute trugen Girlanden aus gefalteten Papierkranichen und –tauben und lauschten mit gesenkten Köpfen den Rednern auf dem Podium, die von Wiedergutmachung, Toleranz und medizinischer Hilfe sprachen. Eine Gruppe einstiger koreanischer Gefangener hatte sich stumm neben einem Brunnen versammelt. Hideo war völlig fasziniert von dem Szenario – inspiriert, wie der Doktor es nannte. Vielleicht sei dies der einzige Tag im Jahr, an dem Hideo nicht als bemitleidenswertes Geschöpf betrachtet wurde, sondern als Zeitzeuge, als Mahnung, als Beweis für unbändigen Lebenswillen.

Wir standen neben den schwarz gekleideten Witwen mit straff zurückgekämmtem Haar und tränenfeuchten Augen, feierlich dreinblickenden Kindern in weißen Baumwollsommerkleidern, Shorts und Strohhüten, inmitten von einstöckigen Holzhäusern, die aus dem Schutt aufgebaut worden waren, und verfolgten den Tanz der Frauen in ihren pfirsichfarbenen und korallenroten Kimonos. Als Nächstes kam ein schwarz-goldfarbener tanzender Drache, dessen zuckender Leib von Männern auf Stöcken gehalten wurde, dann folgte eine Gruppe von Kopf bis Fuß weiß gekleideter buddhistischer Mönche und schließlich Überlebende mit Schildern, auf denen »Frieden« stand. Später gingen wir zum Fluss hinunter, dessen Oberfläche in der Sonne glitzerte. Wir folgten der Straßenbahnlinie nach Tsukimachi – nur wenige Meter von der Stelle entfernt, wo alles angefangen hatte. Ich musste einfach nachsehen gehen; das Haus ein letztes Mal sehen.

Ich erklärte Natsu und Hideo, ich wüsste eine Abkürzung, um dem Verkehr und den Menschenmassen zu entgehen. Wir schlängelten uns an den Restaurants vorbei, deren rote Laternen in der Nachmittagshitze baumelten. Frauen schlenderten plaudernd mit ihren Sonnenschirmen unter den zwischen Balkonen gespannten Wäscheleinen mit tropfnassen Laken hindurch. Hausfrauen handelten lautstark um einen Preisnachlass auf zuckende Aale in Holzeimern, rochen an der warzigen Haut von Melonen, um ihren Reifegrad zu prüfen, betasteten limonengrüne Kürbisse und dicke violette Auberginen. Der

Gestank nach verfaultem Obst am Straßenrand hing in der Luft, während Männer Enten an Haken im Schaufenster befestigten und die Passanten mit Sonderangeboten in den Laden lockten. Erinnerst Du Dich, Yuko? Daran, was es uns damals bedeutet hat? Ich suchte nach dem Haus mit unserem Apartment, aber an seiner Stelle steht jetzt eine Spielhalle. Doch obwohl es das Haus nicht mehr gibt, quält mich die Erinnerung daran. Ich muss wieder an unseren letzten Nachmittag denken, als Dein Vater plötzlich dastand und mir befahl, ich solle verschwinden. Ich hasse mich dafür, dass ich nicht geblieben bin, um Dich gekämpft und ihm erklärt habe, wie viel wir einander bedeuten. Natsu und Hideo gingen vor mir her, und ich fühlte mich dieser zweiten Chance gar nicht würdig. Ich verdiene es nicht, dass meine Trauer um Dich durch Hideos Gegenwart gelindert wird, doch er erlaubt mir, neue Erinnerungen zu erschaffen. Er ist das, was mir von jenem 9. August geblieben ist.

Ich war froh, dass das Stundenhotel mit der schwarz verfärbten Fassade nicht mehr existierte. Es wäre zu grausam gewesen, wenn diese Bruchbude die Bombe überstanden hätte, Yuko hingegen durch sie umgekommen wäre. Hideo hatte Satos Schmerz gelindert, wohingegen Kenzo und mir diese Gnade verwehrt blieb. Wir hatten Nagasaki verlassen, damit uns der Kummer nicht länger quälte, doch selbst in meinem amerikanischen Exil zwang Sato mich, etwas zu tun, was ich so lange zu vermeiden versucht hatte: einen Blick zurückzuwerfen. Die meiste Zeit gelang es mir, mich an das Gute des Lebens zu erinnern, das wir hinter uns gelassen hatten – die Tage, als Yuko noch klein gewesen war und wir gemeinsam gezeichnet hatten, ihre Versuche, auf dem Shamisen zu spielen, während ihr Lehrer an ihrer Ungeschicktheit schier verzweifelt war, das Glücksgefühl, wenn ich sie im Garten singen gehört hatte. All diese Bilder aus der Vergangenheit waren süß und gerade noch erträglich, wenn ich nicht zu lange bei ihnen verweilte. Manchmal versuchten auch andere, weniger erfreuliche Erinnerungen zutage zu treten, doch ich hatte Mechanismen entwickelt, sie zurückzudrängen: einkaufen gehen, Schränke putzen. Oder, wenn alles andere nicht funktionierte, schenkte ich mir einen Whiskey ein.

Satos Briefe katapultierten mich zurück in die Vergangenheit, zwangen mich, alles auszugraben, was ich die Jahre über verborgen hatte, und trotzdem brachte ich es nicht über mich, unserer gemeinsamen Vergangenheit den Rücken zu kehren. Stattdessen lechzte ich danach, diese Briefe gegen das dunkle Licht meiner eigenen Erinnerung zu halten. Er hatte sich dieselbe Frage gestellt, die auch mich seit Jahrzehnten verfolgte: Wieso hatte ich überlebt und sie nicht? Weshalb war mir das Leben geschenkt worden? Ich konnte ihm die Antwort nicht geben, doch würde ich an einen Gott glauben, so wäre er ein rachsüchtiger; er hätte den Entschluss gefasst, dass es zu gnädig wäre, mich ebenso sterben zu lassen. Nein, meine Bestrafung durfte nicht einfach mit meinem Tod enden, stattdessen war mein Überleben meine Buße. Allem Anschein nach war Sato zu einem anderen Schluss gelangt. Vielleicht hatte er geglaubt, dass er am Leben geblieben war, weil er diesen Jungen retten musste. Und Ko – oder Hideo oder wer auch immer er sein mochte – hatte ihn gerettet. Ja, mir leuchtete durchaus ein, weshalb es Sato so wichtig gewesen war, dass Hideo Yukos Sohn war, aber ich empfand das exakte Gegenteil: Mein Enkelsohn war viel zu gut und zu unschuldig, um in einer Welt zu leben, die mich und Sato am Leben gelassen und stattdessen meine Tochter gefordert hatte. Nur Aasfresser, Lügner und Betrüger überlebten in solch einer Welt, wohingegen die Besten von uns jung starben.

Demut

Kenkyo: Bescheidenheit zählt zu den wichtigsten Tugenden in Japan. Unabhängig von der gesellschaftlichen Stellung wird erwartet, dass man sich mit seinen Fähigkeiten, seinen Talenten, Kenntnissen und seinem Reichtum nicht brüstet, sondern sich auf eine angemessene Art und Weise darstellt. Übertriebenes Selbstwertgefühl, Aggressivität und unangemessener Ehrgeiz erfahren wenig Unterstützung, Rücksicht auf andere ist hingegen gern gesehen.

Das Klopfen an der Tür war scheu, unsicher, als würde er erwarten, dass ich nicht darauf reagierte. Ich öffnete ihm, und wir begrüßten einander vorsichtig – ohne die ermutigende Wirkung des Whiskeys waren wir beide schüchtern. Er trat ein, zog seine Schuhe aus und tappte auf Strümpfen in die Küche. Als ich hereinkam, hatte er sich auf Kenzos Stuhl gesetzt.

»Ich habe Tee gemacht, und Doughnuts gibt es auch. Ich kann Ihnen aber auch ein Sandwich zubereiten. Sie haben doch bestimmt Hunger.«

»Bitte, machen Sie sich keine Umstände.« Er wirkte erschöpft.

»Wie lief die Konferenz?«

Er löste den Knoten seiner Krawatte. »In Amerika zu sprechen ist eine ziemliche Herausforderung. Man will nicht als jemand dastehen, der nur über die Gräuel der Atombombe lamentiert, gleichzeitig ist man verpflichtet, sich hinzustellen und zu sagen: *So* war es damals und nicht so, wie ihr glaubt.«

Er deutete auf sein Gesicht. »Und manchmal ist den Leuten das hier schlicht zu viel.«

Ich wusste nicht, was ich darauf erwidern sollte, deshalb stellte ich das Geschirr auf den Tisch, legte zwei Servietten und ein Messer dazu, ehe ich im Geschirrschrank neben der Tür nach Desserttellern suchte. Selbst die banalsten Tätigkeiten, wie einen Snack für zwei statt für eine Person herzurichten, strengten mich an. Ich setzte mich ihm gegenüber an den Tisch. Sein Gesicht war ganz nahe – die geröteten, wimpernlosen Lider, die gelblich-rosafarbenen Hautwülste, die Narben von den Schnitten der Chirurgen. Trotz der fehlenden Mimik war sein Gesicht faszinierend. Setzte man Schönheit mit Uniformität gleich, hätte er abstoßend sein müssen, doch stattdessen verlieh die zerstörte Haut um seine Augen ihnen eine bemerkenswerte Leuchtkraft und Intensität.

»War der Inhalt des Umschlags hilfreich?«, fragte er.

»Er enthält Briefe von Jomei«, antwortete ich so wahrheitsgetreu, wie ich nur konnte. »Er erwähnt darin ein Waisenhaus und die Adoption eines Jungen namens Ko. Das war Ihr Name, richtig? Und ein Mädchen namens Miki kommt auch vor.«

»Ko bin ich, das ist richtig, und Miki … nun, wie soll ich es erklären?«

Er erzählte mir, wie er ins Waisenhaus gekommen war und Satos Vorgänger darauf bestanden hatte, dass er auf der Station schlief, getrennt von den anderen. Der Arzt hatte Angst, Ko könnte sich eine Infektion zuziehen, außerdem sollten die anderen Kinder keinen Schreck bekommen. Seine Verletzungen seien zu schockierend, dachten sie. Es gefiel ihm gar nicht, abends unten im Keller allein zurückgelassen zu werden, weil dort ein Dämon durch die Gänge schlich, während die anderen in ihren Betten lagen. Er war überzeugt davon, dass das Ungeheuer ihn holen und zu jenem Tag von Pikadon zurückbringen würde, oder zumindest irgendwohin in die Berge. Eines Nachts hörte er eine Bodendiele knarzen und dachte, das sei das Ende. Er sei regelrecht erleichtert gewesen, meinte er. Er hätte sich so einsam gefühlt, und nun würde ihm wenigstens der Dämon Gesellschaft leisten. Und wer außer Schwester Abe, seiner Lieblingsnonne, würde ihn schon vermissen? Den Kindern wäre es vollkommen egal, sie würden es ja nicht mal mitbekommen. Damals durfte er seine Verbrennungen keinesfalls der Sonne aussetzen, was ihn zu einer Art Schattengestalt machte; seine Existenz war im Grunde kaum mehr als ein Gerücht. Er sah zu, wie die Klinke heruntergedrückt wurde, und dachte: *Jetzt kommt er. Ich bin bereit.* Aber herein kam kein Ungeheuer, sondern ein Mädchen. Miki. Sie war ein bisschen jünger als er, hatte kurzes Haar und verschrammte Knie. Meistens besuchte sie ihn spätabends, auch dann, als er bereits bei den anderen Kindern schlafen durfte. Sie kletterte zu ihm ins Bett, wo sie einander tuschelnd ihre Träume anvertrauten und Pläne schmiedeten. Manchmal schlichen sie sich auch nach draußen, liefen durch den Wald, schwammen im Teich oder legten sich unter den Puppenbaum, wo Miki ihm allerlei Geschichten erzählte. Sie kannte keine Angst und glaubte auch nicht an Dämonen – Pikadon hatte sie allesamt getötet. Ihre Eltern waren dem gleißenden Licht zu nahe gekommen, waren jedoch nicht tot, sondern galten lediglich als vermisst. Sie würden eines Tages kommen und sie holen. Sie meinte, er müsse Geduld haben, auch seine Familie würde irgendwann zurückkehren. Als Miki im Teich ertrank, glaubte ihm keiner, dass sie tatsächlich existiert hatte, trotzdem blieb er beharrlich dabei, dass sie ins Wasser gegangen war.

Hideo endete und blickte zu Boden. Vielleicht war ihm sein Geständnis peinlich.

»War sie real?«

»Ich nehme an, sie existierte nur in meiner Fantasie, trotzdem erschien sie mir damals real.«

»Sie spendete Ihnen Trost.«

»Es mag sich albern anhören, aber ich glaube bis heute, dass sie eines Tages zurückkommen wird; so als wäre das Ganze bloß ein aus dem Ruder geratenes Versteckspiel.« Wir sahen einander an – der Mann mit dem zerstörten Gesicht, die alte Frau mit der zerstörten Seele –, und ich verspürte den Impuls, seine Hand zu nehmen, tat es aber nicht. »Und wie soll ich Sie jetzt davon überzeugen, dass ich Ihr Enkelsohn bin, hm?«

»Es ist wahr, dass ich einen Enkel namens Hideo Watanabe hatte, der heute sechsundvierzig Jahre alt wäre, aber …« Wie sollte ich ihm erklären, dass Sato allem Anschein nach einen vermissten und einen versehrten Jungen zu einem Menschen verwoben hatte, um sein Gewissen zu beruhigen und seinen eigenen Verlust erträglicher zu machen? »Darf ich fragen, wann Sie erfahren haben, dass eine Ihrer Großmütter noch am Leben sein könnte?«

»Als Teenager. Vater hat mir erzählt, er und Großvater seien früher enge Freunde gewesen, und dass er und Yuko während des Krieges zusammengearbeitet hätten. Er hatte herausgefunden, dass Sie ins Ausland emigriert waren, aber in dem ganzen Chaos der Besatzungszeit war es unmöglich, nach Ihnen zu suchen.«

»Wir sind nach der Emigration einige Male umgezogen, das ist richtig, 1947 und dann noch einmal 1956, aber hätte es nicht trotzdem Möglichkeiten gegeben?«

»Vielleicht dachten meine Eltern, Sie würden uns finden.«

»Sato hat die Briefe Natsu gegeben?«

»Das hat sie mir nicht gesagt.«

»Hat sie sie gelesen?«

»Auch das weiß ich nicht. Mutter hat mir die Briefe kurz vor ihrem Tod gegeben und gesagt, sie seien für Sie. Ich sollte Sie finden und Ihnen sagen, sie lasse sie Ihnen mit den besten Absichten zukommen.«

Natsu hatte mir diese letzte Aufgabe also aufgebürdet: Ich sollte die Identität ihres Adoptivsohnes bestätigen oder zerstören. Alles, was er die ganzen Jahre über sich zu wissen geglaubt hatte, sein bisheriges und sein künftiges Leben, lag durch diese Briefe nun in meinen Händen. Er war hier, damit ich die fehlenden Puzzleteilchen ergänzte und seine Existenz dadurch vollständig machte. Welch eine Ironie! Wie konnte er von mir erwarten, dass ich all die fehlenden Jahre ausfüllte? Der Hideo, den ich kannte, war nicht dieser Mann. Und er könnte es auch niemals sein.

Selbstmord

Shinju: Der häufigste Grund für einen Selbstmord ist, wenn ein Liebespaar glaubt, seine Liebe zueinander könnte in diesem Leben niemals Erfüllung finden. Manchmal ist auch der Bankrott der Eltern der Anlass, eine ganze Familie vollständig auszulöschen, oder aber jemand begeht Suizid, um die Ehre der Familie zu retten.

Kenzos Arbeitszimmer war ein winziger Raum mit einem vollgestopften Bücherregal, einem Schreibtisch mit dazugehörigem Stuhl und einer Chaiselongue. Vor dem Fenster standen eine Pinie und mehrere Sträucher, deren Blätter sich durch das fehlende Sonnenlicht schwarz verfärbt hatten. Mrs. Goto führte Shige herein und fragte ihn, ob er Tee oder Kaffee wolle. Er schüttelte den Kopf und setzte sich auf die Chaiselongue, stand jedoch sofort wieder auf und trat ans Fenster. Yuko verbarg sich in den Schatten des Korridors im oberen Stockwerk und sah zu, wie ihr Vater aus der Küche kam, den Raum betrat und die Tür hinter sich schloss, ehe sie sich in die Nische neben dem Büro quetschte und lauschte. Früher hatte sie sich hier häufig versteckt.

Er sei gekommen, um eine wichtige Frage zu stellen, erklärte Shige bescheiden, und er frage sich, ob Kenzo ihm die Ehre erweise, ihn anzuhören. Ein Scharren ertönte, dann ein Husten, gefolgt von einem »Gewiss«, dann hörte Yuko das Quietschen von Leder und malte sich aus, wie Shige sich vorbeugte. Es sei ihm ein großes Vergnügen gewesen, während der vergangenen

Wochen Zeit mit Yuko zu verbringen, allerdings habe Kenzo womöglich auf einen Verehrer gehofft, der gesellschaftlich eher auf seiner eigenen Stufe stünde, doch er »empfinde große Zuneigung zu Yuko«. Das freue ihn zu hören, erwiderte Kenzo mit anschwellender Stimme, allerdings genüge bloße Zuneigung nicht weiter. Es sei zweifellos ein Anfang, aber gewiss nicht alles, was man erwarten könne. Wieder quietschte Leder. »Mr. Takahashi, bitte halten Sie mich nicht für impertinent, aber ich bin hergekommen, um Sie zu fragen, ob Sie etwas dagegen einzuwenden hätten, wenn ich Ihre Tochter Yuko bitten würde, meine Frau zu werden.«

Bereits seit Wochen hatte Yuko diese Frage kommen sehen, trotzdem verschlug es ihr den Atem, sie jetzt aus Shiges Mund zu hören. *»Ich komme mir vor wie eine Schauspielerin im Drama meines eigenen Lebens.«* Sie hörte, wie eine Schublade aufgezogen wurde, dann ein dumpfes Geräusch, gefolgt von leisem Gluckern, als würde eine Flüssigkeit in ein Glas gegossen werden. Yuko malte sich aus, wie ihr Vater Shige ein Glas reichte, und meinte, Ereignisse wie dieses müssten mit einem anständigen Malt begossen werden. Die beiden Männer stießen an und wünschten einander eine gute Gesundheit.

»Nur damit ich es richtig verstehe: Sie wollen also meine Tochter heiraten?« Einen Moment lang herrschte Stille, was bedeuten mochte, dass die Männer ihre Einigkeit mit einer Geste bekundeten. »Und welche Gefühle hegt sie für Sie?« Kenzos Stimme wurde leiser, als hätte er sich abgewandt. »Sie scheinen ein anständiger Mann zu sein. Sie sind klug, das sehe ich Ihnen an. Ich will Sie nicht in Verlegenheit bringen und mit peinlichen Fragen über die Liebe löchern. Ich war jedenfalls sehr in Yukos Mutter verliebt … ah, jenes Gefühl, als würde die Welt aufhören, sich zu drehen, wenn man nicht zusammen sein kann …« Shige schwieg. »Doch als Yukos Vater muss ich Ihnen diese Frage stellen: Beschränkt sich Ihr Anliegen lediglich darauf, dass Sie in meine Tochter verliebt sind? Sie und ich, wir sind beide praktisch denkende Männer. Als Mitarbeiter von Mitsubishi stehen wir an vorderster Front der imperialistischen und landesinternen Ambitionen unseres Landes. Während der nächsten Jahre wird eine Menge passieren, und uns werden sich viele Chancen bieten.«

»Mir ist bewusst, dass eine Verbindung mit Yuko mehr als nur ihre Schönheit und Freundlichkeit bietet, aber ich versichere Ihnen, wenn Sie mir meine Unverblümtheit nachsehen wollen, dass die Liebe Ihrer Tochter nicht das Einzige ist, wonach ich strebe.«

»Wie gesagt, Sie sind ein praktisch denkender Mann. Ich kann nur hoffen, dass Sie auch noch andere Vorteile in Betracht gezogen haben, die sich durch eine Heirat mit meiner Tochter bieten würden, aber natürlich bin ich zugleich erleichtert … romantischer Narr, der ich nun mal bin …, dass dies nicht Ihre oberste Priorität ist. Also, wie wollen wir am besten vorgehen? Wollen wir Yuko bitten, sich zu uns zu gesellen, damit Sie sie fragen können?«

Shige antwortete, er würde Yuko gerne ausführen, nur sie beide. Wieder ertönte das Klirren von Glas, als die beiden Männer anstießen, dann forderte Kenzo Shige auf, in der Diele zu warten. Eilig zog Yuko sich in die Schatten des Flurs zurück, als die Tür aufging, Kenzo Shige alles Gute wünschte und versprach, seine Tochter zur Tür zu schicken.

»Ich wartete darauf, dass Shige das Arbeitszimmer verließ. Die Standuhr tickte, als ich von meinem Versteck den Korridor zur Küche entlanghastete, kehrtmachte und im Takt der Uhr in Richtung Haustür ging. Shige drehte sich um, und ich sagte Hallo, doch meine Stimme klang wie die eines Kleinkindes im Körper einer erwachsenen Frau.«

Dann ertönten Schritte, und Kenzo kam halb die Treppe herunter. »Ah, Yuko, Mr. Watanabe ist hier. Ihr beide geht aus, wenn ich es richtig verstanden habe. Das stimmt doch, Watanabe?«

»Vater zog sich wieder nach oben zurück, und Shige sah mich an. ›Ich dachte, wir könnten den Inasa-Friedhof besuchen‹, sagte er, weil er wusste, dass er zu meinen Lieblingszeichenplätzen gehörte. Wie hätte ich da Nein sagen können?«

Sie verließen das Haus und stiegen in ein Taxi. Die Fahrt verlief schweigend. Yuko musterte Shige, der nervös die Hände knetete. Seine Miene verriet etwas zwischen Unbehagen und blanker Verzweiflung. Sie bemühte sich um ein beruhigendes Lächeln, bekam jedoch kaum mehr als eine Grimasse zustande. *»Wir dürften nicht gerade wie ein Liebespaar ausgesehen haben.«* Schließlich erreichten sie den Friedhof, und Shige bezahlte das Taxi, dann ging er vor Yuko her, über den vom Regen aufgeweichten Rasen in Richtung der Gräber mit den holländischen Inschriften. Vor einem in den Hang eingelassenen und von einem schmiedeeisernen Zaun umgebenen Mausoleum blieb er stehen und strich mit der Hand über einen der Pfeiler. Rost klebte an seinen Fingern. Er entschuldigte sich, was für ein morbider Ort dies doch sei, doch Yuko beteuerte, dass sie die Umgebung höchst faszinierend fände. Shige rieb sich die Stirn und erwiderte mit einem dünnen Lächeln, dass sie sich hier auf dem ältesten Friedhof Japans befänden, was sie allerdings bestimmt längst wisse.

»Ich bin nicht sicher, ob ich aus purem Pragmatismus oder aus Freundlichkeit fragte, ob er mich aus einem bestimmten Grund hierher entführt hätte. Seit unserer ersten Begegnung auf dem Dutch Slope hatten wir stets nur um die einzig relevante Frage herumgeredet. Vielleicht würde ich ja die Antwort kennen, wenn er mir die Frage erst gestellt hätte. Er räusperte sich und trat

auf mich zu. ›Ich wollte mit dir hierherkommen, weil ich wusste, dass es dir hier gefallen würde, aber jetzt erscheint es mir irgendwie falsch. Überall nur Tote …‹ Ich erwiderte, es sei ein wunderbarer Ort, worauf er mich nachdenklich ansah. Den Blick auf seine Füße geheftet, fuhr er fort. ›Wir haben in den letzten Wochen viel Zeit zusammen verbracht, und es war eine sehr schöne Zeit. Und natürlich weißt du auch, wie ich für dich empfinde.‹ Ich verneinte, was ihn zu verwirren schien. ›Aber du musst doch wissen, wie sehr ich dich bewundere.‹ Wir seien Freunde, das sei richtig, meinte ich. Er starrte mich an. ›Nun ja, Freunde, aber ich sehe viel mehr in dir als nur eine Freundin.‹

›Eine Schwester?‹, fragte ich ernst. Ich musste ganz sicher sein. Diesmal brauchte ich eine Garantie, dass ich mehr war als nur eine günstige Gelegenheit. Wie konnte ich sicher sein, dass ich sein Herz erobert hatte, so wie Jomei damals das meine? Nette Worte brachten mich jedenfalls nicht weiter.

Bestürzt wandte er den Blick ab. ›Nein, nein. Muss ich es laut aussprechen? Dass ich dich liebe? Ich bin kein Poet, Yuko, meine Worte sind hölzern und ungelenk.‹ Er nahm meine Hand. ›Wann immer ich dich sehe, bin ich glücklich. Du fehlst mir, wenn wir nicht zusammen sein können. Du lässt mich meine Unzulänglichkeiten erkennen, aber auch, wie ich zu einem besseren Menschen werden kann. Nennt man das nicht Liebe?‹

Yuko wusste keine Antwort darauf. Ihr Verständnis von Liebe war ein ganz anderes gewesen, brutaler, fordernder und grausamer, da sie am einen Tag noch existiert hatte, am anderen jedoch verschwunden gewesen war. Sie dachte an die Liebenden, die beschlossen, eher diese Welt für immer zu verlassen als einander. Könnte sie so etwas auch tun? Nein, sie liebte das Leben zu sehr, um es für immer aufzugeben. Ihre ganze Jugend hatte sie damit zugebracht, die Schönheit des Lebens einzufangen – die gespannten Muskeln eines Pferdes, ein Vogel im Flug, eine Mutter und ihr Kind, Hand in Hand beim Spaziergang. Winzige Momente in einem einzigartigen Ganzen. Sie konnte sich nicht abwenden, auch wenn es noch so schmerzlich war.

Und wenn Jomei für Unruhe und Aufruhr stand, war Shige die Ruhe. Seine Gegenwart besänftigte sie, ebenso die Worte, die er zu ihr sagte; sie waren einfach und kamen von Herzen. »*Ich vertraue ihm. Und ich kann froh sein, ihn gefunden zu haben. Er wird mir die Freiheit schenken, die ich bei meinen Eltern niemals bekommen hätte. Ich sehe unser Leben vor mir: ein Heim, eine Arbeit, eine Familie. Hätte Jomei mir so etwas bieten können, auch nur einen Teil davon? Außerdem – hätte ich ihm etwas bedeutet, hätte er nach mir gesucht. Shige ist ein kostbares Geschenk, für das ich dankbar bin, obwohl ich dachte, mein Herz sei versteinert. Vergiss die Vergangenheit, sagt Mutter, und genau das werde ich auch tun. In der Vergangenheit zu leben ist zu schmerzlich.*

Ich sah Shige in die Augen. Noch immer hatte ich gewaltige Hemmungen, ihm körperlich nahe zu sein. Ermutigend drückte ich seine Hand, und die Welt schien mit einem Mal näher zu rücken, so als würde ich alles durch ein Vergrößerungsglas betrachten, selbst jetzt noch, Stunden später. Der Schatten eines Blattes fällt auf sein Gesicht, irgendwo zwitschert ein Rotkehlchen, in der Luft liegt der Geruch nach Moder und feuchter Erde. Shige nimmt meine Finger, drückt meine Hand auseinander und hebt sie an seine Lippen, zwischen der Lebens- und der Herzlinie. Dann weicht er zurück, und ich sehe eine Vene an seinem Hals pulsieren. So lebendig. Ich blicke auf, und dann berühren sich unsere Lippen. Wir küssen uns, bis ich keine Luft mehr bekomme und mich von ihm lösen muss. Wieder spricht er es nicht direkt aus, doch ich weiß, was er mich fragt. ›Willst du im selben Grab liegen wie ich?‹ Ich sage Ja, und wir lächeln einander an und küssen uns noch einmal, und ich diesem Moment, mitten auf dem Inasa-Friedhof, denke ich, dass wir beide glücklich sind, jetzt und mit allem, was uns die Zukunft bringen mag. Und ich muss der Wahrheit ins Auge blicken: Jomei ist fort.«

Die Perlentaucherinnen

Ama: Dass japanische Frauen außerhalb ihrer eigenen vier Wände arbeiten, ist nichts Neues, vor allem in Dörfern, die vom Fischfang und von der Landwirtschaft leben. Am meisten stechen die sogenannten ama hervor, die weiblichen Meerestaucher, die viel bekannter sind als ihre männlichen Kollegen. Sie tauchen nach allerlei Muscheln, wie zum Beispiel nach awabi (Ohrschnecken), sazae (Kreiselschnecken) oder essbaren Algen. Wenn sie aus dem Wasser auftauchen, stoßen sie den Atem mit einem pfeifenden Laut aus, der als isobue (Strandpfeifen) bezeichnet wird.

Ehe wir unser Leben als Mann und Frau begannen, fuhr Kenzo mit mir in ein Ryokan außerhalb von Hirado, an der nordwestlichen Spitze von Kyushu. Die Geschichte der Stadt erinnerte mich ein wenig an Nagasaki. Im Sakikata Park hatten einst die großen, von den Holländern erbauten Lagerhäuser gestanden, ehe man sie nach Dejima verdrängt hatte. Ein weißes Schloss mit drei grauen Pagodendächern bot einen spektakulären Blick aufs Meer. Mit dem Segelboot fuhren wir gemeinsam mit anderen Touristen an der Küste entlang und gingen in einer Bucht vor Anker, wo es vor blauen Giftquallen, die sich zur Paarung hier einfanden, nur so wimmelte. An einem anderen Tag mieteten wir uns einen Wagen und fuhren in ein nahe gelegenes Fischerdorf, wo wir an dem von weißen Muscheln und leeren Meeresschneckenhäuschen übersäten Sandstrand entlangschlenderten. Ich zog meinen Yukata aus und setzte mich in meinem schwarzen Badeanzug und einem breitkrempigen Strohhut ans Ufer. Kenzo trug eine schwarze Badehose. Wir saßen da und blickten aufs Meer hinaus. Es war viel zu heiß, um sich zu unterhalten. Eine Gruppe Perlentaucherinnen in kurzen Kimonojacken und mit Holzeimern, schwarzen Netzen und Taucherbrillen bewaffnet tauchte auf. Sie sammelten Treibholz und entzündeten ein Feuer, dann zogen sie sich bis auf die weißen Baumwollunterhosen mit den aufgedruckten Glockenblumen, Gänseblümchen oder Polsternelken aus, scheinbar ohne sich ihrer gebräunten Brüste zu schämen, ganz egal, ob jung oder alt. Plaudernd und kichernd spuckten sie in ihre Brillen und banden sich mit einem Stück Seil ein Messer um die Hüften, ehe sie mit ihren Holzeimern in die Brandung sprangen, die ihnen als Bojen dienten. Sie tauchten ab, blieben gefühlt minutenlang unter Wasser, ehe sie mit einem lauten Japsen wieder an die Wasseroberfläche schnellten und ihre Beute aus der Tiefe nach oben rissen. Später wärmten sie sich am knisternden Feuer. Ich beneidete sie – um ihr Selbstbewusstsein, ihre Freiheit, um ihre körperliche Kraft, darum, dass sie der eisigen Kälte des Wassers trotzten und ihrer Arbeit nachgingen.

Am letzten Abend lagen Kenzo und ich nackt zwischen den zerknüllten Laken auf dem Futon, eng umschlungen und feucht vom Schweiß. Eine Öllampe neben dem Bett warf tanzende Schatten auf die Tatamimatte und die Schiebetüren, die in einen Garten mit Walnusssetzlingen führten. Kenzo tastete unter dem Bettzeug herum.

»Das ist für dich«, sagte er und drückte mir eine Teakschatulle in die Hand. Vorsichtig hob ich den Deckel an und blickte auf den wie eine geöffnete Austernschale geformten Anhänger mit der weißen Perle. Ich legte die Kette um. Die Austernschale lag zwischen meinen Brüsten. Ich musste an die Taucherin denken, die sie gefunden hatte, an das brutale Brennen in ihrer Lunge, als sie an die Wasseroberfläche schnellte, an ihre Freude beim Anblick der schimmernden Perle im Inneren der Auster. Ich dachte an das Mädchen, das ich einst gewesen war, und an die Frau, die ich eines Tages werden würde. Ich verdiente Kenzo nicht, seine Liebe, sein Vertrauen, seine Loyalität. Ständig fürchtete ich, dass ein dunkler Teil von mir dieses Geschenk des Glücks zerstören würde, das er mir gemacht hatte. Ich schwor mir im Stillen, eine gute Ehefrau und Mutter zu sein; eine Frau, der die Ehe Freiheit, aber zugleich auch Stabilität schenkte. Ich war das Perlmutt in der Austernschale, würde Schicht um Schicht wertvoller werden, wenn ich mich nur bemühte.

Siebzehn Jahre später waren wir mitten in den Vorbereitungen für die Verlobung unserer Tochter, die zu beschützen ich mir damals in diesem Hotel geschworen hatte. Aus Sorge wegen der Kosten und der Belastung, die die Zeremonie für ihre künftigen Schwiegereltern darstellen würde, hatte Yuko Shige zu überreden versucht, darauf zu verzichten, aber Shige hatte auf der Feier bestanden. Immerhin sei er Christ, hatte er gemeint und ihre Einwände fortgewischt. Shiges Eltern waren mit der Fähre aus Iōjima gekommen, außerdem würden ihr Sohn sowie Mrs. Kogi teilnehmen. Auf dem Wohnzimmerboden kniend warteten wir, bis Mrs. Goto uns informierte, dass alle vier eingetroffen seien. Dann schob ich die Türen zur Seite, und sie traten ein, sorgsam darauf bedacht, die Ränder der Tatamimatten nicht zu berühren. Wir nahmen unsere Plätze ein – Kenzo und Mr. Watanabe ganz vorn, gefolgt von mir und Mrs. Watanabe, dann kamen Shige und Yuko und schließlich Mrs. Kogi, die am nächsten zur Tür saß.

Mit vor Aufregung roten Wangen stellte Shige uns einander

vor. Er selbst trug einen Anzug, sein Vater einen dunkelblauen Yukata. Sein Gesicht war zerfurcht und gebräunt von der Arbeit an der frischen Luft, die Finger schwielig von den Seilen und mit Narben von alten Schnittverletzungen übersät. Er sagte nur sehr wenig, doch seine Stimme verströmte die Autorität eines Mannes, der daran gewöhnt war, der rauen See und der sengenden Hitze zu trotzen. Er wusste nur zu gut, dass die Natur unser schlimmster Feind war und sonst nichts. Shiges Mutter Sonoko trug einen hellblauen, einst prächtigen Kimono, dessen Seide im Lauf der Jahre jedoch ihren Glanz verloren hatte und in dessen Fasern der Geruch nach Staub und feuchter Seeluft hing. Sie überbrachten Geschenke, verpackt in sechseckigen, außen weißen und innen roten Umschlägen. Das Reispapier war mit Goldfäden verknotet und mit Kranichen und Schildkröten verziert, die ein langes Leben verhießen. Darin lagen getrockneter Tintenfisch, der für eine baldige Schwangerschaft stand, Algen als Zeichen für eine schwangere Frau und ein Stück Hanf als Synonym für das gemeinsam ergrauende Haar des künftigen Paares, ein Fächer für den Reichtum und Geld. Das letzte Geschenk bestand aus einer Teepflanze, die man nicht versetzen konnte und die somit für den Wunsch nach einer bis zum Tode währenden Ehe stand.

Nach den Formalitäten aßen wir gemeinsam – Sashimi aus Kaiser- und Thunfisch sowie Sushi mit Tintenfisch und Shrimps, alles aus einem nahe gelegenen Restaurant angeliefert. Kenzo schenkte Sake und Pflaumenwein ein, und allmählich entspannten sich alle Anwesenden ein wenig. Die Männer unterhielten sich über Japans Engagement in Übersee, die wachsenden Zahlen der Militärs, die immer häufiger Ämter übernahmen, welche sonst eigentlich von Zivilisten bekleidet wurden; sie stellten diese Entwicklung fest, ohne eine Meinung zu äußern, die als negativ ausgelegt werden könnte. Wir Frauen plauderten über die Hochzeit – woher das Essen kommen sollte, welches Restaurant sich für den Empfang eignen könnte, welchen Stoff sich Yuko für ihr Brautkleid vorstellte und welche Näherin es anfertigen sollte. Ich beobachtete Yuko auf Anzeichen von Unbehagen oder Zweifeln, aber entweder freute sie sich ebenso auf ihre bevorstehende Heirat, oder aber sie hatte gelernt, ihre wahren Gefühle zu verbergen. Der Alkohol machte uns ausgelassen, und selbst Mrs. Kogi kicherte mit uns. Sonoko bewunderte meine Halskette, und ich erklärte ihr, sie sei ein Hochzeitsgeschenk von Kenzo, worauf sie lächelte, die Wangen rosig vom Pflaumenwein.

»Die Perlentaucherinnen haben ein Lied, mit dem sie einen besonders guten Fang feiern«, erklärte Sonoko schüchtern. »Möchtet ihr es gern hören?«

Kenzo klatschte in die Hände. »Singen Sie! Sie müssen singen.« Sonoko schloss die Augen und begann, mit ihrem weichen Sopran den stickigen Raum zu erfüllen.

Hör unser Lied des Meeres, Susano-o,
so leise im tosenden Sturm, Susano-o,
lass unser Feuer uns wärmen, Susano-o,
auf dass die Austern wachsen, Susano-o,
die Perle ist mein Kind, die Schale mein Herz, Susano-o

Sie hielt inne und berührte verlegen ihre Wange, während sie Yuko anlächelte. Wir applaudierten, und Kenzo brach in begeisterten Jubel aus. Diskret entfernte ich die Flasche aus seiner Reichweite. Sonoko wandte sich an Yuko, als verlegene Stille im Raum einkehrte. »Shige sagt, du bist eine ganz außergewöhnliche Künstlerin.«

Yuko schüttelte den Kopf. »Ach wo, das ist nur ein Hobby.«

Ich konnte meinen Stolz nicht verhehlen. »Sie ist so bescheiden.«

Sonoko ergriff Yukos Hand. »Darf ich schon jetzt die nörgelnde Schwiegermutter spielen? Du darfst dein künstlerisches Talent auf keinen Fall vernachlässigen. Es ist so schön, wenn man der Welt zeigen kann, wie man sie sieht, Licht und Schatten und alles, was es dazwischen gibt, all die Details, die einem sonst im täglichen Leben entgehen. Die Kunst erinnert uns an alles, für dessen Betrachtung wir oft keine Zeit finden.« Sie legte den Kopf schief. »Ich muss mich entschuldigen. Klingt das zu übertrieben? Komm zu uns auf die Insel, dann zeichnen wir gemeinsam.«

»Sie musterte mich mit den Augen der Künstlerin. Was sieht sie? Glaubt sie, dass ich gut genug für ihren Sohn bin? Bin ich es?«

Ich stand auf, um Erdbeer-Maronen-Kuchen zu servieren, als Kenzo die Stimme erhob. *»Die Perle ist mein Kind, die Schale mein Herz, Susano-o.«* Er legte den Arm um Shiges Vater, und die beiden Männer stimmten gemeinsam den Refrain an. Wir hoben die Gläser.

»Auf unsere Perle Yuko«, erklärte Kenzo, plötzlich nüchtern. »Und auf ihre Austernschale, Shige.«

Lachend nickten die beiden, so sorglos und unbekümmert in jenem Moment der Ausgelassenheit. Sonoko und ich lächelten einander an, beide vereint in der Überzeugung, dass sich mit dieser Verbindung, so verschieden unsere Motive auch sein mochten, unser aller Wünsche erfüllten.

Respekt vor den Eltern

Oyakoko: Respekt vor den Eltern zählte einst zu den wesentlichsten Säulen der Erziehung. Kindern wurde von Anfang an beigebracht, gehorsam und loyal zu sein, und sie wurden angehalten, ihren Eltern auf unterschiedlichste Weise im Alltag zur Hand zu gehen. Wenn die Eltern zu krank waren, um arbeiten zu können, nahmen die älteren Kinder ihren Platz innerhalb der Familie ein und sorgten für den Lebensunterhalt.

Yuko entschied sich für ein Brautkleid im westlichen Stil – hoch geschlossen, mit langen Ärmeln und einer kleinen Schleppe aus Seidencrêpe. Sie hatte es in einer Zeitschrift gesehen und von der Schneiderin anfertigen lassen. Der Stoff schmiegte sich um ihren schlanken Körper, und sie trug einen mit Perlmuttschmetterlingen besetzten Schleier aus Seidentüll. Sie sehe bildschön aus, sagte ich zu ihr. Shige sei bestimmt sehr stolz auf sie. Allerdings solle sie später darauf achten, sich nicht anmerken zu lassen, dass sie bereits erfahren war. Ich drehte mich halb zur Seite, um die aufgestickte blaue Blüte auf meinem schwarzen Kimono in Augenschein zu nehmen. »Vermutlich geht er davon aus, dass er eine Jungfrau bekommt?«

»Ich erwiderte nichts darauf. Was hätte ich auch sagen sollen? Wir hatten uns nur dieses eine Mal geküsst. Mutter sah mich an, während ich mich erneut im Spiegel betrachtete, so unwirklich wie ein Geist. Ich solle ihm das Ruder überlassen, sagte sie, solle bloß reagieren, nicht selbst die Initiative ergreifen. Ob ich verstanden hätte? Sie hatte doch keine Ahnung, dass ich

mich nicht vor der aufkommenden Begierde fürchtete, sondern davon, dass sie ausblieb.«

Ich hatte vorgeschlagen, die Trauung in der Urakami-Kathedrale abzuhalten, aber Shige hatte sie zu protzig gefunden – eine Beleidigung für Yuko, hatte ich gedacht, aber nichts dazu gesagt. Am Ende hatten sie sich für die Oura-Kirche entschieden. Ich trat ans Fenster von Yukos Zimmer und blickte auf die hellrosa Blüten an den Bäumen. Es war eine Frühlingshochzeit, wie wir es geplant hatten. Ich gestattete mir kurz, mich selbst zu beglückwünschen, als Mrs. Goto mit einem Brief in der Hand das Zimmer betrat – ein Junge hätte ihn gerade abgegeben, sagte sie. Beklommen sah ich zu, wie Yuko danach griff, trat vor und nahm den Brief an mich mit der Warnung, sie dürfe keinesfalls einen Tintenfleck auf ihr Kleid bekommen. Ich riss den Umschlag auf, überflog den Inhalt und nickte lächelnd. Ein Schulfreund ihres Vaters sende seine Glückwünsche, erklärte ich und verstaute den Brief in der Kommodenschublade. »Du kannst ihn später lesen. Los jetzt, wir müssen gehen, sonst kommen wir zu spät.«

Kenzo stand auf der Straße und breitete die Arme aus, um sie auf die Wange zu küssen.

»Exquisit, was, Mutter?«

»Vorsicht, ihr Make-up«, warnte ich.

Er drückte ihr einen Kuss auf die Fingerspitzen. »Wollen wir dich zu deinem Bräutigam bringen?«

Die Schmetterlinge an Yukos Schleier bebten in der Brise. *»Da war ich nun. Im Hochzeitskleid, bereit, einen Mann zu heiraten, den ich kaum kannte. Einen anständigen Mann, ja, aber dennoch einen Fremden, mit sanften Lippen und Händen, von denen ich nicht weiß, wie sie sich auf meinem Körper anfühlen werden. Ich versuche, mir unser gemeinsames Leben vorzustellen. Shige und ich werden unser Zuhause einrichten, wir werden viel* *zu tun haben. Ich werde im Hier und Jetzt leben, nicht in der Vergangenheit. Und Jomei wird zu einer Erinnerung werden, eine Narbe, verblasst und von der Zeit geheilt.«*

Einige wenige Dutzend Gäste hatten sich bereits in der Kirche versammelt, als wir eintrafen. Shige trug einen schwarzen Smoking mit Fliege, und sein mit Öl gebändigtes Haar schimmerte. Strahlend sah er zu, wie Yuko an Kenzos Arm auf ihn zu schritt. Die Absätze ihrer weißen Satinschuhe klapperten auf dem Steinboden. Als die Orgelklänge einsetzten, erhoben sich die Gäste raschelnd und reckten die Köpfe.

»Ich sah, wie sie mich alle anstarrten, und dann war mein Kopf mit einem Mal vollkommen leer. Ich erinnere mich an nichts mehr – weder an die Worte des Pfarrers noch an die Lieder oder auch nur an das Gelübde oder den Kuss.« Erst während des Empfangs in einem Hotel in der Nähe des Inasa kam Yuko wieder zu sich, und die Erinnerung kehrte zurück, wenngleich verwaschen und gedämpft durch das Stimmengewirr, das Ploppen von Champagnerkorken und das Klirren von Gläsern. Die Gäste drückten Shige mit Geldscheinen vollgestopfte Umschläge in die Hand, und Sonoko trat zu Yuko. *»Meine Schwiegermutter lächelte. ›Es ist ziemlich überwältigend, nicht? All die vielen Menschen, die guten Wünsche. Aber keine Angst, Liebes. Schon bald werden sie zu betrunken sein, um zu merken, dass du hier bist‹, sagte sie. Ich lächelte sie an, verlegen, weil wir noch sie so vertraulich miteinander gesprochen hatten, und erwiderte, dass ich den Moment gern in einer Skizze festhalten würde, er aber wohl zu flüchtig dafür sei. Sie schien einen Moment darüber nachzudenken. ›Shige ist glücklich, und das macht mich glücklich. Ich hoffe, du erlaubst ihm, dich glücklich zu machen‹, sagte sie dann mit einem Nicken und wandte sich Mutter zu, die vor Triumph und Erleichterung strahlte.«*

Die Frischvermählten saßen auf zwei hohen Stühlen an der Stirnseite der Tafel. Es gab Schnecken, Sashimi, Steaks, chinesische Nudeln und Reis mit roten Bohnen, dazu floss der Alkohol in Strömen, was die Gäste spürbar ausgelassener werden ließ. *»Shige wandte sich mir zu. ›Wie gefällt dir dein Thron, Frau?‹, fragte er. Worauf ich antwortete, er sei ziemlich unbequem. ›Du hast recht. Lass uns gehen‹, sagte er. Aber konnten wir einfach verschwinden? Er lachte. ›Aber genau das erwarten doch alle von uns.‹ Wir drängten uns durch die Gäste, die uns dreimal hochleben ließen. Ich suchte die Menge nach meinen Eltern ab, konnte aber nur ein Meer aus roten, schwarzen und rosa Gesichtern und Gewändern erkennen. Wir verließen das Hotel und stiegen in das wartende Taxi. In der Dunkelheit des Wageninnern nahm Shige meine Hand. Seine Handfläche fühlte sich glühend heiß an. Er beugte sich zu mir herüber und flüsterte: ›Erinnerst du dich an den Tag am Dutch Slope?‹ Aber natürlich, antwortete ich. ›Von diesem Moment an war ich verliebt in dich‹, sagte er. Ich lächelte, obwohl er mein Gesicht nicht sehen konnte. ›Danke, Shige‹, sagte ich. ›Wofür?‹ Sein Atem strich über meinen Hals. Ich wandte mich ihm zu und bot ihm meinen Mund. ›Für dich.‹«*

Gefühle

Honne-to-tatemae: Eine Meinung oder Verhaltensweise, die entweder auf den tiefsten innersten Gefühlen basiert oder aber von den gesellschaftlichen Normen beeinflusst wird. Häufig wird der Begriff als Zwiespalt zwischen aufrichtig empfundenen Gefühlsregungen und gesellschaftlichen Erwartungen gewertet. Um Frieden und Harmonie zu wahren, wird nach außen hin jede Konfrontation vermieden, wohingegen das innere Selbst nach Verwirklichung strebt.

Schwankend stand Kenzo im Garten unseres Hauses und blickte zum Mond hinauf, der durch die Wolken schien. In der Ferne schrie ein Fischreiher. Er seufzte. »Bald ist die Blütezeit für ein weiteres Jahr vorüber.« Ich sah zu, wie er zur Haustür taumelte. Er war ein gefühlsbetonter, aber auch pragmatischer Mann, und beide Charaktereigenschaften taten mir gut. Seit ich mit ihm verheiratet war, wurde mein Leben von Kontrolle, Beständigkeit und Loyalität bestimmt. Ich war stets standhaft geblieben, dennoch hallte die Erinnerung an die chaotischen Jahre vor meiner Ehe noch in mir nach. Ich musste an Yuko denken, die nun mit Shige allein in ihrem Hotelzimmer war. Ich erinnerte mich noch allzu genau an das brennende Verlangen und das leise Gefühl der Enttäuschung, wenn es verflog.

Wir gingen die Treppe hinauf ins Schlafzimmer, und Kenzo beugte sich vor, um mich zu küssen. Ich streichelte seine Wange und meinte, ich würde noch eine Tasse Tee trinken, weil ich viel zu aufgewühlt von den Ereignissen dieses Tages sei. »Du hast wunderschön ausgesehen«, sagte er. Wir küssten uns noch einmal, dann lächelte er zufrieden; ich hatte keine Ahnung, was ihn so froh machte. Ich wartete, bis er die Schlafzimmertür geschlossen hatte, dann ging ich in Yukos Zimmer und zog die Schublade auf, wo der Umschlag zwischen ihrem Skizzenblock und ihren Stiften lag. Ich hatte nicht zugelassen, dass dieser Brief den heutigen Tag jäh zerstörte, gleichzeitig war er eine echte Beruhigung gewesen – er war der Beweis, dass Sato sich meine Warnung zu Herzen genommen und sich ferngehalten hatte. Näher durfte er Yuko nicht kommen. Ich drehte den Umschlag hin und her. Keine Adresse, kein Namenssiegel, lediglich ihr Name stand darauf. Ich setzte mich ans Fenster und las die Worte im Mondschein.

Liebe Yuko,

bitte verzeih mir, dass ich nicht früher geschrieben habe. Dabei wollte ich es schon so viele Male tun. Ich habe von Deiner bevorstehenden Heirat gehört und muss mich einfach zu Wort melden. Ich hoffe, es ist nicht zu spät. Ich kann mir nicht vorstellen, dass diese Ehe aus etwas anderem als reinem Pragmatismus geschlossen werden kann, und bitte Dich inbrünstig, den Mut aufzubringen, es nicht zu tun. Du musst wissen, dass ich Dich liebe. Solltest Du jemals daran gezweifelt haben, tut es mir von Herzen leid. Ich bin nicht mehr in Nagasaki, aber immer noch nahe genug, dass Du zu mir kommen kannst, solltest du es wollen. Liebst Du mich ebenso sehr wie ich Dich? Falls ja, schreib mir an die unten genannte Adresse. Der Empfänger ist ein Freund von mir, der Deinen Brief zuverlässig an mich weiterleiten wird, ohne dass wir Angst haben müssen, entdeckt zu werden. Bitte verzeih mir, dass ich Dich einfach im Stich gelassen habe. Ich habe mein Versprechen gebrochen, Dich niemals allein zu lassen, und dass ich es getan habe, quält mich heute noch. Glaub mir, ich hatte keine andere Wahl. Aber noch ist es nicht zu spät für uns, Yuko. Wir können wieder sein, was wir einst waren. Ist es das, was Du willst? Bitte schreibe mir und befreie mich.

Jomei

Die Arroganz dieses Mannes! Wie konnte er es wagen, Yukos Hochzeit in Gefahr zu bringen! Ich hatte alles darangesetzt, ihr die Chance auf eine sichere Zukunft mit einem soliden, anständigen Mann zu verschaffen. Und er wollte Yuko einfach ruinieren. Und wofür? Wegen eines vagen Versprechens, für immer zusammen zu sein. Das war typisch für ihn – Egoismus und Rücksichtslosigkeit. Natürlich verschwendete er keinen Gedanken daran, welche Schande es gewesen wäre, wenn die Hochzeit unvermittelt abgesagt worden wäre, ganz zu schweigen von den Gründen. Für ihn stand lediglich sein Glück im Mittelpunkt; was aus allen anderen wurde, war ihm egal. Er hatte keinen blassen Schimmer, was es bedeutete, sich aus dem Nichts ein Leben aufzubauen, und wie es war, in der ständigen Angst leben zu müssen, dass einem diese Sicherheit wieder genommen wurde. Ich hatte mich an die Regeln gehalten, hatte meine Vergangenheit vor meiner Tochter verhehlt. Und er hätte mit ein paar hastig hingekritzelten Worten und der erbärmlichen Bitte um Verzeihung alles zerstören können.

Ich nahm den Brief mit nach unten in die Küche, trat vor den Herd, wo das Feuer noch leise vor sich hin glomm, und sah zu, wie die Flammen das Blatt Papier erfassten, wie sich die Kanten schwärzten, orangerot aufflackerten und Satos Versprechungen endgültig verschlangen. Die Bodendielen knarzten, als ich in Kenzos Arbeitszimmer ging, mich auf seinen Stuhl setzte und ein Blatt Papier herauszog. *Jomei,* schrieb ich mit schwarzer Tinte – wie schwer konnte es schon sein, den Tonfall eines Mädchens mit gebrochenem Herzen zu imitieren? War es denn schon so lange her, dass ich mich ganz genauso gefühlt hatte? Ich musste Sato davon überzeugen, dass jeder weitere Versuch, Kontakt zu Yuko aufzunehmen, sinnlos war. Es war zu spät. Yuko hatte Shige geheiratet und würde ein angenehmes, sicheres Leben mit ihm führen, ohne Lügen, ohne Quälereien, ohne gebrochene Versprechen. Dies war ihre Zukunft. Ich wartete darauf, dass die Worte aus mir herausflossen, und als es so weit war, schrieb ich sie nicht nur für sie, sondern auch für mich selbst nieder. Ich beschrieb, wie meine Kränkung in Wut umgeschlagen, die Zurückweisung zu Hass geworden sei, und davon, dass man der Wahrheit ins Auge blicken müsse. Vielleicht hätte ich ihn einst geliebt, aber nun nicht mehr. Sein Verhalten hätte gezeigt, wie viel ich ihm in Wahrheit bedeutet hätte – nämlich gar nichts. Er müsse mich gehen lassen. Schließlich sei es seine Entscheidung gewesen. Er könne mich gar nie geliebt haben, und kein noch so inbrünstiges Versprechen würde mich vom Gegenteil überzeugen. Ich flehte ihn an, mich nicht länger zu quälen, sondern sich von mir fernzuhalten. Er hätte mich so unendlich traurig gemacht, doch nun hätte ich einen Ehemann gefunden, der mir treu sei und mich glücklich machen würde. Er sei ein Narr, wenn er sich einbilden würde, dass ich seinetwegen mein Glück mit einem anständigeren, besseren Mann aufs Spiel setzen würde. Das war mein Brief an Sato.

Anstand

Seken-tei: Scham ist ein ganz wesentlicher Aspekt der japanischen Identität – Japaner fürchten sich mehr vor dem Gefühl der Scham als davor, eine Sünde zu begehen. Die Furcht, von der Gesellschaft nicht respektiert zu werden, veranlasst die Menschen, keinesfalls ein Verhalten an den Tag zu legen, das gegen die Prinzipien von Anstand und Moral verstößt. Japaner reagieren sehr stark auf Kritik von außen und betrachten es als überaus wichtig, wie sie in der Öffentlichkeit wahrgenommen werden und was andere über sie denken.

Gespannte Erregung durchströmte mich, als es an der Tür läutete. Meine Tage waren stets nach demselben Muster verlaufen, belanglos und ohne Höhen und Tiefen. Doch mit dem Mann, der sich Hideo nannte, boten sich plötzlich neue Möglichkeiten, unerwartete Ereignisse, deren Ausgang ich nicht vorhersehen konnte. Er wirkte energiegeladen. »Holen Sie Ihren Mantel, ich will Sie zum Essen ausführen.« Er wartete vor der Tür und stampfte mit den Füßen, um die Kälte zu vertreiben, während ich in meinen Mantel und meine pelzbesetzten Stiefel schlüpfte, mir eine Wollmütze aufsetzte und nach einer Leinentasche griff. Da ich meine Handschuhe nicht finden konnte, streifte ich einfach Kenzos schwarze Lederfäustlinge über. Der junge Mann nahm meinen Arm. »Vorsicht, es ist leicht glatt. Wo kann man hier gut essen?«, fragte er. Kenzo war am liebsten in den Diner drei Blocks von unserem Haus gegangen, also beschlossen wir, dort zu Mittag zu essen. Die Workshops und der Vortrag am Vormittag seien gut gelaufen, meinte er, außerdem sei ein Kamerateam vom Fernsehen da gewesen, und mit ein bisschen Glück würden sie es in die Abendnachrichten schaffen. Morgen war der letzte Tag. Er hätte den Vormittag frei, danach würde er noch einen abschließenden Vortrag halten und am nächsten Tag die Heimreise antreten. Die Stunden verflogen, und noch war so vieles ungelöst.

Er hielt mir die Restauranttür auf. Ein paar Gäste wandten sich um und sahen uns an, ehe die Kellnerin uns zu einem freien Tisch im hinteren Teil führte. Die grüne Uniform spannte sich über ihren Brüsten, als sie uns die klebrigen laminierten Speisekarten reichte.

»Die hier ist für Sie«, sagte ich und reichte ihm die Leinentasche. »Sie hat Kenzo gehört. Ich dachte, es würde Sie vielleicht interessieren.«

Er zog eine Ausgabe der *Life* heraus. Kenzo hatte die Magazine mit Marilyn Monroe, Königin Elizabeth und Eisenhower auf dem Titelblatt eifrig gesammelt. Nach seinem Tod hatte ich alle weggeworfen bis auf die vom 29. September 1952, deren Cover eine Handvoll steppender Blondinen in Gymnastikanzügen und Netzstrümpfen zeigte. Die Überschrift *First Pictures – Atom Blasts Through Eyes of Victims* prangte über ihren Köpfen. Kenzo war nicht sicher gewesen, ob er mir die Fotos aus der Sicht der Opfer zeigen sollte. »Vielleicht findest du sie zu schlimm«, hatte er gesagt. Natürlich war es so gewesen, andererseits waren die Fotos auch der Grund, weshalb wir Nagasaki den Rücken gekehrt hatten. Der Horror war real, keine Einbildung. Fünf japanische Fotografen hatten die Aufnahmen in den ersten Stunden nach Pikadon gemacht, allerdings waren sie während der Besatzungszeit vom US-Militär unter Verschluss gehalten worden. Am 1. Januar 1946 hatte der japanische König mit seiner Menschlichkeitserklärung seinen Status der Göttlichkeit aufgegeben, 1947 wurde ein Kriegsverbot in der japanischen Verfassung verankert, um internationale Querelen zu beenden. Mit Abschluss des Friedensvertrags von San Francisco im Jahr 1951 war Japan von der Besatzung befreit worden und hatte seine Souveränität zurückerlangt. Erst jetzt konnten diese Fotos öffentlich gezeigt werden. Man sah ein Kind, das kurz nach dem ersten Schluck Wasser starb, und ein völlig verbranntes Baby an der Brust seiner Mutter. Andere schwer verletzte Überlebende warteten inmitten zahlloser Leichen auf Hilfe. *The Walking Dead* lautete die Überschrift – die wandelnden Toten.

Hideo blätterte die Seiten durch, dann sah er auf. »Manchmal denke ich über das Wetter nach«, sagte er. Ich verstand nicht, was er damit meinte. »Die dichten Wolken über Kokura an jenem Morgen … der Rauch der Brandbomben, der aus Yahata herüberzog … die Tatsache, dass ein Radarflug geflogen werden musste und der Treibstoff knapp war … die Verzögerung, weil man auf den Aufklärer warten musste, während die japanischen Jagdflugzeuge immer näher kamen … all diese Faktoren haben dazu geführt, dass der Bomber am Ende nach Nagasaki ausgewichen ist.« Er schlug die Zeitschrift zu. »Wenn man überlegt, dass durch irgendwelche Strömungen in der Luft eine Wolkenlücke über Urakami entstand, genau um 11:02 Uhr, sodass Fat Man abgeworfen werden konnte …« Er schüttelte den Kopf. »Fat Man. Was für ein Name ist das? Das kann doch nur ein schlechter Scherz sein.« Er blickte auf die Speisekarte. »Hideo Watanabe. Es ist nur ein Name. Zwei gewöhnliche Worte … aber diese verdammten Wolken … Was willst du essen, Großmutter?«

So leicht würde ich mich nicht manipulieren lassen. »Hideo … ich kann dich so nennen, aber es ist neunundreißig

Jahre her, seit mich das letzte Mal jemand Großmutter genannt hat. Ich bin nicht bereit, wieder dieser Mensch zu sein.«

Er nickte. »Gut. Hideo ist immerhin ein Anfang.« Er wandte den Kopf ab und versuchte, die Aufmerksamkeit der Kellnerin auf uns zu lenken. Sein linkes Ohr war komplett weggeschmolzen, seine Nase, die noch immer so groß war wie die eines Kindes, musste bis auf den Knochen verbrannt sein, und rings um seinen Mund waren Hautlappen transplantiert worden. So schockierend die Narben auf den ersten Blick gewesen sein mochten, hatten sie in den Stunden, die wir gemeinsam verbracht hatten, ihre Schauderhaftigkeit verloren. Die Kellnerin trat an unseren Tisch. Er bestellte ein Steak, blutig, ich entschied mich für Maissuppe.

Ich starrte auf die Eiswürfel in dem gelben Plastikwasserkrug auf dem Tisch. »Soll ich dir sagen, wie ich über diesen Tag denke?« Er sah mich mit seinem typisch wissbegierigen Blick an. »Ich höre noch die Kinder, ihre letzten Worte. Nicht ›Mutter‹ oder ›Hilfe‹, sondern ›Wasser‹. *Mizu, mizu*. Wann immer ich ein Glas kaltes frisches Wasser trinke, höre ich dieses Wort. *Mizu*.« Er sah aus dem Fenster. »Darf ich dich etwas fragen, Hideo?« Er nickte. »Wieso erinnerst du dich an nichts, was vor Pikadon passiert ist?«

»Anfangs dachten die Ärzte, ich sei bei dem Bombenangriff von den Füßen gerissen worden und hätte eine Kopfverletzung erlitten. Eine Art retrograde Amnesie, meinten sie. Eigentlich dachten alle, die Erinnerung käme irgendwann wieder, und als es nicht so war, gingen sie davon aus, dass es sich um eine emotionale Amnesie handeln müsste. Eine Reaktion auf das Trauma. Sie waren der Ansicht, mein Erinnerungsvermögen käme eines Tages zurück, aber das ist nicht passiert.«

»Du hast also keinerlei Erinnerung an deine Eltern?«

»Ich erinnere mich an eine grüne Leinentasche, an ein graues Schiff. Ich stehe neben Kartons, wahrscheinlich an einem Hafen. Ein Mann, vermutlich mein Vater, sagt etwas, aber ich kann ihn nicht hören. Ich sehe, wie das Schiff ablegt und die Frau neben mir weint. Sie trägt eine Schwesterntracht.« Er zuckte die Achseln. »Vermutlich hat jedes Kind eine solche Geschichte. Wer weiß, ob es überhaupt eine richtige Erinnerung ist. Vielleicht glaube ich ja bloß, dass die Frau eine Schwesterntracht trug, weil man mir später erzählt hat, dass sie Krankenschwester war. Wir erzählen uns selbst Geschichten, und irgendwann werden sie zu einem Teil unserer Biografie. Ich kann nicht mehr sagen, was real ist und was nicht.«

»Aber erinnerst du dich an Pikadon? An den Blitz, den Knall?«

»Ja.« Er setzte sich zurück und sah wieder aus dem Fenster. »Aber ich kann jetzt nicht darüber reden.« Die Kellnerin brachte unser Essen. Hideo wartete, bis sie gegangen war. »Ich weiß nicht, wie ich dir beweisen soll, wer ich bin. Wahrscheinlich hoffe ich einfach, dass ich irgendetwas an mir habe, ein winziges Detail, das du wiedererkennst und das dir bestätigt, dass ich derjenige bin, der ich zu sein behaupte.«

Vielleicht war er ehrlich, vielleicht glaubte ich ihm auch, aber dem Doktor konnte ich nicht über den Weg trauen. »Du solltest wissen, dass Jomeis Briefe allesamt an Yuko gerichtet sind. Weshalb hat er das getan?«

Er antwortete nicht sofort. »Ich kann mir durchaus vorstellen, warum, will dich aber nicht durcheinanderbringen.«

»Mach dir um mich keine Sorgen. Ich bin aus härterem Holz geschnitzt, als man denken würde.«

»Ich habe überlebt. Deshalb dachte er womöglich, es bestünde eine winzige Chance, dass auch sie es geschafft hat. All die Jahre ohne sie hat er in seinen Briefen festgehalten.«

»Aber das ist lächerlich. Sie ist gestorben, ich schwöre es. Sie ist tot.«

Er hob die Hände. »Ich kann deinen Argwohn nachvollziehen. Jahrelang hörst du kein Wort, und plötzlich stehe ich vor der Tür – nicht gerade das, was man sich unter einem seit Jahren vermissten Enkelsohn vorstellen würde. Das verstehe ich vollkommen. Aber weshalb ist es so schwer zu begreifen, dass ich Hideo bin? Ist dir nicht klar, wie wunderbar das ist? Was für ein seltener Glücksfall?«

Ich blickte in dieses Pokerface mit der Mimik, die weder täuschen noch die Wahrheit verraten konnte. Im Lauf der Jahrzehnte hatte ich meine wahren Gefühle zu verbergen und gleichzeitig jedes Zucken eines Mundwinkels, das Heben einer Braue oder das Neigen des Kopfes bei anderen zu interpretieren gelernt, aber seine Miene konnte ich nicht lesen. Ich blickte in seine klaren Augen. »Ich glaube nicht an das Glück.«

Pathos

Mono-no-aware: Eine Art betrübtes Mitgefühl, heraufbeschworen durch das sogenannte »Pathos der Dinge«. Das ästhetische Prinzip beschreibt jenes Gefühl der Traurigkeit und Kontemplation, das der Schönheit und zugleich Vergänglichkeit der Natur und der menschlichen Existenz nachhängt und sich doch damit abfindet.

Zehn Monate nach der Hochzeit kam Hideo an einem Februarmorgen zur Welt. Am Himmel türmten sich pfirsichfarbene und lila Wolken. Er war ein Geschenk für uns alle – und für mich und Kenzo eine Chance, unsere durch den Vorfall in Chinatown angeschlagene Beziehung zu Yuko heilen zu lassen. Als ich sah, wie sie das Neugeborene zärtlich an ihre Brust drückte, musste ich an den Moment denken, als mir die Hebamme jenes zappelnde, blutverschmierte, brüllende Bündel das erste Mal in die Arme gelegt hatte. Noch nie hatte ich solch eine Mischung aus Angst, Freude und Erleichterung empfunden. Da war dieses winzige Geschöpf, das voll und ganz von mir abhängig war, wobei ich keine Ahnung hatte, wie Muttersein ging. Ich verfügte über keine Erfahrungen, die ich hätte imitieren oder auf die ich hätte zurückgreifen können, ich hatte keine Mutter oder sonstige weibliche Verwandte, die mir Ratschläge erteilt hätten. Also schlug ich mich allein durch, außer mir vor Angst, wenn Yuko sich an der Milch verschluckte, aus Leibeskräften schrie, sobald ich sie hinlegte, oder, schlimmer noch, wenn sie still war. Wie viele Versprechungen hatte ich diesem kleinen Mädchen gemacht – dass ich es lieben, es beschützen, für es kämpfen würde. Die Intensität meiner Liebe zu ihr war damals wie ein Schock. Sie war das Einzige, was für mich zählte; an jeder Ecke vermutete ich Gefahren, war ständig bereit, mich jeglicher Bedrohung in den Weg zu stellen. Denselben unverbrämten, animalischen Beschützerinstinkt legte ich auch Hideo gegenüber an den Tag, unserem schreienden, kichernden, herumpurzelnden kleinen Wunder. Yuko machte ihre Sache viel besser als ich und ging deutlich entspannter mit ihm um, trotzdem empfand auch sie diese typische Angst um ihr Kind, wie jede Mutter sie kennt; es ist einfach unser Instinkt, vor der Höhle den bösen Räuber zu vermuten, der uns unser Fleisch und Blut wegnehmen will.

»Es regnet, sanfte Tropfen, die die ganze Welt wie in weiche Seide getaucht erscheinen lassen. Hideo liegt in seiner Wiege und schläft. Er hat die Fäustchen geballt, und seine Lider zucken. Wovon träumt er wohl? Was jagt einem so kleinen Geschöpf schon Angst ein? Er fasziniert mich: seine Haut, die winzigen Füße, seine Augen, wenn sie mich anblinzeln. Was sieht er, was empfindet er? Freude? Angst? Kann ich es wagen, mir seine Zukunft vorzustellen, mir auszumalen, wie sein Leben einmal verlaufen wird? Shige und ich haben uns Hideo als Namen für ihn ausgesucht – ausgezeichneter Mann. Ein sehr reifer Name für einen so kleinen Jungen, andererseits sind wir alle noch blutjung: Ich bin gerade einmal achtzehn, bereits Mutter und bald ausgebildete Krankenschwester, Shige ist dreiundzwanzig und Bergbauingenieur. Manchmal ertrage ich es nicht, wenn Hideo schreit, dann nehme ich ihn hoch und gehe stundenlang mit ihm herum, während mir die Angst die Luft abzuschnüren droht. Shige nimmt ihn mir ab und sagt, ich soll mich ausruhen, soll etwas essen, und dass er so stolz auf mich ist. Ich sehe ihm an, dass er außer sich vor Freude über dieses kleine Leben ist, das wir erschaffen haben, und sein Glück ist ansteckend. Er weiß genau, wie er mich zum Lächeln bringen kann, aber manchmal beschleicht mich auch Traurigkeit. Nachts, wenn es ganz ruhig im Haus ist oder ich Hideo stille, muss ich unwillkürlich an Jomei denken. Zwar

versuche ich, all meine Erinnerungen an ihn zu verdrängen, aber in diesen Momenten flammt der Schmerz darüber, dass er mich im Stich gelassen hat, wie ein Feuerwerk am Firmament meines Bewusstseins auf. In diesen Momenten sage ich mir, dass Shige bei mir ist, der Mann aus Fleisch und Blut. Aber die Liebe, die ich für ihn und für mein Kind empfinde, ängstigt mich auf eine unbestimmte Art und Weise. Schon einmal habe ich einen geliebten Menschen verloren. Was, wenn ich auch sie verliere? Der Schmerz wäre unerträglich. Allein bei dem Gedanken schnürt es mir die Luft ab. Heute habe ich die Männer im Radio über den Zwischenfall mit China sprechen gehört und Vater gefragt, was das zu bedeuten hat. Er sagt, ich soll mir keine Sorgen machen, wir seien in Sicherheit. Aber es sterben Soldaten – der Ehrgeiz unserer Nation hat sie getötet. Immer mehr Freiwillige fahren nach Übersee, um dort ihre Pflicht zu erfüllen, immer mehr Jungen werden eingezogen. Ich bete dafür, dass unsere Familie verschont bleibt. Aber weshalb sollte sie? Weshalb sollte Gott ausgerechnet uns helfen, anderen hingegen nicht?«

Auch ich frage mich rückblickend: Wussten wir, worauf wir zusteuerten? 1937, dem Jahr von Yukos und Shiges Hochzeit, trat Japan in den nicht offiziell erklärten Krieg gegen China ein, der von der Mandschurei im Norden bis hin zur Grenze zu Indochina im Süden tobte. In diesem August landeten die Truppen in Shanghai, im Dezember hatten sie die chinesische Hauptstadt Nanking erreicht. Stirnrunzelnd las Kenzo die Zeitung. »China ist einfach groß, ganz egal, wie viele Truppen wir dort hinschicken. Und was tut der Westen? Sich zurücklehnen, lächeln und sagen, bitte bediene dich, Japan?«

Nagasaki war von Shanghai aus der nächstgelegene Hafen, deshalb kehrten massenweise japanische Emigranten, die den Kämpfen entgehen wollten, über Dejima in die Stadt zurück; so viele, dass die Behörden auf dem Bahnhofsgelände ein Flüchtlingslager aus weißen Zelten einrichteten. Während die Rückkehrer also neben den Bahngleisen auf den Beginn ihres neuen

Lebens in der alten Heimat warteten, sammelten sich Wehrpflichtige unmittelbar daneben für die Abreise – die jungen Männer und ihre Familien schienen begeistert von der Aussicht zu sein, ihre Pflicht zu erfüllen und die Nation noch besser und erfolgreicher zu machen. Selbst wir bereiteten uns auf den Krieg vor, auch wenn wir als Insel geografisch halbwegs in Sicherheit waren. Die Militärpolizei Kempeitai warnte die Bevölkerung, dass jede respektlose Äußerung über militärische Strategien mit schweren Strafen geahndet werden würde. Neue Organisationen wurden ins Leben gerufen: Der Zivilschutz im Rathaus sollte die Vorbereitung für Luftangriffe treffen, im Folgejahr trat das Gesetz zur Generalmobilmachung der Nation in Kraft, das der Regierung uneingeschränkten Zugriff auf die Produktion der Fabriken gewährte, sodass Waffen hergestellt werden konnten, außerdem propagierten die gleichgeschalteten Zeitungen allesamt unsere Erfolge. Benzin, Leder und Kohle wurden rationiert. 1939 brach in Europa der Krieg aus, und wir sahen Adolf Hitler, wie er sich, den Arm zum Gruß ausgestreckt, an das deutsche Volk wandte. Die Löhne wurden gekürzt, die Zigarettenpreise stiegen, und Markennamen wie Cherry oder Golden Bat aus der Sprache des Feindes wurden ins Japanische zurückübersetzt und hießen fortan Sakura oder Kinshi. Die Botschaft war unmissverständlich: Nicht nur die Regierung oder die Oberhäupter in den Städten, sondern das gesamte japanische Volk, alt und jung, sollte für die große Schlacht geeint werden. 1940 wurden die Tanzlokale dichtgemacht, im September schloss Japan sich den Achsenmächten an und wurde Verbündeter von Deutschland und Italien, und unsere Truppen marschierten in Indochina ein. Im Dezember verhängten die USA ein Embargo für Eisenschrott, im Jahr darauf kamen Öl und Stahl dazu. Die Behörden und die Presse sprachen von einer Großasiatischen Wohlstandssphäre, einem Euphemismus für das Bestreben nach mehr Platz für die wachsende japanische Bevölkerung. Japan besaß nicht genug Ressourcen – wir brauchten Öl, Gummi, Zinn und Kohle. Shige wurde immer häufiger nach Gunkanjima geschickt, der Bergbauinsel vor Nagasaki, die mit ihren Fördertürmen und den Betonmauern an ein zum Einsatz auslaufendes Kriegsschiff erinnerte. Manchmal war er wochenlang fort, und wenn er ausnahmsweise einmal in der Stadt war, unternahmen er und Yuko mit ihrem Sohn Ausflüge – Bilder eines glücklichen Familienlebens, auch wenn Hideo schon bald zu groß wäre, um sich daran zu erinnern.

»Gestern sind wir auf die Shimabara-Halbinsel gefahren und an den Strand gegangen. Hideo rappelte sich auf und stand strahlend auf seinen Beinchen. ›Verschmitztes Bubengesicht‹ nennen wir es, wenn er so dreinsieht. Plötzlich wackelte er los, halb gehend, halb rennend mit seinen pummeligen kleinen Beinchen, die nach links und rechts schlenkerten. Wir liefen ihm hinterher, nahmen ihn in die Mitte, ließen ihn hochfliegen und setzten ihn wieder ab, wobei seine Füße ins Wasser hingen. Er quiekte vor Vergnügen. Später rösteten wir Austern über dem Feuer, sodass das Meerwasser aus ihren Schalen sprotzelte, während dichter Rauch aus dem Unzen aufstieg. Seit 1792 ist der Vulkan nicht mehr ausgebrochen, trotzdem konnte ich den qualmenden Krater keine Sekunde aus den Augen lassen. Als Shige am nächsten Tag seine Sachen packte, meinte er, ich solle mir keine Sorgen machen. Die Mine sei sicher, erklärte er, und seine Arbeit dort wichtig. Wie sonst sollten wir Schiffe bauen oder Häuser beheizen? Er küsste mich, hielt mich in den Armen und versprach mir, schon bald wieder zu Hause zu sein. Jetzt ist er fort, und ich bin allein. Ich hasse es, wenn er nicht hier ist. Ich habe zwar noch Mutter und Vater und Freunde im Krankenhaus, trotzdem fehlt er mir. Er gibt mir Sicherheit und erinnert mich daran, wie sich Glück anfühlen kann. Ich kreise das Datum seiner geplanten Rückkehr ein – 14. Dezember 1941.«

Aber dann kam der 7. Dezember und mit ihm zwei Worte,

die die ganze Welt veränderten: Pearl Harbor. Um 9 Uhr morgens kam die Nachricht im Radio. Premierminister Tojo Hideki erklärte, dass wir jedes erdenkliche Opfer für unser Vaterland bringen müssten. »*Unsere Gegner, die über reiche Bodenschätze verfügen, wollen die Weltherrschaft an sich reißen. Um den Feind zu vernichten und eine unerschütterliche Neuordnung Ostasiens zu erschaffen, müssen wir uns auf einen langen Krieg einstellen.*« Dann ertönte der Kriegsschiff-Marsch. Ich rief Kenzo bei der Arbeit an und fragte, was das für uns bedeutete. Er meinte, Shige drohe keine Gefahr, da seine Arbeit an der Heimatfront unverzichtbar sei. Es gebe genug andere Männer, die nach Übersee geschickt werden könnten. In den ersten Monaten schien unsere Familie nicht betroffen zu sein. Shige versah abwechselnd seine Arbeit auf Gunkanjima und kehrte nach Hause zurück, während die Söhne aus der Nachbarschaft reihum ihre Einberufungspapiere erhielten. Anfangs waren die Nachrichten erstaunlich positiv, vielleicht sogar an der Grenze zur Glaubwürdigkeit. Filme über unsere großen Triumphe auf Hawaii und in Malay wurden gezeigt. Wir veranstalteten Lampionparaden, um unsere Helden zu feiern, und vor dem Kino bildeten sich lange Schlangen, weil die Leute es kaum erwarten konnten, noch mehr Berichte über unsere Siege zu sehen. In den Nachrichten wurden unsere Piloten gezeigt, stolz und gut aussehend mit ihren weißen Schals um den Hals, mit einem Becher Sake zum Abschied. »Banzai« skandierte das Publikum und jubelte. Flimmerten hingegen Bilder von gefangenen feindlichen Soldaten über die Leinwand, gedemütigt in ihrer Niederlage, feierten wir ein wenig stiller. Die Offiziellen beschrieben unsere Streitkräfte als »unbesiegbar« und unsere Männer als »militärische Götter«, trotzdem konnten wir nicht leugnen, dass die Siege einen enormen Preis hatten: Viele Männer kehrten nie mehr nach Hause zurück. Und nun zerrte auch die Bestie USA–Großbritannien an der Leine.

Zu Hause ehrten wir unsere Toten – schwarze Fahnen flatterten für einen toten Vater, Ehemann oder Sohn vor dem Haus, Plaketten zeichneten es als »Haus der Ehre« aus. Wir erinnerten uns daran, welchen Mutes es bedurfte, den Krieg zu gewinnen, nicht nur seitens der Soldaten, sondern auch unter uns gewöhnlichen Zivilisten. Wir befolgten die Anweisungen, verhängten bei Luftangriffen die Fenster, stifteten unseren Goldschmuck, kauften neue Staatsanleihen, während das Kabinett alle sechs Monate ausgetauscht wurde. Aus den Shinto-Schreinen wurde das Metall entfernt, alte Gürtel eingeschmolzen, christliche Friedhöfe und buddhistische Tempel geplündert, Regenrinnen und Fenstergitter an Geschäftshäusern herausgerissen. Selbst die Aufhängungen für die Moskitonetze mussten dran glauben.

Anfang 1942 wurden die Lebensmittel rationiert, Geschäfte schlossen, und der Schwarzmarkt florierte. Frauen tauschten Kimonos gegen Reis ein – unser weißes Silber, wie wir es nannten. Die Leute auf den Straßen sahen zunehmend ungepflegt aus, dünner und gequälter. Studenten verrichteten Freiwilligendienst, statt die Vorlesungen zu besuchen. Sie fuhren in den Wald und schnitten Pinienholz, das als Brennholz verwendet wurde. Wir verloren an Gewicht, dunkle Schatten lagen unter unseren Augen, und unsere Mägen knurrten ununterbrochen. Die Euphorie der ersten Monate über unsere ruhmreichen Siege im Pazifik begann nachzulassen. Im Juni kam es zur Schlacht um Midway – vier US-Torpedo- und Sturzkampfbomber zerstörten vier unserer Flugzeugträger und ein Schiff. Kenzo schüttelte den Kopf. »Wir sind zu exponiert, Amaterasu«, sagte er. Dann, 1944, wurde Yuko eines Morgens kurz vor der Dämmerung von einem lauten Klopfen an der Tür aus dem Schlaf gerissen.

»Ein Angehöriger der Militärbehörde stand mit den roten Einberufungspapieren vor mir und meinte, er müsse mit meinem Ehemann sprechen. Ich hielt

mich im Schatten, während er Shige erklärte, dass er sich um Punkt 10 Uhr heute Vormittag zur Offiziersausbildung einzufinden hätte, Widerspruch sei zwecklos. Man würde mir die Adresse noch nennen. Shige war als volltauglich eingestuft worden, und seine Kenntnisse als Ingenieur waren an der Front nun wichtiger. Der Mann verbeugte sich und machte sich auf den Weg zum nächsten Rekruten auf der Liste, während wir in der Küche standen. Hideo, der vom Lärm aufgewacht war, kam ebenfalls angetappt, sein Haar stand in sämtliche Richtungen ab, und der Abdruck des Kopfkissens prangte auf seiner Wange. ›Ist es schon Morgen?‹, fragte er. Shige hob ihn hoch und schwang ihn im Kreis. ›Heute ist ein ganz besonderer Tag. Hilf deiner Mutter, ein Festmahl zuzubereiten.‹ Er ging nach oben, um seine Sachen zu packen, während ich roten Reis zum Frühstück kochte. Solange er und Hideo aßen, ging ich hinauf und versteckte ein Sennibari zwischen seinen Sachen – tausend Stiche auf einem Streifen Stoff. Konnten sie die Kugeln abwehren? Die Stunden vergingen wie im Flug, und dann war es Zeit für den Abschied. ›Ich komme zurück‹, sagte er. ›Die Ausbildung wird nur ein paar Monate dauern. Wenn ich wieder hier bin, gehen wir an den Strand, essen okonomiyaki, *betrinken uns mit Pflaumenwein und machen für Hideo ein Schwesterchen oder Brüderchen, was meinst du?‹ Ich versuchte zu lächeln, aber es fühlte sich an, als hätte er mein Herz in seiner Hand zerquetscht. Hideo verstand noch nicht, was passierte, doch als er meine Tränen sah, fing auch er an zu weinen. Shige kniete sich vor ihm hin und beugte sich vor. ›Kümmere dich um deine Mutter‹, flüsterte er ihm ins Ohr, dann ging er. Ich sah meinen Sohn an, der noch zu klein und zu hilflos für all das war, und dachte: Wie um alles in der Welt soll ich dich alleine großziehen?*

Gerade habe ich den Umschlag gefunden, den Shige unters Laken geschoben hat, bevor er aufgebrochen ist. ›Wenn das hier vorbei ist, werde ich dich nie wieder allein lassen, das verspreche ich dir‹, stand da.«

Drei Monate später kam er für zehn kostbare Tage nach Hause, ehe er endgültig an die Front aufbrach. Er wirkte verändert. Härter, distanzierter. Er war immer noch Shige, ja, aber auch ein Soldat. Während er und Hideo im Park einen Drachen steigen ließen, sahen Yuko und ich ihm vom Schatten eines Ahornbaums aus zu. Flüsternd erzählte sie mir, was Shige ihr abends im Bett anvertraut hatte – er hatte einen Gefangenen töten müssen, als Beweis, dass er bereit für den Kampf war. Er beschrieb, wie sein vorgesetzter Offizier sein Schwert gezückt und Wasser auf beide Seiten der Klinge hatte laufen lassen. »So macht man das«, hatte der Mann gesagt und sich hinterher schrecklich aufgeregt, weil sie durch die Wucht des Aufpralls leicht verbogen gewesen war. Ich fragte Yuko, warum Shige ihr all das erzählt hätte. »Es blieb ihm nichts anderes übrig. Ich habe gesehen, wie er geweint hat«, meinte sie. Entsetzt – womöglich mehr über das Wissen, dass mein Schwiegersohn Tränen vergossen hatte, als über das Geständnis selbst – sah ich zu ihm hinüber, während er die Fäden des Drachens aus einem Ast löste.

»Und, hat er es getan?«, fragte ich. Sie sah mich an und nickte knapp. »Er hat nur den Befehl befolgt«, erwiderte ich. Danach hatten wir alle Mühe, unsere Unterhaltung fortzusetzen. Schließlich kam der nächste Abschied, diesmal unten am Hafen. Noch mehr Tränen wurden vergossen, noch mehr Schwüre geleistet, noch mehr Pläne für die Zeit nach seiner Rückkehr geschmiedet. Wir sahen ihn nie wieder, aber zumindest blieb Yuko am Anfang noch der Trost seiner Briefe.

»Hideo fragt ständig, wo Shige hingegangen ist. Er ist ganz durcheinander und will wissen, ob sein Vater wieder auf dem Kohlefelsen ist … das ist sein Name für Gunkanjima. Ich versuche ihm zu erklären, dass sein Vater jetzt Soldat ist, aber er begreift es nicht. Genauso wenig wie ich. Seine Briefe sind wie Puzzles – ich bemühe mich, zwischen den fröhlichen Parolen zu lesen. Er klingt so unbeschwert wie ein Kind, das Krieg spielt. Er schreibt, dass sie flaschenweise Tiger-Bier auf dem Schiff trinken, das ihn zu seinem Einsatzgebiet bringt, und von dem Essen, das sie an ihren unterschiedlichen Kampfgebieten

vorgesetzt bekommen. ›Eidechse schmeckt köstlich, ganz ehrlich. Das Fleisch ist rosa und sehr saftig, aber richte Hideo aus, dass Wasserbüffel gar nicht mundet.‹ Ich zeigte einige der Briefe Vater, in der Hoffnung, dass er mir vielleicht sagen könnte, welche geheime Botschaft sich darin verbirgt. Er blickte auf die Karte in seinem Arbeitszimmer und zeigte auf Burma. ›Er könnte mit der 15. Armee dort sein. Das wäre gut. Dort ist er sicher. Wo auch immer er sein mag, mach dir keine Sorgen, Yuko. Vor allem Hideo ist jetzt wichtig.‹« Im Dezember bekam Yuko eine Postkarte von Shige mit vorgedruckten Aussagen; die zutreffendste hatte er eingekringelt. *Es geht mir gut. Ich bin zuversichtlich, dass wir siegen werden. Dieser Kampf ist ein edelmütiger.* Darunter hatte er ein paar weitere Zeilen gekritzelt. »*Sei so stolz auf mich, wie ich es auf dich bin. Ich denke immer an dich und Hideo. Der Gedanke gibt mir Kraft.*«

Sechs Monate gingen ins Land, und sie hörte nichts von ihm. Keine Briefe, keine Postkarten, kein Wort von der Militärbehörde. Ich beschwor sie, davon auszugehen, dass er lebte. Zumindest bis ihr jemand das Gegenteil bestätigte. Die Kommunikationswege waren durch die Kämpfe teilweise unterbrochen, aber wenn er gefallen wäre, hätte sie längst ein Telegramm oder eine Todesbenachrichtigung erhalten. Die Zeitungen waren voll mit Namen der Männer, die für unser Land ihr Leben gegeben hatten, aber seiner stand nie dabei. Doch Yuko brauchte einen Beweis, dass er lebte, irgendetwas, das ihr sagte, dass Shige im Dschungel, auf See oder gar in Gefangenschaft war. »Er ist tot, er ist fort«, sagte sie und sackte vor Kummer zusammen. Jene Monate der Ungewissheit wurden noch erschwert durch weitere Berichte über militärische Niederlagen, noch schlimmeren Hunger und die wachsende Furcht vor der Vergeltung durch den Feind, wenn wir versagten. Jahrzehnte später erfuhr ich, als ich Yukos Tagebuch las, dass dies der Zeitpunkt war, als Sato zurückkehrte. Der 4. Januar 1945.

Ein Geist

Hitodama: Laut dem Volksglauben treibt sich der Geist eines Verstorbenen, wenn er die Art nicht gutheißt, mit der seine Hinterbliebenen mit ihm umgehen, nachts auf Friedhöfen herum, in der Hoffnung, einen geeigneten Platz für seine letzte Ruhestätte zu finden. Es heißt, er erscheine vorzugsweise in der Gestalt eines rötlichen, gelblichen oder bläulich-weißen Feuerballs mit langem Schweif.

Wie reagiert man am besten auf den Anblick eines lebenden Geistes? Es war ein ganz normaler Tag, die Sonne schien nicht strahlender als sonst, die Station sah aus wie immer, und doch änderte sich die Welt innerhalb eines Sekundenbruchteils, und Yukos Schicksal war besiegelt. Sein Anblick war ein echter Schock, der sie völlig aus der Bahn warf. Sie traute ihren Augen nicht, ebenso wenig wie ihrem Verstand, aber es war Sato und keine Illusion. Er stand inmitten einer Gruppe von Krankenschwestern, die aufmerksam seinen Anweisungen lauschten. Ich malte mir die Panik aus, die sie erfasste, das Ziehen in ihrem Bauch, den Aufschrei in ihrem Innern, als sie ihn erkannte. Sie wartete darauf, dass er aufsah, doch er blickte konzentriert auf ein Klemmbrett und trat lächelnd ans Bett eines Patienten.

»Er muss mich doch sehen. Oder bin ich etwa unsichtbar geworden? Habe ich mich so sehr verändert? Endlich sah er auf und unterbrach sich. Wir standen da, nur wenige Meter und doch tausend Jahre voneinander entfernt. Ich fühlte mich, als würde ich mich direkt vor einem Abgrund befinden und auf die Wellen unter mir blicken, drauf und dran, in die Tiefe zu stürzen. Zurück,

Yuko, geh zurück. Ein Schritt, dann noch einer und noch ein weiterer, bis ich im Krankenhausgarten stand. Mein Atem ging stoßweise, und mein Herz hämmerte, als wollte es mir gleich aus der Brust springen. Ich rannte an ein paar Sträuchern vorbei, stapfte über Äste und feuchtes Moos. Schritte und das Rascheln von Blättern ertönten hinter mir, aber ich blieb nicht stehen, sondern lief weiter, bis ich zu einer Lichtung gelangte. Und dann sah ich ihn, direkt vor mir, als wären wir niemals getrennt gewesen. All die Liebe, das Verlangen, der Schmerz schlugen über mir zusammen. Jomei. Er ist hier. Nicht nur in meinen Gedanken. Im ersten Moment bringe ich keinen Ton heraus, sondern kann ihn nur anstarren. Sein Mund, das Muttermal … seine Schönheit hat etwas fast Grausames. »Bist du es wirklich?« Er schweigt. Ich trete zu ihm. »Bist du real?« Ich wage es, ihn zu berühren, meine Hand auf seine Brust zu legen. »Du warst so lange fort.« Ich lege meinen Kopf an seine Schulter, gestatte mir diese kurzen Momente, ehe ich an Shige denke – an die winzige Chance, dass er noch am Leben sein könnte. Ich löse mich von Jomei. »Es kann nicht mehr so sein, wie es einmal war. Verstehst du das?« Meine Worte scheinen ihn zu schmerzen, aber keineswegs zu überraschen, und als er spricht, kann er mich noch nicht einmal ansehen. »Ich hatte keine Ahnung, dass du Krankenschwester bist. Hätte ich es gewusst, wäre ich …« Er schüttelt den Kopf, und ich schließe die Augen. Als ich sie wieder öffne, ist er fort. Ich lausche den Geräuschen, die von den Bäumen ringsum gedämpft werden – das Lachen einer Frau, das Rauschen des Verkehrs, Alltag. Ich spreche ein Gebet: Bitte, Shige, schicke mir eine Nachricht. Erinnere mich daran, dass ich immer noch eine verheiratete Frau bin, dass das Ehegelübde immer noch gilt.«

In den ersten Tagen hielt Yuko bewusst Abstand, ebenso wie er, doch in Wahrheit waren sie wie zwei Raubtiere, die einander in ihrem Gehege umkreisten. Manchmal ertappte sie ihn dabei, wie er sie beobachtete und anstarrte, als wäre sie ein Rätsel, das es zu lösen galt. Sie hingegen hatte so viele Fragen, die schon viel zu lange unbeantwortet geblieben waren. Warum hatte er keinen Kontakt zu ihr aufgenommen? Wieso nie etwas von sich hören lassen? Wieso war er zurück? Die Gerüchteküche brodelte: Sato sei ein paar Jahre lang irgendwo im Norden gewesen, an der Hochschule für Medizin, wo händeringend Personal gesucht worden sei. Sein Ruf eilte ihm voraus, und die Schwestern umschwärmten eifrig den gut aussehenden Arzt mit dem entwaffnenden Lächeln und der charmanten Art.

»Ich zähle die verstreichenden Tage. Seit zwei Wochen ist Jomei wieder da. Verzweifelt versuche ich den schier unbändigen Drang zu unterdrücken, in seiner Nähe zu sein. Stattdessen gehe ich die Liste der Gefallenen in der Zeitung durch, um mich mit dem Gedanken zu beruhigen, dass Shige noch am Leben sein muss, solange sein Name nirgendwo steht. Er muss noch am Leben sein. Für Hideo, für mich, für uns. ›Bleib treu, hab Vertrauen, sei stark‹, sage ich mir jeden Tag aufs Neue, wenn ich seinen Namen nicht auf der Liste entdecken kann. Aber an manchen Tagen sehe ich bloß eine verrottende Leiche irgendwo im Dschungel. ›Ist Daddy tot?‹, fragte Hideo heute Morgen, kurz bevor er in die Schule aufbrach. Fassungslos über seine Unverblümtheit starrte ich ihn an. Was für eine Frage! Wie konnte ein Sohn so etwas fragen? Und was sollte ich darauf antworten? ›Nein, er ist irgendwo und kämpft tapfer. Weil er ein Soldat ist.‹ Nachdenklich rieb Hideo sich die Nase. ›Tadashis Vater ist tot.‹ Ich drückte ihm seine Sachen in die Hand. ›Bestimmt ist Tadashi sehr traurig darüber.‹ Er nickte und zog seine Shorts an. Als ich später ins Krankenhaus kam, hörte ich, dass Jomei ins Gefangenenlager in der Nähe der Gießerei beordert worden war und jemanden brauchte, der ihm assistierte. Erwartungsgemäß gab es keinen Mangel an Freiwilligen. Ich sah zu, wie die Schwester, die ausgewählt worden war, kurz mit ihm redete, ehe sie im Umkleideraum verschwand, um ihre Sachen zu holen. Er verließ das Gebäude, und ich folgte ihm, angezogen wie von einem Magneten. ›Nimm mich stattdessen mit, Jomei‹, sagte ich, worauf er mich argwöhnisch musterte. ›Wieso? Du hast mir doch zu verstehen gegeben, dass ich mich von dir fernhalten soll.‹ Ich konnte ihm nichts von den unzähligen einsamen Nächten erzählen, die ich verbracht hatte und in Zukunft noch verbringen würde, von den Alb-

träumen über Shiges Tod, die mich quälten, und auch nicht, dass mein Körper inzwischen vergessen hatte, wie es sich anfühlte, wenn ihn jemand berührte. ›Ich muss heute ausnahmsweise wieder einmal glücklich sein, Jomei‹, sagte ich stattdessen. ›Nur für ein paar Stunden. Mit dir zusammen zu sein hat mich früher immer glücklich gemacht. Lass uns herausfinden, ob es auch heute noch so ist.‹ Er blickte mich nur wortlos an, und ich habe keine Ahnung, was er in diesem Moment sah.«

Als sie im Gefangenenlager 14 in Fukuoka ankamen, standen die Inhaftierten, ausgemergelt und mit von der Sonne ledriger Haut, am Zaun. Einige murmelten Anzüglichkeiten oder pfiffen Yuko hinterher, aber die meisten standen lediglich da und verfolgten das Geschehen mit weit aufgerissenen Augen. Sato und Yuko gingen an zwei Männern vorbei, die die Inhalte der Latrineneimer auf den Tomatenpflanzen der Offiziere verteilten. Die Früchte waren so groß wie Äpfel. Tags zuvor waren zweihundert Gefangene eingetroffen, allesamt Überlebende eines auf dem Weg nach Japan versenkten Frachtschiffs. Die Verletzten brauchten medizinische Versorgung, ehe sie ihre Arbeit in der Mitsubishi-Fabrik aufnehmen konnten, so wie all die anderen Kriegsgefangenen. Der Lagerkommandant brachte Yuko und den Arzt in den Behandlungsraum, dann wurde der erste Patient, ein Mann mit Weichteilbruch, hereingeführt. Er war jung, ein Brite mit roten Sommersprossen auf der Nase. Sato sagte etwas auf Englisch zu ihm, worauf sich der Junge errötend mit einem Seitenblick auf Yuko auszuziehen begann, dann hievte er sich auf den Untersuchungstisch, und Yuko legte ihm Gaze über die Augen. Schweißperlen glitzerten auf seiner Oberlippe. Sie nahm seine Hand und drückte die knochigen Finger fest zusammen, während Sato zu operieren begann.

»Ich weiß nicht, wie, aber es gelang mir, nicht zu zittern, als ich ihm die Instrumente und Medikamente reichte, die er von mir verlangte. Wir arbeiteten

schweigend und in perfekter Synchronität. Es war schön, seine Hände zu beobachten und seinem gebrochenen Englisch zu lauschen. Wann hatte er diese Sprache gelernt? Der Nachmittag war perfekt – ein nach acht langen Jahren des Wartens wahr gewordener Traum. Als wir fertig waren, dämmerte es bereits. Wir warteten vor dem Lagertor auf unser Taxi, und Jomei fragte, ob er mich unterwegs irgendwo absetzen könnte. Was dann passierte, war nicht geplant, stattdessen handelte ich aus einem spontanen Impuls heraus. Hideo sollte die Nacht bei meinen Eltern verbringen, deshalb hatte ich frei. Ich fragte ihn, ob er Lust hätte, etwas mit mir trinken zu gehen. ›Wir könnten doch Freunde sein‹, sagte ich. Er zog eine Zigarette heraus. ›Freunde? Können wir Freunde sein? Hältst du das für wahrscheinlich?‹ Ich antwortete, dass ich es mir durchaus vorstellen könnte, wenn wir es nur versuchten. ›Und was würde dein Ehemann dazu sagen?‹ Seine Worte beschämten mich. Wie konnte ausgerechnet er es wagen, über mich zu urteilen? Ich wandte mich zum Gehen, als er mir hinterherrief: ›In Ordnung, ein Drink. Ich kenne ein ruhiges Lokal.‹«

Sie fuhren nach Maruyama. Die Straßen und Gebäude kamen ihr noch schäbiger vor, als sie sie in Erinnerung hatte. Die Laternen vor den Bars brannten zwar noch, aber das Papier war zerrissen und schmutzig. Prostituierte entblößten ihre roten Unterkimonos und boten einer Handvoll Matrosen in weißen Ausgehuniformen lautstark ihre Dienste an. Sato und Yuko gingen eine etwas weniger belebte Gasse entlang bis zu einer schwarz gestrichenen Tür mit einer weißen Chrysantheme. Die dumpfen Klänge eines Grammofons drangen aus der Bar, als sie die schmale Treppe hinunterstiegen und vor einer Tür stehen blieben, auf der ein Poster von Greta Garbo als Mata Hari hing.

Zwei Männer in roten Satinabendkleidern mit Schweißflecken in den Achselhöhlen, zerschrammten goldfarbenen Sandaletten und blonden Perücken standen neben der schmalen hölzernen Bar. Der kleinere eilte auf Sato zu, um ihn zu begrüßen, und beäugte Yuko argwöhnisch, ehe er sich als Greta vorstellte.

Sein Freund nannte sich Simone. Greta führte sie an den anderen Gästen, Mitsubishi-Mitarbeitern und Matrosen auf Landgang, vorbei zu einem Tisch in der Nähe der Bühne. Eine alte Frau in US-Soldatenuniform knallte zwei Bierflaschen vor ihnen auf den Tisch, während die ersten Akkorde von »I Get a Kick Out of You« ertönten. Greta und Simone schleppten sich auf die erhöhte Plattform und begannen, in gebrochenem Englisch den Song zu singen und dazu zu tanzen. Das Publikum applaudierte, während Greta richtig aufdrehte, sich auf Satos Schoß setzte und ihm ihre Federboa um den Hals schlang. Der nächste Song, »You're the Top« ertönte, es gab noch mehr Bier, eine so warme, dünne Plörre, aber trotzdem stark genug, um die Illusion eines Schwipses heraufzubeschwören. Die Showeinlage endete mit »What a Joy to Be Young«, dann verschwanden Simone und Greta hinter einem auf der einen Seite zerrissenen Silberlamévorhang.

»Ich fragte Jomei, woher um alles in der Welt er diesen Laden kennen würde. Greta hätte ihn eines Abends auf der Straße aufgegabelt und hierher verschleppt, antwortete er, allerdings konnte er mir nicht sagen, wie Greta und Simone es gelungen war, den strengen Augen der Kempeitai zu entgehen. Sollte ich mich unwohl fühlen, könnten wir jederzeit gehen, meinte er, aber ich verneinte und beteuerte, dass es mir gut gefalle. Zwischen dieser Bar und meinem normalen Leben lagen Welten. Er bestellte noch etwas zu trinken, und ich sah zu, wie er die trübe gelbe Flüssigkeit auf unsere Gläser verteilte, während ich darüber nachdachte, wie sehr sich dieser Mann von jenem unterschied, mit dem ich einst in Chinatown gewesen war. Andererseits habe ich mich so sehr verändert, weshalb sollte er also noch derselbe sein? Damals war ich ein blutjunges Mädchen gewesen und hatte Jomei aufregend gefunden. An diesem Abend empfand ich ganz ähnlich. Ich konnte trinken, lachen, brauchte für ein paar Stunden nicht die junge Mutter oder Krankenschwester oder Ehefrau zu sein, die womöglich längst Witwe war. Ich wollte mich betrinken, mich verlieren.

Wir tranken aus, und ich schenkte nach. Wie oft hatte ich mir Szenarien wie dieses ausgemalt, nächtelang, über viele Jahre hinweg: Jomei und ich, wieder vereint. Immer wieder hatte ich mich gefragt, wie es wohl wäre, wie ich mich fühlen würde – Freude, Angst und ein Gefühl von Richtigkeit; unser Wiedersehen wäre die Bestätigung, dass wir niemals hätten auseinandergehen dürfen. Aber wir waren nicht mehr dieselben Menschen wie damals. Ich bin nicht länger Cio-Cio-san; ich bin noch nicht einmal mehr Yuko Takahashi. Sondern Yuko Watanabe. Ich hielt mir vor Augen, dass der Mann, der neben mir in dieser billigen Bar saß, mich einst im Stich gelassen hatte. Wie konnte ich nicht wütend auf ihn sein? Aber meine Empfindungen waren komplexer. Ich verzieh ihm. Und was war mit ihm? Vielleicht empfand er gar nichts. Ich griff nach meinem Glas. Der Alkohol löste meine Zunge. Wir plauderten darüber, welcher Arzt mit welcher Schwester eine Affäre hatte, sorgsam darauf bedacht, möglichst unverfänglich zu bleiben.«

Sie erzählte ihm von ihrer Schwesternausbildung, von jenem Tag, als man ihr ein amputiertes Bein in einem Eimer mit der Anweisung in die Hand gedrückt hatte, den blutigen Stumpf zu entsorgen, und wie sie erst versucht hatte, ihn in den Müll zu stopfen, ehe ihr ein Hausmeister den Weg zur Verbrennungsanlage gezeigt hatte. Es schmeichelte ihr, dass Jomei lachte, und noch mehr, als er meinte, sie sei eine hervorragende Krankenschwester. Dann erzählte sie lustige Geschichten über Hideo, wie er sich einmal eine Wasabi-Erbse ins Nasenloch gesteckt hatte; von dem Morgen, als er einen Tausendfüßler entdeckt, an seinen gelben Füßen gezogen hatte und schrecklich erschrocken war, als das arme Tier ihn in den Finger gekniffen hatte. Und an sein Gesicht, als er das erste Mal eine eingelegte Salzpflaume probiert hatte. Es fühlte sich herrlich an zu lachen, zu spüren, wie die Anspannung von ihr abfiel, sich zu entfalten wie eine Prachtnelke bei Sonnenaufgang, geschmeidig und elegant. Shige erwähnten sie mit keiner Silbe.

Stattdessen plauderten sie über ihre Ausflüge nach Iōjima, über das ältere Pärchen auf der Fähre, das sich während der Überfahrt ständig gekabbelt hatte, über die auf den Felsen umherkrabbelnden Meerasseln. Yuko wand sich angewidert. »Es müssen Millionen von den Viechern gewesen sein.«

Sato schlug vor Lachen auf die Tischplatte. »Und weißt du noch, wie du in diesen Seeigel getreten bist und dein Bein umklammert hast? ›Muss ich jetzt sterben, Jomei?‹«

Sie schmollte. »So etwas habe ich nie gesagt«, erklärte sie, trotzdem musste sie bei der Erinnerung lachen; wie gut es sich angefühlt hatte, von ihm hochgehoben zu werden. Aber die Insel stand nicht nur für Jomei, sondern auch für Shige. Yuko stand auf, entschuldigte sich und ging auf die Toilette, wo sie in den Spiegel sah. Ihre Augen waren blutunterlaufen vom Alkohol, ihr Gesicht gerötet. »Vergiss nicht, wer du bist«, sagte sie zu ihrem Spiegelbild. »Vergiss nicht, welchen Schmerz dir dieser Mann bereitet hat.« Plötzlich spürbar ernüchtert, kehrte sie an ihren Tisch zurück.

»Auch Jomei wirkte mit einem Mal stiller, seine Stimmung gedämpfter. Wir sahen einander an. Ich konnte mir die Frage nicht länger verkneifen. ›Sollen wir über das reden, was passiert ist‹? Er ließ sich mit der Antwort Zeit. ›Spielt es noch eine Rolle?‹ Seine Antwort ärgerte mich. Wie konnte er so gleichgültig sein? Ich ließ nicht locker. ›Was wäre gewesen, wenn wir nicht aufgeflogen wären? Was wäre passiert?‹ Er trank noch einen Schluck und verzog das Gesicht. ›Das kann niemand sagen. Vermutlich ist es am besten, nicht zu viele Gedanken daran zu verschwenden.‹ Wie könnte ich das nicht tun? Wie wäre unser Leben weiter verlaufen, wenn unser Zusammensein in Chinatown kein so jähes Ende gefunden hätte? Ich kam mir blöd vor, weil ich eine Erklärung wollte, irgendein Zeichen der Reue. Allem Anschein nach hatte Mutter vollkommen recht gehabt – ich war ihm gleichgültig gewesen. Ich bemühte mich, mir meine Kränkung nicht anmerken zu lassen, sondern lächelte und nickte.

›Du hast recht. Wir sollten die Vergangenheit lieber ruhen lassen. Und sieh uns an – zwei alte Freunde, die über alte Zeiten plaudern.‹ Ich stieß mit ihm an, während abermals ein trauriges, leicht resigniertes Lächeln auf seine Züge trat. ›Es wundert mich, dass du überhaupt mit mir sprichst.‹ Aber weshalb sollte ich das nicht tun? Ich hatte doch so viele Fragen. Nun war es an mir, verwirrt dreinzusehen. ›Als ich dich das erste Mal auf der Station wiedergesehen habe, musste ich wieder an den Brief denken. Daran, wie wütend du warst. Ich dachte, du würdest schäumen vor Zorn.‹ Mit einem Mal wurde mir ganz anders. Ich beugte mich vor, um Gretas schrilles Gelächter zu übertönen. ›Was für ein Brief? Wovon sprichst du?‹ Er sah mich an. ›Der Brief, den du mir nach deiner Hochzeit geschickt hast‹, sagte er ganz langsam, als könnte er es selbst nicht glauben. ›Aber wie hätte ich dir einen Brief schreiben können? Ich wusste doch gar nicht, wo du bist.‹ Es dauerte nur wenige Sekunden, ehe der Groschen fiel. Mutter. Ich fragte ihn, was in dem Brief gestanden hätte, doch er stützte den Kopf in die Hände. ›Das ist jetzt nicht mehr wichtig. Es ist Vergangenheit. Wir sollten es vergessen.‹ Bestürzt starrte ich ihn an. ›Wenn du es mir nicht sagst, frage ich sie selbst.‹ Er nahm meine Hand. Schlagartig kehrte mein Verlangen zurück, flammte auf wie eine Glühbirne in der Dunkelheit. ›Das kannst du nicht machen. Wenn du das tust, weiß sie, dass ich wieder in Nagasaki bin.‹ Unsere Finger schlangen sich ineinander. ›Und das wollen wir doch beide nicht, oder?‹«

Sato stand auf und meinte, er würde sie nach Hause begleiten. Haltsuchend klammerte sie sich an der Balustrade fest und sah sich um. Gretas Perücke war noch ein Stück weiter nach hinten gerutscht, als sie mit übertriebener Vorsicht die schmutzigen Gläser auf ein Tablett stellte. Sie gingen zur Tür, während Simone ihnen mit dem Putzlappen hinterherwinkte. Die Straßen waren regennass und still, abgesehen vom Klappern ihrer Schuhe auf dem Kopfsteinpflaster. Sie gingen am Fluss entlang bis zu Yukos Haus, das sich hinter einer Mauer befand. Sato sah an der Fassade des zweigeschossigen Gebäudes hinauf und seufzte, als müsste er sich innerlich für das nächste Geständnis wappnen. »Der Brief, den ich dir geschrieben habe … er war eine Entschuldigung … dafür, dass ich dich im Stich gelassen habe. Ich wollte dir sagen, wie leid es mir tat.«

Yuko lehnte sich gegen die Tür. »Und du hast geglaubt, was in dem Brief stand, den du bekommen hast?«

»Weshalb sollte ich es nicht geglaubt haben? Deine Gefühle wirkten aufrichtig. Deine Mutter hatte mir keinen Anlass gegeben, daran zu zweifeln. Ich dachte wirklich, dass du mich aus tiefster Seele hasst.«

Sie seufzte. »Was, wenn ich deinen Brief gesehen hätte? Wären wir dann heute hier, so wie wir es jetzt sind?«

Er sah an ihr vorbei. »Es ist zu spät, solche Fragen zu stellen.«

Yuko fand, dass er traurig klang, aber auch wütend. Was hätte er erwarten können? Was hätten sie erwarten können? Für die Menschheit waren acht Jahre ein Klacks, für ein gebrochenes Herz ein halbes Leben.

»Wo warst du, Jomei? Wo hast du Englisch gelernt? Im Ausland?« Er schüttelte den Kopf und blickte zu Boden, als ringe er mit sich, ob er das Geständnis machen sollte oder nicht.

»Vielleicht erzähle ich es dir eines Tages, Yuko, aber nicht heute Abend. Nicht jetzt.«

Sie hatte noch eine einzige Frage. »Ich habe dich geliebt, Jomei, aber im Lauf der Jahre gelernt, es nicht mehr zu tun – zumindest dachte ich das. Als ich nichts von dir gehört habe, bin ich zu dem Schluss gelangt, dass Mutter recht hatte – ich habe dir nichts bedeutet, und du hast mich nie geliebt. Ist das so?«

Sato schüttelte den Kopf und legte die Finger um ihr Kinn. »Yuko, wie kannst du so etwas sagen? Ich habe nie eine andere geliebt«, sagte er sanft.

Nicht mein Brief, nicht die erzwungene Trennung, nicht ihre

Ehe, nicht einmal der Krieg konnten verhindern, was als Nächstes geschah.

»Wir küssten uns dort auf meiner Türschwelle, behutsam und vorsichtig, sprachen kein Wort mehr. Wir hatten einander wiedergefunden. Ich nahm seine Hand und führte ihn nach drinnen, in mein Schlafzimmer. Natürlich kam mir Shige in den Sinn, doch ich schob meine Gedanken an ihn gerade lange genug beiseite, um nur Jomei zu sehen. Ich konnte ihm nicht widerstehen, würde es niemals können. Er ist meine Droge, mein Opium. Chinatown und Iōjima sind wie fremde Länder. Wir sind nicht mehr dieselben Menschen, sondern anders, neu. Ich bin so dankbar, dass er wieder hier ist. Der Tag bricht an, und Jomei ist gerade gegangen. Beim Abschied haben wir nicht über Liebe gesprochen und werden es auch nicht tun, wenn wir uns wiedersehen. Dafür besteht kein Anlass. Er ist das Geheimnis in meinem Herzen.«

Erwachen

Satori: Transzendentale Weisheit durch intuitives Wissen zu erlangen gilt als oberstes Ziel in der buddhistischen Philosophie. Zen zufolge ist es die Erkenntnis, dass Buddha in jedem menschlichen Wesen wohnt. Buddhisten glauben, dass die Erlangung dieser Weisheit zur Befreiung von Karma und Leid (bonno) oder dem Zustand des Nirwana (nehan), dem ultimativen Ziel im Buddhismus, führt.

Aus Satos Briefen wusste ich, dass er in China Englisch gelernt hatte – kein Wunder, dass er sich weigerte, Yuko zu verraten, wo er sich nach seiner Abreise aus Nagasaki aufgehalten hatte. Sein Schweigen war nur ein weiterer Beweis für seine Feigheit. Einer Toten etwas zu gestehen zählt nicht. 1937 waren er und Natsu in seine Heimatstadt Kumamoto zurückgekehrt, ein paar Autostunden östlich von Nagasaki. Sein Schwiegervater hatte ihm eine Stelle in einem dortigen Krankenhaus besorgt, wo er sich auf Immunologie mit Schwerpunkt Organtransplantation spezialisiert hatte. Vier Jahre vergingen, ehe ihn der Krieg doch noch einholte und er nach Shanxi, einer Provinz im Norden Chinas, versetzt wurde, wo er als Teil eines medizinischen Teams Ärzte für die Arbeit an der Front vorbereiten sollte. Einige hatten noch nie eine Schusswunde gesehen, sich noch nie mit der Behandlung von Ruhr, Typhus oder Tuberkulose befassen müssen. Sato sollte sie bereit für den Einsatz machen.

> An meinem ersten Tag erklärte mir mein Vorgesetzter Masaru Hayashi, dass wir im Beisein von zehn Ärzten ein paar chirurgische Basiseingriffe vornehmen würden. Er würde operieren, ich sollte assistieren. Zwei Wachen brachten einen chinesischen Gefangenen herein, einen jungen Mann in Bauernkleidern. Die Schwester wies ihn an, sich auf den Tisch zu legen, und spritzte ihm ein Narkosemittel ins Rückenmark. »Spüren Sie Ihre Beine noch?«, fragte sie ihn, doch er gab keine Antwort. Als Nächstes versuchte sie ihm Chloroform zu verabreichen, als ihm zu dämmern schien, was gleich passieren würde. Er wehrte sich so heftig, dass ihn mehrere Männer festhalten mussten, bis er still wurde. Dann fingen wir an. Zuerst entfernten wir ihm den Blinddarm, dann nahmen wir ihm ein Bein ab, und schließlich perforierten wir seinen Darm, um ihn wieder zusammenzunähen. Als er tot war, überließen wir ihn den Ärzten zum Sezieren. Meine Hände zitterten beim Waschen, was Hayahsi nicht entging. Es war mir schrecklich peinlich. »Mit der Zeit wird es leichter, keine Angst«, sagte er, ehe er sich auf den Weg ins Küchenzelt machte. Und, Yuko, er hatte recht.

Womöglich hätten sich seine Kriegserfahrungen damit erschöpft, wäre da nicht zu Beginn des Jahres 1942 ein gewisser General Shiro Ishii zu Besuch ins Krankenhaus gekommen, den Sato herumführte. Einen Monat später erhielt er einen Brief mit dem Befehl, sich in den Zug nach Harbin zu setzen. Der Gestank nach Pferdedung von den Gespannen auf der Straße schnürte ihm beinahe die Luft ab, als er zu Fuß zum Busbahnhof ging, vorbei an den Häusern mit den reich verzierten Fassaden und den prächtigen Kuppeldächern aus der Zarenzeit. Die Fahrt nach Pingfang dauerte eine weitere Stunde und führte an weitläufigen Feldern mit roter Hirse vorbei. In einem unscheinbar aussehenden gelben Gebäude mit rotem Ziegeldach wurde er von einem Professor aus Osaka begrüßt und in sein neues Aufgabengebiet eingewiesen: Abteilung eins forschte über Beulenpest, Cholera, Anthrax, Typhus und Tuberkulose, Abteilung zwei entwickelte Kriegs- und Feldstudien, Abteilung drei war für die Herstellung der biologischen Kampfstoffe in Artilleriegeschossen zuständig, Abteilung vier stellte andere biologische Waffen her, Abteilung fünf überwachte die Ausbildung, und die letzte Abteilung war für die Ausrüstung zuständig.

Der Professor erklärte Sato, dass er der Abteilung eins zugeteilt würde, und zog die Schublade eines Schranks voller dicker Akten heraus. Ihre als »überzeugte Japan-Hasser« und »unbelehrbar« eingestuften Patienten würden zur gesonderten Behandlung hergebracht, erklärte er. Bei der Mehrzahl handelte es sich um chinesische Zivilisten, manchmal wurden aber auch feindliche Soldaten benutzt. Den Einheimischen hatte man erzählt, bei den Fabrikgebäuden handle es sich um ein Sägewerk oder eine Trinkwasseraufbereitungsanlage. Der Professor tippte gegen die Aktenschränke. »Das hier sind unsere kleinen Holzstämme«, bemerkte er. Letzten Endes war Sato bei der in der Öffentlichkeit als »Abteilung für Epidemiebekämpfung und Wasserreinigung der Kwantung-Armee« titulierten Arbeitseinheit gelandet. Er und seine Kollegen nannten ihre Wirkungsstätte »Einheit 731«. Hier wurden seine Kenntnisse über Immunologie und Organtransplantationen bis an ihre Grenzen ausgereizt. Wenn Shanxi der Vorhof zur Hölle gewesen war, konnte Pingfang nur als das ultimative Fegefeuer bezeichnet werden.

Anfangs arbeitete er nur mit Tieren, injizierte Kaninchen Cyanid, Salpetersäure und Strychnin und machte sich Notizen zu den Krämpfen, unter denen sie litten. Doch einen Monat nach seiner Ankunft wurde ihm ein Sicherheitsausweis für zwei Gebäude im Innenhof ausgehändigt, die durch ein Eisentor von der restlichen Anlage abgetrennt waren. Hier traf er auf Bakteriologen renommierter Fakultäten, die ihm ihre Studien zeigten, ihre Erkenntnisse erläuterten und ihn in die Hypothesen einweihten, die sie als Nächstes genauer untersuchen wollten. Die Wissenschaftler legten Bakterienkulturen an und züchteten Flöhe. Er half den Technikern, die lediglich mit weißen Flügelhemden bekleidet waren, die Flöhe in abgedunkelten Räumen mithilfe von rotem Licht in einen Zylinder zu locken. Als Nächstes wurden die Parasiten in Käfigen voller mit Beulenpest infizierter Ratten wieder herausgelassen. Später wählte man gezielt Gefangene aus. Jeden Abend badete er in Desinfektionsmittel, sodass seine Haut fürchterlich stank und ausbleichte, doch seine Gedanken ließen sich nicht so einfach sterilisieren.

Wieder und wieder sagte ich mir, dass ich Wissenschaft betrieb und dass die gesamte Menschheit von den Erkenntnissen profitieren würde. Bahnbrechende Ergebnisse in der Medizin erforderten nun einmal außergewöhnliche Maßnahmen. Ich versuchte, die Gefangenen wie meine Laborratten zu betrachten. Trotzdem konnte ich mich einer entscheidenden Frage nicht entziehen – wie sollte ich mit all dem Leid leben, das wir den Menschen zufügten? Wie sollte ich je ihre Schreie vergessen, ihre Rufe – »Ihr elenden japanischen Teufel!« –, die sie uns hinterherbrüllten, wenn wir sie zurückließen? Und die Stille, die darauf folgte … Wie sollte ich mit all dem Wissen leben, das ich durch unsere Versuche erlangte? Ich schwor mir, dass all das eines Tages ein Ende hätte. Dann würde ich alles nehmen, was ich herausgefunden hatte, und verschwinden. Genau das tat ich auch, vergessen konnte ich aber nie. Was hättest

Du gesagt, wenn ich Dir an jenem Abend vor Deiner Haustür gestanden hätte, wer ich wirklich bin? Du hättest diesen Mann niemals lieben können, deshalb habe ich den Teufel von Pingfang vor Dir verborgen. Aber ich kann meine Taten nicht ungeschehen machen. Dieses Ungeheuer, das bin ich.

An seinen freien Tagen fuhr er mit dem Bus an einen Ort, wo er die Arbeit vergessen konnte, die er für sein Vaterland verrichtete. Die Freier wählten die Frauen anhand von Fotos aus, die auf der hölzernen Veranda angebracht waren. Sie hatten alle Blumennamen: Pfingstrose, Chrysantheme, Lotus, Pflaumenblüte, und es gab sogar eine aus dem Westen – Rose. Sie lag zusammengerollt auf einem verdreckten Futon und zog die Knie noch ein wenig näher zu sich heran, als er anklopfte und eintrat. Ihre Füße waren nackt, die Sohlen schwarz von der Reise, die sie hierhergeführt hatte. Sie hatte kräftige, schmutzverkrustete Waden. Ihr Gesicht konnte er nicht erkennen, doch ihr Haar hing ihr offen über den Rücken. Es war ebenfalls völlig verdreckt, und er sah förmlich die Läuse, die ihre Eier zwischen den wirren Strähnen ablegten. Er trat ans Fenster und zündete sich eine Zigarette an. Nach einer Weile drehte sie sich zu ihm um. Ihr Alter war schwer zu schätzen, später jedoch erfuhr er, dass sie vierunddreißig war und zwei Kinder hatte, die – hoffentlich – an einem sicheren Ort waren. Ihre Wangen waren hohl, und ihr Mund verzog sich zu einem falschen Lächeln, das ihre Unterernährung nur umso deutlicher hervortreten ließ. Sie hatte eine lange, schmale Nase, viel zu riesige Augen und eine zu breite Stirn, was ihrem Gesicht etwas Fliegenhaftes verlieh, jedoch einen erstaunlich stämmigen Körper.

»Zigarette«, sagte sie auf Englisch, ehe sie das Wort auf Japanisch wiederholte.

»Du sprichst Japanisch?«

Sie streckte die Handfläche aus, worauf er auf sie zutrat und ihr seine angerauchte Zigarette gab. »Ein bisschen.«

»Und dein Name ist Rose?«

Sie dachte einen Moment nach, dann schüttelte sie den Kopf, zeigte auf seine Tasche, und er gab ihr eine weitere Zigarette. Sie nahm sie, stand auf und legte ihre Beute auf das Fensterbrett, ehe sie durch den Spalt in dem zerschlissenen orangefarbenen Vorhang spähte.

»Ich heiße Alva.«

Sie rauchten schweigend. Schließlich drückte sie ihre Zigarette aus, knöpfte ihr Kleid auf, dessen Rosenmuster längst grau geworden war, und streifte sich den ausgebleichten Stofffetzen über den Kopf. Ihre Brüste und Hüften waren von blauen Flecken in unterschiedlichsten Stadien des Verblassens übersät, und auf ihrem Rücken prangte ein Gebissabdruck. Sie schüttelte ihm die Hand und führte ihn zu ihrem Bett. Der Geruch nach Schweiß, Blut und anderen Männern würde ihn bis an sein Lebensende verfolgen. Sie nahm seine Hand und schob sie zwischen ihre Beine, bis sie für ihn bereit war. Danach trat sie zu einem Eimer, wrang einen Lappen aus und säuberte sich. »Nächstes Mal bringst du mir eine Schachtel Zigaretten mit.«

Sato graute vor den Krankheiten, mit denen er sich anstecken könnte, doch ihre Exotik zog ihn immer wieder zu ihr hin. Er wollte nicht an zu Hause erinnert werden. Wann immer er kam, brachte er ihr etwas mit – Zigaretten, Medikamente und einmal ein Kleid, das er in irgendeinem Laden an der Straße erstanden hatte. Sie trug es kein einziges Mal, beteuerte jedoch, sie werde es anziehen, sobald sie aus diesem Laden raus sei. Sie wolle hübsch aussehen, meinte sie, für ihre Kinder, falls sie sie jemals wiedersehen würde. Ob es dazu kam, erfuhr er nie. Sato verließ Pingfang im Sommer 1943 und ging zuerst für eine Weile nach Tokio, ehe er Anfang 1945 nach Nagasaki zurückkehrte, doch China wurde er nie wieder los. Die Schreie der Gefangenen, die Mitarbeiter in ihren weißen Sicherheitsanzügen, das Eisentor, das ins Herzstück der Anlage führte, verfolgten ihn bis an sein Lebensende.

Nach dem Krieg gab es Gerüchte über die finsteren Machenschaften in Pingfang, und Sato rechnete lange damit, deswegen vor Gericht gestellt zu werden, aber die Behörden verfolgten ihn nicht, ebenso wenig wie die meisten anderen. Sie wussten zu viel, und ihr Wissen über biologische Waffen war zu wichtig. Viele übernahmen nach ihrer Rückkehr hochrangige Posten in Krankenhäusern, an Universitäten oder in Laboren in Japan und den USA. Andere dagegen hatten weniger Glück. 1946 las er, dass Hayashi als Kriegsverbrecher verurteilt worden und ins Gefängnis gesteckt worden war. *Wieso du, Masaru, und nicht ich?*, dachte er beim Anblick des unscheinbaren Mannes mit der runden Brille und dem sorgfältig gestutzten Schnurrbart. Allmählich verstand ich, weshalb Sato sich nach dem Krieg fünf Jahre lang in einem Waisenhaus versteckt hatte – nicht aus Angst, entlarvt zu werden, sondern aus schlechtem Gewissen. Diese Kinder und seine Studien, allen voran die über Hideo, waren sein Versuch der Buße, aber konnte man den Verlust der zahllosen »Holzbalken« in diesem chinesischen Sägewerk wiedergutmachen? Erst 1968 veröffentlichte er seine Recherchen über die Auswirkungen der Atombombe auf minderjährige Opfer – seine Probanden sollten ihr einundzwanzigstes Lebensjahr erreicht haben, damit seine Erkenntnisse glaubwürdig und ausreichend fundiert waren. Womöglich war dieses Buch ein weiteres Gnadengesuch seinerseits, doch falls es so gewesen sein sollte, schien es ihn erstaunlich kaltzulassen, dass sein Erscheinen nur sehr wenig Aufmerksamkeit erregte. Man könne die

Leute nicht zwingen, sich mit den Erkenntnissen auseinanderzusetzen, die er auf Stationen anhand von Röntgenaufnahmen und durch Untersuchungen erlangt hatte, so seine Einsicht. Eine ganze Reihe von Experten forderte ihn auf, seine im Waisenhaus und in Nagasaki gesammelten Daten zu verwerfen, und argumentierte, seine Probanden, vor allem aber die beiden Mädchen, hätten dieselben Symptome aller Wahrscheinlichkeit nach auch so entwickelt, völlig unabhängig von den Ereignissen des 9. August. Nur einige wenige unterstützten ihn, wenngleich mit überschaubarem Engagement. Er verstand die negativen Reaktionen. »*Ja, es ist wahr, wir betrauern unsere Toten und setzen uns für eine angemessene Versorgung und Wiedergutmachung für die Pikadon-Opfer ein, dagegen fällt es uns sichtlich schwer zu akzeptieren, welche unauslöschlichen Schäden dieser Tag in uns und unseren Nachkommen angerichtet hat. Ist es nicht sicherer, das Grauen auf diesen einen Tag zu beschränken? Wie könnten wir diese Kinder, die inzwischen erwachsen sind, der Welt präsentieren und sagen: Seht nur, das ist unser Vermächtnis? Und wer bin ich, dass ich so etwas tun könnte?*«

1970, als er gerade fünfundsiebzig geworden war, litt er plötzlich unter Nachtschweiß, Fieberschüben und Muskelschmerzen. Natsu zwang ihn, sich untersuchen zu lassen. Leukämie, lautete die Diagnose.

Natürlich frage ich mich, ob ich die entarteten Zellen bereits seit dem 9. August in mir trage. Vielleicht war es mein Schicksal, dass ich eines Tages so enden würde. So viele Überlebende erkranken an Krebs, manche an multiplem, deshalb wundert es mich, dass er bei mir nicht schon früher ausgebrochen ist. Natsu und Hideo wollen, dass ich die Krankheit mit einer aggressiven Therapie bekämpfe, und für sie werde ich die Chemotherapie und andere Behandlungen auf mich nehmen, obwohl mein Kampfgeist nicht allzu groß ist. Allerdings hat meine

Krankheit auch einen Nebeneffekt, der vielleicht gar nicht so überraschend ist. Letzte Woche habe ich gesehen, wie Natsu die Adoptionspapiere hervorkramte. Sie gab unumwunden zu, was sie damit vorhat: Um mich nicht zu beunruhigen, hat Hideo sich an sie gewandt, weil er noch weitere Fragen zu seinen leiblichen Eltern hat. Ich bin keineswegs gekränkt deswegen, sondern verstehe ihn. »Hätten wir nicht mehr tun können, als er noch kleiner war?«, fragt sie. »Was, wenn er irgendwo auf der Welt noch Verwandte hat, die wir ihm vorenthalten haben?« Es sei viel zu viel Zeit vergangen, beruhigte ich sie. Die Suche würde vermutlich ergebnislos enden, daher sei es besser, ihm keine falschen Hoffnungen zu machen.

Aber die Wahrheit ist eine andere, und ich vertraue sie nur Dir an: Ja, natürlich hätte ich nach dem Krieg intensiver nach Kenzo und Amaterasu suchen können. Ich hätte gemeinsame Bekannte befragen, an Zeitungen oder Atombomben-Organisationen schreiben und die Ein- und Auswanderungsbehörden hier und im Ausland kontaktieren können. Stattdessen habe ich bloß die offiziellen Formulare ausgefüllt, und das war's. Weil ich Deine Mutter bestrafen wollte. Ich habe ihr Hideo mit Absicht vorenthalten, so wie sie Dich mir vorenthalten hat. Ich wollte nicht, dass sie ihren Enkelsohn bekommt.

Als Hideo durch seine Friedensarbeit größere Bekanntheit erlangte, dachte ich, dass sie es vielleicht mitbekommt und nach ihm sucht. Wir haben aus seinem Familiennamen nie ein Geheimnis gemacht. Aber sie hat sich nie gemeldet. Und ich bin froh darüber. Sie hätte eine unumstößliche Meinung gehabt, so wie in allen Dingen. Sie hätte entweder Ansprüche auf ihn erhoben oder aber sich geweigert zu glauben, dass er ihr Enkel ist. Und ich musste ihn vor beiden Möglichkeiten beschützen. Ich musste ihn vor ihr beschützen.

Die aufgehende Sonne

Hinomaru: Ein roter Kreis auf weißem Hintergrund stellt nicht nur die aufgehende Sonne dar, sondern ist auch das Motiv der japanischen Flagge. Offiziell wurde es 1870 von der Meiji-Regierung ausgewählt, weil es eines der Symbole für die Autorität des vorangegangenen Tokugawa-Shogunats war. Das Symbol ist sehr populär in Japan; so besteht eine Hinomaru-Bento-Box aus einem Mittagessen mit einer eingelegten roten japanischen Aprikose in der Mitte.

Ein Krankenwagen fuhr mit heulender Sirene vorbei, als Hideo und ich aus dem Restaurant traten. Wir machten uns auf den Weg in Richtung Bahnhof. Ich räusperte mich verlegen. »In den Briefen schreibt Jomei von seiner Krankheit. Ist er tot?«, fragte ich. Hideo nickte. Es sei sehr schwer gewesen, das qualvolle Ende des Mannes mit ansehen zu müssen, der ihn großgezogen hatte. Wann er gestorben sei, fragte ich.

»Vor zehn Jahren.«

Ich hatte mich so oft gefragt, was ich empfinden würde, wenn ich es erführe, doch als es so weit war, verspürte ich keinerlei Triumph, ganz im Gegenteil. In Wahrheit fühlte ich mich beinahe betrogen. Was tun, wenn der Feind besiegt ist, aber nicht durch die eigene Hand? Ich war erleichtert, dass er einen qualvollen Tod gehabt hatte, aber der Tod diskriminiert nicht; manchmal müssen selbst diejenigen unvorstellbare Qualen leiden, die es am wenigsten verdient hätten.

Das hätten Satos Opfer wissen müssen, als sie ihren letzten

Atemzug taten. Natsu hatte die Briefe über Pingfang bestimmt gefunden. Wie muss sie sich wohl gefühlt haben? Ergüsse lesen zu müssen, die an eine andere Frau gerichtet waren? Vielleicht hatte er auch auf dem Sterbebett noch zum finalen Geständnis ausgeholt und ihr erzählt, was er angerichtet hatte. Wie auch immer, bestimmt war ihr erster Impuls gewesen, die Briefe zu verbrennen. Sie war ein enormes Risiko eingegangen, indem sie sie behalten und dann mir hatte zukommen lassen. Hatte sie Angst davor gehabt, was ich mit den Informationen anstellen würde?

Ich blieb stehen und schnappte nach Luft. »Und jetzt hast du keine Familie mehr?«

»Angelas Eltern leben in Chicago.« Er bemerkte meine Verwirrung. »Hat Vater sie nicht erwähnt?« Ich verneinte. Er zog ein Foto aus seiner Brieftasche – eine kräftig gebaute Weiße mit Haaren in der Farbe von Reis kurz vor der Ernte. Sie trug ein Sommerkleid und saß lachend an einem Pool. Neben ihr grinsten zwei Kinder in die Kamera. »Das sind meine Kinder, Benjiro oder Benji, wie wir ihn nennen, und Hanako.«

Ich machte eine diplomatische Bemerkung über ihre Mischung aus amerikanischem und japanischem Blut, und auch von Yuko konnte ich etwas in ihren Gesichtern erkennen. »Sie sind wunderschön. Wie hast du deine Frau kennengelernt?«

»Angela ist wie ich Lehrerin. Sie hat sich ein Jahr Auszeit genommen und ist an unsere Schule gekommen. Wir wurden Freunde. Ich habe sie zu Friedensmärschen mitgenommen, ihr das Land gezeigt und Picknicks mit ihr am Strand gemacht. Am Ende des Jahres merkte ich, dass ich sie eigentlich nicht gehen lassen wollte.« Er hielt inne.

»Also hast du sie gebeten, bei dir zu bleiben?«

Er lachte. »1972 haben wir geheiratet. Ein paar Monate danach ist Vater gestorben.«

Wieder betrachtete ich das Foto. Weshalb erwähnte er sie erst jetzt? Offenbar hatte auch er seine Zweifel gehabt. Weshalb sollte er einer Wildfremden von seinen Kindern erzählen? Seine Gesellschaft war eine willkommene Oase in der Ödnis meiner kleinen Welt gewesen. Das war die Wahrheit, und ich glaube, das wusste er auch. Unsere letzten gemeinsamen Stunden brachen an. Welch ein wunderbares Geschenk – eine Identität für ihn, ein Enkelsohn für mich. Nur leider hatte es keinen einzigen Moment gegeben, in dem ich dachte: *Ja, das ist mein Hideo. Da ist er.* Natsu hatte mich vor eine unmöglich zu bewältigende Aufgabe gestellt. Wie sollte ich einen siebenjährigen Jungen mit diesem erwachsenen Mann unter einen Hut bringen? Ich gab ihm das Foto zurück und zog eine Schwarz-Weiß-Aufnahme von Yuko und Hideo hervor, die sie beide direkt in die Kamera lächelnd unter einem Baum zeigte. »Möchtest du es haben?«

»Aber das geht nicht, es gehört dir.«

Er war ein so freundlicher Mann. Hatten ihn die Narben so werden lassen? Oder Satos Erziehung? »Bitte, behalt es doch.«

»Danke. Wann wurde es aufgenommen?«

»Hideo war sechs. Shige war gerade auf Heimaturlaub von der Ausbildung. Ein paar Tage danach wurde er an die Front geschickt.«

Er sah auf seine Uhr. »Ich habe noch ein bisschen Zeit, bis mein Zug geht. Wir könnten uns weiter unterhalten, wenn du willst.« Ich erhaschte einen Blick auf mein Gesicht im Spiegel. Eine alte, einsame Frau, der nichts Wertvolles geblieben war, womit sie ihre Tage füllen konnte. Hatte er Mitleid mit mir? »Ich weiß, dass er in Neu-Guinea gefallen ist. Viel mehr leider nicht.«

Wir standen vor einer fensterlosen Bar, über der lediglich ein rotes Neonschild hing. Ich wusste, dass ich etwas zu trinken brauchte, wenn ich es ihm erzählen wollte. »Lass uns da reingehen.«

Wir traten ein. In der Ecke stand ein Billardtisch mit einer grünen Lampe darüber, am Tresen hingen zwei Burschen mit Baseballmützen über ihren Biergläsern. Hinter ihnen befand sich die Herrentoilette, an deren Tür ein Poster von Amor auf einem Kondom und dem Slogan *Gib AIDS keine Chance* hing. »Ist das okay für dich?«, fragte Hideo.

»Der Laden hat Charakter, so viel steht fest«, antwortete ich, worauf er lachte. Ich genoss das Gefühl, nach so langer Zeit wieder einmal jemanden zum Lachen gebracht zu haben. Früher war mir so etwas ganz mühelos gelungen. Wir hängten unsere Mäntel auf und suchten uns zwei Hocker in der Nähe des Eingangs. Ein Barkeeper mit pockennarbiger Haut am Hals und langen, dauergewellten Haaren nickte uns zu. Wir bestellten ein Bier und einen Whiskey und stießen an. Ich musste an den 9. Juli 1946 denken, als Kazuyoshi zu uns gekommen war, um uns von Shige zu erzählen. Wir waren gerade dabei, unsere Sachen zu packen. Offiziell waren wir nie benachrichtigt worden, aber es gab allerlei Geschichten von Männern, die in Kriegsgefangenschaft geraten waren, und von Soldaten, die sich weigerten zu kapitulieren. Es bestand also immer noch eine Chance, dass er am Leben war.

Kazuyoshi stand in einem dunklen, viel zu weiten Anzug und Krawatte in der Tür. Er war Erster Leutnant der 20. Division der 18. Armee gewesen und hatte auf Kyushu gemeinsam mit Shige die Offiziersausbildung absolviert. Die beiden waren Freunde geworden, zwei von 170.000 Männern, die nach Neu-Guinea geschickt worden waren. Zutiefst beschämt gestand er uns, dass er einer von gerade einmal 10.000 war, die nach Hause zurückgekehrt waren. Er entschuldigte sich, weil es so lange gedauert hatte, aber er sei in Kriegsgefangenschaft geraten und anschließend an Malaria erkrankt, wovon er erst kürzlich genesen sei. Shige hatte ihn gebeten, Yuko im Falle seines Todes einen Brief zu überbringen. Er lief rot an. Er bedauere unseren Verlust zutiefst, meinte er und zog eine kleine Bambusschatulle aus seiner Tasche. »Die hier ist von Shige. Ich weiß nicht, was ich jetzt damit tun soll.«

Wir luden ihn in unser Haus ein, servierten ihm gedünstetes Gemüse und Brühe. Nach dem Essen holte ich den Schnaps heraus und goss drei Gläser voll. Er dankte uns, dann tranken wir, und ich schenkte noch einmal nach. »Bitte, was ist mit ihm geschehen?«, fragte ich. Seine Lippen bebten. Ich warf Kenzo einen Blick zu, der ermutigend sein Glas hob.

»Trinken Sie aus, und dann erzählen Sie uns alles.«

Als die Flasche beinahe leer war, fragte er: »Die Wahrheit?«

Kenzo nickte. »Shige würde es so wollen.«

Er sprach mit so leiser Stimme, dass wir uns vorbeugen mussten, um ihn verstehen zu können. »Während der letzten Wochen haben wir so viel Tod erlebt. Freunde und Wildfremde sind verhungert, an Krankheiten, durch Schüsse oder ihre eigene Hand gestorben. Überall lagen Leichen herum, und wir hatten noch nicht einmal Zeit, sie zu verbrennen, sondern haben sie einfach liegen lassen. Wir wussten, was man von uns erwartete – uns ein letztes Mal aufzubäumen, eine letzte Schlacht zu führen. ›Aber was soll das bringen?‹, flüsterte Shige mir zu. Wieso in der Fremde sterben? Es sei doch viel klüger, sich zu ergeben und nach Hause zurückzukehren. Das sei doch keine Schande. Manchmal hörten wir nachts den Feind schreien. Es war immer derselbe, ein Kerl, der perfekt Japanisch sprach, mit Tokioter Akzent. »Ergebt euch, und ihr werdet mit dem gebührenden Respekt nach den Vorgaben des internationalen Kriegsrechts behandelt. Kommt heraus, dann werdet ihr schon bald wieder zu Hause bei euren Familien sein«, brüllte er. So ging es über Tage hinweg. Dann, eines Nachts, drückte Shige mir einen Brief in die Hand und stand auf. Bevor ich ihn daran hindern konnte, ließ er sein Gewehr fallen und marschierte los. Die anderen sahen zu, manche folgten ihm.« Kazuyoshi hielt inne, musterte die Flasche und schenkte sich noch einmal nach. »Der Schuss kam von hinten über meine linke Schulter und traf ihn in den Hinterkopf. Er muss auf der Stelle tot gewesen sein. Ich bin sicher, er hat nichts gespürt.«

Kazuyoshi verstummte. Mein Ehemann wählte seine Worte mit Bedacht. »Danke, dass Sie heute hergekommen sind. Wir sind Ihnen überaus dankbar dafür.«

Unser Gast nickte. »Shige war ein guter Mann. Ein treuer Soldat. Und mein Freund.«

Als er fort war, saßen wir da und starrten die Schatulle an. Schließlich zog Kenzo sie heran, klappte den Deckel auf und nahm ein zusammengefaltetes Blatt Papier heraus, das er mir reichte. »Ich kann das nicht, Amaterasu. Du musst es machen.« Ich schlug das Blatt auseinander, ganz vorsichtig aus Angst, die Knitter und Tränen könnten zu Staub verfallen, und blickte auf die mit einem stumpfen Bleistift geschriebenen Worte.

Yuko,

ich habe unser Versprechen gebrochen. Ich habe Dir gesagt, ich würde Dich nie mehr verlassen. Obwohl ich mich nach Kräften bemüht habe, ist es mir nicht gelungen. Es tut mir leid, dass ich Dich und Hideo im Stich lasse, aber es ist zumindest ein kleiner Trost, dass ein Teil von mir in ihm weiterleben wird. Lass nicht zu, dass er mich vergisst. Ich danke Dir für das Glück, das Du mir geschenkt hast. Eigentlich wollte ich den Rest meines Lebens damit verbringen, Dir meine Dankbarkeit zu zeigen. Lass nicht zu, dass dieser Krieg Dein Leben bestimmt. Sei glücklich, Yuko. Wir sind auf der Welt, um zu lieben, also liebe.

Dein Ehemann Shige

Ich sah Kenzo an, sah die Tränen über seine Wangen laufen, doch dann verblasste sein Gesicht, und ich sah wieder Hideo, der in der düsteren Bar neben mir saß, während die Bässe aus der Jukebox wummerten. »Hast du den Brief noch?«, fragte er. Ich nickte. »Darf ich ihn sehen? Ich will ihn gar nicht behalten, sondern nur gern ansehen.« Aus einem Impuls heraus griff ich nach seiner Hand, doch er wich zurück. »Ich weiß, was du sagen willst, aber was ist, wenn ich recht habe … wenn ich tatsächlich Hideo Watanabe bin?«

Die Uhr neben den mit dem Hals nach unten hängenden Schnapsflaschen zeigte 15.12 Uhr. »Musst du nicht zum Zug?« Er blickte auf sein leeres Glas und gab dem Barkeeper ein Zeichen. »Ich nehme einfach den nächsten. Ich verstehe ja, dass du argwöhnisch und vorsichtig bist, Amaterasu, aber die Vehemenz, mit der du dich gegen die Möglichkeit sträubst, dass wir verwandt sein könnten, geht mir gewaltig an die Nieren. Warum willst du nicht, dass dieses … keine Ahnung … Wunder geschieht? Wieso trägst du einen Schutzpanzer, von dem ich nicht weiß, wie ich ihn durchdringen kann?« Der Barkeeper stellte unsere Drinks vor uns hin, und Hideo trank einen Schluck von seinem Bier. »Mein gutes Aussehen scheint jedenfalls nicht zu wirken.«

Ich musste lachen. Und er ebenfalls. »Erzähl mir mehr von Angela und den Kindern.«

Er sprach von Benji, der eher nach seiner Mutter kam – er war quirlig, ungestüm, ein kleiner Spaßvogel –, wohingegen Hanako die Stillere, Sensiblere von beiden war. Sie war neun, er sieben, und manchmal zankten sie sich fürchterlich, aber zugleich liebten sie sich heiß und innig. Ich lauschte, nickte, lächelte, dachte an meine eigene Kindheit zurück. Niemand wusste etwas darüber, wie ich vor meiner Hochzeit gelebt hatte. Nicht einmal Kenzo. Zumindest kannte er nicht die ganze Wahrheit. Ich hatte ihm lediglich sorgsam ausgewählte Details erzählt; im Gegensatz zu Sato verspürte ich keinerlei Drang, ein Geständnis über meine Vergangenheit abzulegen, obwohl auch ich sie niemals vergessen konnte.

Professionelle Gesellschafterin

Geisha: Gegen Ende des 17. Jahrhunderts nahmen die Geishas in der Gesellschaft den Platz der einstigen »Kurtisanen« ein, die in Künsten wie der Musik und dem Tanz bewandert waren. Im englischen Sprachgebrauch schwingt häufig eine sexuelle Komponente mit, die jedoch längst keine Gültigkeit mehr besitzt. Geishas tragen Kimonos und häufig auch die traditionellen japanischen Frisuren und unterhalten Männer, indem sie Shamisen spielen, tanzen, Speisen und Getränke servieren oder sie durch leichte Konversation, begleitet von einem mitfühlenden Lächeln, bei Laune halten. Manche Geishas sind hochgebildet und können ohne Weiteres auch hochrangige Geschäftsmänner inspirieren.

Als ich fünfzehn war, schleppte Mutter mich in die Bar Printemps. Vater war an einer irrwitzigen Mischung aus Kohlestaublunge und zu viel Reiswein gestorben, und auch Mutter sprach dem Sake gehörig zu. Wir brauchten das Geld, und die Arbeit hätte nichts Beschämendes, meinte sie, außerdem hätte ich das perfekte Alter, wohingegen sie zu alt dafür sei. Und womöglich würde ich ja im Zuge meiner Tätigkeit einem anständigen Mann vorgestellt werden, sodass mir das Leben mit einem Taugenichts wie meinem Vater, das sie lautstark beklagte, erspart bliebe. Zwischen erbitterten Streitereien und umherfliegenden Tassen erfuhr ich, dass keines meiner Elternteile das andere hatte heiraten wollen, doch meine bevorstehende Geburt hatte ihnen keine andere Wahl gelassen. Die Schönheit sei der

Fluch ihres Lebens gewesen, meinte Mutter, weil sie damit bloß Nichtsnutze angezogen hätte, aber mein Äußeres ließe sich gewiss gewinnbringender einsetzen.

Wir lebten ganz in der Nähe von Maruyama, dem Rotlichtviertel von Nagasaki, das auch unter dem Namen Shian Bashi oder Brücke des Zauderns bekannt ist. Jeder, der sich eine vergnügliche Nacht gönnen wollte, musste diese erste Hürde überwinden, dann folgte Omoikiri Bashi, die Brücke des Entschlusses, die vollends in das Vergnügungsviertel hineinführte: Holzhäuser, von deren Balkonen Frauen auf die Besucher herabblickten, und zahllose Teehäuser, Bars oder Tanzpaläste. Die Kunden kamen nicht nur aus Japan, sondern aus Malaysia, aus Europa, China und Indien. Kaufleute, Matrosen, in aller Herren Länder umherreisende Geschäftsmänner, Arbeiter aus Nagasaki und ausländische Diplomaten tranken, unterhielten sich und machten hinter Shoji-Türen ihre Geschäfte. Die sogenannten *modan gaaru*, Japans Äquivalent der amerikanischen *flappers*, gab es noch nicht, ebenso wenig wie die Café-Mädchen in Kimonos und Schürzen mit ihren aufreizenden Neckereien; trotzdem fanden die Männer allerlei Zerstreuung. Es gab Geishas, die Instrumente und Tänze beherrschten, Frauen, die Getränke ausschenkten, lachten und scherzten, Konkubinen für die Liebe und Prostituierte, die derlei Gefühle und Verpflichtungen gar nicht erst erwarteten. Manche Mädchen hatte die pure Armut aus ländlichen Gebieten oder aus den Fabriken mit niedrigem Lohn und brutaler Disziplin hergetrieben; sie wagten sich in den Stadtteil vor, wo sie von Vermittlern aufgegriffen und zu den Docks geschleppt wurden, von wo aus es in die Bordelle Shanghais ging.

An dem Tag, als wir die Bar betraten, prasselte der Regen auf das Kopfsteinpflaster. Mama-san saß auf einer mit kastanienbraunem Samt bezogenen Bank und brütete über einem Kassenbuch. Ich schätzte sie älter als Mutter, aber mit ihrem schimmernden hochgesteckten Haar, der schlanken Figur und dem sorgsam aufgelegten Make-up war ihr Alter ein elegant gehütetes Geheimnis. Als sie uns sah, klappte sie ihr Buch zu und bedeutete uns näherzutreten. Mutter machte eine tiefe Verbeugung. »Das ist meine Tochter Amaterasu.« Mama-san ließ den Blick über Mutters schmutzigen Kimono und ihr ungewaschenes Haar schweifen, dann sah sie mich an, als wäre ich ein Stück Vieh auf dem Fleischmarkt. Schließlich deutete sie auf den Platz gegenüber von ihr. Wir setzten uns hin, und sie stellte meiner Mutter eine Reihe von Fragen über mein Alter und meine Schulbildung. Sie musterte mich ein weiteres Mal, dann verlangte sie, dass ich den Kopf zur Seite drehte, zwang mich zu lächeln und runzelte die Stirn. Ob ich wüsste, wie man Getränke einschenkte, ob ich Zigaretten anzünden, ein Gespräch führen könnte, wollte sie wissen. Mutter meinte, ich würde sehr schnell lernen. Darüber würde sie sich dann schon selbst einen Eindruck verschaffen, gab Mama-san zurück und nickte, als sei sie zu einem Entschluss gelangt. Sie würde mir eine Summe leihen, damit ich mir Kimonos und Make-up kaufen könnte, allerdings erwarte sie absolute Hygiene, erklärte sie mit einem vielsagenden Blick auf Mutter. Ich müsste mindestens einmal pro Woche ins Badehaus gehen, außerdem hätte sie einen Doktor, den sie empfehlen würde, falls ich krank werden würde. Wenn sie herausfände, dass ich mich in meiner freien Zeit mit Kunden traf, würde sie mich sofort feuern, ohne Diskussion. Dann meinte sie, ich solle am Abend wiederkommen, damit ich die Abläufe von der Küche aus beobachten könnte, von wo aus sich ein Blick auf die Bar bot.

Einige Stunden später kam ich wieder. Inzwischen hatte sich

Mama-san so an der Mahagonibar platziert, dass sie die meisten Tische diskret im Blickfeld hatte, bis auf einige wenige, etwas privatere im hinteren Teil des Raums. Allmählich trudelten die Mädchen ein und begrüßten sie mit dem gebührenden Respekt. Sie trugen Kimonos in allen möglichen bunten Farben, ihr Haar schimmerte vom Öl, und ihre Gesichter waren mit einer dicken Puderschicht bedeckt. Die Lichter wurden gedämpft, und sie begannen herumzuwuseln wie Koi-Karpfen bei der Fütterung im Teich. Ich hörte sie kichern und tuscheln, als sie mich hinter dem Glasperlenvorhang entdeckten, doch dann machten sie sich daran, Krüge mit Sake und Gläser vorzubereiten. Eines der Mädchen, Karin, die kaum älter sein konnte als ich, kam zu mir und meinte, ich brauchte keine Angst zu haben; ich würde die Abläufe und den Umgang mit den Kunden im Handumdrehen lernen. Dann trafen die Männer ein und mit ihnen der Geruch nach Tabak, Lärm und die im Halbdunkel abgeschlossenen Geschäfte. Die meisten blieben an der Bar, nur einige wenige zogen sich ins Hinterzimmer zurück, aus dem sie erst nach einiger Zeit wieder auftauchten.

Ich sah zu, wie die Mädchen lächelnd Drinks servierten, Zigaretten anzündeten und wie frisch aus dem Kokon befreite Schmetterlinge umherflatterten. Verlegen kicherten sie hinter vorgehaltener Hand, wenn die Hände der Männer, angestachelt vom Alkohol, auf Wanderschaft gingen – die mutigen schlugen den Mädchen auf die im bunten Kimono steckenden Schenkel, die weniger mutigen beschränkten sich auf ihre eigenen Beine. Die Mädchen tadelten sie mit sanften Klapsen ihrer Fächer auf den Nasenrücken oder bereiteten dem Schauspiel ein Ende, indem sie aufstanden, um weitere Getränke zu holen. Ich sah, wie Umschläge den Besitzer wechselten, Geschenke zugesteckt und Arrangements getroffen wurden.

Später erschien ein Mann in der dunkelgrünen Kavallerieuniform der Kempeitai in Begleitung einer Frau. Auf seinem linken Arm prangte die weiße Binde der Militärpolizei, doch das obligatorische Katana-Schwert fehlte. Mama-san rutschte von ihrem Platz, führte ihn zu einem reservierten Tisch und wies eines der Mädchen an, den Schnaps zu holen. Ich betrachtete die Begleiterin – sie trug einen goldfarbenen, mit roten und weißen Kois bedruckten Kimono, und ihr Haar war kunstvoll aufgesteckt, ihr Gesicht jedoch ungeschminkt.

Die beiden setzten sich, und der Uniformierte studierte den Schwung des Halses seiner Begleiterin und den Streifen Haut zwischen ihrem Haar und dem Kragen ihres Kimonos. Er sagte etwas, worauf sie sich ihm zuwandte und ihn mit einem gespielt verärgerten Blick bedachte. Ich bemerkte, dass sie ihm länger in die Augen sah, als eigentlich notwendig wäre, ehe sie den Blick durch die Bar schweifen ließ, als wären die Vorgänge dort ungeheuer interessant. Schließlich bemerkte sie mich hinter dem Glasperlenvorhang. Der Mann folgte ihrem Blick, und sie sahen mich beide an. In diesem Moment trat eine der Hostessen mit einem Tablett voller Gläser und Maissnacks herein und versperrte mir die Sicht. Minuten später tauchte Mama-san in der Küche auf. »Jemand will dich kennenlernen«, sagte sie. Mir schlug das Herz bis zum Hals. Ich wollte nicht dort hinausgehen, wo alle Blicke nur auf mich in meinen schäbigen Kleidern gerichtet wären und die Gäste das billige Parfum riechen würden, mit dem Mutter mich eingesprüht hatte. Mama-san öffnete einen Schrank und überprüfte ihr Gesicht in dem halb blinden Spiegel. »Nur Kennenlernen, sonst nichts. Selbst hier drinnen hast du die Aufmerksamkeit eines Gastes erregt. Und zwar nicht *irgendeines* Gastes …«

Ich trat hinaus. Der Mann hielt das Handgelenk der Frau umfangen und fuhr mit dem Daumen eine alte weißliche Narbe auf der Innenseite ihres Arms nach, vielleicht das Überbleibsel eines Missgeschicks in ihrer Kindheit. Die Frau lächelte. »Vielleicht nicht brav, aber ich kann ziemlich unartig sein«, sagte sie und zog die Brauen hoch.

»Warst du denn unartig, Kleine?«

»Sehr sogar«, gab sie zurück und zog mit gespielter Ernsthaftigkeit erneut die Brauen hoch, ehe sie aufsah und lächelte. »Ah, unser kleiner Gast.« Einladend tätschelte sie den freien Platz neben sich. Ihr Duft nach Pfingstrosen stieg mir in die Nase, als ich mich setzte. »Was für ein süßes kleines Ding ... Wie alt bist du?« Ich sagte es ihr. »So jung. Ich erinnere mich noch genau, wie ich in deinem Alter war. Als ich angefangen habe, war ich sogar ein klein wenig jünger als du. Und wie heißt du?« Sie lauschte und lächelte. »Wie passend. Ich bin Kimiko. Und das hier ist Captain Sakamoto.« Vermutlich hatte ich ihn völlig verschreckt angestarrt, denn er setzte sich zurück und beäugte mich mit einem belustigten Lächeln durch eine Qualmwolke hindurch. Er war kein gut aussehender Mann, doch ich sollte schon bald herausfinden, dass das auch gar nicht notwendig war. Sein Reichtum und sein Amt sicherten ihm die besten Tische und die besten Mädchen in den Bars und Bordellen von Maruyama.

Kimiko goss eine Flüssigkeit in ein Glas und reichte es mir. »Hier, meine Kleine, du musst durstig sein.« Ich nippte an dem Drink und begann zu keuchen und zu prusten. Kimiko lachte. »Tut mir leid, ich hätte es dir vorher sagen müssen. Das ist kein Wasser. Aber wenn du hier arbeiten willst, musst du dich an den Geschmack gewöhnen.« Sie griff nach einem zweiten Krug. »Das hier ist Wasser.« Ich wusste, dass Mama-san uns beobachtete, deshalb lächelte ich nur und starrte weiterhin auf die

Tischplatte. »Gefällt dir mein Kimono, Amaterasu? Er ist ein Geschenk von Sakamoto. Er ist ein sehr großzügiger Mann.« Sie trank einen Schluck Sake. »Captain, gefällt Ihnen Amaterasus Kleid?« Er tippte die Asche seiner Zigarette im Aschenbecher ab.

»Du neckst die Kleine, Kimiko.«

Sie zündete sich eine Zigarette an. »Aber gar nicht. Ich finde, du bist bildschön, Amaterasu. Wie eine Motte, die zu nahe an der Kerze flattert. Finden Sie nicht auch, Sakamoto? Ist unsere neue kleine Freundin nicht hinreißend?«

Der Captain, dessen Gesicht von der Qualmwolke halb verborgen war, hob sein Glas, sagte jedoch nichts.

Eine Untergebene

Ue-shita: Die Beziehung zwischen einem Untergebenen und einer überlegenen Person gehört für Japaner zu den wichtigsten Faktoren der Interaktion zwischen zwei Menschen. Von einem Untergebenen wird erwartet, dass er sich respektvoll gegenüber dem über ihm Stehenden verhält, und dieser wiederum soll sich wie ein Elternteil um ihn oder sie kümmern.

Von dem Geld, das Mama-san mir gab, kaufte ich mir drei Kimonos – bernsteinfarben, petrol und korallenrot. Noch nie in meinem Leben hatte ich etwas so Kostbares besessen, und als ich vorsichtig mit der Hand über das weiche Gewebe strich, begann ich zu verstehen: Schöne Dinge zu besitzen konnte grundlegend verändern, wie man sich selbst sah und von anderen gesehen wurde. Als ich den Captain das nächste Mal treffen sollte, trug ich den bernsteinfarbenen Kimono. Mutter saß auf einem Hocker am Herd und sah zu, wie ich mich zurechtmachte. Inzwischen arbeitete ich seit einem Monat in der Bar, sechs Schichten pro Woche, ein Tag frei. Mama-san hatte mich angewiesen, nur wenig Make-up aufzulegen und mein Haar zu einem schlichten Knoten im Nacken zu frisieren. Meine Jugend sei der einzige Schmuck, den ich brauchte, meinte sie. Ich legte die Bänder und Schärpen um meinen Körper und erhaschte im Spiegel einen Blick auf Mutter, auf deren vom Alkohol und von der Erschöpfung gerötetem, frühzeitig gealtertem Gesicht ein trübseliges Lächeln lag. Während sie trank, erzählte sie mir ihre

Lieblingsgeschichte: dass aus ihr etwas Anständiges hätte werden können, wäre sie nicht meinem Vater begegnet und im falschen Viertel Nagasakis gelandet. Doch bittere Armut hin oder her, sie könne sich auch jetzt noch ein anderes Ende für sich vorstellen, schließlich sei sie noch nicht zu alt und verbraucht, um Träume zu haben. Und sie sei fest davon überzeugt, dass wir mit meiner Hilfe die Chance hätten, diesem Loch, das wir unser Zuhause nannten, zu entfliehen. Sie sprach davon, meinen Lohn auf die hohe Kante zu legen und irgendwann in ein besseres Viertel zu ziehen. Die Bar Printemps sei die Brücke in die Freiheit, meinte sie, und wir würden sie gemeinsam überqueren.

Ich blickte mich in unserer engen, feuchten Behausung um, sah die halb leer gegessenen Teller, die Wäscheberge neben dem Futon, auf dem ich im großen Zimmer schlief. Mutter sah in mir den Weg in die Freiheit, während ich in Wahrheit davon träumte, ihr zu entfliehen. Merkte sie denn nicht, dass ich nicht bei ihr bleiben wollte? Reichtum, Klasse, Kultiviertheit, all das konnte man anderen vorgaukeln … und vielleicht sogar erlangen. Die Arbeit mit den Hostessen hatte meine Hoffnung auf ein besseres Leben geschürt, aber wenn Mutter sich weiter an mich klammerte, würde ich womöglich genauso enden wie sie. Bevor ich aufbrach, gab ich ihr etwas Geld – es war für uns beide erträglicher, wenn sie in die schäbige Bar am Ende der Straße ging und sich dort ein paar Gläser genehmigte.

Im Printemps machte ich mich daran, übrig gebliebene Gläser vom Vorabend einzusammeln. Eines der Mädchen, ein Miststück namens Akiko, begann mich wegen Sakamoto zu hänseln. Den Hostessen war sein Interesse an mir nicht verborgen geblieben, und mich damit zu foppen war ihr neues Lieblingsspiel. Akiko warf Mika, ihrer molligen Handlangerin, einen Verschwörerblick zu.

»He, Amaterasu, wie geht's denn deinem Captain? Hat er schon seine Bestellung aufgegeben? Du bist genau seine Kragenweite. Er mag sein Fleisch gern roh und blutig.«

Akiko und Mika lachten, als Karin hereinkam. Mika nahm eine frittierte Garnele aus einem der Schälchen und kaute mit offenem Mund. »Keine Angst, Amaterasu. Kimiko ist neuerdings eher Kupplerin als Mätresse und wird froh über die Pause sein.«

Karin verscheuchte die beiden. Akiko trollte sich schmollend. »Du bist eine alte Spielverderberin, Karin. Sag Amaterasu, sie kann froh sein, dass Sakamoto überhaupt Interesse zeigt. Er ist mächtig und reich und kein stockbetrunkener Kaufmann oder Fabrikarbeiter.«

Mika wischte sich die Finger an einem Lappen ab. »Ja, sag ihr, sie kann froh und dankbar sein.« Sie warf Akiko einen verschlagenen Blick zu. »Ist ja auch egal, wenn er nach vergorenen Sojabohnen stinkt, seine Haut sich wie feuchter Tofu anfühlt oder er fetter ist als ein Mastschwein.«

Karin nahm ein Tablett voll schmutziger Gläser. »Wobei ihr in diesem Punkt eine echte Gemeinsamkeit habt, Mika.«

Mika warf ihr einen vernichtenden Blick zu, doch bevor sie etwas erwidern konnte, betrat Mama-san die Bar. Ich folgte Karin in die Küche und half ihr, die Gläser ins Spülbecken zu räumen. »Hör nicht auf diese Mädchen, Amaterasu, die sind nur eifersüchtig.«

Ich zündete den Herd an. »Aber ich verstehe nicht, worauf.«

»Du könntest jeden hier haben, wenn du lernen würdest, wie der Hase läuft. Sieh nicht so verschreckt drein. So etwas kommt vor. Ich habe von Hostessen gehört, die in den schönsten Apartments wohnen und ein Leben wie eine Ehefrau führen, bis auf den Nachnamen. Weshalb sollte dir so etwas nicht gelingen, Amaterasu? Oder mir?«

»Das klingt wie ein Märchen.«

Sie lachte. »Mag sein. Sagen wir einfach, für heute Abend hat sich ein gewisser Kunde angekündigt und nach deiner Gesellschaft verlangt.«

Mama-san hatte klargemacht, dass ich noch nicht so weit sei, gemeinsam mit Kunden am Tisch zu sitzen. Stattdessen verbrachte ich meine Abende immer noch damit, aufzuräumen oder einfache Kleinigkeiten für die Kunden herzurichten. Wann immer ich Gelegenheit hatte, sah ich den Hostessen zu, lauschte ihrem Tonfall, prägte mir ihre Körperhaltung und die Art ein, wie sie mit diskreter Aufmerksamkeit die Gläser füllten, sobald sie leer waren. »Ich bin aber noch nicht so weit, Gesellschaft zu leisten.«

Karin strich ihren Kimono glatt. »Der Grund, weshalb Mama-san dir verbietet, an den Tischen zu sitzen, ist nicht, dass sie glaubt, du könntest es nicht, sondern weil sie dich für den Höchstbietenden aufspart. Du bist ihre jüngste Errungenschaft, und deshalb will sie das Maximum herausholen.«

An welchem Punkt werden Hoffnungen von einem anderen Leben zu konkreten Plänen? Geschah es bei mir in diesem Moment? Ich weiß noch, dass ich meiner Arbeit nachging und nicht recht wusste, wie ich mich verhalten sollte, wenn der Captain auftauchte. Die Stunden vergingen. Schließlich machten sich die ersten Kunden taumelnd auf den Heimweg. Ich war erleichtert, dass Sakamoto nicht aufgetaucht war. Mama-san schickte einige Hostessen nach Hause, da sich die Bar allmählich leerte. Ich war in der Küche, als sie plötzlich neben mich trat und einen Seufzer ausstieß. »Zu viele Nüsse. Wir sind hier doch nicht im Zoo.« Sie strich sich über ihr sorgfältig frisiertes Haar, dann goss sie sich ein Gläschen ein und reichte es mir. »Hier, trink das. Sakamoto ist hier.« Ich spähte durch den Glasperlenvorhang und sah ihn, eingehüllt in eine Wolke aus Zigarettenqualm, das Gesicht zu einem angedeuteten Lächeln verzogen. Ich blickte zu Mama-san. »Sieh mich nicht so nervös an. Lass ihn einfach machen. Und nicht vergessen – immer schön lächeln.«

Ich trat hinaus, vorbei an den in schummriges Licht getauchten Gestalten. Als ich vor seinem Tisch stand, erhob er sich, wies mich an, mich zu setzen, und schenkte mir ein Glas Sake ein. Ich dankte ihm. »Lass mich mal die Hostess spielen«, sagte er und fragte, wie ich im Printemps gelandet sei. Ich erwiderte, meine Mutter hätte es für eine gute Idee gehalten. Er wollte wissen, ob mir die Arbeit gefiele, worauf ich meinte, ich käme mir wie eine Fledermaus vor – die ganze Nacht aufzubleiben, den Tag zu verschlafen und sich abends wieder stundenlang zurechtzumachen.

»Ich kann mich nicht mal mehr daran erinnern, wann ich zuletzt die Sonne gesehen habe.« Er wollte wissen, wie ich die Kunden fände. Ich zögerte.

»Alt und betrunken«, antwortete er an meiner Stelle. Ich musste lachen; genauer gesagt, mittlerweile wusste ich, wann ich über einen Scherz lachen sollte. Dann fragte er, ob die Männer sich gut benehmen würden. Die anderen Mädchen würden mir schon beibringen, wie ich sie im Zaum halten konnte. Er bedeutete mir, die Gläser zu füllen.

Dann rückte er näher. »Ich will dir ein Geheimnis verraten, allerdings erwarte ich eine Gegenleistung dafür. Was ich dir anbiete, ist eine sehr wertvolle Information. Versprichst du mir, mich angemessen dafür zu entschädigen?« Ich kicherte, wie es mir die anderen Mädchen gezeigt hatten, und bejahte. »Schön. Eine gute Tat als Ausgleich für eine gute Tat. Folgendes: Die Hostessen hier haben das Sagen, nicht die Kunden. Diese Männer und ihre Brieftaschen sind dir auf Gedeih und Verderb ausgeliefert. Sie sind nichts als Marionetten. Du ziehst die Strippen, denk daran. Liebe und Bars sind kein gutes Gespann. Vermischt man beides, gibt es nur Herzschmerz. Daher musst du zusehen, dass dein Herz hart wie ein Stein bleibt. Diese Männer suchen nicht nach Liebe, sondern wollen trinken und den Hals eines hübschen jungen Mädchens küssen. Sie suchen nicht nach einer Ehefrau. Das ist reine Illusion. Manche der Männer, die hierherkommen, sind einsam, manche durstig, manche hungrig, aber nicht auf etwas zu essen. Ich kann dich nur warnen: Sie werden alles tun, um deine Zuneigung zu gewinnen. Sie werden dir Geschenke machen, werden dir sagen, sie hätten noch nie eine solche Schönheit gesehen, noch nie so geliebt. Aber glaub ihnen kein Wort.« Er nippte an seinem Sake. »Nimm ihre Geschenke, aber glaube nicht, was sie dir sagen. Du bist wunderschön, das ist wahr. Diese Farbe steht dir ganz ausgezeichnet.«

Jetzt, als alte Frau, erinnere ich mich wieder an dieses Gespräch. Er erklärte mir alles, was ich über das Vergnügungsviertel wissen musste, aber so wie zahllose andere junge Mädchen vor mir bildete ich mir ein, dass diese Gesetzmäßigkeiten für mich keine Gültigkeit hätten. Zwar dankte ich Sakamoto für seine Offenheit, wusste sie aber nicht zu schätzen. Er musterte mich abschätzig von oben bis unten, dann nahm er eine Zigarette aus dem goldenen Etui und steckte sie sich zwischen die Lippen. »Bitte, lassen Sie mich ...« Ich griff nach dem Feuerzeug, doch meine Hände zitterten so sehr, dass er sie festhalten musste.

»Du musst mich Tetsu nennen.« Er lehnte sich zurück und streckte sich. »Ich habe Hunger, Amaterasu. Würdest du mir einen Reisbrei bringen?«

Ich nickte und stand auf. Insgeheim ärgerte ich mich, weil

ich nicht sicher war, ob ich etwas Falsches gesagt hatte. Ich trat durch den Glasperlenvorhang in die Küche, wo Mama-san gerade ein Geldbündel zählte. Sie blickte kurz auf. »Sakamoto will etwas zu essen.«

Sie sah auf die Uhr hinter ihr und schnalzte mit der Zunge, zählte jedoch unbeirrt weiter, während ich zum Schrank trat und den Reis herausnahm. Nicht mal eine Minute später drang Zigarettenrauch in die Küche, und als ich mich umdrehte, stand der Captain hinter mir. Wortlos. Mama-san sah zuerst ihn an, dann das Geldbündel, dann öffnete sie den Mund, als wollte sie etwas sagen, raffte jedoch bloß schweigend die Banknoten zusammen und verließ mit gesenktem Kopf die Küche. Er trat ans Spülbecken, drehte den Hahn auf und hielt seine Zigarette darunter, die zischend erlosch. Er lächelte.

»Ich bitte um Entschuldigung, aber ich bin nicht länger hungrig. Stattdessen steht mir der Sinn nach etwas anderem. Gute Taten verdienen gute Taten, findest du nicht auch? Würdest du dich hinknien, Amaterasu?«

Ich weiß noch, dass ich den Reis beiseiteschob. »Ich verstehe nicht ganz.«

Er wiederholte seine Bitte. »Ich möchte gern, dass du dich hinkniest. Genau dort, wo du jetzt stehst.«

Ich blickte auf die Holzdielen. »Aber mein Kimono wird ganz schmutzig.«

Er trat näher. »Ich kaufe dir einen neuen … einen viel schöneren.« Er strich mit den Fingern über einen Korb mit Sakeflaschen neben der Spüle.

»Aber Mama-san?«

»Keine Angst, Kleines. Ich werde dir zeigen, was du zu tun hast. Und jetzt … würdest du dich hinknien?« Der Captain stand direkt vor mir. Sein säuerlicher Alkoholatem schlug mir ins Gesicht. Er streichelte meine Wange. »Hab keine Angst.« Ich konnte die Poren auf seiner Nase und die roten Äderchen sehen. »Ich werde dich alles lehren. Und jetzt knie dich hin.« Ich kam gar nicht auf die Idee, Nein zu sagen. Womöglich hätte ich es tun können. Ich hätte nach Hause laufen und Mutter sagen können, dass ich mir eine andere Arbeit suchen würde. Ich hätte Mama-san das Geld irgendwie zurückzahlen können. Ich hätte so leben können wie meine Mutter und mich mit billigem Sake betäuben. Vielleicht hätte ich all diese Möglichkeiten gehabt, doch in diesem Moment, als ich allein mit dem Captain in der Küche stand, fiel mir keine Einzige davon ein. Also ließ ich mich auf die Knie sinken. Und wie der Captain versprochen hatte, zeigte er mir, was ich tun musste. Ich trug diesen bernsteinfarbenen Kimono nie wieder.

Die Prostituiertenspinne

Jorogumo: Eine mythologische Figur aus der Edo-Zeit; die Spinne, üblicherweise eine Radnetzspinne, erlangt magische Kräfte, sobald sie vierhundert Jahre alt wird. Sie wächst zu einer bildschönen jungen Frau heran, die die Männer mit dem Spiel einer japanischen Laute namens biwa an einen abgelegenen Ort lockt. Dort fesselt sie ihr Opfer mit ihren Seidenfäden und verspeist es. Manchmal schlüpft sie auch in die Gestalt einer schwangeren Frau, wobei der Bauch ihr Eiersack sein könnte. Jorogumo ist auch die Bezeichnung für eine Spinne namens Nephila clavata oder die goldene Radnetzspinne.

Nach dieser ersten Nacht schickte mir der Captain massenhaft Geschenke nach Hause – jedes einzelne symbolisierte eine neue Lektion, die er mir beigebracht hatte. Mutters Eifersucht war beinahe mit Händen zu greifen, wenn sie mir beim Auspacken zusah. Einen Großteil des Schmucks und der Pelze riss sie sich eiskalt unter den Nagel, nur die Korallenkette durfte ich behalten. Sie wurde in einer Perlmuttschatulle mit einer weißen Rose geliefert, und Mutter schien zu begreifen, dass sie eine tiefere Bedeutung besaß. Obwohl ich noch nicht einmal sechzehn war, hatte Sakamoto mich nach allen Regeln der Kunst ausgebildet, und durch seine Freundschaft verbesserten sich unsere Lebensumstände ganz erheblich. Wir aßen bessere Lebensmittel, bekamen einen schöneren Tisch, aber Mutter wollte trotzdem immer mehr. Sie löcherte mich, wann wir endlich in ein schöneres Haus ziehen würden. Ich müsste den Captain doch nur nett fragen, dann würde er schon dafür sorgen, sagte sie. Mutter begriff nicht, wie das Spiel lief. Keiner von uns wollte die Illusion zerstören, dass dieser Vertrag über den Austausch von Körperkontakt mehr als ein billiger Handel war. Ja, wenn ich geduldig war und geschickt vorging, würde ich eines Tages tatsächlich das Etikett der Maruyama-Gespielin abstreifen, aber seine Gunst zu erzwingen würde die Illusion zerstören, die wir zurechtgesponnen hatten, die Geschichte eines Liebespaars. Weshalb sollte er mir ein Haus kaufen, wo es so viele andere Hostessen gab, nach denen ihn dürstete? Diese ersten Monate brachte ich ausschließlich damit zu, seine Gelüste zu befriedigen, damit er keine andere so begehrte wie mich. Ich war ein Kind, aber Kinder lernen schnell, und Sakamoto zögerte nicht, mir seine Vorlieben zu zeigen.

Natürlich liebte ich den Captain nicht, ich konnte ihn noch nicht einmal leiden, dennoch war ich froh darüber, dass es ihn gab, und dafür, was sein sexuelles und folglich auch finanzielles Interesse mir während der nächsten paar Jahre einbringen würde. Unsere Bekanntschaft hatte für beide Seiten Vorteile: Er war die perfekte Möglichkeit, meinem bisherigen Dasein zu entfliehen. Je länger er meine Gesellschaft suchte, umso häufiger dachte ich an die Geschichten von Frauen, die in prachtvollen, von ihren Maruyama-Gönnern finanzierten Apartments lebten. Einige von ihnen hatten sogar Kinder und führten das Leben einer Ehefrau; andere hatten genug Geld auf die Seite gelegt, um ihre eigene Bar oder ihr Geschäft zu führen. Die Hostessen wussten, was Sakamoto in der Hand hielt: den Schlüssel zu den Türen jenseits des Vergnügungsviertels. Ja, ich war eigentlich viel zu jung gewesen, trotzdem betrachtete ich mich nicht als Opfer. Er wollte Befriedigung, ich wollte seine Zuwendungen.

Das richtige Timing war wichtig. Kimiko, seine bisherige Gefährtin, war von der Bildfläche verschwunden, doch ich nahm nicht an, dass ihr Verschwinden in irgendeinem Zusammenhang mit mir stand. Stattdessen ahnte ich, dass die Aufmerksamkeit des Captains mit einem unausgesprochenen zeitlichen Limit versehen war. Allmählich machte ich mir Sorgen, Sakamoto würde meiner ebenso überdrüssig werden wie ihrer. Also musste ich ihm das gebührende Maß an Respekt und Aufmerksamkeit entgegenbringen, während ich zusah, dass er mir gewogen blieb. Es wäre idiotisch gewesen, seine Zuwendungen aufs Spiel zu setzen, indem ich andere Männer in mein Bett ließ. Kaum einer genoss ein höheres Ansehen, und er wurde von sämtlichen Männern wegen seines Besitzes und seines Status beneidet. Ich lernte schnell, beharrliche Verehrer, die seinen Platz einnehmen wollten, mit sanfter Diplomatie in ihre Schranken zu weisen. Dabei war es nicht ganz leicht, die richtige Balance zu finden – einesteils ihr Ego nicht zu verletzen und sie zugleich zu ermutigen. Es wäre ein Leichtes gewesen, mir eine Rückversicherung zu beschaffen, einen anderen Mann, der mich versorgte, aber Sakamoto war und blieb der aussichtsreichste Kandidat für meinen Plan, mich und meine Mutter aus dem Sumpf von Maruyama zu holen. Ich musste lediglich dafür sorgen, dass er meine Gesellschaft als am erstrebenswertesten betrachtete. Daher tolerierte ich seine Hände, seinen Mund und auch andere Körperteile. Ich machte bei allem mit, was er von mir verlangte, und entwickelte mich zu einer hervorragenden Schauspielerin. Ich mimte mein Verlangen mit einer solchen Hingabe, dass ich manchmal selbst daran glaubte, und lernte, meine Sehnsucht nach etwas anderem als den Aufmerksamkeiten des Captains hinter einer Fassade der Unbekümmertheit und Sorglosigkeit zu verstecken. Ich war so beschwingt wie ein Schmetterling in der Sommerbrise.

Zwischen dem Captain und meinen Schichten in der Bar besuchte ich mit Karin die städtischen Badehäuser, wo wir uns sauber schrubbten. Wir hängten unsere Kimonos auf, kauften Handtücher und eine Seife und setzten uns einander gegenüber auf kleine Hocker. Während des Bades plauderten wir über die Kunden, die wir mochten, über all jene, die dem Alkohol übermäßig zusprachen oder deren Hände gern auf Wanderschaft gingen. Wir erschufen Codes – Sakamoto war *dango* (Knödel); Mama-san war *kitsune*, also Fuchs oder freundlicher Wächter; Akiko war *mimikaki* (Tausendfüßler), weil sich ihr Gelächter wie ein Pieks in den Ohren anfühlte. Karin stammte aus Sasebo an der Nordwestspitze Kyushus, wo ihre Familie in den Kohleminen gearbeitet hatte. Sie hatte sich in einen Schweißer verliebt und war mit ihm nach Nagasaki durchgebrannt. Als ich fragte, was aus ihm geworden sei, schüttelte sie betrübt den Kopf. »Das weiß ich nicht. Eines Morgens bin ich aufgewacht, und er war weg.« Mama-san hatte sie vor einem Restaurant aufgegabelt und mitgenommen. Sie hatte nicht einmal genug Geld gehabt, um sich etwas zu essen zu kaufen. Während wir uns ein Leben außerhalb von Maruyama ausmalten, goss ich heißes Wasser aus einem Holzkübel über mich und wusch Sakamotos Speichel, Schweiß und Samen von meiner Haut.

Danach gingen wir häufig vor unserer Schicht am Hafen spazieren und sahen uns den Sonnenuntergang an. Seidenspinnen hatten sich zwischen Laternenpfählen und Paletten eingenistet und hockten in ihren Nestern, die im ersterbenden Licht golden schimmerten. Karin hasste sie, doch mich faszinierte ihre Schönheit – das rote Kreuz auf der Unterseite, die gelbblau gestreiften Beine und ihre dreiste Kühnheit im Vergleich zu den gewöhnlichen braunen Artgenossen, die auf dem Boden herumwuselten. Ich bewunderte ihre Geduld und List und begriff allmählich die Komplexität, die Seide aus den unsichtbaren Drüsen zu produzieren und damit ein Heim zu erschaffen, das zugleich auch als tödliche Falle diente. Ich dachte an die sogenannte Jogomuro, die Prostituiertenspinne, eine unwiderstehliche Verführerin, die sich an den Männern gütlich tat. Könnte ich so sein wie sie? Ich zog meine farbenfrohsten Kimonos an und versuchte, mir eine andere Zukunft für mich vorzustellen. Sei unwiderstehlich, geduldig und entschlossen, sagte ich mir. Werde eine Jogomuro.

Ein Jahr verging, und noch immer bevorzugte der Captain zwar meine Gesellschaft, machte jedoch keine Anstalten, mir ein Leben außerhalb der Bar zu ermöglichen. Wann immer er nicht im Printemps auftauchte, bemühten sich andere Kunden um meine Aufmerksamkeit. Eines Abends saß ich mit einem Literaturprofessor zusammen, dessen Liebe zu mir mit jedem Glas Brandy wuchs, das er zu sich nahm. »Wie geht es meiner Clarissa heute Abend?«, nuschelte er mir ins Ohr. Ich fragte ihn, was er damit meinte, worauf er lediglich grinste. Bei seinem nächsten Besuch brachte er mir ein Buch mit, *Clarissa* von Samuel Richardson. »Hier, meine gefangene Prinzessin.« Er hatte eine Seite umgeknickt und die Textstelle mit einem Bleistift markiert. *»Ich bin bloß eine Zahl, um ihm Bedeutung zu verleihen und mir selbst Schmerz zu bereiten.«* Ich fragte den Professor, ob es sich um eine Liebesgeschichte handelte, worauf er lachte. »Das hängt vom Standpunkt ab.« Mir war bewusst, dass er sich über mich lustig machte – das war eine ganz typische Reaktion auf unerwidertes Verlangen. »Bitte, Amaterasu, du bist doch Expertin auf dem Gebiet der Liebe. Schließlich siehst du sie jeden Abend neu erblühen.«

Doch was ich in der Bar sah, hatte mit Liebe nichts zu tun. Die Hostessen wurden dafür bezahlt, Ersatzehefrauen, Geliebte oder sogar Mütter zu sein, nur dass wir unsere Schützlinge nicht mit unserer Milch nährten, sondern mit Sake. Die meisten Unterhaltungen strotzten vor sexuellen Andeutungen und derben Scherzen. Wir lauschten den Klagen unserer Gäste und lächelten mitfühlend, während wir ihnen noch mehr Alkohol einschenkten, damit sie ihr ungelenkes Gegrabsche unterließen und den Kummer vergaßen, der sie zu uns geführt hatte. Ich erwiderte, dass ich nicht die leiseste Ahnung hätte, was Liebe sei, allerdings mache sie die Leute eher traurig als glücklich und sollte deshalb tunlichst gemieden werden. Er schüttelte den Kopf. »Mein liebes Kind, du weißt gar nichts. Die Liebe ist ein wahres Wunder, ein prachtvoller Regenbogen, Sonnenlicht auf einem Wasserfall, Morgentau auf einer Blüte, ein wildes Pferd, das am Strand entlanggaloppiert. Was für ein bedauernswertes kleines Ding du doch bist. Ich werde dir zeigen, was Liebe ist, irgendwo weit weg von dieser schäbigen Bude.« Ich erklärte ihm, das klinge ganz wunderbar, doch er solle sich darüber im Klaren sein, dass ich lediglich ein Gespinst sei, eine Illusion, erschaffen im abendlichen Alkoholrausch, die bei Tageslicht gar nicht existierte. Ich schenkte ihm nach, und er fragte, ob ich glücklich sei. »Weshalb sollte ich es nicht sein?«, antwortete ich so unbeschwert, wie ich nur konnte. »Sie sind doch hier, um mir Gesellschaft zu leisten und mir über die Liebe zu erzählen, obwohl ich dazu verdammt bin, sie niemals selbst zu erleben.«

»Du wirst bewundert, das ist wahr, aber wirst du die Liebe erkennen, wenn sie dir begegnet? Wirst du ihr erlauben, in dein Leben zu treten?« Er stellte sein Brandyglas ab. »Ich bin betrunken und muss dich jetzt diesen üblen Gesellen überlassen, liebe Prinzessin.«

Mit übertriebener Vorsicht stand er auf und taumelte zur Tür, zweifellos, um sich in den umliegenden Bars auf die Suche nach einer anderen Clarissa zu machen. Beim Hinausgehen rempelte er versehentlich einen Mann an und entschuldigte sich bei ihm. Ich bemerkte den neuen Kunden, doch nicht sein markantes Gesicht und seine souveräne Haltung erregten meine Aufmerksamkeit. Wie sollte man dieses Gefühl beschreiben? Plötzlich schien es ganz still in der Bar zu werden, und ich kam mir vor, als würde ich in ein Vakuum gezogen werden, während ich zusah, wie er zu Mama-san trat. Er kam nicht in Begleitung von wilden Pferden oder einem Regenbogen, sondern einem anderen, etwas kleiner und stämmiger gebauten Mann. Was wäre passiert, wenn ich ihn an diesem Abend nicht gesehen hätte? Hätte Sakamoto mich in einem Apartment untergebracht? Wäre auch ich zu einer Mama-san geworden? Oder zu einer jüngeren Ausgabe meiner Mutter? Ich vermag es nicht zu sagen. Fest steht, dass dieser Fremde in mein Leben trat und unauslöschliche Spuren hinterließ. Ich kannte seinen Namen nicht, doch später an diesem Abend stellte er sich mir vor. Jomei Sato. Und sein Freund? Kenzo Takahashi.

Heilige Tage

Ennichi: Alte Leute glauben daran, dass die Götter ihnen besonders hold sind, wenn sie an einem Feiertag einen Schrein oder Tempel besuchen. Weniger gläubige Städter nutzen diese Tage, um an den Kirmesständen vorbeizuschlendern und sich zu amüsieren. Der Achte jedes Monats ist Yakushi Nyorai (dem Gott der Medizin) gewidmet, der 18. Kannon (der Göttin der Gnade), der 24. Jizo (dem Hüter der Kinder) und der 28. Fudo (dem Gott der Reglosigkeit).

Es war eindeutig ihr erster Besuch. Obwohl sie versuchten, souverän zu wirken, drückten sie sich unschlüssig an der Tür herum; der eine ließ den Blick durch den Raum schweifen, der andere starrte verlegen auf seine Schuhspitzen. Mama-san konnte ihre Verblüffung kaum verhehlen, als ich mich erbot, mich um sie zu kümmern. Karin schloss sich mir an. Gemeinsam begrüßten wir die beiden jungen Männer und führten sie zu einem der weniger gefragten Tische in der Nähe der Küche: Bis wir uns ein Bild von der Spendierfreudigkeit neuer Kunden gemacht hatten, mussten die besseren Tische für die Herren freigehalten werden, die sich den teuersten Sake leisten konnten. Auf die beiden Neuankömmlinge schien dies durchaus zuzutreffen, doch als erfahrene Hostess wusste man, dass der äußere Schein trügen konnte. Wir servierten ihnen ihre Getränke und erfuhren ihre Namen und ihren Beruf. Sie hatten gerade erst ihren Abschluss gemacht; Kenzo Takahashi als Schiffsbauingenieur, Jomei Sato als Arzt. Karin plauderte mit Takahashi, während ich mich um

Sato kümmerte. Obwohl ich gerade einmal sechzehn war, beherrschte ich bereits die Kunst der leichten, gepflegten Unterhaltung. Manche der älteren, gebildeteren und nüchterneren Männer bereiteten mir noch etwas Mühe, aber ansonsten ließ ich mich nur selten von einem Kunden ins Bockshorn jagen. Bei Sato war es anders. Bisher hatte ich mich noch nie zu einem der Gäste hingezogen gefühlt, deshalb war mein Interesse an ihm höchst beunruhigend.

Ich schenkte ihm ein Glas Sake ein. »Die Medizin ist eine wunderbare Berufswahl. Ihre Familie muss sehr stolz auf Sie sein.«

Er lächelte verschmitzt. »Und Ihre Familie muss sehr stolz auf Sie sein?«

Sein Tonfall gefiel mir nicht, aber ich wurde dafür bezahlt, mich nicht gekränkt zu fühlen. »Dies ist Ihr erster Besuch. Sind Sie neu in Maruyama?«

»Nein.« Er stieß mit seinem Freund an. »Aber Kenzo ist zum ersten Mal hier. Siehst du, Kenzo, ich habe es dir ja gesagt.« Sein Freund lief rot an und warf Karin einen scheuen Blick zu.

»Ich habe meinem Freund einen netten Abend mit Drinks, schönen Frauen und dem besten Shabu-Shabu der ganzen Stadt versprochen. Wenn Sie hier fertig sind, müssen Sie uns unbedingt begleiten. Den ganzen Abend dem Gerede der Männer lauschen zu müssen macht doch bestimmt Appetit.«

Ich lachte aus purer Gewohnheit. »Ein sehr großzügiges Angebot, aber ich fürchte, wir werden noch hier sein, wenn Sie längst in Ihren Betten liegen.«

Wieder bedachte Sato mich mit einem verschmitzten Blick. »Ist in Ihrem Bett zufällig noch ein wenig Platz?«

Ich gab vor, auf die Uhr zu sehen. »Die meisten Kunden warten mindestens zehn Minuten, ehe sie mir diese Frage stellen.«

Nun war er es, der lachte. »Bitte entschuldigen Sie meine mangelnde Originalität.«

Gerade als ich ihm noch einmal nachschenken wollte, trat Akiko zu uns und flüsterte mir etwas ins Ohr. Ich sah zu dem Tisch in der Ecke hinüber. Der Captain war eingetroffen und verlangte nach meiner Gegenwart. Ich erhob mich, damit sie meinen Platz einnehmen konnte.

»Meine Herren, es war mir ein Vergnügen. Ich hoffe, Sie bald wieder hier zu sehen, allerdings muss ich Sie für den Moment verlassen, fürchte ich.«

Die beiden verneigten sich. Als ich mich zum Gehen wandte, griff Sato nach meiner Hand und hob sie an seinen Mund. »Das Vergnügen ist ganz meinerseits. Und wir werden eines Tages Shabu-Shabu essen, ganz bestimmt.«

Ich setzte mich zu Sakamoto, der mit dem Finger über meine Korallenkette strich. »Es gefällt mir nicht, wenn du mit anderen Männern sprichst.«

»Aber das ist mein Job, Tetsu.« Ich zündete ihm eine Zigarette an. »Wie soll ich sonst meine Rechnungen bezahlen? Außerdem sind diese Männer nur Jungs.«

»Aber es gefällt mir nicht, wie sie dich ansehen.« Er ließ die Hand unter dem Tisch verschwinden, zog meinen Kimono hoch und schob sie zwischen meine Beine. Tadelnd tippte ich ihm mit dem Finger auf die Nasenspitze. »Nicht hier, du Böser.«

»Hier.« Wir saßen im hinteren Teil der Bar, trotzdem hatte ich Angst, Satos Blick auf mir ruhen zu sehen, wenn ich den Kopf hob, und die Vorstellung beschämte mich. Sakamoto küsste meinen Hals und zog, frustriert wegen der hinderlichen Falten des Kimonos, seine Hand fort. »Ich finde, Mika sollte sich heute Abend zu uns gesellen.«

Ich seufzte. »Muss das sein? Ich kann sie einfach nicht leiden.«

»So übel ist sie gar nicht. Du hast keinerlei Grund zur Eifersucht. Davon abgesehen ... behandle ich dich etwa nicht gut genug?«

Mika kam an unseren Tisch, kichernd, mit roten Wangen und feuchten Lippen und eifrig wie ein kleines Hündchen. Als der Captain gerade nicht hinsah, warf sie mir einen befriedigten Blick zu. Sie sah es, so wie alle anderen auch: Der Captain war drauf und dran, mir seine Gunst zu entziehen. Erst eine gute Stunde später erhoben Kenzo und Sato sich und gingen. Der junge Doktor war eindeutig zu attraktiv für diesen Fleischmarkt; er brauchte nicht zwischen irgendwelchen Hostessen zu sitzen, die ihn mit aufgesetzten Komplimenten zu umgarnen versuchten. Allein sein Aussehen hätte jede von ihnen in Versuchung geführt, die Regel, außerhalb der Bar keine Kontakte zu Kunden zu pflegen, zu brechen. Ein Jammer, dass er nicht älter oder wohlhabender war, sonst hätte er einen perfekten Ersatz für den Captain abgegeben. Sato verbeugte sich vor Mama-san; gerade als er durch die Tür treten wollte, drehte er sich noch einmal um und lächelte mir zu. Der Captain bekam von unserem stummen Austausch nichts mit, Mika hingegen entging er nicht. Eine Mischung aus Heiterkeit und Furcht überkam mich, so als würde ich in einen eiskalten Pool springen, während die Sonne auf mich niederbrannte. Ich fühlte mich auf einmal so lebendig, doch so schnell das Hochgefühl über mich kam, folgte der Absturz, und ich war zurück in den düsteren Schatten des Printemps.

Später, lange nachdem wir die Bar verlassen und ein Zimmer in einem nahe gelegenen Gasthaus genommen hatten, lag ich neben dem schnarchenden Captain und sah zu, wie er sich die Fettwülste und Grübchen kratzte, wie ein zufriedenes Schwein in seinem Koben. Die Frage des Professors kam mir wieder in den Sinn: Würde ich die Liebe erkennen, wenn sie mir begegnete? Bis zu diesem Abend hatte ich mir nicht auszumalen gewagt, wie es sich anfühlen könnte. Ich hatte kaum einen anderen Gedanken gehabt als die Frage, wie ich meinen Gönner am besten bei Laune halten konnte, doch nun sah ich auf einmal nur noch Jomei vor mir, das Muttermal, diesen Mund, das lächerliche Versprechen eines gemeinsamen Abendessens. War das Liebe? Oder nur Verlangen? Aber eigentlich spielte es keine Rolle. Sato war zu jung, ein Niemand, zu unkalkulierbar, um seinetwegen meine Zukunft aufs Spiel zu setzen.

Die Süße des Lebens

Iki: Ein ästhetisches und moralisches Ideal, entwickelt aus der Klasse der Stadtbewohner am Ende der Edo-Zeit (1603–1867). Iki idealisiert nicht nur urbanen Chic oder die bourgeoise Schönheit, sondern auch die Weltgewandtheit von jemandem, der den Sinnesfreuden im Leben zugewandt ist. Eine Dame, die iki besitzt, verströmt Lebensfreude und ist stets bereit, für ihren Geliebten Opfer zu bringen.

Einen Monat später sah ich ihn wieder. Die Mehrzahl der Gäste war wegen des Monsuns der Bar ferngeblieben, doch als der Regen endlich nachließ, ging die Tür auf, und er trat ein, eine aufgerollte Zeitung schützend über den Kopf haltend. Er ließ den Blick über die leeren Tische schweifen. Es war, als hätte er einen gleißenden Lichtkegel quer durch den Raum gesandt. Er lächelte und kam auf mich zu. »Ihr Captain ist heute nicht hier?«

Allein an einem Tisch musste ich wie eine Marktfrau auf der Suche nach Kundschaft gewirkt haben. »Er ist nicht mein Captain, aber ich erwarte ihn.«

Er deutete auf den Platz neben mir. »Darf ich Ihnen Gesellschaft leisten, bis er eintrifft?«

»Aber natürlich, es wäre mir eine Freude.« Was hätte ich sonst sagen sollen? Die Wahrheit kam mühelos über meine Lippen.

Er setzte sich neben mich, viel zu dicht, aber ich schaffte es nicht, von ihm abzurücken. Stattdessen zündete ich ein Streichholz an, und er beugte sich mit der Zigarette im Mund vor. Als sie brannte, lehnte er sich zurück und sah sich um.

»Sie führen ein eigentümliches Leben, Amaterasu.«

Ich lächelte. »Tue ich das? Inwiefern?«

»All die schönen jungen Damen, die mit diesen alten Knochen hier herumsitzen ... die reinste Verschwendung.«

Ich schüttelte den Kopf. »Aber unsere Kunden sind sehr großzügig und aufmerksam. Wir können uns glücklich schätzen, Zeit mit so gebildeten, charmanten Herren verbringen zu dürfen.«

Er nickte; möglicherweise, um mir zuzustimmen. »So habe ich es bislang nie betrachtet.« Sein Blick fiel auf meine Korallenkette. »Und dieser Kempeitai-Offizier ist ein feiner Bursche, ja?«

Versuchte er etwa, mich in Verlegenheit zu bringen? Ich zündete mir eine Zigarette an, um meine Nerven zu beruhigen, und sog tief den Rauch ein. Was sollte ich über Sakamoto sagen? Ich sah mich selbst ... nackt, während der Captain Sake mit Blattgold über mir ausgoss, sodass meine Brustwarzen wie goldene Perlen in der Dunkelheit schimmerten, ehe er ihn aufleckte. Ich sei seine Chrysantheme, flüsterte er, dann ließ er die eiskalte Flüssigkeit über meinen Rücken rinnen und öffnete meine Blüte. Was sollte ich Sato sagen? »Der Captain und ich sind nur gute Freunde.«

»Und genau das wünschen Sie sich, Amaterasu? Nur seine Freundin zu sein?«

Was für eine beiläufige und zugleich grausame Bemerkung. Er hatte doch keine Ahnung von den Chancen, die sich mir boten. »Sie können sich kein Urteil über etwas erlauben, das Sie nicht kennen.«

Er musterte mich einen Moment lang nachdenklich. »Ich

hatte ein privilegiertes Leben, das ist wahr, aber mir ist durchaus bewusst, dass man manchmal Dinge tun muss, die man lieber nicht tun würde.«

Ich verabscheute es, dass mein Lachen so bitter klang. »Geld macht uns zu mitleidigen Richtern.«

»Vergeben Sie mir, Amaterasu. Ich mag noch jung sein, trotzdem leuchtet mir ein, dass das hier ein Job für Sie ist, nicht mehr. Wie ermüdend muss unsere Gesellschaft für Sie sein ... ständig diesen armseligen Scherzen lauschen und unser angeschlagenes Ego aufpäppeln zu müssen.« Er zupfte sich ein Tabakstückchen von der Lippe, und ich ertappte mich erneut bei dem Gedanken, wie es sich anfühlen mochte, sie zu küssen. »Werden Sie all das hinter sich lassen, wenn Sie die Gelegenheit dazu bekommen?«

Ich lächelte. »So wie Sie es ausdrücken, klingt es, als würde ich zu entfliehen versuchen.«

»Tun Sie das nicht?« Ich sah mich nicht imstande, ihm zu antworten, und er nickte, als verstünde er meine Vorsicht. »Mir gefällt die Vorstellung, dass da draußen ein gut aussehender Geliebter auf Sie wartet. Ich sehe Sie beide vor mir, wie Sie durch den Park spazieren, die Sonne oder den Regen auf Ihren Gesichtern, je nachdem, was Sie bevorzugen. Sie sind auf dem Weg zu einem Konzert oder ins Restaurant. Er hat Ihnen nur eine Kleinigkeit mitgebracht, aber Sie freuen sich trotzdem darüber.«

Spielerisch schüttelte ich den Kopf. »Für einen Wissenschaftler sind Sie ja ein richtiger Poet.«

»Sentimental bin ich nicht, so viel steht fest. Ich bin neu hier, das ist mir bewusst, trotzdem muss man all die Mädchen hier mögen.« Er sah mich an, als wäre ich die Einzige im Raum. »Ich frage mich nur, was aus euch wird, wenn ihr einmal keine Mädchen mehr seid.«

Selbst wenn ich etwas darauf hätte erwidern können, bekam

ich keine Gelegenheit dazu, da der Captain in diesem Moment eintrat und Sato, der meine Erschrockenheit spürte, sich umdrehte. Stummes Einverständnis lag in dem Blick, den die beiden Männer tauschten, und Sato nahm seine Zigaretten. Mama-san eilte auf den Captain zu, um drohende Peinlichkeiten zu verhindern, während Sato sich mir scheinbar völlig unbeeindruckt zuwandte. »Sag mir, Amaterasu, könntest du dir vorstellen, eines Tages im Park spazieren zu gehen?« Er hielt kurz inne. »Mit mir?«

Ich konnte nicht aussprechen, was ich in Wahrheit dachte. »Mama-san gestattet keine privaten Treffen.«

Sato schnalzte mit der Zunge. »Wie grausam. Bestimmt siehst du im Sonnenschein ganz anders aus. Und das würde ich sehr gern sehen.« Er verbeugte sich und wandte sich zum Gehen. Trotzdem konnte er sich eine letzte Bemerkung nicht verkneifen. »Der Kazagashira-Park ist um diese Jahreszeit wunderschön, vor allem dienstags um die Mittagszeit, wie ich gehört habe.«

Beim Hinausgehen streifte er den Captain an der Schulter; falls Sakamoto wütend auf ihn war, ließ er es sich zumindest nicht anmerken. Er bat Mika, sich zu uns zu setzen, doch nach ein paar Minuten flüsterte er ihr etwas ins Ohr, worauf sie verschwand. Kurz darauf verließen wir die Bar. Später, als ich glaubte, er sei endlich fertig mit mir, klopfte es an der Tür, und im Zwielicht zwischen Nacht und beginnendem Tag betrat eine Frau den Raum, die ich bei näherem Hinsehen als Mika erkannte. Ich wollte aufstehen, aber Sakamoto hielt mich zurück.

»Wenn du dir neue Freunde zulegen kannst, Amaterasu, dann kann ich das auch. Das ist doch nur fair, oder nicht? Sind wir denn noch Freunde?« Er lächelte zuerst mich an, dann Mika und schlug das Laken beiseite. »Tja, Kleines, wieso beweist du es mir nicht?«

Elterliche Dummheit

Oyabaka: Dieser Begriff bezeichnet einen Elternteil, der sein einziges Kind so sehr liebt, dass er seinetwillen eine große Dummheit begeht. Beispielsweise kaufen Leute ihren Kindern jedes Spielzeug, an dem die Kleinen Interesse zeigen, obwohl sie eigentlich kein Geld dafür haben. Viele sind bereit, Opfer zu bringen, nur damit es ihren Kindern gut geht. Auch bestrafen diese Eltern ihre Sprösslinge nicht, wenn sie sich schlecht benehmen, selbst wenn ihnen klar ist, dass sie es eigentlich sollten.

Der erste Dienstag verging, der zweite ebenso und noch ein weiterer, ohne dass ich mich im Park blicken ließ. Dann, eines Abends, als Mika dem Captain gerade einen schmutzigen Witz erzählte, der ihr selbst die Schamesröte ins Gesicht trieb, betrat jemand die Bar, der erst in jüngster Vergangenheit noch Teil unseres Lebens gewesen war. Mika, die gerade zur Pointe hatte anheben wollen, unterbrach sich und starrte die sichtlich betrunkene Frau an, die auf unseren Tisch zuwankte. Es dauerte einen Moment, bis ich sie erkannte: Kimiko. Die fehlende Gunst des Captains hatte ihren Tribut gefordert; die goldfarbenen Seidenkimonos waren einem billigen Exemplar aus blauer Baumwolle gewichen, und sie starrte vor Schmutz. Sakamoto sagte kein Wort, sondern bedeutete ihr lediglich, sich zu setzen. Der Gestank nach Alkohol und Schweiß stieg mir in die Nase, als sie sich auf den Platz neben mir sinken ließ. Mama-san beobachtete sie von ihrem Stammplatz neben der Bar, während

Sakamoto ihr mit einem flüchtigen Blick irgendeine Botschaft übermittelte.

»Was für eine Freude, Kimiko«, sagte er dann und ließ sein Zigarettenetui auf dem Tisch kreiseln.

Schnaubend schenkte sie sich ein Glas Sake ein. »Das glaube ich gern.«

»Was führt dich her?«

»Das ist ja großartig! Ich habe dich hier eingeführt, hast du das schon wieder vergessen, kleiner Tetsu? Kleiner, kleiner Tetsu.« Sie zwitscherte seinen Namen und wackelte mit dem Finger vor seiner Nase herum.

»Du solltest wieder nach Hause gehen.«

Sie lachte. »Nach Hause? Wo ist das, Tetsu? Wo ist mein Zuhause, mein kleiner verlogener Tetsu?« Sie wandte sich mir zu. »Ist das der Grund, weshalb ich kein Zuhause mehr habe?« Kopfschüttelnd musterte sie mein Gesicht und lachte erneut. »Ich kenne dich. Die kleine Motte mit den Clogs. Du meine Güte, sieh dich an, was aus dir geworden ist.« Sie trank einen Schluck und schüttelte betrübt den Kopf. »Ich frage mich, wen er schon im Hinterkopf hat, um dich zu ersetzen.« Mit einer übertriebenen Geste sah sie sich in der Bar um. »Mal sehen ... oh, was ist mit ihr, Tetsu? Nein, stimmt, die ist zu alt. Wen haben wir sonst noch?« Sie lächelte Mika an, stieß einen Pfiff aus und verpasste ihr einen Klaps aufs Knie. »Du liebe Zeit, du bringst ja einiges auf die Waage.« Sie wandte sich an Sakamoto. »Ich wusste gar nicht, dass du etwas für Fette übrig hast.«

Mama-san trat an unseren Tisch. »Meine liebe Kimiko.« Ihre Stimme war so melodiös wie ein hölzernes Glockenspiel. »Wie schön, dich wieder einmal zu sehen. Es ist lange her. Es gab zahlreiche Anfragen nach deiner Gesellschaft. Mit deinem Fernbleiben hast du unsere Kunden enttäuscht.«

Kimiko schloss ein Auge und starrte den Captain an. »Hast du mich vermisst, Tetsu?« Sie begann zu schluchzen. »Wir hatten doch eine Vereinbarung, oder nicht? Wir haben einander Dinge versprochen.«

Sakamoto erhob sich und bedeutete Mika und mir, ihm zu folgen, während Kimiko das Glas erneut an den Mund hob. Der Sake rann ihr übers Kinn. Er beugte sich dicht zu ihrem Ohr, trotzdem hörte ich, was er sagte. »Wenn du noch einmal hier auftauchst, sorge ich dafür, dass du alles verlierst. Du wirst so verzweifelt sein, dass du für jeden dreckigen Matrosen die Beine breit machst, falls du das nicht ohnehin längst getan hast.« Er wandte sich zum Gehen, blieb jedoch noch einmal stehen. »Du widerst mich an«, sagte er so laut, dass es jeder hören konnte.

Er bot mir seinen Arm. An der Tür wandte ich mich noch einmal um und sah Mama-san neben Kimiko sitzen, eine Hand auf ihrer Schulter. Draußen gab Sakamoto seinem Chauffeur ein Zeichen, den Wagen zu holen, doch ich sah mich außerstande, einen Fuß vor den anderen zu setzen. Sakamoto wandte sich mir zu. »Amaterasu?«

»Was ist mit ihr passiert?«

Er schien verärgert zu sein. »Sie hat zu viel erwartet und ständig Ansprüche gestellt. Ich bin ihrer überdrüssig geworden. Das ist alles.«

»Verstehe.« Ich nahm all meinen Mut zusammen. »Wirst du meiner auch irgendwann überdrüssig?«

Er trat zu mir und nahm mich beim Ellbogen. »Wie könnte ich deiner jemals überdrüssig werden, meine Süße?« Sein Griff verstärkte sich, doch ich rührte mich immer noch nicht. »Amaterasu?« Ein warnender Unterton lag in seiner Stimme.

»Mika kann dich heute Abend unterhalten, da du ihre Gesellschaft ja so sehr schätzt.«

Er sah mich erstaunt und ein klein wenig verärgert an, dann packte er mich im Genick und drückte mich gegen die Wand. »Sei gefälligst nicht so undankbar. Und jetzt lass uns gehen.« Ich rieb mir den Hals, als ich einen Mann bemerkte, dessen Gesicht im Lichtkegel einer Straßenlampe sichtbar wurde. Einen Moment überlegte ich, warnend den Kopf zu schütteln, doch es war zu spät.

»Amaterasu, welch eine Freude. Darf ich dich hineinbegleiten?«

»Wir kommen schon zurecht«, erklärte der Captain, ohne sich umzudrehen, doch Sato hatte sich bereits neben ihm aufgebaut. »Vorsicht, das Kopfsteinpflaster ist etwas rutschig. Nimm lieber meinen Arm.«

Ich sah die beiden Männer an und traf eine Entscheidung, dort, in jener finsteren Ecke der Stadt. Ich quetschte mich am Captain vorbei und ging mit dem Doktor in die Bar zurück. Wenn Sakamoto sich bei Mama-san beschwerte, würde sie mich hinauswerfen, aber das war mir egal. Ich gestattete mir die Illusion, dass der Doktor meine Kühnheit wert war. Ich machte mich auf die Suche nach Mama-san, aber Karin meinte, sie hätte eine Rolle Banknoten aus ihrer Kasse genommen und sei gemeinsam mit Kimiko fortgegangen. Also gesellte ich mich, erleichtert und angespannt zugleich, zu Sato, der sich auf Sakamotos Stammplatz niederließ. Die unausgesprochenen Worte hingen bedeutungsschwer in der Stille zwischen uns. Es schien, als hätte sich die Atmosphäre zwischen uns grundlegend verändert; wir waren einander näher, als der Abstand zwischen uns vermuten ließ. Er lächelte, und ich sandte ein stummes Stoßgebet gen Himmel, er möge nicht mit dem Captain anfangen.

»Du musst völlig ausgehungert sein.« Erst jetzt wurde mir bewusst, dass ich tatsächlich Hunger hatte. »Dann lass uns austrinken und irgendwo etwas essen gehen. Wir brauchen all das hier doch nicht …« Er deutete um sich. »Oder was sagst du, Amaterasu?«

Beim Essen fragte er mich nach meiner Kindheit, und ich ließ mich zu der einen oder anderen Andeutung hinreißen, als wollte ich ihn auf seine Reaktion hin testen. Danach rief er ein Taxi und nahm mir das Versprechen ab, mich in der darauffolgenden Woche mit ihm im botanischen Garten zu treffen. Dies war der erste von vielen Besuchen. Ich liebte diese Stunden. Noch nie hatte ich mich vor Sonnenuntergang mit einem Mann getroffen. Wir schlenderten herum, vorbei an spielenden Kindern, oder versuchten Kois zu berühren, die unter den Wasserlilienblättern Schutz suchten. Bisher hatten wir uns noch nicht einmal geküsst, doch ich wertete sein scheues Werben als Zeichen für die Ernsthaftigkeit seiner Absichten und die Tiefe seiner Gefühle für mich. All das deutete darauf hin, dass er Geduld hatte. Eines Tages saßen wir mit einem Picknick aus Bohnenmus und Tintenfisch auf einer Parkbank, als er eine kleine Schatulle mit einem Messingschlüssel herauszog.

»Der gehört zur Tür eines Apartments. Na ja, ehrlich gesagt sind es nur zwei Zimmer, aber es ist sauber und diskret.« Er sah sich um, und einen Moment lang hatte ich das Gefühl, als würde er gleich rot werden. »Mir gefiel die Vorstellung, etwas Privates zu haben.« Ich nahm den Schlüssel heraus, der beinahe schwerelos in meiner Handfläche lag. »Es ist ganz in der Nähe.«

Kimiko, Mika und Karin hätten die wahre Bedeutung dieses Schlüssels vermutlich verstanden, ich hingegen beschloss, ihn als unausgesprochenes Versprechen zu interpretieren. Während ich die Schatulle einsteckte, sagte ich mir, dass er in Wahrheit viel mehr wog als die wenigen Gramm Metall. Das Schicksal hatte Sato in diese Bar geführt. Also musste er doch der Richtige sein, oder etwa nicht? Wir fuhren mit der Rikscha nach Chinatown, vorbei an Essensständen, bis zu einem Restaurant, dessen Hauswand aufgemalte Schwalben zierten. Das Apartment befand sich darüber und war mit einem Bett im westlichen Stil mit einer blauweiß gestreiften Matratze und einem Bambusschreibtisch mit einem Stuhl aus Pinienholz unter dem Fenster ausgestattet. Nebenan befand sich eine Küche mit einem viereckigen Tisch mit zerschrammter Platte und einem weiteren Stuhl. Sato sah mir zu, wie ich herumging. »Es ist sehr schlicht, ich weiß.«

»Das Badezimmer?«

»Gemeinschaftsbad am Ende des Flurs.«

Ich nickte – die Reaktion, die er erwartet zu haben schien. Er trat zu mir, legte die Hände auf den verschnürten Obi um meine Taille und lachte. »Ich habe keine Ahnung, wie ich dich aus diesem Ding befreien soll.«

Und so wurde Sato zu meinem neuen Sakamoto.

Da ich abends in der Bar arbeitete und Jomei morgens in der Klinik war, blieb uns häufig nur am Nachmittag Zeit füreinander. Ich zählte die Stunden, bis wir allein sein konnten. Diese beiden Zimmer waren meine Zuflucht, vor der Bar und vor meiner Mutter, endlich ein Ort, den ich als mein eigenes Zuhause bezeichnen konnte, auch wenn wir nur wenige Stunden in der Woche dort zubrachten. Ich konnte mich nicht beherrschen und dekorierte das Apartment mit cremefarbenen Rosen in Kristallvasen und gerahmten Bildern von einem Pferd und einem Reiher, die ich in einem Antiquitätengeschäft erstand. Ich kaufte edle weiße Baumwollbettwäsche und eine Lampe mit Buntglasschirm – allesamt Versuche, ein Nest zu bauen. Zwei Monate lang schien es bestens zu funktionieren. Doch eines Nachmittags tauchte Sato auf, als ich gerade auf einem Stuhl stand und Jalousien aufzuhängen versuchte, hellblau mit rosafarbenen, schneebedeckten Blumen bedruckt. »Kannst du mir mal helfen?«, fragte ich.

Er betrachtete die Jalousien, dann blickte er sich im Raum um, als sehe er ihn zum allerersten Mal. Er schien verärgert zu sein, und ich verspürte einen Anflug von Besorgnis. »Lass das jetzt.«

Ich stieg vom Stuhl, trat zu ihm und küsste ihn auf die Wange. Sato griff nach der kleinen Reiseuhr auf dem Schreibtisch, die Karin mir geschenkt hatte, und stellte sie wieder hin. Daneben lag ein Blatt Papier mit meinem Vornamen und seinem Nachnamen. Mein Herz hämmerte vor Scham. Hatte er es gesehen? Er lächelte abwesend, dann schien ihm etwas einzufallen. »Ich habe ganz vergessen zu sagen, dass ich am Freitag keine Zeit habe. Ich habe einen Termin zum Mittagessen.«

»Kann ich nicht mitkommen?« Ich lächelte kokett. »Ich würde mich auch tadellos benehmen.«

Er packte mich um die Taille und wirbelte mich herum, bis mir schwindlig wurde. »Und was würde das bringen? Ich will gar nicht, dass du dich tadellos benimmst.«

Er zog mich rückwärts in Richtung Bett. Ich befreite mich aus seinem Griff, nicht aus Trotz, sondern aus Sorge. »Wieso kann ich nicht mitkommen? Ich kann mich doch benehmen.«

Er seufzte. »Es ist ein Mittagessen mit einem Chirurgen und seiner Frau, eine formelle Einladung. Es wird stinklangweilig.« Er setzte sich aufs Bett und tätschelte einladend die Matratze. »Wir haben nur zwei Stunden. Verderben wir sie uns nicht.«

»Wann können wir sonst zu Mittag essen gehen?«

Er stöhnte. »Bald. Genügt uns diese Wohnung nicht?«

Ich deutete um mich. »Gefällt es dir?«

»Es ist alles sehr hübsch, so wie du.« Wieder tätschelte er lächelnd die Matratze. »Komm her zu mir.«

Ich warf einen Blick auf Karins Uhr. »Wieso kann ich nicht immer hier wohnen?«

»Was ist denn heute nur mit dir?«

»Die Miete ist doch bezahlt.«

Er sah sich abermals um. »Ich finde das keine angemessene Wohnung.«

Vielleicht hätte ich den Mund halten sollen, doch mit einem Mal verspürte ich den lächerlichen Drang, ihm zu erklären, weshalb ich diese Jalousien gekauft hatte, weshalb ich das winzige Apartment hübsch herrichtete, weshalb mir Karins Uhr so wichtig war, dass ich mehr als einen Schlüssel brauchte und wieso ich mir ausmalte, wie es wäre, Amaterasu Sato zu heißen. »Ich muss dir etwas sagen.«

Erschrocken sah er mich an, als wüsste er ganz genau, was gleich kommen würde. »Sag es nicht.«

»Was denn?«

»Weil es nicht wichtig ist, begreifst du das denn nicht, Amaterasu? Hier zu sein ist das Einzige, was zählt. Komm her, damit ich dir zeigen kann, wie wichtig es ist.«

Wusste er, was ich ihm hatte sagen wollen? Kannte er die Worte bereits, die ich im Geiste ständig wiederholte, während ich mich für ihn auszog? Ich hatte sie zu Hause vor dem Spiegel geübt und gespürt, wie ich rot geworden war. Ich klammerte mich an ihn, spürte seinen Körper an meinem und schwor mir, dass ich schon bald den Mut aufbringen würde, die Worte in seiner Gegenwart laut auszusprechen. *Ich liebe dich, Jomei Sato. Ich liebe dich, Jomei Sato. Ich liebe dich, Jomei Sato*. Das war die Wahrheit, die ich ihm so gern sagen wollte.

Verstoßen

Kando: In der Edo-Zeit, als die Familie ein reines Patriarchat war, konnte ein Elternteil einen ungehorsamen, verschwendungssüchtigen oder straffälligen Sohn enterben. Der Übeltäter musste dann einen papiernen Kimono (kamiko) tragen und wurde des Hauses verwiesen. Üblicherweise umfasste Kando sowohl die moralische als auch die wirtschaftliche Bestrafung, denn der verstoßene Sohn galt als Schande für die Familie und wurde aus ihrer Mitte gerissen und verbannt.

Während meiner sechs Monate mit Sato hatte Karin ihren eigenen Gönner kennengelernt, einen Politiker aus dem Rathaus, allerdings hatte er sich seit mehreren Wochen nicht mehr in der Bar blicken lassen. Eines Morgens, als wir nach der Schicht durch die verwaisten Straßen gingen, fragte ich sie, was passiert sei, worauf Karin prompt in Tränen ausbrach und gestand, sein Fernbleiben hätte damit zu tun, dass sie in Schwierigkeiten geraten sei. Aber sie hätte sich bereits eine Lösung überlegt, fuhr sie fort; sie sei viel zu jung, um bereits Mutter zu sein, und Geld habe sie ebenfalls keines. Ob ich sie begleiten würde?

Vielleicht hatte ich schlicht mehr Glück gehabt als Karin. Kurz nach meiner ersten Nacht mit dem Captain hatte er mich zu einem Arzt geschickt, der erklärt hatte, er würde mir etwas einführen, damit ich nicht schwanger werden könnte – eine Gebärmutterkappe, wie er es nannte. Karin hatte ihren Politiker zwar breitgeschlagen, Kondome zu kaufen, allerdings weigerte er sich häufig, sie auch zu benutzen. Stattdessen schlang sie massenweise Granatapfelkerne hinunter, nachdem eines der Mädchen deren verhütende Eigenschaften angepriesen hatte. Bei unseren Besuchen im Badehaus unterhielten wir uns über die unterschiedlichen Verhütungsmethoden, aber in Wahrheit war eine Abtreibung häufig die einzige Alternative, auch wenn sie verboten war und die Mädchen eine Gefängnisstrafe und noch dazu ihre Gesundheit riskierten. Als Karin merkte, was passiert war, probierte sie es mit diversen Hausmittelchen: alkoholgetränkte Schwämme, ein Abführmittel auf Aloe-Basis, nahezu kochend heißes Wasser, doch am Ende suchte sie eine Hebamme im Ruhestand auf, die ihrer Tätigkeit in einem Viertel der Stadt nachging, in das sich die feineren Leute nur sehr selten verirrten.

Wir hielten uns bei den Händen, als wir die kopfsteingepflasterte, von schäbigen Holzverschlägen gesäumte Straße entlanggingen. Kinder spielten im Dreck, alte Frauen kippten Wasser aus Putzkübeln in den Rinnstein, und ein blonder Gaijin auf einem quietschenden Fahrrad starrte uns an, als wüsste er ganz genau, weshalb wir hier waren. Obwohl wir Umhänge über unseren Kimonos trugen, erkannte man uns auf den ersten Blick als Mädchen aus Maruyama, da uns der Geruch nach Bars und Stundenhotels anhaftete. Das Haus der Hebamme unterschied sich kaum von den anderen Bruchbuden. Ein sieben- oder achtjähriges Mädchen machte die Tür auf und führte uns in einen niedrigen, düsteren Raum mit einem Herd in der Mitte und einer Öllampe auf einem Holzschemel, ehe es im Hinterzimmer verschwand und in Begleitung einer alten Frau mit einer grauen Schürze zurückkehrte. Karin klammerte sich an mir fest, als wir ihr folgten und sie die Tür hinter uns schloss. Ich nahm meinen Umhang ab und setzte mich neben das Mädchen, das mit einer völlig verdreckten Lumpenpuppe spielte.

Bei unserer Rückkehr nach Hause war Karins Gesicht schmerzverzerrt, und als ich ihr half, sich auf den Futon zu legen, hatte sie bereits Fieber und blutete. Ich strich ihr das verschwitzte Haar aus dem Gesicht, legte ihr einen feuchten Waschlappen in den Nacken und hob immer wieder die Bettdecke an. Die alte Frau hätte sie gewarnt, dass es bluten würde, meinte sie. Als die Blutung nicht nachlassen wollte, schlug ich vor, lieber den Arzt aus der Bar zu holen. Sie versuchte sich aufzusetzen und griff nach meiner Hand. »Bitte nicht. Mama-san wirft mich hinaus.« Am nächsten Morgen war sie kaum noch bei Bewusstsein. Mir blieb keine andere Wahl: Sato hatte gesagt, in Notfällen könnte ich ihn im Krankenhaus erreichen, also schrieb ich ihm eine Nachricht und bestellte einen Boten, der sie ihm überbringen sollte. Kurz darauf traf er ein. Falls er wütend war, ließ er es sich zumindest nicht anmerken. Karin hätte sich eine Infektion zugezogen, erklärte er und zählte die Medikamente auf, die sie brauchte. Er würde warten, bis ich von der Apotheke zurückkehrte.

»Es tut mir leid, Jomei. Ich wusste nicht, wen ich sonst hätte fragen können. Wenn Mama-san dahintergekommen wäre, hätte sie Karin hinausgeworfen. Und sie weiß doch nicht, wohin.«

»Wieso kann sich der Mann, der dafür verantwortlich ist, nicht darum kümmern?«

»Hostessen sind nur für die Zerstreuung da. Für Unannehmlichkeiten werden wir nicht bezahlt.«

Als ich mit den Medikamenten zurückkam, wartete er, bis Karins Fieber sank, dann brachte ich ihn zur Tür. Die Vermieterin streckte den Kopf heraus, aber ich verscheuchte die alte Hexe mit einer unwilligen Geste. In das orangefarbene Licht der letzten Strahlen der Nachmittagssonne getaucht, standen wir auf dem Korridor. Ich betonte noch einmal, wie dankbar ich ihm sei und dass ich seine Hilfe niemals wiedergutmachen könnte. Er hob die Hand, als wollte er mich berühren, schien sich jedoch eines Besseren zu besinnen. »Manchmal kann ich beinahe vergessen, was du tust, was du bist und was ich für dich bin.« Er blickte wieder zu Karins Tür. »Aber dann fällt es mir wieder ein.«

Wortlos sah ich zu, wie er ging. Ich hätte etwas sagen, hätte ihm erklären müssen, dass er mehr für mich war als ein Kunde, viel mehr. *Ich liebe dich, Jomei Sato*. Warum fiel es mir so schwer, die Worte auszusprechen? Warum zögerte ich? Hätte es etwas geändert?

Der metallische Gestank der blutigen Lumpen hing in der Luft, als ich in Karins Zimmer zurückkehrte. Sie setzte sich auf. »Wird Sato uns verraten?«

»Nein, du kannst ihm vertrauen.«

Tränen standen in ihren Augen. »Ich wünschte, er hätte mich nie angefasst. Er würde sich um mich kümmern, doch fett wollte er mich nicht haben, hat er gesagt. Außerdem sei er nicht sicher, ob das Baby überhaupt von ihm sei.« Karin starrte an die Zimmerdecke. »Ich habe ihm gesagt, dass ich bald wieder dünn sei, aber er meinte, das sei nicht sein Problem, ich hätte eben besser aufpassen müssen. Das ist doch ein Witz, oder?«

Ich kniete mich neben ihren Futon. »Was willst du jetzt tun?«

Sie schüttelte den Kopf, aber wir kannten beide längst die Antwort. Wir bestachen die Vermieterin, Satos Besuch zu verschweigen, und machten weiter wie bisher. Nach ein paar Tagen kehrte sie in die Bar zurück und meinte, sie hätte sich den Magen verdorben. Karin lächelte und lachte und schien guter Dinge zu sein, doch es gibt nun einmal Erlebnisse, die ihre Spuren hinterlassen, auch wenn sie niemand sehen kann. Früher war sie wie ein Schmetterling gewesen, der seine Flügel genüsslich in der Sonne ausbreitete, doch nun hielt sie sie eng an die Seiten gepresst, sodass die Kunden seine Farben nicht länger zu sehen bekamen. Sie sprach oft von dem verlorenen Kind, ihrem Wasserkind, wie sie es nannte. Sie kaufte irgendwelche Figürchen, denen sie Latzhöschen anzog und Mützen aufsetzte und die sie dann in den Tempel brachte. Manchmal legte sie auch polierte Steine auf den Altar, in der Hoffnung, dass die Gaben ihre Traurigkeit verjagten, doch das taten sie nicht. Auch an mir ging der Verlust ihres Wasserkindes nicht spurlos vorbei, aber ich machte ihr keinen Vorwurf. Schließlich war es meine Entscheidung gewesen, Sato zu rufen. Ich hatte beschlossen, ihm mein Leben zu zeigen, wie es war, und nicht, wie ich es mir wünschte – als ein Zimmer mit Rosen und Bildern von Pferden und Kranichen an den Wänden. In den Tagen nach seinem Besuch wartete ich in der Bar auf ihn, suchte das Apartment auf, ging im Park spazieren und schickte ihm sogar Nachrichten ins Krankenhaus, aber Sato war wie vom Erdboden verschluckt; wie ein Zaubertrick – in dem einen Moment war er noch da, im anderen einfach verschwunden. Bestimmt brauchte er nur ein bisschen Zeit, um sich mit dieser anderen Seite von mir und meinem Leben anzufreunden, und würde bald wieder auftauchen, sagte ich mir. Und ich brauchte nicht lange zu warten: Zwei oder drei Wochen später, am 15. August 1919, sah ich ihn, am Tag von Shoro-Nagasaki.

Mama-san hatte mir und Karin zwei Stunden freigegeben, weil sich alle Leute auf den Straßen versammeln würden und in der Bar sowieso nichts los wäre. Dieser Feiertag ist einzigartig in Japan: Die Familien versammeln sich, um ihre Toten aus dem Reich der Geister zurückzuholen oder sie dorthin zu schicken; Freude und Leid gehen Hand in Hand, begleitet von Trommelschlägen und brennenden Räucherstäbchen. Wir standen in der

Menge und verfolgten die Prozession aus für die Toten erbauten Bambus- und Grasbooten, von denen einige so groß wie richtige Schiffe waren. In weiße Laken gehüllte Männer trugen die mit Lampions geschmückten Boote zum Meer, setzten sie aufs Wasser und ließen sie lautlos in die Dunkelheit gleiten. Während die leuchtenden Boote davonglitten, legten die Hinterbliebenen Früchte auf Matten und ließen sie ebenfalls zu Wasser. Die ganze Stadt war ein einziges Lichtermeer mit Drachentänzern und vom Reiswein betrunkenen Männern, ein Inferno aus lauten Rufen und schrillen Schreien, mit denen die Lebenden die Toten beklagten, knallenden Feuerwerkskörpern und melodiösen Gongs – laut genug, um die wilden Katzen zu verscheuchen und die Toten zu wecken. Unsere Verblichenen dürfen nicht ruhen, dürfen uns nicht ignorieren, sondern müssen entweder gehen oder aber zu uns zurückkehren. Wir sind zu laut, um nicht beachtet zu werden.

Karin und ich eroberten einen guten Platz neben einem Marktstand mit Karamellsüßigkeiten. Der Geruch von verbranntem Zucker mischte sich mit dem Schwefelgestank der Feuerwerkskörper. Einer der Männer aus der Schiffsprozession taumelte auf Karin zu. »He, Hübsche, heirate mich«, krakeelte er. Seine Hand blutete, der Schweiß rann ihm übers Gesicht, und er schwenkte eine Flasche Pflaumenwein vor ihrem Gesicht. Wir wichen zurück, und in diesem Moment sah ich ihn; nicht die Illusion seines Gesichts in den Zügen eines Wildfremden, sondern er war es wirklich. Freude, vermischt mit Überraschung, ergriff Besitz von mir, schoss durch meinen Körper. Er kam direkt auf uns zu, doch dann sah ich, dass er nicht allein war. Ein Mädchen, etwas größer und vielleicht ein paar Jahre älter als ich, hielt seinen Arm. Aus einem Impuls heraus hob ich die Hand zum Gruß, und er sah mich an, doch statt zu lächeln, schien er wütend zu sein. Auch Karin hatte ihn offenbar gesehen, denn sie wollte mich fortziehen, doch ich stand wie gelähmt da und starrte erschüttert in dieses Gesicht, auf dem sich eine Mischung aus Wut und Ekel abzeichnete. Ich wusste nicht, was ich tun sollte; ringsum schoben und drängelten sich die Leute an mir vorbei. Nur wenige Meter trennten uns noch voneinander, als er dem Mädchen etwas ins Ohr flüsterte. Sie lachte, dann waren sie zwischen zwei Ständen verschwunden. Karin fragte, ob alles in Ordnung sei, und kramte ein Taschentuch heraus, doch ich war viel zu geschockt, um weinen zu können. Ich sah an mir hinunter, so wie er es getan haben musste. Zu fröhlich, zu bunt, zu billig. Wie sollte man diesen Moment der Demütigung beschreiben ... wie den Schmerz seiner Zurückweisung? Nach all den Monaten, nach allem, was ich für ihn aufs Spiel gesetzt, was ich mir erhofft hatte, war ich noch nicht einmal eine Begrüßung wert. Das ist Jomei Sato.

Ein Samurai ohne Herr

Ronin: Im Feudalismus kam es häufig vor, dass Samurai ihren Herrn im Krieg oder durch gesellschaftliche Umwälzungen verloren. Diese Krieger ohne festen Herrn nannte man Ronin. Da sie arm waren, mussten sie für ihren Lebensunterhalt arbeiten; häufig brachten sie Kindern das Lesen und Schreiben bei. Ihnen ist es zu verdanken, dass der Analphabetismus in Japan in dieser Zeit deutlich geringer war als im restlichen Europa.

Die Unkalkulierbarkeit von Wehmut war mir schon immer suspekt, aber manchmal erlaubte ich mir, in Erinnerungen an die Zeit vor Sato zu schwelgen, als der weiche Schein der Lampen lediglich symbolisierte, wie die Stunden vergingen, und uralte Scherze bloß erzählt wurden, um die Stille zu füllen. Der Doktor hatte etwas sehr Grausames getan – er hatte diese düstere Hölle mit Licht erfüllt, nur um es ihr mit derselben Mühelosigkeit wieder zu entziehen. Auch Sakamoto kam nicht länger in die Bar, sehr zu Mama-sans Missfallen. Sie fragte mich nie nach den Gründen für sein Fernbleiben, erfuhr jedoch von einem anderen Barbesitzer, dass der Captain sich inzwischen dort, gerade einmal zwei Häuser weiter, häuslich eingerichtet hatte. Eigentlich dachte ich, Mama-san würde sein Fehlen mir in die Schuhe schieben und mich wegschicken, und eigentlich war mir die Vorstellung gar nicht so unangenehm – zu viel war geschehen, zu viele Gelegenheiten verpasst, zu viele selbstmitleidige Tränen in einsamen Nächten vergossen –, aber ich hatte ja nie etwas anderes gelernt, als Gäste zu unterhalten. Wie Karin hatte auch ich keinen Ort, wo ich hätte hingehen können. Ich wollte auf keinen Fall wie Kimiko oder die anderen Frauen unten am Hafen enden, wo sie sich für ein paar Münzen, eine warme Mahlzeit und ein vorübergehendes Dach über dem Kopf anboten.

Nun, da Sato und Sakamoto fort waren, schickten sich andere Verehrer an, um meine Gunst zu buhlen. Basho Arai war gar kein so übler Bursche. Zwar hatte er einen riesigen Kopf, ein fliehendes Kinn und knochige Finger, aber trotzdem durchaus einen gewissen Charme. Er hatte etwas für Politik übrig und schwadronierte am liebsten mit halb geschlossenen Augen und einer Zigarette in der Hand, die er wie ein Dirigent schwenkte. An diesem Septemberabend referierte er über die Pariser Friedenskonferenz Anfang des Jahres und den Versailler Vertrag. »Wir haben die deutschen Inseln, Shantung, Jiaozhou. Amerika und China sind vielleicht nicht glücklich darüber, aber sie gehören uns. Weißt du, was das bedeutet, Amaterasu? Wir sind jetzt eine der führenden Nationen der Welt. Ziemlich gut, was?«

Ich musste über seine Begeisterung lächeln. »Tokio ist die Stadt, wo man jetzt sein müsste.«

»Aber warum, meine süße Kleine?«

»Weil sich dort das wahre Leben abspielt.«

»Und hier nicht?«

»Hier?« Ich machte eine wegwerfende Handbewegung und zündete mir eine Zigarette an. »Sei nicht albern.«

Er berührte mein Knie. »Ich gehe nach Tokio, wenn du mitkommst. Du kannst meine Assistentin sein. Überleg dir nur, was für Geschichten wir schreiben würden.«

Ich klemmte mir die Zigarette in den Mundwinkel und tat so, als würde ich auf der Schreibmaschine schreiben. »So etwa?«

»Perfekt. Wieso auch nicht? Und jetzt hol mir eine Portion Eintopf, ich muss nüchtern werden. Der Abgabetermin meiner Story naht.«

Leicht benommen vom Alkohol stand ich auf und ging in die Küche; auf dem Weg dorthin sah ich Mama-san mit jemandem an der Eingangstür sprechen. Erstaunt stellte ich fest, dass ich ihn kannte – noch ein Kunde, der lange nicht mehr hier gewesen war. Verlegen kam er auf mich zu. »Wie schön, dich zu sehen, Kenzo.«

Er verbeugte sich und strich sich das Haar glatt. »Hallo, Amaterasu … es ist lange her.«

»Das ist wahr.« Ich deutete auf die nächste Bank. »Bitte, setz dich doch. Wir haben dich vermisst.«

»Ich hatte viel Arbeit. Im Moment gibt es so viele Bestellungen, dass wir bald mehr Schiffe als Angestellte haben. Du könntest ja mal zu den Docks kommen, dann würde ich dich herumführen und dir alles zeigen.«

»Das würde dein Boss erlauben?«

Er lächelte. »Na ja, ich bin mein Boss und würde mir die Erlaubnis geben.«

Ich lachte, was ihm zu gefallen schien. Aber dann räusperte er sich und sah mich leicht betreten an. »Jomei lässt dich grüßen.« Allein beim Klang seines Namens fühlte ich mich, als hätte mir jemand einen Dolch ins Herz gestoßen. Ich brachte keinen Ton heraus. »Wir müssen aber nicht über ihn sprechen, wenn du nicht willst.«

»Bitte, keine Umstände.«

Er musterte mich. »Du brauchst deine Enttäuschung nicht zu verbergen, Amaterasu. Jomei ist diskret, aber wir sind sehr gute Freunde.«

Bei der Vorstellung, wie sich die beiden über mich unterhielten, schoss mir die Röte ins Gesicht. Akiko stellte eine Flasche Sake und zwei Gläser vor uns auf den Tisch. »Komm, ich will dir einschenken. Und bitte richte Sato von mir aus, dass es mir gut geht.«

Er sah zu, wie ich die Gläser füllte, und ich glaube, meine Hände zitterten nicht mal. »Das freut mich, Amaterasu. Ich würde dich nur sehr ungern traurig sehen.« Ich bot ihm eine Zigarette an, er lehnte jedoch ab. »Jomei ist mein Freund, deshalb fällt es mir nicht leicht, das zu sagen, aber im Hinblick auf Frauen fehlt es ihm eindeutig an Seriosität.« Er nahm einen Schluck. »Aber vielleicht ändert die Ehe ja das alles schon bald.« Ich musste völlig schockiert ausgesehen haben, denn er sah mich erschrocken an. »Es tut mir leid … ich dachte, du wüsstest Bescheid.«

Ich winkte ab, als wäre es eine Bagatelle. »Wann?«

»Vor ein paar Wochen. Die Tochter eines Chirurgen aus dem Krankenhaus.« Ich rechnete nach: Um die Zeit, als er mir den Schlüssel zu dem Apartment gegeben hatte, musste er angefangen haben, um seine künftige Frau zu werben. Hatte er vorgehabt, mich als Mätresse zu behalten? Wie lange? Karins Schwangerschaft musste ihn veranlasst haben, die Gefahren abzuwägen. Er hatte nicht riskieren können, sich mit mir in ähnliche Schwierigkeiten zu bringen.

»Verzeih mir, Amaterasu. Du hättest es nicht von mir erfahren dürfen.« Er schien mit sich zu ringen. »Ich weiß, wie charmant Jomei sein kann, aber ich glaube nicht, dass er dich glücklich gemacht hätte«, fuhr er fort und rückte ein wenig näher. »Manchmal übersieht man schnell, was einen glücklich machen könnte.« Er nahm meine Hand. »Vielleicht musst du nur die Augen aufmachen, Amaterasu, und dich für andere Möglichkeiten öffnen. Möglichkeiten, die von Anfang an da waren.« Er lächelte, und zum ersten Mal sah ich Kenzo Takahashi wirklich an. Kenzo Takahashi, der mein verwundetes Herz sanft in seinen Händen hielt.

Einen Monat später heirateten wir. Wir wollten nicht länger warten. Er wollte meine Mutter einladen, aber ich lehnte ab. Eigentlich hatte ich mit Tränen oder Vorwürfen gerechnet, aber sie zeigte weder Verärgerung noch Kränkung. Ich musste die Vergangenheit abstreifen und konnte nicht zulassen, dass sie noch länger Teil meines Lebens war. Ich gab ihr etwas von meinen Ersparnissen und versprach, ihr weiterhin Geld zukommen zu lassen, wenn sie mich nur in Ruhe ließ. »Ich wollte immer nur das Beste für dich«, sagte sie leise, als ich die Schatulle mit dem Geld in ihren Schoß stellte, und schüttelte den Kopf. »Ich hab mein Bestes getan.«

»Ich war noch ein Kind, Mutter.«

»Aber sieh dich jetzt an … die Braut eines angesehenen Ingenieurs. Dafür musst du mir doch dankbar sein.«

Der Wind

Kaze: Der Wind und auch der Regen sind für die Japaner weit mehr als reine Naturphänomene. Dem alten Volksglauben zufolge wird der Wind durch das Kommen und Gehen unsichtbarer Götter verursacht, daher waren für die Menschen in früheren Zeitaltern alle Winde mit Ausnahme von bösen und wilden im wahrsten Sinne des Wortes kamikaze, also göttlich.

Hideo strich mit dem Finger an seinem Glas entlang und malte dann einen Kreis auf die hölzerne Bar. Zwei Augen und einen Mund. Ein Grinsegesicht. Dann hob er den Blick, und wir sahen einander an – ich die Vergangenheit, er die Zukunft. Morgen Abend würde er in einem Flugzeug nach Nagasaki sitzen. Damit blieben uns nur wenige Stunden, um tote Blätter an einen zerstörten Familienbaum anzuheften. Was sollte ich ihm sagen? Welche Details aus Satos Briefen enthüllen? In dem einen aus dem Jahr 1971 waren die Schriftzeichen ganz schwach und zittrig gewesen, die Schrift eines kranken Mannes. Er hätte gehofft, dass er mit jedem Jahr, das ihm auf der Welt noch blieb, größere innere Ruhe finden und seinen Frieden machen würde … mit den Entscheidungen, den Fehlern, den wenigen kleinen Triumphen, schrieb Sato. Er hatte gehofft, all das würde sich zu einer angenehmeren, erträglicheren Version der Vergangenheit zusammenfügen, stattdessen hatte das Alter nur dazu geführt, dass ihm noch deutlicher wurde, was schiefgelaufen war. Die Jahre hatten die Reue nicht abgemildert, sondern eher noch verschärft.

Wer hätte geahnt, dass mein Körper so sehr gegen den nahenden Tod rebellieren würde? Nun, da es aufs Ende zugeht, quält mich immer noch der Gedanke, dass ich mehr um Dich hätte kämpfen sollen, Yuko. Vielleicht hätte ich mich auch von Dir fernhalten sollen. Hast Du an mich gedacht, in jenen letzten Sekunden? Voller Liebe, voller Hass oder vielleicht auch gar nicht? Wieder und wieder spiele ich in meiner Fantasie dasselbe böse Spiel, wenn die Medikamente die Schmerzen nicht länger dämpfen können. Dann versuche ich unsere letzte Begegnung so umzuschreiben, dass Du nicht an jenem Tag in die Urakami-Kathedrale gehst. Ich frage mich, was ich hätte sagen müssen, um Dich davon abzuhalten. Ein letztes Mal bestimmte Deine Mutter, was geschehen sollte, und diesmal mit katastrophalen Folgen. Wir beide zusammen haben Dich dorthingeschickt, wo Pikadon alles zerstören würde. Wie hat sie wohl all die Jahrzehnte mit diesem Wissen gelebt?

Ich gestehe, dass ich mehr als einmal daran gedacht habe, meinem Leben ein Ende zu setzen – ein ehrenhafter Schritt, keine feige Flucht. Aber was hat mich davon abgehalten? Ein schwer verwundeter Junge namens Hideo, der zu uns kam … Er war mein Grund weiterzumachen, darum zu kämpfen, ein besserer Mann zu sein. Ist es falsch, dass ich all die Jahre dachte, der Junge mit den schweren Brandnarben aus dem Waisenhaus sei Dein Sohn? Wir erwarteten, dass sein Gedächtnis zurückkehren würde, und als das nicht passierte, habe ich ihm all die Kleinigkeiten erzählt, die ich noch wusste. Natsu hat mich gewarnt. Was würde es nützen, wenn er Hideo Watanabe wäre?, meinte sie. Aber ich hatte ihm eine Identität geben wollen, eine Geschichte, Vorfahren, eine Familie. Sein Gesicht kann nur von jenem 9. August 1945 erzählen, und ich wollte ihm mehr geben als nur diesen einen Tag. War das grausam von mir? Vielleicht, ganz vielleicht habe ich ja sogar recht. Amaterasu wird wissen, ob er Dein Sohn ist oder nicht. Vielleicht ist es noch nicht zu spät, sie zu finden. Kann ich sie in die Nähe meines Jungen lassen? Wird dies das letzte Zeichen meiner Reue sein?

Sato war zu krank gewesen, um eine neuerliche Suche nach Kenzo und mir zu starten. Stattdessen hatte Natsu alles in die Hand genommen; sie war die selbstloseste von uns allen gewesen. Deshalb hatte sie auch den Begleitbrief verfasst. Die Lügen, die verworrenen Beziehungen, die Kränkungen und Verluste – am Ende war nichts mehr davon wichtig. Sie hatte nur an diesen einen Menschen gedacht, der uns alle miteinander verband: Hideo. In dieser düsteren Bar lächelte ich ihren Sohn an, den Pikadon-Jungen. War er mein Enkel? Oder war Hideo unter den 75.000 Opfern gewesen?

Ich nahm seine Hand und strich über die Narben. »Sag es mir, wenn du es kannst. Woran erinnerst du dich noch von diesem letzten Morgen?«

Er schüttelte den Kopf. »Ich glaube nicht, dass uns das weiterhilft.«

Ich drückte seine Finger. »Versuch es.«

Er nickte, konnte mich aber nicht ansehen. »Ich habe mit ein paar anderen Kindern gespielt. Wir haben die Lupe auf Gräser oder Ameisen gehalten und darauf gewartet, dass sie zu brennen anfangen. Die Lehrer haben entweder auf dem Reisfeld oder in den Bunkern gearbeitet. An das Dröhnen eines Flugzeugmotors erinnere ich mich nicht mehr, aber dann rief plötzlich jemand, wir sollten sofort in den Bunker laufen. Ich rannte so schnell ich konnte. Meine Freunde waren direkt hinter mir. Ich schaffte es gerade noch in den Bunker, als eine gewaltige Druckwelle mich nach hinten riss und gegen die Wand schleuderte. Ich wurde bewusstlos, keine Ahnung, wie lange, jedenfalls war es dunkel, als ich wieder zu mir kam. Ich rief meine Freunde, bekam aber keine Antwort. Also hangelte ich mich in Richtung Eingang und sah irgendwelche Gestalten im Halbdunkel – es müssen einmal Menschen gewesen sein, aber sie hatten keine Haut mehr am Leib und konnten auch nicht sprechen, sondern nur ein schauderhaftes Krächzen von sich geben. Ich hatte viel zu große Angst, um mit ihnen im Bunker zu bleiben. Der Himmel war ganz violett. Ich suchte meine Freunde, die Lehrer, aber sie waren alle fort. Immer mehr Leute kamen in den Bunker, sie waren nackt und stöhnten, und ihre Oberkörper waren ganz aufgedunsen. Ich rannte weg, weil ich ihre Schreie nicht ertrug. Im Sandkasten auf dem Spielplatz lagen lauter Leichen, und die Schule stand in Flammen. Der Lärm war ohrenbetäubend. Mir war vorher nie bewusst gewesen, wie laut ein Feuer sein kann. Aber dann hörte ich noch etwas anderes. Jemand weinte und schrie um Hilfe. Ich wusste, dass ich tapfer sein musste. Wie ich in die Schule kam und sie fand, weiß ich nicht mehr, aber es gelang mir. Es war ein Mädchen, das unter einer Schulbank hockte. Ich habe ihr wohl gesagt, dass sie mit mir kommen muss, aber sie rührte sich nicht vom Fleck, sondern rief die ganze Zeit nur nach ihrer Mutter. Die Flammen kamen immer näher. Irgendwann merkte ich, dass ich es nicht schaffte, sie zu überreden, also habe ich sie allein gelassen. Daran, wie meine Haut gebrannt hat, erinnere ich mich nicht mehr.« Er hob eine Hand. »Aber es muss so gewesen sein, denn meine nächste bewusste Erinnerung ist die, dass ich im Krankenhaus war.« Er hielt kurz inne, und seine Stimme bebte. »Vor Pikadon waren eintausendsechshundert Schüler an der Schule, und dreihundert haben überlebt. In den darauffolgenden Monaten hat man so viele schreckliche Geschichten gehört … von Waisen, die in den Trümmern nach Essen gesucht haben, nach den verkohlten Leichen ihrer Eltern, von Verletzungen, die nicht heilen wollten, von Selbstmorden. Kinder, die sich selbst das Leben nehmen. Kannst du dir so etwas vorstellen?« Er trank einen Schluck. »Die Leute haben Mitleid mit mir … dabei hatte ich noch Glück.«

Genau dieses Szenario hatte ich bei der Yamazato-Grundschule vorgefunden. »Ich erinnere mich noch, wie das Schulgebäude gebrannt hat. In der Zwischenzeit muss dich jemand gerettet und weggebracht haben. Es ist ein Wunder, dass du überlebt hast. Ein echtes Wunder.«

»Der Luftschutzbunker hat mich gerettet, nicht Gott.«

Wieso konnte ich nicht akzeptieren, dass mein Enkel auf wundersame Weise von den Toten auferstanden war? Wieso konnte ich ihn nicht in die Arme schließen und sagen – ja, jetzt glaube ich dir. Ich weiß, dass ich dieses Glück nicht verdient habe. War das der Grund für mein Zögern? Wenn er wüsste, wer ich bin und was ich getan habe, müsste er mich doch fortstoßen, oder etwa nicht? Und wie sollte ich es ertragen, dass es so endete? Trotzdem konnte ich nicht zulassen, dass zwischen uns Unklarheit herrschte. Er musste Gewissheit haben, so oder so. Wieder setzte ich an.

»Erinnerst du dich daran, was ich dich gefragt habe, als du das erste Mal vor meiner Tür gestanden hast?« Er legte den Kopf schief. »Was wir an diesem letzten Tag im Garten gesehen haben?« Ich wartete, hoffte, aber er schüttelte nur den Kopf. Ich blickte auf die Uhr hinter der Bar. Sein Zug ging bald. Neben der Uhr hatte jemand Postkarten aufgehängt, daneben befand sich ein regenbogenförmig angeordneter Halbkreis mit Banknoten aus aller Herren Länder, darunter Francs, D-Mark, englische Pfund und sogar ein 10.000-Yen-Schein. Beim Anblick der zerknitterten Banknote wusste ich plötzlich, dass es nur einen Weg gab, endgültig herauszufinden, wer dieser Mann war.

»Du willst aus meinem Mund hören, ob du mein Enkel bist oder nicht, Hideo. Danke, dass du so geduldig mit mir warst. Aber bevor ich dir antworte, muss ich dich noch um einen Gefallen bitten … einen ziemlich großen, fürchte ich.«

Ein weibliches Medium

Itako: Diese Frauen besitzen übernatürliche Fähigkeiten und Kräfte. Es heißt, sie können Botschaften von Ahnen an ihre Nachfahren übermitteln, zwischen den Geistern der Toten und den Lebenden vermitteln und das Schicksal einer Familie oder eines einzelnen Menschen erraten. Bis sie an dem Punkt sind, an dem sie ihre Fähigkeiten allein unter Beweis stellen können, leben sie bei erfahrenen Meisterinnen dieser magischen Künste.

Wir fuhren mit dem Taxi durch von Ahornbäumen gesäumte Straßen vom Flughafen in die Innenstadt. Im Sommer mussten sie eine wahre Pracht sein, ein gesprenkeltes Dach aus hellgrünen Blättern und Sonnenlicht, doch an diesem Tag wippten die kahlen Äste nur in der heftigen Brise. Ich ließ das Fenster herunter, um dem Knarzen zu lauschen, doch es ging im Motorenlärm unter. Über uns flogen Vögel hin und her. Das Gefieder auf der Unterseite ihrer Flügel schimmerte in der fahlen Wintersonne. Tief sog ich den Geruch von Japan ein – unvergleichlich, voller Verheißung, klärend, reinigend. Wie sehr hatte mir all das gefehlt. Hideo saß neben dem Fahrer. Er trug eine beige Hose und einen dazu passenden Pullover, ich dagegen war wie eine alte Frau angezogen, mit marineblauer Popelinehose, violetter Polyesterjacke und geblümtem Schal um den Hals. Wir ließen die Vororte hinter uns und näherten uns dem pulsierenden Herzen Nagasakis. Halt suchend klammerte ich mich am Türgriff fest, als die Straßen vorüberflogen.

Was soll man über eine Stadt sagen, die man über vierzig Jahre nicht gesehen hat? Die beiden Hügel, der Hafen, Chinatown und der Dutch Slope, all das gab es natürlich immer noch, allerdings hatte das moderne Zeitalter seine Spuren hinterlassen. An jeder Ecke sah ich neonerleuchtete Spielhöllen mit piependen Apparaten und silbernen Bällen, neu gebaute Bürokomplexe aus Beton, Stahl und Glas ragten über unseren Köpfen gen Himmel, und das einstige Zentrum war einer überdachten Einkaufsmeile gewichen. Trotz allem hatte ich das Gefühl, nach Hause zu kommen. Wie soll man dieses Gefühl am besten beschreiben? Erinnern Sie sich noch, wie Sie als kleines Kind eines Sommermorgens aufwachten, das Fenster aufrissen und spürten, wie der beginnende Tag mit all seinen Versprechungen und Verheißungen hereinströmte? Genau das war Nagasaki für mich, ein beinahe schockierendes Gefühl der Hoffnung. Meinetwegen war Kenzo diese Erfahrung verwehrt geblieben, andererseits hätte ich keinen Tag früher zurückkehren können. Amerika war der Ort gewesen, an dem unsere Wunden einigermaßen hatten heilen können. Ich hatte diese vierzig Jahre gebraucht, um die Stärke aufzubringen und mich den Geistern und den Orten stellen zu können, an denen sie sich versteckt hielten.

Hideos zweistöckiges Haus stand an einem der steilsten Abhänge der Stadt und war lediglich über eine Steintreppe zu erreichen; oder aber man fuhr ganz nach oben und ging den Hügel ein Stück zu Fuß hinunter. Offensichtlich hatte ich mich zu sehr an die Wohngegenden in den Staaten gewöhnt – topfeben, alle gleich aussehend und mit durchnummerierten Häusern. Hier dagegen herrschte ein Gewirr aus verschachtelten, wild aneinandergebauten Apartments und Häusern in allen möglichen Größen und Formen, verbunden durch enge Gassen und Wege. Hideos Haus hatte ein rotes Ziegeldach und eine graue Kieselputzwand auf der einen Seite und war an eine moosbedeckte Steinmauer angebaut worden. Direkt daneben verlief ein Bach, der an einer Reihe halb verrosteter Wellblechbuden und hölzerner Anbauschuppen vorbeiführte, deren Dachpappe im Wind gegen die Wand des Nachbarhauses klatschte.

Wir standen vor der Haustür. Ich brauchte nicht nervös zu sein, meinte er, aber natürlich war ich es trotzdem. Er läutete. Sekunden später ertönten Schritte, gefolgt von Stimmen, die laut »Daddy« riefen. Die Tür ging auf, und Benji und Hanako stürzten sich in die Arme ihres Vaters, der sie fest an sich drückte. »Meine beiden Teufelchen. Wie sehr ihr mir gefehlt habt. Wart ihr auch nett zu Mami?« Angela trat in die Diele und trocknete sich die Hände an einem Geschirrtuch ab, ehe sie sich herunterbeugte und Benji liebevoll kitzelte. »Die perfekten kleinen Monster, wie immer.« Benji kicherte und beäugte mich neugierig, während Angela vortrat und Hideo küsste. »Hey, Baby, schön, dass du wieder hier bist«, sagte sie auf Englisch, ehe sie sich an mich wandte. »Du musst Amaterasu sein. Wir freuen uns ja so über deinen Besuch. Komm doch rein, wo ist dein Gepäck? Die Kinder haben einen Kuchen für dich gebacken, stimmt's, Kinder? Los, bringt ihn ins Wohnzimmer.« Schreiend liefen die beiden davon – »Kuchen, Kuchen, Kuchen.«

»Bitte entschuldige, die beiden sind ziemliche Wildfänge. Gib mir doch deine Jacke, die Heizung ist an. Bestimmt frierst du und bist hundemüde. Der Flug ist ziemlich lang.« Das Wohnzimmer war mit einer cremefarbenen Couch und proppenvollen Bücherregalen möbliert, und an den Wänden hingen überall Zeichnungen der Kinder. Eine breite Glastür führte in einen kleinen Garten. Die Kinder kehrten mit einem Schokoladenkuchen zurück, dessen brauner Guss mit roten Schokolinsen verziert war. Hanako sah mich schüchtern an.

»Marienkäferkuchen«, sagte ich lächelnd. »Das ist mein Lieblingskuchen.« Benji kniete sich neben mich, während Hanako dicke Stücke abschnitt und sich dann an ihren Vater klammerte, während dieser von der Reise erzählte.

Ich betrachtete die Kinder, in der Hoffnung, irgendwelche Züge von Yuko in ihren Gesichtern auszumachen. Hanako trug eine kastanienbraune Cordhose mit einem grauen Pullover dazu, und das dunkle Haar fiel ihr lang über den Rücken. Sie knibbelte an einer Schramme am Kinn herum, während sie ihren Kuchen verputzte. Benji hatte zahllose Sommersprossen und einen dichten Pony, der ihm in die Augen hing. Er trug ein Baseballshirt und Jeans, die ihm über die mageren Hüften zu rutschen drohten. Sein Mund war mit braunem Schokoguss verschmiert. Er flüsterte seiner Mutter etwas ins Ohr, worauf sie meinte: »Wieso fragst du sie nicht einfach?«

Er wandte sich mir zu. »Willst du mal dein Zimmer sehen?«

Hanako stand auf und nahm meine Hand. »Hier entlang.« Sie hielt meine Finger ganz vorsichtig, als hätte sie Angst, sie könnte mir die Knochen brechen.

Als Erstes zeigten sie mir den kleinen Garten, dann ging es weiter zu einem Wasserfall, der sich über glitschig-schwarze Stufen ergoss. Währenddessen löcherten sie mich mit allerlei Fragen – woher ich genau käme, ob ich gern in Amerika wohnen würde und ob ich *Das A-Team* gesehen hätte. Nach der Inquisition führten sie mich zu einer Tür, hinter der sich ein winziges Zimmer verbarg, kaum größer als ein Einbauschrank. Wir spähten hinein. In der Mitte befand sich eine hölzerne Plattform mit einem Loch in der Mitte. Benji zwängte sich an mir vorbei und spähte hinein. »Das ist die Toilette«, erklärte er und gestand lachend, dass Hideo während des Monsuns ein Brett über das Loch nageln musste, damit das Abwasser nicht bis ins

Haus lief. Als Nächstes schleppten sie mich in die Küche. Hanako scharrte mit dem Fuß auf den Fliesen und erklärte mir erschaudernd, im Sommer sei alles voller Schnecken. Eigentlich hätte ich gedacht, dass sie in einem modernen Haus leben würden. Mit Satos Vermögen und Hideos Job hätte es doch für etwas Komfortableres reichen müssen, andererseits passte dieses etwas marode Zuhause perfekt zu seiner Familie.

Wir kehrten in die Diele zurück, wo Benji mich warnte, dass sich nachts bevorzugt streunende Katzen vor der Tür herumtreiben würden, ich aber keine Angst vor ihrem Geschrei haben müsste. Wir gingen die Treppe hinauf, wobei sie geduldig auf mich warteten. Schließlich präsentierten sie zuerst ihre Zimmer, dann schoben sie eine Papiertür auf, hinter der sich ein viereckiges Zimmer mit Tatamimatten und einem bereits ausgerollten Futon befand. »Hier schläfst du.« Ich freute mich darauf, wieder einmal auf einem Futon zu schlafen, auch wenn mein Körper meine Begeisterung nicht teilte. Hanako zeigte auf eine Vase mit Plastikgänseblümchen. »Die sind für dich.« Ich dankte ihr, worauf sie die Achseln zuckte, sich aber trotzdem darüber zu freuen schien. »Ich hole deine Tasche.« Sie stob davon, dicht gefolgt von Benji, der jedoch an der Tür noch einmal stehen blieb.

»Und später spielen wir Sumo-Ringen, okay?«

Ich lächelte. »Okay.«

Vor dem Abendessen saßen wir im Wohnzimmer, als die beiden kichernd angelaufen kamen. Sie hatten sich aus alten T-Shirts ihres Vaters ihre Version eines Sumo-Mawashi zurechtgeknotet. Hideo brach in Gelächter aus. »Was wird denn das? Unser privates Sumo-Match?« Benji nickte, zog Socken aus einem Wäschestapel und begann damit einen Ring einzugrenzen.

Hanako trat zu mir und tippte mir aufs Knie. »Du bist der Kampfrichter und musst sagen, wer gewonnen hat.«

Später saß Hanako mit einem Skizzenblock neben mir auf der Couch und kaute nachdenklich auf ihrem Bleistift herum. »Was soll ich für dich malen?« Ich dachte einen Moment nach und schlug vor, es mit einem Pferd zu versuchen. Sie lehnte sich gegen mich. Ich konnte nur über die Mühelosigkeit staunen, mit der Kinder einen neuen Menschen in ihrem Leben aufnehmen. Angela lächelte, während sie mit ihrem Sohn Karten spielte; ich nahm Hanako in den Arm, legte meinen Kopf auf den ihren und sog tief ihren Duft ein – eine Mischung aus dem letzten Rest frischer Luft und dem schwachen Geruch nach Milch. Als ich die Augen schloss, stellte ich mir Yuko vor, ihr Gewicht in meinem Arm. Ich dachte an all die Stunden, die wir so verbracht hatten. Schließlich hob Hanako den Kopf und sah mich mit leicht gerunzelter Stirn an. »Gefällt es dir?«

»Es ist perfekt.«

Sie hielt das Bild auf Armeslänge von sich und betrachtete es bewundernd. »Ich kann ziemlich gut zeichnen.« Sie zeigte die Skizze ihrem Vater, der sie an der Wand befestigte und dann erklärte, dass es höchste Zeit fürs Bett sei. Die beiden umarmten ihre Eltern, und plötzlich kam ich mir wieder wie eine Fremde vor.

»Gebt Amaterasu auch einen Kuss«, schlug Angela vor, und ehe ich einwerfen konnte, das sei doch nicht notwendig, drückten sie mir auch schon ihre feuchten Lippen auf die Wange.

In diesen ersten Tagen wuselten Angela und Hideo ständig um mich herum, doch ich bat sie, einfach ihrem Alltag nachzugehen wie sonst auch. Ich wollte die Stadt für mich allein erkunden, wollte an jene Orte zurückkehren, die ich vor all den Jahrzehnten zurückgelassen hatte. Ich brauchte Zeit, um mich mit der Stadt wieder vertraut zu machen. Eines Morgens stand ich ganz früh auf und hinterließ eine Nachricht, ich sei spätestens zum Abendessen zurück. Dann fuhr ich mit der Straßenbahn in die Stadt, vorbei am Hamaguchi-Bahnhof, stieg in der Nähe des Hauptpostamts aus und ging langsam die fünf Häuserblocks zum Sanno-Schrein, der nach dem Bombenabwurf wiederaufgebaut worden war. Eine Hälfte des Torii, das in den Schrein führte, war damals weggerissen worden, das verbleibende hatte man als Mahnmal stehen lassen. Ich ging über die Steinplatten bis zu einem der Kampferlorbeerbäume, die die überall in der Stadt tobenden Flammenhöllen überlebt hatten, spürte unsere gemeinsame Vergangenheit in jeder Furche und Ritze, als ich mit der Hand über die geschwärzte Rinde strich. Wir waren immer noch hier – der eine wuchs, der andere war verkrüppelt, aber wir waren am Leben. Ich brachte es nicht über mich, zur Urakami-Kathedrale und in die Yamazato-Grundschule zu fahren, die beide längst durch Neubauten ersetzt worden waren. Stattdessen fuhr ich zum Friedenspark mit der Statue eines Mannes auf dem Platz in der Mitte. Kenzo hatte mir das Foto anlässlich der Einweihungszeremonie 1955 in der Zeitung gezeigt; *Ein Affront*, so hatte er es bezeichnet, potthässlich, aber als ich von einer steinernen Bank aus den nackten muskelbepackten Mann mit dem langen Haar und dem Lendenschurz ansah, spürte ich eine gewisse Tröstlichkeit von ihm ausgehen. Endlich hatte die Stadt einen Wächter. Er hatte die Augen geschlossen, seine rechte Bronzehand war in die Luft gereckt, die Linke deutete in Richtung Nagasaki. An sämtlichen Zäunen, Pfählen und Bänken waren rote, gelbe, weiße, orangefarbene und lila Papierkraniche befestigt. Kinder in adretten Marine-Schuluniformen verteilten Postkarten mit handgeschriebenen Friedensbotschaften an Touristen. Auch ich bekam eine und betrachtete sie sehr lange, ehe ich zu dem steinernen Brunnen mit den hoch in die Luft spritzenden Fontänen spazierte – das Wasser, um das die Stadt so verzweifelt gefleht hatte. Eine Broschüre flatterte in der Brise vorbei. Ich hob sie auf. Es war eine Karte mit all jenen Stellen, wo die Atombombe verheerende Schäden angerichtet hatte, darunter auch die Kathedrale, die auf dem Cover abgebildet war. Die neue, 1959 errichtete Version war so rot, so unerschütterlich, mit ihrem riesigen Portal und den beiden Türmen, die sich abermals in den Himmel erhoben. Lediglich der einstige Glockenturm war übrig geblieben – über dreißig Meter weit hatte ihn die Druckwelle ans Ufer geschleudert. *»Bereits seit der zweiten Hälfte des 16. Jahrhunderts war Urakami ein hauptsächlich von Christen bewohnter Stadtteil. Während der 1613 beginnenden Verfolgung der Christen waren die Gläubigen gezwungen, ihre Religion heimlich auszuüben. 1873 gelang es den Bewohnern, nach Urakami zurückzukehren. Der Bau der Kathedrale zog sich über beinahe dreißig Jahre hin; am 9. August 1945 wurde sie im Zuge des Abwurfs der Atombombe zerstört. Rund 8500 der 12.000 hier ansässigen Christen fielen der Detonation zum Opfer.«*

Als ich den letzten Satz las, musste ich an Yuko denken – nur eine unter Tausenden. Wo hatte man all die kaputten Steine hingebracht? Wo war Yuko? Lag sie unter den Steinen begraben? Könnte ich zu graben beginnen und ihre schwarze Asche finden? Ich hatte nicht denselben Glauben wie sie gehabt, doch all die Geschichten von sengenden Höllen, Hexenkesseln und Kreuzigungen zogen mich irgendwie an. Es waren Geschichten von Schmerz und Verlust; Regungen, die mir nur allzu vertraut waren – die sechsundzwanzig Märtyrer, die 1597 gekreuzigt worden waren, die 37.000 Bauern, die man vierzig Jahre später abgeschlachtet hatte, die Tausenden, die vor nicht allzu langer Zeit in der Stadt verhaftet worden waren, und all jene, die im Schatten der Urakami-Kathedrale gelebt und gearbeitet hatten. Ich bewunderte sie für die Opfer, die sie für ihre Religion gebracht hatten, aber ich selbst war nicht gläubig. Wieder betrachtete ich das Foto, strich mit dem Finger über eine Schlange von Gläubigen, die auf das Portal zugingen. Wie konnten die Überlebenden in dieser Kirche beten? Wie konnten sie die Schwelle übertreten und sich dabei nicht die Frage stellen: Wieso haben wir überlebt? Wieso wurden sie genommen? Wie kann mein Gott so etwas zulassen?

Schatten und Licht

In'yo: Das Bild der beiden gegensätzlichen Kräfte stammt aus der Kosmologie der alten Chinesen und erklärt, dass alles im Universum aus Schatten (in) und Licht (yo) besteht. In'yo symbolisiert zum Beispiel Tag und Nacht, Hitze und Kälte, Männliches und Weibliches, wobei der Tag, die Hitze und das Männliche yo zugeordnet sind.

Achtunddreißig lange Jahre hatte meine Heimreise gedauert. Die Wintersonne ging allmählich unter, und orangefarbenes Licht drang aus der Kathedrale. Flüsternd entschuldigte ich mich bei meiner Tochter für die Verspätung und trat über die Schwelle. Genau hier, in dieser Kirche, hatte ich Yuko das letzte Mal gesehen, zwei Tage vor dem Bombenabwurf. Die Fassade schimmerte korallenrot im Sonnenschein, doch drinnen war es düster. Ich sah sie in einer der hinteren Reihen sitzen, die Umrisse ihrer Schultern und ihres Kopfes, erhellt vom goldenen Licht, das durch die Buntglasfenster fiel. Meine Schritte waren beinahe geräuschlos auf den steinernen Fliesen, als ich zu ihr trat und ihre Schulter berührte. Sie drehte sich um. Ihr Gesicht war bleich, sie wirkte erschöpft. Mein mütterlicher Instinkt sagte mir sofort, dass etwas nicht stimmte. Wir verließen die Kirche und gingen zu einer der Steinbänke auf der Westseite des Gebäudes. Yuko spannte einen weißen Schirm auf, unter den wir uns setzten. Ich versuchte, die Stille zu füllen, indem ich sie nach Hideo fragte und erzählte, dass Mrs. Goto sich heute nicht wohlgefühlt hätte, doch Yuko blickte starr zu Boden. Ich wartete. Schließlich begann sie zu sprechen, konnte mich dabei aber nicht ansehen. »Du weißt, dass Jomei zurück ist?«

Auf einen Schlag war die Angst wieder da. Seit Yukos Hochzeit hatten wir den Doktor mit keiner Silbe erwähnt. Warum auch? »Nein, das wusste ich nicht. Seit wann?«, fragte ich betont beiläufig. Sie schwieg. »Seid ihr euch begegnet?«, fragte ich weiter und spürte, wie die Angst durch meinen Körper pulsierte. »Er hat es doch nicht etwa darauf angelegt?« Wieder sagte sie nichts, doch ihr Zögern war Antwort genug. Sie drückte mir den Schirm in die Hand, wandte sich ab und brach in bittere Tränen aus. Nach einer Weile kramte sie ein Taschentuch hervor. Zu meiner Schande muss ich gestehen, dass derartige Ausbrüche bei mir häufig einen Anflug von Verachtung auslösen, vor allem, wenn es sich um Menschen handelt, die mir nahestehen. Ich brauche sie stark, beherrscht. Jedes Zeichen von Schwäche jagt mir Angst ein. Ich strich mit der Handfläche über ihre nasse Wange. »Wieso erzählst du mir das ausgerechnet heute, Yuko? Was ist passiert?«

Einige Minuten verstrichen. Schließlich faltete sie das Taschentuch zusammen und tupfte sich die Augen trocken, dann nahm sie mir den Schirm wieder aus der Hand, und wir rückten enger zusammen. »Ich brauche deine Hilfe, Mutter. Ich muss etwas tun, schaffe es aber nicht allein.«

»Was musst du tun, Tochter?«

»Es ist nicht seine Schuld, nur falls du ihn verantwortlich machen willst. Ihn nach all der Zeit wiederzusehen … es war, als hätten all die Jahre, Hideo und Shige plötzlich nicht mehr existiert. Ich war dumm und egoistisch, das weiß ich.« Sie seufzte, setzte zum großen Geständnis an. »Das Baby zu behalten wäre eine Sünde, es loszuwerden aber auch. Was soll ich tun, Mutter?«

»Baby?«, stieß ich hervor, wiederholte es noch einmal und grub mir die Nägel in die Handflächen, um nicht ebenfalls in Tränen auszubrechen. Wortlos saßen wir da, während die Sonne hinter der Kathedrale versank. Mein Mund fühlte sich staubtrocken von der Nachmittagshitze an. Endlich fand ich die Kraft, etwas zu sagen. »Weiß Sato Bescheid?«

Yuko tupfte sich die Haut unter den Augen trocken. »Noch habe ich es ihm nicht gesagt, aber das werde ich wohl müssen, oder?«

Ich bezwang meine Angst, schob sie fort. »Du willst meinen Rat hören? Er lautet folgendermaßen: Du kannst das Baby nicht behalten, und er darf nie etwas davon erfahren.«

»Vielleicht könnte ich das Kind ja zur Welt bringen und dann zur Adoption freigeben?« Ärgerlich verdrehte ich die Augen. »Ich kann das Baby nicht töten, Mutter. Was würde Gott dazu sagen?«

»Nicht Gott sollte dir Sorgen bereiten, sondern Shige. Er und Hideo. Sie sind deine Familie. Dieses Ding in deinem Bauch, diese Saat, ist nichts, gar nichts. Der Krieg wird irgendwann vorüber sein, und Shige kehrt nach Hause zurück. Dann braucht Hideo einen Vater. Und du einen Mann.«

»Was, wenn ich mit Hideo einfach fortgehen und ein neues Leben anfangen würde?«

»Shige verlassen? Das könntest du?«

Wieder brach sie in Tränen aus. »Er ist tot. Ich weiß es. Ich kann es fühlen.«

»Das kannst du nicht ernsthaft glauben. Wir haben Krieg, sonst nichts. Er wird nach Hause zurückkehren.« Ich nahm ihre Hand. »Du hast mich heute hierhergebeten, weil du meine Hilfe brauchst. Was dir passiert ist, geschieht mit Frauen schon seit Jahrhunderten. Unten an der Küste ist ein Fischerdorf. Vor

Jahren, lange vor deiner Geburt, wurde die Gegend von einem schrecklichen Sturm heimgesucht. Die Flut schlug mit einer solchen Wucht gegen die Felsen, dass die Dorfbewohner später, als wieder Ruhe eingekehrt war, seltsame Objekte aus dem Fels ragen sahen. Knochen. Menschliche Knochen. Von Kindern. Seit Jahrhunderten waren die Frauen des Dorfes zu dieser Klippe gekommen, um Kinder loszuwerden, die sie nicht behalten konnten, weil sie unehelich waren oder sie sie nicht hätten ernähren können. Es gibt Menschen, an die man sich wenden kann. Du bist nicht die erste Frau, die dieses Problem lösen muss.«

»So einfach ist es also? Ich gehe in ein Haus in einer finsteren Gasse, und das Problem ist gelöst?«

»Und Sato ...«

Sie zog ihre Hand weg. »Ich wusste, dass du es nicht verstehen würdest.«

»Aber ich verstehe dich doch, Yuko. Ich verstehe diese Art von Liebe, sehr gut sogar. Doch sie wird dich nicht glücklich machen, glaub mir. Jetzt kannst du es noch nicht sehen, aber irgendwann später.«

»Ich brauche Zeit zum Nachdenken.«

»Je länger du wartest, umso schwieriger und wahrscheinlicher wird es, dass du es Sato sagst.« Ich schmiedete einen Plan. »Wir treffen uns am Donnerstag wieder. Bis dahin habe ich jemanden gefunden, der uns hilft. Um elf hast du doch Pause, oder?« Sie nickte. »In Ordnung. Zwei Tage. Du hast zwei Tage, um zu akzeptieren, was du zu tun hast. Wir schaffen das, Yuko. Aber du musst mir eines versprechen – wenn das hier vorbei ist, gibt es keinen Sato mehr. Nie wieder. Du hast eine Familie. Du gehörst zu ihr.«

Sie blickte an der Kathedrale empor. »Ich kann diese Entscheidung nicht in unmittelbarer Nähe von Gott fällen. Treffen wir uns lieber irgendwo in der Stadt. Um fünf habe ich Feierabend.«

»Nein, hier ist es besser. Am Donnerstag um elf. Ich warte auf dich.« Vielleicht erinnerte sie die Kathedrale ja an das Eheversprechen, das sie Shige gegeben hatte.

Sie stand auf. »Ich muss zurück ins Krankenhaus.« Sie wandte sich kurz ab, als müsste sie sich sammeln. »Es tut mir leid, dass ich so eine Enttäuschung für dich bin.«

In diesem Moment hätte ich sie in die Arme nehmen und ihr sagen müssen, dass sie mich noch nie enttäuscht hatte, kein einziges Mal. Wie auch? Yuko war die Freude meines Lebens, die Perle in meinem Herzen. Stattdessen stand ich da und sah zu, wie sie in ihrer Schwesterntracht davonging. Meine größte Sorge war, dass sie es Sato erzählen und er sie überreden würde, das Kind zu behalten. Ich spürte, wie mein Hass wuchs und sich wie eine kalte Faust um meinen Magen legte. Schon einmal hatte ich alles darangesetzt, den Doktor aus unserem Leben zu eliminieren; damals hatte ich seine Willensstärke unterschätzt, aber mir blieb immer noch eine Möglichkeit, jegliches Gefühl zu zerstören, das er für meine Tochter hegen könnte. Ich sah keine andere Alternative. Das ist keine Entschuldigung, sondern lediglich ein Erklärungsversuch.

Gefühle, die bestehen bleiben

Miren: Das Gefühl, das sich entwickelt, wenn man beispielsweise gezwungen ist, sich unter dem Druck gesellschaftlicher Umstände von einem geliebten Menschen zu trennen. Gelingt es einem Mann nicht, seine Gefühle zu seiner Geliebten zu unterdrücken, obwohl er beschlossen hat, dass er sie verlassen muss, gilt er als unzuverlässig und weibisch.

Maruyama in den frühen Morgenstunden ist wie eine Geisha ohne ihren hübschen Kimono und Make-up: Kästen mit leeren Bierflaschen stehen herum, die Fensterläden der Dim-Sum- und Takoyaki-Stände sind geschlossen, die Laternen hängen schief über den Türen, und in den verstopften Gossen gammelt der Schmutz im harschen Licht des Tages. Risse, Makel und Flecken treten überdeutlich hervor, doch die Lieferanten, Putzfrauen und Hostessen sind zu gleichgültig, um genauer hinzusehen.

Ich hatte eine Bar ausgewählt, in der die Arbeiter auch nach ihrer Spätschicht noch ein Bier oder etwas Gesellschaft bekamen. Dort saß ich auf einer Bank an der hinteren Wand und bestellte einen Kaffee. Abgesehen von zwei sichtlich übermüdeten Hostessen war ich der einzige Gast. Ich blickte zur Tür. Als Sato endlich auftauchte, spürte ich dasselbe Ziehen in der Magengegend wie früher, dieselbe Mischung aus Angst, Wut und noch etwas anderem, das ich lieber nicht benennen wollte.

Er setzte sich mir gegenüber hin und betrachtete mich. Ich

wusste, was er sah, schmeichelhaftes Licht hin oder her – die gräulichen Schatten unter meinen Augen, meine Haut, die selbst nach all den Jahren immer noch bleich war. Ich war und blieb ein Geschöpf der Nacht. Er zog ein Silberetui hervor und bot mir eine Zigarette an. Ich lehnte ab. Er zündete sich eine an. Am Abend zuvor hatte ich meinen Namen und die Adresse der Bar am Empfang in der Klinik hinterlassen und daher nicht gewusst, ob er tatsächlich kommen würde. Allerdings hatte ich mich nicht getraut, ins Krankenhaus zu gehen, aus Angst, Yuko könnte mich sehen. Die Kellnerin kam, und er bestellte ein Glas Shochu, dann saß er da, trommelte mit den Fingern auf sein Zigarettenetui und wartete, bis sein Drink serviert wurde

»Wie lange kennen wir uns jetzt schon, Amaterasu? Das habe ich mir die ganze Zeit auf dem Weg hierher überlegt.«

Der Geruch nach gerösteten Eicheln stieg mir in die Nase. »Sei nicht so grausam und zwing mich, die Jahre nachzurechnen, Sato.«

»Unsinn, du und ich, wir sind immer noch jung. Und kampflustig.«

Der Tabak in seiner Zigarette verbrannte knisternd. Ich sah ihn mitleidig an. »Ich bitte dich, Sato, du wirst doch nicht etwa rührselig, oder?«

Meine Frage schien ihn zu belustigen. »Du kennst mich gut genug, um zu wissen, dass es nicht so ist.«

»Wir kennen uns seit ...« Ich begann zu zählen. »Eins, zwei, drei ... nein, lass es.«

Er beugte sich vor und berührte meine Hand. »In all den Jahren habe ich es nie geschafft, dir meine Bewunderung auszudrücken.«

Ich zog meine Geisha-Miene – Schmollmund und ein gespieltes Stirnrunzeln. »Ich weiß nicht, was du meinst.«

Er lächelte schwach. »Hat Yuko dir gesagt, dass ich zurück bin?«

»Ja. Eigentlich hätte ich mich nicht darüber wundern sollen. Verrate mir bitte eins, Sato. Wieso Yuko? Warum musst du ausgerechnet zu ihr zurückkehren?«

»Du bist doch nicht etwa eifersüchtig, Amaterasu?«

»Sei nicht albern. Ich bin nicht deine Frau, Sato.« Ich bemühte mich um einen ruhigen Tonfall. »Mir geht es ausschließlich um Yuko. Ist dir klar, was du angerichtet hast?«

»Ich bin nicht hergekommen, um irgendwelche Erklärungen abzugeben, sondern lediglich, um dir zu sagen, dass ich mich nicht wie beim letzten Mal herumkommandieren lasse. Yuko und ich … das ist eine noch ungeklärte Angelegenheit. Und vielleicht noch viel mehr.«

»Wie bitte? Du glaubst immer noch, das sei Liebe? Du hast doch keine Ahnung, was das Wort überhaupt bedeutet. Wenn du Yuko nicht in Ruhe lässt, zerstörst du ihr Leben. Und wofür? Nur um deine eigenen egoistischen Bedürfnisse zu befriedigen? Die Liebe eines Elternteils kann manchmal auch egoistisch sein … auf eine andere Art und Weise.« Ich hielt inne. »Warum sie? Du könntest doch jede andere haben. Denk nach, Sato. Denk nach. Hast du nie nachgerechnet? Und dich gefragt, wie Kenzo und ich nach unserer Trennung zusammengekommen sind? Hast du dir nie Gedanken über ihr Alter gemacht?«

Ich beobachtete die wachsende Verwirrung auf seiner Miene. Er drückte seine Zigarette aus und schüttelte den Kopf. »Tu das nicht, Amaterasu. Wenn du Yuko liebst, sprichst du nicht aus, was dir gerade auf der Zunge liegt.«

»Yuko war ein winziges Baby, deshalb war es ein Kinderspiel, sie als Frühgeburt auszugeben. Niemand ahnte etwas von der Wahrheit.«

Die Verwirrung wich Verzweiflung. »Wie kannst du so einen Unsinn erzählen? Bildest du dir ernsthaft ein, ich würde es nicht merken, wenn du lügst? Selbst nach all den Jahren. Du hältst dich für eine Meisterin der Täuschung, aber in Wahrheit bist du eine grauenhafte Lügnerin.«

Ich zog Geld aus der Tasche. »Es tut mir leid, Sato, wirklich, aber das ist keine Lüge. Weshalb sollte ich so etwas erfinden?«

Er wich zurück, als hätte ich ihm einen Dolch in die Brust gerammt. In seinen Augen standen Tränen. »Ich glaube dir kein Wort. Du bist bloß eine Hure aus Maruyama, die lügt und betrügt und alles sagen würde, damit sie kriegt, was sie will.«

Ich stand auf und nahm meinen Sonnenschirm. »Ich treffe mich morgen früh mit Yuko in der Urakami-Kathedrale. Bis dahin hast du Zeit, diese Liaison zu beenden, sonst erzähle ich ihr alles.«

Wieder bedachte Sato mich mit einem angewiderten Blick. »Das würdest du deinem Kind antun? Dass du mich belügst, leuchtet mir ja noch ein, aber sie?«

»Um sie von dir fernzuhalten, würde ich alles tun, Sato.« Ich verließ die Bar, bog in eine enge Gasse, dann in die nächste, alle so schmal, dass er mir nicht folgen konnte, lief immer schneller, bis meine Lunge brannte und ich stehen bleiben musste. Vor einem Eingang blieb ich stehen und erbrach mich, wieder und wieder und wieder. Bis ich die Worte aus meinem Leib gespuckt hatte.

Tuschezeichnung

Suibokuga: Dieser Zeichenstil gelangte gemeinsam mit dem Zen-Buddhismus von China nach Japan und wurde von dem Maler und Mönch Sesshu (1420-1506) perfektioniert. Wie in vielen japanischen Künsten und Traditionen, darunter der Haiku-Poesie oder auch der Teezeremonie, sind Schlichtheit und Subtilität von größter Bedeutung. Überflüssige Pinselstriche und unnötige Farbmengen sind im Suibokuga verpönt; stattdessen liegt der Schwerpunkt auf der Essenz des dargestellten Objekts – üblicherweise Berge, Flüsse, Pflanzen oder auch Tiere. Diverse Grau- und Schwarzschattierungen beflügeln die Fantasie des Betrachters weit mehr als bunte Farben. Weiße Flächen dagegen symbolisieren keineswegs Leere, sondern Bedeutung und Möglichkeiten und spielen daher eine ebenso große Rolle in der Komposition wie die dargestellten Objekte selbst.

Mehrere Gläubige kauerten mit gesenkten Köpfen unter dem Jesuskreuz. Die Stille hatte etwas Beruhigendes. Größere Abgeschiedenheit konnte ich nicht finden. Ich öffnete meine Handtasche und zog Satos letzten Brief aus dem Jahr 1972 und Yukos Tagebuch hervor, schlug die letzte Seite auf und las, was sie mir zu sagen hatte.

»Im Gegensatz zu Mutter bin ich schwach, aber vielleicht bringe ich ja den Mut auf, das Richtige zu tun … wenn ich nur wüsste, was das Richtige ist. Ich liebe Shige. Von Herzen. Diese Worte fließen ganz mühelos auf das Papier. Ich liebe seine Beständigkeit und seine Loyalität. Er ist ein guter Vater. Ich dachte, ich müsste für immer mit dem Schmerz wegen Jomeis Verschwin-

den leben, aber Shige hat mir geholfen, wieder gesund zu werden. Er hat mir geholfen, wieder auf die Beine zu kommen. Zwar habe ich kein Wort von ihm gehört, aber vielleicht hat Mutter ja doch recht, und ich muss einfach daran glauben, dass er noch am Leben ist. Ich würde ihm niemals wehtun wollen. Ebenso wenig wie Hideo. Aber wie soll ich das bewerkstelligen, wenn ich keine gute Ehefrau und Mutter sein kann? Was bleibt sonst noch von mir? Da ist diese andere Seite in mir, jener dunkle Teil meines Herzens, der Jomei gehört. Er ist wie ein Tumor, der sich von mir nährt und wächst und wächst, bis alles von mir, jeder Knochen, jede Faser von mir ihm gehören.

In Wahrheit gebe es nichts zu entscheiden, sagt Mutter, Shige und Hideo seien meine Familie. Ihr hätte die Rolle als Ehefrau und Mutter immer genügt, sagt sie, daher kann sie sich die Alternative nicht einmal ausmalen. Und einem kindischen Impuls von Verliebtheit nachzugeben würde nur allen Beteiligten Schmerz zufügen. Manchmal sind Frauen nun einmal der Kollateralschaden, sagt sie, trotzdem sind wir fähig, die Entscheidungen zu ertragen, die uns auferlegt werden, auch wenn sie noch so grauenvoll sind. Ist die Tötung eines Kindes verzeihlich, wenn dadurch zwei Familien gerettet werden?

Aber all diese Überlegungen sind bedeutungslos, solange ich Jomei nicht wiedergesehen habe. Egal was Mutter meint, ich muss es ihm sagen. Vielleicht wird er weder mich noch dieses Leben in mir haben wollen, aber was, wenn er es doch will? Ich kann das Baby nicht bekommen, ohne dabei Shige und Hideo zu verlieren. Damit liegt die Entscheidung auf der Hand, und ich muss bei dem bleiben, was ich habe, statt mich in die Ungewissheit zu stürzen, oder nicht? Was wäre mein Leben ohne Shige und Hideo? Wozu wäre dann alles nütze gewesen?«

War mein Treffen mit Sato in der Bar an diesem Morgen vorschnell gewesen? Ich hatte das Gespräch mit Sato geführt, da ich von Yukos Unentschlossenheit ausging und kein Risiko hatte eingehen wollen. Ich zog Satos Brief aus dem Umschlag. Die Schrift war nahezu unleserlich. Es musste ihn gewaltige Mühe gekostet haben, ihn zu schreiben.

Ich denke an das Kind, das wir hätten haben können. Keine Ahnung, warum, aber ich glaube, es wäre eine Tochter geworden. Ich male mir aus, wie sie geboren wird, kerngesund, brüllend und die winzigen Fäustchen geballt aus Unmut, aus der warmen Höhle von Yukos Leib gerissen zu werden. Ich würde sie Miki nennen, sehe vor mir, wie sie aufwächst, ohne Sorgen und Ängste, sondern verzückt über die Welt rings um sie herum, lachend vor Begeisterung und schreiend vor Wut. Sie würde sich ihrer Gefühle nicht schämen, sondern sie willkommen heißen, sich mit ihnen auseinandersetzen. Ich sehe die Sträucher in meinem Garten, in deren Ästen sich die Spatzen fröhlich zwitschernd tummeln – ein Gesang, der jeden unweigerlich glücklich macht, der sie zu hören bekommt. Ich stelle mir vor, wie Miki staunend dem Gezwitscher lauscht und die Laute der zarten kleinen Geschöpfe imitiert. Wenn sie erst größer wäre, würden wir mit ihr zu den schönsten Orten hier und in fernen Ländern reisen. Sie würde fremde Sprachen lernen und Kulturen erleben, würde ihren Weg gehen, sich einen Beruf suchen, sich verlieben und selbst Kinder bekommen. Ich sehe Dich bereits mit Deinem Enkelkind auf dem Arm. Diese Bilder quälen mich nicht, sondern spenden mir Trost, sie und diese Fantasiewelt.

Dann wiederum denke ich daran, wie Miki stattdessen sein könnte, vom Gift der Bombe infiziert. Ich kenne die Krankheiten, die sie hätten heimsuchen können, all die Hindernisse, die uns im Weg gestanden hätten. Ich male mir aus, wie fremde Leute sie anstarren, sich abwenden, dumme, gemeine Fragen stellen, sie ablehnen. Dennoch wäre ihr Leben ein Erfolg, nur eben anders, mit anderen, aber erreichbaren Zielen, begleitet von unserer Liebe, die gleichermaßen groß oder vielleicht sogar noch größer wäre. Und die singenden Sträucher? Kannst Du Dir ihre Freude über diese wundervolle Magie vorstellen? Wir wären glücklich, nur eben auf eine andere Art und Weise.

Früher dachte ich, Euch beide verloren zu haben sei die Strafe für China, aber ich bin derjenige, der sie verdient hätte, nicht Du. Diese Grausamkeit kann ich begreifen. Hideo ist die Buße für alles, was ich getan habe, aber mein Stolz auf das, was er ist und wie er sich entwickelt hat, ist so tief wie das Feuer, das unter Japans Oberfläche brodelt. Während sich mein Körper und Geist auf das vorbereiten, was bald kommen wird, sind all meine Zweifel im Hinblick auf ihn längst verflogen. Er ist Dein Sohn, und ich liebe ihn, Yuko. Es war mir eine Ehre, ihn für Dich und Shige großzuziehen. Er ist ein Gigant, ein echtes Wunder. Was wiederum kein Wunder ist. Schließlich stammt er aus einer Familie mit starken Menschen. Wir haben ihm nur ein Zuhause gegeben, in dem er aufwachsen konnte. Alles andere – was er ist und was er eines Tages sein wird – verdankt er einzig und allein Dir. Auf Hideo, mit all meiner Liebe. Auf Deinen Sohn.

Ich saß in der tröstlichen Dunkelheit der Kathedrale, die Hand auf den Mund gepresst, und weinte. Ich kann akzeptieren, dass Sato meine Tochter geliebt hat, aber was wegen dieser Liebe geschehen ist, werde ich niemals verwinden. Ich bin froh, dass sie meinen Rat nicht befolgt und Sato am Ende doch von ihrer Schwangerschaft erzählt hat. Damit lag die Last der Entscheidung nicht allein auf ihren Schultern. Als Sato in den Tagen nach Pikadon zu mir gekommen war, hatte er nicht erwähnt, worüber sie gesprochen hatten, sondern war lediglich von dem verzweifelten Wunsch getrieben gewesen, dass sie doch noch am Leben sein könnte.

Er hatte mir nur eine einzige Frage gestellt. »Was du in der Bar gesagt hast … war das eine Lüge?«

Ich zögerte, aus Angst vor seiner Reaktion. Die Sommersonne fiel durchs Fenster – kaltes, harsches Licht, das den Schleier des Alters und der Doppelzüngigkeit verschwinden ließ. Wir waren beide wieder jung, unbelastet von all unseren heimlichen Intrigen und Bestrebungen. Der junge Arzt und die Geisha. Ich war eine Närrin gewesen, mir ein Leben an seiner Seite auszumalen; in Wahrheit konnte ich es gar nicht … unser Haus, unsere Kinder, unser Glück. Kenzo war das größte Geschenk, das Sato mir gemacht hatte. Und ich erwiderte es. »Natürlich war es eine Lüge, Jomei. Eine gemeine Lüge. Ich würde doch niemals zulassen, dass du ihr Leben zerstörst.« Statt wütend zu sein, wirkte er erleichtert. »Du hast doch Yuko nichts davon erzählt, oder?«, fragte ich.

Eine Wolke schob sich vor die Sonne und tauchte sein Gesicht in den Schatten. Es war, als würde er vor meinen Augen altern. Er schüttelte den Kopf. »Weshalb sollte ich so etwas sagen?«

Ich sah aus dem Fenster, wo ein Milan einem anderen Vogel hinterherjagte. »Aber ihr habt euch getroffen und seid zu einer Entscheidung gelangt?«

»Das geht dich nichts an, Amaterasu.«

»Es ist nur … ich sehe sie ständig in dieser Kathedrale, ganz allein. Ich will so gern glauben, dass sie wenigstens in diesen letzten Momenten Frieden hatte.«

Auf seinem Gesicht breitete sich das traurigste Lächeln aus, das ich je gesehen hatte. »Das wollten wir beide für sie. Alle beide.«

Er verließ das Zimmer. Ich sah ihn nie wieder. Hätte es geholfen, wenn er und ich Yukos Tod zusammen hätten betrauern können? Den Verlust hatten wir miteinander geteilt, nicht aber das Leid. Doch mehr Freundlichkeit, als bei dieser letzten Begegnung ehrlich zueinander zu sein, konnten wir einander nicht entgegenbringen. Nach Pikadon gab es keinerlei Notwendigkeit mehr, uns etwas vorzumachen. Ihr Tagebuch und sein Brief ließen offen, wie es geendet hatte. War sie an diesem Morgen in die Kathedrale gegangen, um mir zu eröffnen, dass sie das Baby behalten wollte, oder dass sie bei Shige bleiben würde? Ich werde es niemals erfahren, allerdings kann ich mich nicht durchringen, Ersteres zu glauben. Ich habe beschlossen, von Letzterem auszugehen. Vielleicht wäre diese Entscheidung in den letzten Momenten ihres Lebens einfacher zu treffen gewesen. Ich hoffe nur, dass es ihre Wahl war. Mehr kann ich nicht tun. Hoffen.

Ich sah zu, wie eine Frau, die in meinem Alter sein musste, eine Kerze anzündete und sie zu den anderen steckte, die dahinschmolzen. Kerzen verbrennen, Briefe und Tagebücher zerfallen zu Staub, Erinnerungen verblassen und sterben schließlich ganz. Was wird von meiner Tochter übrig sein, wenn ich einmal nicht mehr lebe? Was wird bleiben, um der Welt zu zeigen, dass sie einst existiert hat? All die Jahre habe ich sie in meinem Herzen getragen, aber der Preis dafür war hoch. Jahrelang habe ich mich innerlich tot gefühlt. Ich wusste, weshalb Sato Yuko geschrieben und ein neues Ende für sie erschaffen hatte, als wäre sie lebendig, mit einer Tochter namens Miki. Auch ich habe mich gelegentlich der Fantasie hingegeben, dass sie noch leben könnte. Dass sie nicht in dieser Kathedrale auf mich gewartet hat. Das war meine Hoffnung gewesen, ebenso wie Satos. Wäre es so, wäre sie heute dreiundsechzig Jahre alt. Ich versuche mir vorzustellen, wie sie aussehen würde, welche Farbe ihr Haar hätte, stelle mir ihren Teint vor, das eine oder andere Pölsterchen um die Taille oder hervortretende Knochen und Venen. Doch selbst wenn ich mein eigenes Gesicht und meinen Körper zugrunde lege, kann ich mir die andere Yuko nicht vorstellen; stattdessen kann ich nur Vermutungen anstellen, wie ihr Leben verlaufen wäre, hätte sie sich für Sato entschieden … welche Freude sie mit einer Tochter hätte erleben dürfen, welche Opfer sie gebracht hätte, die es allesamt wert gewesen wären.

Die Briefe des Doktors und Yukos Tagebuch hatten mich gezwungen zu akzeptieren, dass ich mich von meiner Fantasie lösen musste. Ich brauchte nicht darüber nachzudenken, wie es hätte enden können, sondern nur darüber, was tatsächlich passiert war: Meine Tochter war mir jäh entrissen worden, bevor ich Gelegenheit hatte, ihr zu sagen, dass ich sie liebe; bevor ich Gelegenheit hatte, sie um Verzeihung zu bitten und mich von ihr zu verabschieden. Ich wollte um die Frau in den Tagebüchern und Briefen trauern, nicht nur um das junge Mädchen, das in der Kathedrale gefangen gewesen war, als die Bombe Nagasaki getroffen hatte. Sie war so viel mehr als die Yuko an diesem Tag, um diese Stunde. Für mich wird sie immer mein Baby bleiben, ein Mädchen, eine Geliebte, eine Ehefrau, eine Krankenschwester, eine Mutter. Zwar war sie wegen mir in diese Kathedrale gegangen, aber keiner von uns hatte ahnen können, welches Schicksal unsere Stadt und seine Bewohner heimsuchen würde, das sage ich mir immer wieder. Ich hörte die große Glocke, die den Krieg überstanden hat, sah den Mund der Frau, der sich in leisem Gebet bewegte, blickte zu dem blutenden Zimmermann am Kreuz hinauf. Für Yuko war er der Sohn Gottes gewesen. Sie war hierhergekommen, um zu beten, Trost zu finden. Wenn ich sie endgültig gehen lassen wollte, musste es vielleicht genau hier, an diesem Ort, sein.

Ich hielt mich an der Bank vor mir fest und sank auf die Knie, spürte das von den zahllosen Gläubigen abgewetzte grüne Leder, und sprach mit Yukos Gott, brachte das Gebet zu Ende, was ihr verwehrt geblieben war. Ich bat darum, dass er mich freigeben, mir eine Botschaft schicken möge. Wieder und wieder flüsterte ich die Worte, während draußen die Neonlichter der Stadt angingen. *Frieden, Yuko. Frieden, meine Tochter. Frieden, mein wunderschönes Kind. Du bist die Perle in der Schale meines Herzens. Vergib mir. Ich liebe dich. Auf Wiedersehen.*

Pilgerreise

Tera-meguri: Religiöse Pilgerreisen zu buddhistischen Tempeln werden als henro oder junrei bezeichnet; die verbreitetste ist der Shikoku-Pilgerweg mit seinen achtundachtzig Tempeln, mit dem der Gründer des Shingoshu-Buddhismus Kukai oder Kobo-Daishi (774-835) verehrt wird. Diese Pilgerreise wird seit dem Mittelalter von überzeugten Gläubigen unternommen, die unter Gebeten und Glöckchenklingeln von Tempel zu Tempel wandern. Auf ihren weißen Gewändern oder in ihren Notizbüchern sind die Namen jener Tempel festgehalten, die sie besuchen. Die Pilgerreise zu den achtundachtzig Tempeln verheißt Glück, sowohl in dieser als auch in der nächsten Welt.

Ich war etwa zwei Wochen bei Hideo, als er mir beim Abendessen erzählte, er wolle mir am nächsten Morgen etwas ganz Besonderes zeigen. Angela und die Kinder tauschten ein verschwörerisches Lächeln, und Hanako griff grinsend nach ihren Stäbchen. »Es wird dir gefallen«, sagte sie. »Es ist eine ganz tolle Überraschung.« Wir fingen an zu essen – Rindfleisch, Tofu und Bambussprossen –, doch so sehr ich mich auch bemühte, es gelang mir nicht, ihnen weitere Details zu entlocken. Am nächsten Morgen weckten Angela und Hanako mich schon früh und legten einen leuchtend roten, mit weißen Blüten bestickten Kimono bereit.

»Wir dachten, du würdest ihn vielleicht gern tragen«, sagte Angela. »Keine Angst, wir helfen dir beim Anlegen«, fügte sie hinzu, als sie meinen besorgten Blick auf die vielen Bänder und

Schärpen sah. Sie schlangen die Stoffbahnen um meinen Körper, dann führten sie mich in die Diele, wo ich lächelnd mein Spiegelbild betrachtete.

»Du siehst sehr hübsch aus«, stellte Hanako fest. Hideo, in Anzug und Krawatte, nahm meine Hand und führte mich die Steintreppe hinunter, wo uns ein Taxi erwartete. Obwohl ich die Straßen auf den ersten Blick nicht wiedererkannte, wusste ich, dass wir in östliche Richtung fuhren. Schließlich erkannte ich die eine oder andere Stelle wieder – eine steinerne Brücke, ein paar Ladengeschäfte, eine Häuseransammlung auf einem Hügel, immer mehr kam mir bekannt vor, bis wir an einem winzigen Schrein vorbeifuhren und all die Jahre des selbst auferlegten Exils mit einem Schlag von meinen Schultern abfielen. Die Bäume am Straßenrand waren unverkennbar. Schließlich hielt der Wagen, Hideo bezahlte den Fahrer und sprang heraus, um mir die Tür aufzuhalten. Ich stieg aus, spähte an den Wipfeln der violetten Ahornbäume und der Blaubuche vorbei und klatschte in die Hände. Das Haus hatte sich überhaupt nicht verändert. Wie konnte es nach all den Jahren noch ganz genauso aussehen?

»Wie hast du das eingefädelt?«

»Ich bin einfach hergefahren und habe mit den Besitzern geredet. Der Mann arbeitet beim hiesigen Fernsehsender und ist nicht da, aber seine Frau erwartet uns schon. Sie meinte, sie müsse nur kurz die Kinder zu den Großeltern bringen, aber inzwischen sollte sie zurück sein.«

Wir traten durch das Gartentor, und ich blickte auf den Kiesweg, auf die Gespenster der Vergangenheit, die mir entgegenkamen. Unvermittelt sah ich Hideo mit seinem Drachen herumrennen, Yuko mit ihrem Skizzenblock im Gras, während ein Marienkäfer an ihrem ausgestreckten Arm entlangkrabbelte,

Kenzo beim Unkrautjäten und Shige, wie er bei seinem ersten Besuch den Weg entlangkam. Genau wegen dieser Erinnerungen hatte mir all die Jahre davor gegraut, hierher zurückzukehren, aber wider Erwarten schmerzten die Bilder nicht, sondern erfüllten mich mit einer inneren Leichtigkeit, die mich regelrecht zur Tür mit dem auf einem Eber sitzenden Kriegsgott schweben ließ. Auf Hideos Klopfen hin öffnete eine Frau von Ende zwanzig die Tür und verneigte sich. »Mrs. Takahashi, was für eine Freude. Ich bin Izumi Fujita. Willkommen zurück.«

Ich dankte ihr, dann zogen wir die Schuhe aus und traten ein. Ich sah mich in der Diele um – die Standuhr war verschwunden, doch das Licht fiel immer noch auf dieselbe Art und Weise herein und erhellte die Ecken. Die Familie hatte ihren Schrein genau an derselben Stelle eingerichtet; die alte Einrichtung aus schwarzem Holz hingegen war durch Buchenholzmobiliar und rosa Baumwollgardinen und die Tatamimatten durch neue mit frischem Stroh und roten Seiteneinfassungen ersetzt worden. Trotz all der Unterschiede spürte ich das Flair der Vergangenheit in den Räumen: das Gelächter, die Tränen, die Auseinandersetzungen mit Yuko, die Kupplerin mit ihren schwarz umrandeten Augen, Misaki und ich beim Plaudern in der Küche, während wir das Essen zubereiteten. All die Erinnerungen fügten sich zu einer Flut an Bildern zusammen, die mich zuerst mit Freude, dann mit Angst erfüllten und schließlich in einer undurchschaubaren Mischung aus allem mündeten. Izumi entschuldigte sich und bat uns mit Nachdruck, uns in aller Ruhe umzusehen. Ich zeigte Hideo das Arbeitszimmer, wo Shige um Yukos Hand angehalten hatte und wo wir später die Nachricht von seinem Tod erhalten hatten. Oben, in Yukos Zimmer, standen Stockbetten inmitten von Bauklötzen, Plüschtieren und Spielzeugautos. Obwohl ich bezweifelte, dass noch irgendetwas da war, das an uns erinnerte, ließ ich mich neben dem Fenster auf die Knie sinken und strich mit den Händen über die Wände. Ein Lächeln breitete sich auf meinem Gesicht aus, als ich fand, wonach ich suchte. Lediglich ein Hauch von Farbe drang unter dem cremefarbenen Anstrich hervor.

»Komm hier herüber, Hideo.« Ich fuhr die Umrisse eines Schmetterlings nach. »Yuko hat sie gezeichnet, als sie noch klein war, die ganze Wand voll. Anfangs war ich sehr böse auf sie, aber dann sah ich, wie hübsch sie waren … lauter Schmetterlinge, die zum Fenster hinausfliegen.« Hideo strich mit seinen narbigen Fingern über die Flügel. Lange Zeit sagte er nichts.

Später tranken wir Tee mit Izumi, die mich mit Fragen über die Gegend und die Stadt »damals, zu Ihrer Zeit« bestürmte, dabei jedoch diplomatisch jede Erwähnung des Bombenangriffs umging, wofür ich ihr sehr dankbar war. Schließlich dankten wir ihr in aller Ausgiebigkeit und gingen durch den Garten zurück zum Tor. Vor dem Paternosterbaum blieb ich stehen und reckte das Gesicht der Sonne entgegen, die bereits Verheißung auf den Frühling in sich trug, ehe ich auf die Äste deutete. »Siehst du die Äste da? Die wie ein Drachenkopf geformt sind?«, fragte ich, worauf Hideo mit der Hand die Augen abschirmte und nickte. »Yuko konnte stundenlang zusehen, wie sie sich im Wind bewegten. Sie war überzeugt, dass es der Drache war, der mit ihr sprach.« Die Erinnerung ließ mich lächeln, gleichzeitig spürte ich einen Anflug von Verlegenheit beim Gedanken daran, was ich gleich sagen würde. »Ich bin froh, dass du vor meiner Haustür standest. Sehr sogar. Was für eine Vorstellung, wir wären uns niemals begegnet.« Und dann tat ich etwas, das uns beide gleichermaßen schockierte: Ich küsste ihn auf die Wange.

Er drückte meine Schulter. »Ich freue mich, dass du hier bist.«

»Es tut tatsächlich gut, wieder hier zu sein«, gab ich mit einer Mischung aus Erstaunen und Freude zurück.

Und das stimmte. Ich hob das imaginäre Tuch an, das ich über Nagasaki gebreitet hatte, und sah diese lebendige, wunderbare Stadt mit all ihren Narben und Unzulänglichkeiten, die mich verblüffte und ängstigte, während mein eigenes Lebenslicht allmählich verglühte. So viele Jahre hatte ich geglaubt, nichts sei schwieriger, als nach Nagasaki zurückzukehren, aber jetzt begriff ich endlich, dass die Stadt viel mehr war als nur Pikadon: Nagasaki war auch der Marienkäferkuchen mit Schokoladenguss und roten Schokolinsen, die Sumoringer-Kluft aus weißen T-Shirts, das kleine Mädchen, das sich beim Zeichnen gegen mich lehnte, der junge Kuss auf einer alten Wange. Das waren die Erinnerungen, an die man sich klammern sollte.

Hideo ließ den Blick über die kahlen, vergilbten Sträucher schweifen. »Schon komisch, aber in den letzten Tagen habe ich häufig über die Frage nachgedacht, die du mir bei unserer ersten Begegnung gestellt hast. Keine Ahnung, ob es daran liegt, dass wir hierhergekommen sind … vielleicht hat der Besuch eine Erinnerung heraufbeschworen oder so, aber nur eine ganz vage. Ich bin nicht sicher.« Er senkte den Kopf und zuckte die Achseln. »Bestimmt hat es nichts zu bedeuten, aber ich sehe eine Schlange, hellgrün, die sich zusammengerollt auf einem Stein sonnt, in einem Garten wie diesem hier. Wieso ist mir das nicht schon früher eingefallen? An eine Schlange in einem Garten erinnert man sich doch, oder? Ein Kind würde das tun.«

Wir sahen einander um Bestätigung heischend an. Ich musterte diesen Mann, der vor wenigen Wochen noch ein Fremder vor meiner Tür gewesen war. Dieser Junge war von einem Mann großgezogen worden, der mich zutiefst verletzt hatte, aber weshalb sollte mich dieses Leid daran hindern, die Hand nach diesem Geschöpf aus Fleisch und Blut auszustrecken? Er war aus den Flammen auferstanden und ein ganz besonderer Mensch; er stand für Vergebung und Frieden. Er war das Beste, was Nagasaki hervorbrachte, nicht das Nagasaki von einst, sondern von heute. Ich sah die Stadt vor mir, die Millionen von Lichtern, lebendig und pulsierend: die Häuser, die Restaurants, die Bars, die Bordelle, die Spielhöllen, die Krankenhäuser, die Tempel, die Schreine, die Kirchen, die Lichter, die uns zu dem machen, was wir sind, was wir uns wünschen, woran wir glauben, was wir lieben, wie unsere Leben nun verlaufen oder auch nicht verlaufen. Diese Straßen und Gebäude beherbergen unsere Vergangenheit ebenso wie unsere Zukunft, unsere Angehörigen und Freunde, denen wir noch begegnen werden, die Visionen unserer Toten und derer, die wir allzu früh verlieren werden, Echos, Geflüster, Halteseile unserer eigenen und gemeinsamen Vergangenheit. Auch Hideos Leben hatte ein Licht von Grund auf geändert, eine andere Art von Licht, kurz und unauslöschlich in seiner Macht. Er hatte Pikadon längst vergeben, auch wenn dieser ihn blind für den Mann gemacht hatte, der er vielleicht geworden wäre. Ist es wichtig zu wissen, woher wir kommen? Offenbar war er zu diesem Schluss gelangt, und ich bin froh, dass er die Reise auf sich genommen hatte, um mich zu finden.

Man musste diesen Mann bewundern, für sein Herz, seine Hoffnung und sein Mitgefühl. Auch wenn der Schaden noch so gewaltig war – vom Schock über den Verlust in dieser Stadt, die eine Weile kaum mehr als eine riesige Grabstätte gewesen war, bis zu den Lügen, die wir uns gegenseitig erzählen, hatte Hideo einen Weg gefunden, mit all diesen großen und kleinen, absichtlichen und unabsichtlichen Beleidigungen und Kränkungen zu leben. Er hatte nicht nur überlebt, sondern war aus der Asche emporgestiegen, er war unser aller Lichtstrahl. Hier, unter dem sprechenden Drachenbaum meiner toten Tochter, gestattete ich mir, an dieses Wunder zu glauben, dieses Geschenk anzunehmen, das Sato mir mit Natsus Hilfe gemacht hatte. Vielleicht verdiente ich keinen Enkelsohn wie ihn, und vielleicht verdiente er eine bessere Großmutter als mich, aber wir waren die Einzigen, die noch am Leben waren; die Einzigen, die die Geschichte all jener erzählen konnten, die uns allzu früh entrissen worden waren. Ich hob die Hand und strich über die Furchen seiner Wange, und er legte seine Finger darüber. Ich lächelte. Liebe durchströmte mich, als ich all die Zweifel beiseiteschob. »Hideo-chan, wie klug, dass du dich erinnerst.«

Wir senkten die Köpfe, bis sich unsere Stirnen berührten, nur für einen flüchtigen Moment, so wie an jenem letzten Tag vor der Schule. Er zog mich an sich und hielt mich fest, dort, in diesem Garten, wo er als Siebenjähriger eine Gottesanbeterin oder eine grüne Schlange gesehen hatte; was es nun gewesen war, spielte in Wahrheit keine Rolle. Wichtig war nur, dass es ihn gab. Ich nahm seine Hände, die sich von den Narben ganz rau anfühlten, hielt sie mit meinen eigenen vom Alter steifen Fingern fest und sagte dieses eine Wort, das so viele Jahre unausgesprochen geblieben war; es fühlte sich ganz sanft und weich auf meiner Zunge an, so gut und so wahr.

»Enkel«, sagte ich lächelnd.

»Großmutter«, erwiderte er. Und obwohl ich sein Gesicht nicht sehen konnte, wusste ich, dass auch er lächelte.

Wir wiederholten die Worte, diesen lange verlorenen Schatz, und als die Tränen kamen, lachte er, und in diesem Moment der Freude trauerten wir nicht länger um die Toten, sondern feierten, dass es sie gegeben hatte.

Dank

Dieses Buch zu Papier zu bringen hat einige Zeit in Anspruch genommen. Meine erste Inspiration dazu bekam ich, als ich im Zuge meines Studiums in Japan als Lehrerin arbeitete. Während eines Schreibkurses an der Universität von Glasgow wuchs die Idee weiter in mir heran. Die ersten Kapitel schrieb ich im Mittleren Osten, die letzten im Norden Englands. Dass ich das Wort ENDE daruntersetzen konnte, verdanke ich nur meiner Familie, meinen Freunden und Kollegen, die mich stets unterstützt haben. Jedes einzelne eurer ermutigenden Worte hat mich angespornt weiterzuschreiben.

Mein besonderer Dank für ihre klugen, geduldigen und freundlichen Ratschläge gilt Jocasta Hamilton und dem Team bei Hutchinson, Tara Singh Carlson bei Penguin Group USA und Mark Stanton, meinem Agenten bei Jenny Brown Associates. Ich hätte keine Besseren für die Vertragsverhandlungen finden können. Ich danke auch Jane McCarthy für ihre engagierte Unterstützung bei der redaktionellen Überarbeitung, außerdem Tim Pedley und Lucy Janes für ihren professionellen Rat, für den ich ihnen zutiefst verbunden bin.

Die Handlung meines Buches ist frei erfunden, der kulturelle und historische Kontext stammt aus unterschiedlichen Quellen, darunter *Nagasaki: Japan at War: An Oral History*; Haruko Taya Cook & Theodore F. Cook; *The Bells of Nagasaki*; Takashi Nagai; *Nagasaki Peace Trail: Mutual Understanding for Peace Nagasaki Handbook*.

Mein besonderer Dank gilt Bates Hoffer und Nobuyuki Honna, den Redakteuren von *An English Dictionary of Japanese Culture* (1986), für ihre Erlaubnis, Auszüge aus ihrem Buch zu verwenden.

Ein wesentlicher Teil des Buches befasst sich mit dem Thema Elternschaft, sowohl den Freuden als auch dem Kummer, die sie bereitet. Ich habe das große Glück, Eltern zu haben, die mir Stärke, Liebe und Mut schenkten. Ich danke Roberta und William Copleton und meinem Bruder Chris, die mir jeden Tag aufs Neue eine Inspiration sind. Auch möchte ich den beiden Männern Tribut zollen, denen ich nie begegnet bin: meinen beiden Großvätern, die im Zweiten Weltkrieg gekämpft haben. Dieses Buch ist ihnen gewidmet.

Ohne meinen Ehemann hätte vermutlich eine unvollendete Version dieses Buches für immer in meinem Computer geschlummert. »Es ist doch sinnlos, ein Buch zu schreiben, wenn du es niemandem zeigen willst«, so seine Worte. Stimmt. Ich bin froh, dass du mein erster Leser warst, Neil.

Als Letztes möchte ich mit diesem Buch den Leuten in Nagasaki danken, für ihre Großzügigkeit und Freundlichkeit, mit denen sie mir begegnet sind, für ihr Mitgefühl und die Würde angesichts der unvorstellbaren Tragödie, und für die Friedensbotschaft, die sie auch weiterhin in die Welt hinaustragen: niemals wieder.